STILLE HAVEL

AF177911

Tim Pieper, geboren 1970 in Stade, studierte nach einer Weltreise Neuere und Ältere deutsche Literatur und Recht. Mit seiner Familie lebt er nur wenige Kilometer vor den Toren Potsdams. Er nutzt jede Gelegenheit, um die Geschichte und die reizvolle Landschaft der Region mit dem Fahrrad zu erkunden. www.timpieper.net

TIM PIEPER

STILLE HAVEL

Kriminalroman

emons:

© Emons Verlag GmbH
Cäcilienstraße 48, 50667 Köln
info@emons-verlag.de
Alle Rechte vorbehalten
Umschlagmotiv: Helgi/photocase.de
Umschlaggestaltung: Nina Schäfer, nach einem Konzept
von Leonardo Magrelli und Nina Schäfer
Umsetzung: Tobias Doetsch
Gestaltung Innenteil: César Satz & Grafik GmbH, Köln
Lektorat: Carlos Westerkamp
Druck und Bindung: sourc-e GmbH, Köln
Printed in Europe 2025
Erstausgabe 2019
ISBN 978-3-7408-0670-5
Originalausgabe
4. Auflage

Unser Newsletter informiert Sie
regelmäßig über Neues von emons:
Kostenlos bestellen unter
www.emons-verlag.de

Für Steffi, Moritz und Theo

Glaube denen, die die Wahrheit suchen,
und zweifle an denen, die sie gefunden haben.

André Gide (1869–1951),
französischer Autor

Prolog

Montauk auf Long Island, Vereinigte Staaten, 1969

Die Fenster des Ateliers standen weit offen. Lydia konnte den Atlantischen Ozean hören, der nur einen Steinwurf entfernt lag. Ununterbrochen brandeten die Wellen an und verbreiteten einen intensiven Salzgeruch. Draußen war ein sonniger Tag, und es flutete so viel Licht herein, dass auch die hintersten Ecken ausgeleuchtet waren.

Seit einer Stunde posierte Lydia auf dem harten Schemel. Über ihrem Gesicht lag ein Schleier aus Kunstfaser, der ihre Haut jucken ließ. Unter dem schwarzen Kostüm rann der Schweiß hinunter. Trotzdem hielt sie still; sie rührte sich keinen Zentimeter. Zu groß war die Angst vor ihrem Ehemann Arvid, der ungeduldig auf und ab lief und hektisch an seiner Zigarette zog.

»Stellen Sie endlich das Gedudel ab!«, sagte Arvid. Er hasste diese Songs, die sich mit seinem Verständnis von Musik nicht vertrugen.

»Zeigen Sie mal Respekt, junger Mann«, erwiderte Jackson Tannebaum und führte den Pinsel über die Leinwand. Der rüstige Maler mit deutschen Wurzeln hatte schlohweißes Haar und ein wettergegerbtes Gesicht, das von seinen langen Küstenwanderungen herrührte. Obwohl er bald seinen achtzigsten Geburtstag feiern würde, hing in seinem Mundwinkel eine Kippe, die einen dünnen Rauchfaden absonderte. »Wenn Sie Bob Dylan nicht mögen, sollten Sie einen Strandspaziergang unternehmen. Das fegt den Kopf klar. Sie bringen hier sowieso nur Unruhe rein.«

»Wissen Sie eigentlich, wie viel ich Ihnen zahle?«, sagte Arvid. Es fiel ihm sichtlich schwer, sich zusammenzureißen. Er wirkte, als könnte er jeden Moment explodieren. Auch sonst war er mit seinem akkuraten Seitenscheitel fehl am Platz.

»Guten Service bekommen Sie im Ritz-Carlton«, antwortete Tannebaum. »Ich bin für die Kunst zuständig, und ich kann Ihnen jetzt schon sagen, dass ich nur Schund produziere, wenn Sie mir ständig über die Schulter schauen.«

»Sie ...«, setzte Arvid an und unterbrach sich lieber. Er war es nicht gewohnt, dass ihm jemand Paroli bot. Seine Angestellten lasen ihm jeden Wunsch von den Lippen ab. Sie wussten genau, dass Widerworte nicht gut für die Karriere waren. Doch den berühmten Maler wollte er nicht vor den Kopf stoßen. Zu viel stand auf dem Spiel.

Der Radiosender unterbrach das Musikprogramm für die Nachrichten. Lydias Englisch war nicht gut genug, um jedes Wort zu verstehen, aber sie begriff, dass John Lennon und Yoko Ono ein Bed-in veranstalteten. Dabei saßen sie in Nachtzeug auf einem Hotelbett, gaben Interviews und demonstrierten gegen den Vietnamkrieg. Manchmal konnte Lydia kaum fassen, wie sich die Sitten verändert hatten. Schon plärrte ein neuer Song aus den Boxen. Der Interpret hieß Otis Redding.

Ihr Mann Arvid schnipste mit den Fingern, um ihre Aufmerksamkeit auf sich zu lenken. Lautlos formte er mit den Lippen die Worte: In einer halben Stunde bin ich zurück. Er warf ihr einen warnenden Blick zu, riss den Sommermantel von der Garderobe und stapfte durch die Terrassentür nach draußen, wo er in den gleißenden Sonnenschein eintauchte. Mit seinen langen Beinen stürmte er am Pool vorbei, kletterte die Düne hoch und verschwand zwischen den wogenden Gräsern.

»Ist der immer so?«, fragte Tannebaum.

Lydia zuckte müde mit den Achseln.

»Geht es noch, oder sollen wir eine Pause einlegen?«, erkundigte sich der Maler.

»Wir machen weiter«, entschied Lydia und straffte sich. »Er kann böse werden, wenn er nicht bekommt, was er will.«

»Sie sind sehr diszipliniert«, sagte Tannebaum anerkennend und mischte neue Farbe an.

Eine missbilligende Falte grub sich zwischen ihre Augenbrauen. Der Maler redete beinahe so, als wäre ihre Selbstbeherrschung eine Überraschung. Wenn sie nicht schon früh auf sich geachtet hätte, wäre sie als Animierdame in einem schäbigen Tanzlokal geendet. Alles, was sie konnte, hatte sie sich hart erarbeitet. Sie war achtundvierzig Jahre alt und ein Profi. Lydia hielt das verschleierte Gesicht so, wie es für das Porträt notwendig war.

Mittlerweile wusste sie, warum dieses Bild Arvid so viel bedeutete. Die vergangenen Jahre waren nicht spurlos an ihm vorübergegangen. Dieses Gemälde war seine Wiederauferstehung. Es erinnerte ihn an alles, was ihm wichtig war. Wenigstens dieses Kunstwerk sollte perfekt sein und seiner Idealvorstellung entsprechen.

Um es zu realisieren, war ihm nichts zu teuer gewesen. Die Kleidung hatte er nach Fotovorgaben von einem deutschen Modeschöpfer schneidern lassen, der in Paris gerade Furore machte. Für eine phantastische Summe hatte er Jackson Tannebaum engagiert, der schon zu Lebzeiten eine Legende war und in den großen europäischen Museen ausgestellt wurde. Im Nebenraum wartete eine Maskenbildnerin, die mit zahlreichen Hollywoodstars gearbeitet hatte und die beginnenden Alterserscheinungen an Lydias Hals und ihren Händen retuschierte.

Arvid überließ nichts dem Zufall und verfolgte sein Ziel mit einer Leidenschaft, die an Besessenheit grenzte. So war er schon vor vielen Jahren gewesen, als sie sich kennengelernt hatten. Damals waren sie gut füreinander gewesen. Mittlerweile war ihre Ehe nur noch ein Kartenhaus, das jederzeit einstürzen konnte. Der Schmerz saß zu tief, um zur Tagesordnung zurückzukehren.

Lydia wusste, dass die Geschehnisse auch sie verändert hatten. Meistens konnte sie sich zusammenreißen, aber an manchen Tagen fürchtete sie sich sogar vor ihrem eigenen Schatten. Aus heiterem Himmel konnte sie eine so heftige Wehmut erfassen, dass sie tagelang nur weinte. Sie spürte, dass sie endlich loslassen musste. Alles in ihr verlangte nach Aufbruch, nach Neuanfang. Mit jeder Faser ihres Leibes sehnte sie sich zurück ans Licht.

Sie musste sich nur trauen.

1

Am Büfett lud sich Toni Sanftleben Garnelen, spanische Würstchen und Balsamicozwiebeln auf den Teller. Längst bereute er, dass er die Einladung zum Brunch angenommen hatte. Schon sein Äußeres machte ihn zum Außenseiter. Seine dunklen Locken waren zu lang. Die Muschelkette hatte ihm ein französischer Althippie am Strand von Goa geschenkt. Und die Beatstiefel mussten dringend besohlt werden. Die anderen Gäste hatten sich herausgeputzt und waren schick gekleidet. Normalerweise mied er solche Gesellschaften. Er hatte nur der Gastgeberin zuliebe eine Ausnahme gemacht.

Toni ging durch die helle Dachgeschosswohnung zu dem langen Esstisch und rückte den Stuhl heran. Er griff nach dem Besteck und widmete sich den Tapas. Links und rechts von ihm schwatzten Männer und Frauen in den mittleren Jahren durcheinander. Sie waren solche Situationen gewohnt und feuerten im Minutentakt witzige Bemerkungen ab, die alle zum Lachen brachten. Am Anfang hatte er versucht, sich in das Gespräch zu integrieren, aber seine Beiträge waren zu ernst gewesen. Er hatte nicht den richtigen Ton getroffen. Irgendwann hatte er es aufgegeben.

Glücklicherweise hatten die meisten Gäste ein Einsehen mit ihm und ließen ihn in Ruhe. Nur Lars nicht, der eine Rechtsanwaltskanzlei leitete und eigentlich ganz nett war. Leider hatte er es sich in den Kopf gesetzt, ihn aufzulockern. Er verfolgte sein Ziel mit solcher Beharrlichkeit, dass er Toni allmählich auf die Nerven ging. Schon wieder stand Lars auf, griff nach einer Flasche Crémant und trat viel zu dicht an ihn heran.

»Einen ... einen zum Anstoßen«, sagte Lars schwer. Obwohl es noch nicht Mittag war, hatte er ordentlich einen sitzen. Schon senkte er den Arm, um ihm einzuschenken.

Toni gelang es gerade noch, seine Hand über das Glas zu schieben. »Danke«, sagte er. »Für mich nicht. Ich hab dir ja schon erzählt, dass ich Kriminalkommissar bin und Bereitschaft habe.«

Lars blickte ihn mit einem Hundeblick an. Mit seinen sorgfältig geschnittenen Haaren, dem Bauchansatz und den hellbraunen Cordhosen gewann er bestimmt schnell das Vertrauen seiner Klienten. »Gegen ... gegen ein Schlückchen wird doch niemand was haben.«

»Ich bleib bei Zitronenlimonade«, sagte Toni und nahm demonstrativ einen Schluck.

Lars schwankte und schaute ratlos drein, bis er seine Chance erkannte. Das Glas war frei. Sofort senkte er den Flaschenhals.

»Nein, hab ich gesagt«, zischte Toni und fuhr blitzschnell den Arm aus.

Die Bewegung kam zu überraschend.

Lars kippte den Crémant auf Tonis Pulliärmel. »Oh!«, sagte der Rechtsanwalt.

Der Geruch war jetzt überall und stieg Toni aufreizend in die Nase. »Verdammt. Fünf Mal hab ich Nein gesagt. Kapierst du es nicht? Ich bin trockener Alkoholiker und darf nichts trinken.«

Schlagartig war es still an der Tafel. Die Gäste starrten ihn an, als hätte er soeben einen Mord gestanden. Nur die Gastgeberin betrachtete ihn gelassen. Staatsanwältin Caren Winter wusste Bescheid und akzeptierte, dass er auf bestimmte Getränke und Schmerzmittel verzichten musste.

In den vergangenen Jahren hatten sie eng zusammengearbeitet und dabei erfahren, dass sie sich auch in schwierigen Situationen aufeinander verlassen konnten. Ihr Umgang war durch Vertrauen und Loyalität geprägt. Toni hatte nie viele Freunde besessen. Wenn sich jemand diese Bezeichnung verdient hatte, dann war es Caren.

Sie nickte ihm aufmunternd zu und begann beiläufig ein Gespräch mit ihrem Nebenmann, als wäre nichts geschehen. Bald war die ganze Runde wieder damit beschäftigt, zu essen, zu trinken und lustige Bemerkungen abzufeuern. Lars trottete mit hängenden Schultern zu seinem Platz.

Warum hast du auch nicht zugehört?, dachte Toni.

Er erhob sich von seinem Stuhl und ging ins Badezimmer, wo er als Erstes den Pulli auszog und den klebrigen Arm abspülte. Zwar besuchte er regelmäßig die Gruppenabende und war seit dem letzten Rückfall stabil, aber mit dem Alkoholgeruch in der Nase konnte er sich nicht konzentrieren. Glücklicherweise trug er ein T-Shirt drunter, mit dem er sich sehen lassen konnte. Den Pulli stopfte er in einen Hygienebeutel und verknotete ihn.

Leider war es zu früh, um sich zu verabschieden. Wenn er Caren nicht enttäuschen wollte, musste er noch durchhalten. Toni wollte sich gerade zurück an die Tafel begeben, als sein Smartphone vibrierte. Er zog es aus der Hosentasche und überflog die Nachricht. Im Park Sanssouci war ein männlicher Leichnam entdeckt worden. Auf der Karte im Mailanhang war der Fundort markiert. Der Einsatz kam wie gerufen.

Toni öffnete die Badezimmertür und stieß im Flur mit Caren zusammen, die wohl auf ihn gewartet hatte.

»Bitte entschuldige«, sagte sie. »Lars meint es nicht so. Er ist ein lieber Kerl. Manchmal weiß er nur nicht, wann Schluss ist.«

»Schon gut«, erwiderte Toni. »Er konnte ja nicht ahnen, dass ich ein Alkoholproblem habe. Leider muss ich jetzt los.«

Caren nickte. »Ich hab die Nachricht auch bekommen. Du weißt ja, dass ich zwei Wochen Urlaub habe. Dieses Mal wirst du mit meinem Stellvertreter vorliebnehmen müssen. Schön, dass du da warst«, sagte sie, stellte sich auf die Zehenspitzen und umarmte ihn so fest, dass er ihre Brüste spürte. Ihr Parfüm war betörend.

»Du hast dir so viel Mühe gegeben«, sagte er und machte sich leicht benebelt los. »Ich hab schon lange nicht mehr so gut gegessen.«

»Schmeichler«, erwiderte sie und lächelte erwartungsvoll. Die halblangen blonden Haare umrahmten ihr attraktives Gesicht. Ihre Augen funkelten türkis, die Zähne waren weiß und ebenmäßig. »Ich will mir in Potsdam ein paar schöne Tage machen. Sollen wir kommende Woche zusammen essen gehen?«

»Gerne, meld dich einfach.«

Er strich ihr freundschaftlich über die Schulter und verließ die Dachgeschosswohnung. Als er die Stufen hinuntersprang, war er erleichtert, dass er sich nun einem Gebiet zuwenden konnte, auf dem er sich sicher fühlte.

Draußen war es spätsommerlich warm. Zügig ging er zum Auto und entdeckte den Kratzer sofort. Es sah so aus, als hätte jemand einen Schraubenzieher über den Lack gezogen. Die Vordertür, die Hintertür und der Kotflügel waren betroffen. Das war ärgerlich, weil der Wagen vor nicht allzu langer Zeit einen Schaden an beinahe derselben Stelle abbekommen hatte.

Toni atmete tief durch, machte mit seinem Smartphone Fotos und stieg ein. Nachdem er den Motor gestartet hatte, fuhr er los. Auf jeden Fall musste er den Kratzer aktenkundig machen. Das war bestimmt kein Zufall. In seinem Beruf hatte er viele Feinde.

2

Von der Großen Weinmeisterstraße lenkte Toni das Auto auf den Voltaireweg, der auf den Park Sanssouci zuführte. Er passierte das prachtvolle Schloss, den Ruinenberg und die historische Mühle, wo sich zahlreiche Touristen tummelten.

Die historischen Bauten lenkten ihn ab. Immer wenn er die Sehenswürdigkeiten erblickte, befiel ihn der Wunsch, die Zeit des Preußenkönigs näher zu studieren. Zu Hause fehlte ihm jedoch die Muße, um sich auf einen Geschichtswälzer einzulassen. So verschob er die Lektüre auf einen späteren Zeitpunkt.

Toni umkurvte den alten Weinberg und fuhr die Eichenallee hoch, bis er bei einigen Einsatzfahrzeugen parkte. Der Fundort der Leiche befand sich zwischen dem Belvedere auf dem Klausberg und dem Restaurant »Drachenhaus« und war weiträumig abgesperrt.

An dem Flatterband stand eine asiatische Reisegruppe. Die Teilnehmer fotografierten alles, was sie vor die Linse bekamen. Ein junger Polizist wollte sie zum Weitergehen animieren, aber er erntete nur lächelnde Gesichter. Es gab wohl Verständigungsprobleme.

Toni wandte sich an einen älteren Kollegen, der ihn erkannte und passieren ließ. Schon von Weitem hatte er Oberkommissarin Gesa Müsebeck entdeckt, die schneller vor Ort gewesen war.

Gesa hatte einen dunklen Kurzhaarschnitt und verzichtete auf die Betonung ihrer Weiblichkeit. Mit ihrem kurzärmeligen Outdoorhemd, den Cargohosen und Schnürschuhen war sie zweckmäßig gekleidet. Ihre kompakte Figur rundete den Eindruck vom praktischen Typ ab, den sie auch in dem dreiköpfigen Ermittlungsteam verkörperte. Sie verlor nie den Überblick und vertrat meistens bodenständige Ansichten.

»Wo haben sie dich denn hergeholt?«, fragte sie. »Du siehst irgendwie zerknittert aus.«

Toni winkte ab. Er wollte nicht über sein gesellschaftliches Versagen und den Lackschaden nachdenken. »Erzähl mir lieber, was wir hier haben.«

»Das Opfer wurde zwischen den Büschen gefunden. Wir können davon ausgehen, dass es kein Raubüberfall war. Er hatte alle Wertsachen am Körper. Portemonnaie, Schlüsselbund, Goldkette und Armbanduhr. Nur ein Handy haben die Kollegen vergeblich gesucht.«

»Das muss nichts heißen. Das kann er auch zu Hause vergessen haben.«

»Auf seinem Personalausweis steht, dass er Helmut Lothroh heißt, sechzig Jahre alt ist und in Potsdam wohnt.«

Toni sah sich um. Sie befanden sich auf einem Spazierweg, der links und rechts von hohen Bäumen gesäumt wurde. Er wusste, dass dieser Teil des Parks eher als Geheimtipp galt. Trotzdem war es Sonntagmittag. »Hier waren doch bestimmt schon Spaziergänger unterwegs. Warum haben sie den Leichnam nicht früher entdeckt?«

»Der Täter hatte ihn mit Malervlies, blauen Plastiksäcken und Bauschutt verhüllt. Es sah so aus, als hätte jemand seinen Renovierungsmüll abgeladen. Die Leute sind vorbeigelaufen, ohne etwas zu ahnen. Erst ein Parkangestellter hat sich den Haufen näher angesehen. Dabei ist er dem Opfer auf die Hand getreten.«

»Gut so.«

»Wie bitte?«

»Na, du weißt schon. Der Täter hat uns eine Menge Zeug dagelassen, auf dem wir DNA, Fasern und Fingerabdrücke sichern können.«

»Nicht nur das. Ich hab gerade mit den Kollegen von der KTU gesprochen. Die Spurenlage bietet viele Ansatzpunkte. Es gibt Reifen- und Schuhabdrücke sowie Schleifspuren, die folgenden Hergang nahelegen: Der Täter ist mit einem Wagen vorgefahren, hat den Leichnam unter den Achseln gegriffen und ihn zum Ablegeort gezogen. Danach ist er hin- und hergelaufen, um das Material zu holen, mit dem er den Toten abgedeckt hat.«

»Dann ist das Opfer an einem anderen Ort getötet worden?«

»Sieht so aus. Der Täter hätte ihn natürlich auch transportieren und hier erschlagen können, aber der Todeszeitpunkt war deutlich früher.«

»Konkreter bitte.«

Gesa holte tief Luft. »Unter Vorbehalt hat die Gerichtsmedizinerin sich auf gestern Abend festgelegt.«

»Geht es nicht genauer?«

»Du weißt doch, dass eine Bestimmung kompliziert ist, wenn man die Temperatur der Umgebungsluft am Tatort nicht kennt. Totenflecken und Leichenstarre sind nur ungenaue Parameter, die individuell ausfallen. Ganz grob zwischen achtzehn und vierundzwanzig Uhr, hat sie gesagt. Wir werden die Obduktion abwarten müssen.«

Toni schnaufte unzufrieden.

»Allerdings konnte sie bestimmen, wie lange die Leiche hier gelegen hat«, fuhr Gesa fort. »Das Opfer wurde wahrscheinlich nach drei Uhr morgens abgeladen. Dazu passen auch die Wetteraufzeichnungen. Davor hat es nämlich geregnet. Wenn der Täter früher hier gewesen wäre, wären die Abdrücke und Schleifspuren stärker verwässert. Außerdem sind die Malerutensilien und der Leichnam nahezu trocken. Die paar Tropfen, die sie abbekommen haben, dürften von den Bäumen gefallen sein.«

»Die Uhrzeit liefert uns einen wichtigen Ermittlungsansatz. Hast du schon was veranlasst?«

»An der Zufahrtsstraße gibt es einige Einfamilienhäuser. Ich hab einen Kollegen losgeschickt, um die Anwohner zu befragen.«

»Sehr gut«, sagte Toni und schaute nach oben. Am Himmel schoben sich Wolken zu einer dunklen, dräuenden Masse zusammen. Bald würde der nächste Regenschauer niedergehen. Einigen KTU-Mitarbeitern war der Wetterwechsel ebenfalls aufgefallen. Sie rannten zum Einsatzwagen und holten weiße Zelte, mit denen sie die ungesicherten Spuren abdecken würden.

Am Fundort wies die Gerichtsmedizinerin ihre Gehilfen

an, den Leichnam anzuheben und in einen Plastiksack zu legen. Das Opfer war von zierlicher Gestalt und kaum größer als ein Dreizehnjähriger. Sein Nasenrücken ragte empor, und die Augen waren geschlossen. Alle Farbe war aus dem Gesicht gewichen; es war so weiß wie eine Totenmaske aus Gips. Der beinahe friedliche Ausdruck stand im krassen Gegensatz zu dem blutigen Haar am Hinterkopf. Zweifellos war gegen den Schädel massive Gewalt ausgeübt worden.

»Willst du ihn dir näher ansehen?«, fragte Gesa.

»Vielleicht später«, erwiderte Toni. »Vorerst reicht mir die Info, dass er erschlagen wurde. Jetzt lassen wir die Kollegen ihre Arbeit tun und schauen uns die Wohnung des Opfers an. Vielleicht machen wir eine interessante Entdeckung.«

3

Varieté Wintergarten, Berlin, 1938

Lydia saß vor dem Spiegel und schmierte sich Leichner-Theaterschminke ins Gesicht. Im Umkleideraum herrschte ein nervöses Treiben. Sie und die anderen Hiller-Girls bereiteten ihren Auftritt vor. Lore bepinselte ihre Steppschuhe mit Goldbronze. Fiffi bleichte ihren Haaransatz. Hanne dehnte ihre Beinmuskulatur. Frieda trank gegen das Lampenfieber Kirschlikör. Und Traute, ihr Käpt'n-Girl, raste von einer zur anderen und betete die Reihenfolge der Tanznummern vor, damit sich keine Aufstellungsfehler einschlichen.

Endlich wurde die Tür aufgerissen, und Vreni stürmte herein. Sie war die Größte und Strahlendste von ihnen und hatte wunderschöne lange Beine, die schon zahlreiche Titelseiten geziert hatten. Seit einigen Wochen teilten sie sich ein Zimmer. Dabei waren sie zu Freundinnen geworden.

Vreni ging neben ihr in die Knie und plapperte drauflos: »Einer der Beleuchter hat gesagt, dass die gesamte Prominenz anwesend ist. Aus Politik und Gesellschaft, aus Industrie und Wissenschaft, aus Kunst- und Zirkuswelt fehlt niemand, der Rang und Namen hat. In der ersten Reihe soll sogar Dr. Lippert sitzen.«

»Wer?«, fragte Lydia.

»Na, Dr. Lippert. Sag bloß, den kennst du nicht. Das ist der Oberbürgermeister von Berlin.«

Politiker interessierten Lydia nur, wenn sie sich für das Filmwesen einsetzten. »Ist Reichsminister Dr. Goebbels auch da?«

Vreni lachte wild. »Der? Der soll doch so klein sein, dass man ihn mit der Lupe suchen muss.«

Lydia warf der Freundin einen bösen Blick zu. Eigentlich war Vreni ein feiner Kumpel und hatte Talent, aber wenn sie nicht bald ihr loses Mundwerk zähmte und kapierte, worauf es im Leben ankam, würde es ein schlimmes Ende mit ihr nehmen.

Lydia griff nach der Wimperntusche und schaute prüfend in den Spiegel. Mit ihrem schwarzen Haar und der olivfarbenen Haut entsprach sie nicht dem Schönheitsideal der neuen Zeit, aber sie wusste um ihre Ausstrahlung. Ein tiefer Blick von ihr reichte aus, um aus einem gestandenen Mann einen verliebten Trottel zu machen. Ihr Aussehen und ihr Körper waren ihr Kapital, das sie gewinnbringend einsetzen musste, um nicht so zu enden wie ihr jüngster Bruder. Er war im Alter von acht Jahren an der Schwindsucht gestorben, ohne dass er etwas von der Welt gesehen hatte.

Obwohl sie aus einfachen Verhältnissen stammte, hatte sie es mit ihren siebzehn Lenzen schon weit gebracht. Sie war das älteste von fünf Kindern und hatte von klein auf mit anpacken müssen. Nachdem sie die Volksschule beendet hatte, arbeitete sie in der Leipziger Eckkneipe ihres Vaters. Sie begriff schnell, dass sie es war, die den überraschenden Aufschwung bewirkte. Die Trunkenbolde kamen in Scharen, um sie zu begrapschen und ihr schmutzige Worte ins Ohr zu flüstern. Als sie sich bei ihrem Vater beschwerte, bekam sie eine solche Tracht Prügel, dass sie tagelang nicht laufen konnte. In Zukunft ließ sie alle Widerwärtigkeiten über sich ergehen, damit die neu gewonnene Kundschaft nicht vergrault wurde.

Ein sentimentaler Kulissenmaler, der lieber Regisseur geworden wäre, schwärmte ihr bei seinen allabendlichen Besäufnissen von einer glamourösen Filmwelt vor, die so gar keine Ähnlichkeit mit der harten Wirklichkeit hatte, die sie kennengelernt hatte. Sie studierte mehrere Ausgaben einer Illustrierten, in der Interviews mit Stars abgedruckt wurden. So erfuhr sie, dass eine Tanzausbildung als gute Vorbereitung auf den Schauspielerberuf galt.

Sie hatte längst kapiert, dass ein Mädchen ihrer Herkunft jede Gelegenheit nutzen musste. Also schlug Lydia dem Kulissenmaler einen Handel vor. Sie bot ihm ihre Unschuld gegen einen Vorstellungstermin an der Opernballettschule am Neuen Theater an. Der Kulissenmaler stimmte sofort zu. Lydia wusste nicht genau, worauf sie sich eingelassen hatte, aber der Abstecher auf den Hinterhof war so schnell vorüber, dass sie sich hinterher nur an einen kurzen Schmerz, ein paar feuchte Küsse und etwas Geschiebe und Gestöhne erinnern sollte.

Die folgenden Tage waren schwieriger. Sie hatte Angst, dass sie schwanger war. Mit niemandem konnte sie reden. Erst als die Regelblutung einsetzte und der Kulissenmaler ein Treffen arrangierte, überwog die Freude. Bei der Meisterin machte sie einen guten Eindruck und bekam eine Woche später eine vorläufige Zusage per Post.

Als ihr Vater davon erfuhr, verdrosch er sie mit einem Schürhaken. Dann verbot er ihr die Probezeit. Dieses Mal gab sie nicht klein bei. Zum ersten Mal hatte sie ein Ziel. Mit blutiger Nase drohte sie ihm, ein Riesengeschrei zu machen, wenn sich einer der Suffbrüder das nächste Mal an ihr rieb. Außerdem gab sie zu bedenken, dass kein Gast kommen würde, um sie in diesem Zustand zu sehen. Als sie versprach, an den freien Abenden zu kellnern, stimmte er widerstrebend zu.

Die Ballettausbildung ging sie mit einem unbändigen Willen an und überwand alle körperlichen Schmerzen und Blessuren. Sie war bei jeder Gelegenheit an der Stange und übte stundenlang weiter, wenn alle anderen Mädchen längst gegangen waren. Tagtäglich machte sie sich bewusst, welches triste Leben sie erwartete, wenn sie versagen sollte.

An einem sonnigen Maitag wurde sie als ordentliche Schülerin aufgenommen. Obwohl sie nicht zu Gefühlsaubrüchen neigte, weinte sie vor Glück und konnte gar nicht mehr aufhören. Sie durchlief die Anfänger- und Abschlussklasse mit Bravour und bekam kurz vor den Prüfungen Besuch von Manfred Cocu. Der Operettendirektor am Centraltheater Dresden hatte mehrere Ausfälle zu beklagen und unterbreitete ihr einen lukrativen Saisonvertrag.

Sie erkannte die Chance, ihr Elternhaus für immer zu verlassen, und unterschrieb sofort. Alle wussten, dass sie wegen ihres Alters gelogen hatte, aber niemand hakte nach. Als sie ihren Vater informierte, bekam er einen Tobsuchtsanfall, spuckte ihr ins Gesicht und schleuderte ihre Habseligkeiten auf die Straße. Wenigstens versuchte er nicht, sie an der Abreise zu hindern.

Nur der Abschied von den Geschwistern fiel ihr schwer. Die Mutter war früh verstorben, und Lydia hatte die Zwillingsbrüder und die Schwester großgezogen und alle Höhen und Tiefen miterlebt. Zwar waren sie aus dem Gröbsten raus, aber sie würden es in diesem Milieu nicht leicht haben. Beim tränenreichen Abschied versprach sie, Briefe zu schreiben und für sie da zu sein, wenn sie in Not geraten sollten.

In Dresden fand sie sich schnell zurecht und zählte in dem Ballettensemble zu den Fleißigsten. Von ihrer Gage konnte sie sich ein winziges Zimmer leisten. Sie lebte bescheiden, aber glücklich.

Ab Juni ging sie mit dem Höler-Programm »Wer zuletzt lacht, lacht am besten« auf Städtereise. Ein anderes Mädel aus der Truppe war mit Rolf Hiller, dem Impresario der Hiller-Girls, befreundet, der von ihr so beeindruckt war, dass er sie abwerben wollte und ihr ein verlockendes Gehalt von hundertachtzig Mark bot. Freie Kost und Logis inbegriffen.

Sie musste nicht lange überlegen. Die Mädchentruppe war nicht nur in Deutschland bekannt, sondern hatte in ganz Europa einen Namen. Die Tänzerinnen waren für ihre Schönheit und ihre Disziplin berühmt. Aufgrund ihres Könnens waren sie für das Jubiläumsprogramm zum fünfzigjährigen Bestehen des Berliner Wintergartens engagiert worden.

Und jetzt war sie hier.

Im Weltstadtvarieté!

Im vielleicht bedeutendsten, schönsten und fortschrittlichsten Schauspielhaus des Abendlandes!

Man konnte nie wissen, was das Schicksal als Nächstes bereithielt, aber sie war sich sicher, dass ihr Aufstieg noch nicht beendet war. Möglicherweise saß ihr nächster Entdecker schon im Publikum, möglicherweise war diese Aufführung der Beginn einer Filmkarriere.

Als das Startkommando in den Umkleideraum gezischt wurde, schmiss Lydia die Schminkutensilien auf das Tischchen und stürmte mit den anderen Mädchen nach draußen. Auf der Bühne reihte sie sich nach ihrer Größe ein. Hinter ihnen erhob sich das Brandenburger Tor, das detailgetreu nachgebaut worden war. Ein typischer Geruch hing in der Luft. Es duftete nach Kulissenleim, nach Sägemehl und nach Rupfen, einem derben Stoff, der zur Bespannung von Dekorationen benutzt wurde.

Lydia schulterte das Spielzeuggewehr, nahm Aufstellung und machte ein ernstes Soldatengesicht. Durch den Spalt zwischen den Vorhängen beobachtete sie, wie im Zuschauerraum das Licht erlosch. Das vielstimmige Murmeln wurde leiser, bis es ganz verstummte. Sie spürte ein Ziehen in der Magengegend und ein Kribbeln auf der Haut.

Endlich teilte sich der schwere Samtstoff, und die Scheinwerfer flammten auf. »Ahs« und »Ohs« erklangen. Hinter dem Orchestergraben stiegen die Sitzreihen bis zu den Terrassen an, wo die Gäste an Tischen saßen. Von der Decke hingen zahllose Glühbirnen, die den berühmten Sternenhimmel illuminierten und eine traumhafte Atmosphäre erzeugten. Das Haus war restlos ausverkauft, fast dreitausend Zuschauer hatten sich eingefunden.

Die Kapelle W. Voigt spielte schwungvoll auf, und schon bald warfen Lydia und die anderen Hiller-Girls die Beine beim »Exerziermarsch« so gekonnt hoch, dass spontaner Applaus losbrandete. Auch die folgenden Nummern klappten fehlerlos. Das Publikum schwelgte bei einem Walzer und sprang von den Sitzen auf, als sie in hauchdünnen Kostümen den heißesten Stepp auf die Bretter legten, den die Spreemetropole je gesehen hatte.

Die Aufführung lief perfekt, und als Lydia sich zum Abschluss verbeugte, hatte sie das herrliche Gefühl, dass all diese applaudierenden und johlenden Menschen nur ihretwegen gekommen waren. Sie würde alles tun, damit sie niemals nach Leipzig zurückmusste.

4

Eigentlich fuhr Toni lieber allein zu den Einsatzorten. In Begleitung fühlte er sich nur genötigt, über Belangloses zu reden. Mit Gesa arbeitete er jedoch schon so lange zusammen, dass er ihre Eigenheiten kannte und sich mit ihnen arrangieren konnte.

Wenn es nichts Fallrelevantes zu klären gab, stellte er ihr eine Frage zu ihrer Familie. Meistens hatte sie Lust, von ihren sechs Brüdern und den ganzen Nichten und Neffen zu erzählen, die im Havelland verstreut wohnten. In seltenen Fällen, so wie heute, beschränkte sie sich auf einsilbige Antworten, um ihm zu signalisieren, dass sie lieber aus dem Fenster schaute.

Toni war es recht. Der Regenschauer war vorüber, und er schaltete die Scheibenwischer aus. Ihm kam es nur darauf an, nicht von sich selbst berichten zu müssen. Die Tage vergingen, ohne dass er sie unterscheiden konnte. Meistens arbeitete er bis zum späten Abend und spazierte nachts durch die Straßen, um sich die Beine zu vertreten. Der einzige Höhepunkt waren die Schachpartien mit seinem Sohn, der in den Vereinigten Staaten lebte und nur ungern telefonierte. Die Züge schickten sie sich über Kurzmitteilungen.

Toni war sich darüber im Klaren, dass er in diesem engen Rahmen gut funktionierte. Nicht mehr und nicht weniger. Vielleicht waren ihm gesellschaftliche Ereignisse so unangenehm, weil er glaubte, dass er nichts Interessantes erzählen konnte. Allerdings konnte es genauso gut sein, dass ihn das Gerede von Fremden nicht interessierte und er die Zeit lieber allein verbrachte.

Er setzte den Blinker und bog ab. Die Nabelbeschau führte zu nichts. Er sollte sich lieber auf die kriminalistische Arbeit konzentrieren. Darin konnte er Ergebnisse erzielen.

Das Opfer Helmut Lothroh wohnte in Bornstedt in der Nähe der Biosphäre. Er musste vor Kurzem hergezogen sein, denn

Toni erinnerte sich, dass die Mietshäuser noch nicht lange fertiggestellt waren. Direkt vor dem modernen Gebäude fand er einen Parkplatz. Mit den großen Glasflächen, den Stahlträgern und den geräumigen Balkonen wirkte die Wohnanlage attraktiv. Auch die öffentliche Verkehrsanbindung war gut.

Nach dem Klingelschild zu urteilen, wohnte Lothroh im Hochparterre. Gesa zog sich Handschuhe an, holte den Bund aus einer Klarsichttüte und probierte die Schlüssel durch, bis sie die Haustür öffnen und eintreten konnten. Vorbei an dem gläsernen Fahrstuhl und einem angeketteten Kinderwagen stiegen sie einige Stufen hoch. Zwei Wohnungstüren lagen vis-à-vis.

»Hier«, sagte Gesa und zeigte auf ein Metallplättchen mit Namensgravur, das unter den Spion geschraubt war. Sie suchte schon den passenden Schlüssel, als in ihrem Rücken ein langer, hagerer Mann auf den Flur trat. Er hatte einen neongrünen Plastikhelm auf dem Kopf und trug eine regenfeste Fahrradtasche über der Schulter. Mit offenem Mund starrte er sie an.

»Was machen Sie da?«, fragte er. »Herr Lothroh ist nicht zu Hause.«

Toni zückte seinen Dienstausweis. »Hauptkommissar Sanftleben. Und das ist meine Kollegin Oberkommissarin Müsebeck. Gehe ich recht in der Annahme, dass Sie der Nachbar sind?«

»Genau. Trochien. Ralph Trochien. Was ist mit Helmut? Ihm wird doch nichts passiert sein?«

»Herr Lothroh wurde Opfer eines Gewaltverbrechens. Über die näheren Umstände dürfen wir keine Auskünfte geben. Wie gut kannten Sie ihn?«

»Du meine Güte«, sagte Trochien. »Ist es hier passiert? Ich meine, wir haben Kinder. Wenn irgendeine Gefahr droht, dann müssen wir es wissen.«

»In dieser Hinsicht können Sie vollkommen beruhigt sein. Wenn Sie jetzt bitte auf meine Frage antworten würden.«

»Was? Welche Frage?« Trochien schob den Fahrradhelm aus der Stirn.

»Wie gut kannten Sie Herrn Lothroh?«

»Ach so. Nicht so gut. Wir sind zeitgleich eingezogen,

aber privat hatten wir nichts miteinander zu tun. Ich bin in der IT-Branche, und Helmut hat was mit Kunst gemacht. Ich glaube, er war Sachverständiger oder so. Meistens hat er in höheren Sphären geschwebt, er war auch ein bisschen eigen. Wir haben uns im Treppenhaus gegrüßt, Pakete für den anderen angenommen und über Mieterangelegenheiten gequatscht. Wir waren beide an einem freundlichen Umgang interessiert. Man muss ja miteinander auskommen, aber das war's dann schon. Ist er wirklich tot?«

Toni nickte. »Sie nannten Herrn Lothroh eigen? Was meinen Sie damit?«

»Ich kann das nicht genau benennen. Außerdem soll man über Tote nicht schlecht reden.«

»Alles, was Sie uns sagen, behandeln wir vertraulich. Versuchen Sie es mal.«

Trochien runzelte die Stirn. »Es ist nichts vorgefallen oder so. Helmut war immer korrekt, aber … Ach, ich weiß auch nicht. Ich glaube, er war mir einfach unsympathisch. Er hatte etwas an sich, das ich nicht mochte. Meiner Frau ging es genauso. Konkreter kann ich nicht werden.«

»Ist Ihnen in den vergangenen Wochen etwas Ungewöhnliches aufgefallen?«

»Nee. Nicht dass ich wüsste.«

»Wann haben Sie ihn zuletzt gesehen?«

»Gestern Abend, als ich heimgekommen bin. Er machte einen ganz normalen Eindruck und wollte gerade los.«

Toni tauschte mit Gesa einen vielsagenden Blick aus und sagte: »Herr Trochien, das ist jetzt wichtig. Erinnern Sie sich, wie spät es war, als Herr Lothroh das Haus verlassen hat?«

»Das war um fünf nach sieben.«

»Sind Sie sicher?«

»Hundertprozentig. Wegen der Kinder versuche ich spätestens um neunzehn Uhr zu Hause zu sein. Meine Frau schafft es sonst nicht. Ich meine: Abendbrot, Zubettbringen, Gutenachtgeschichte und so.«

»Wissen Sie, was er plante?«

»Das hat er nicht gesagt, aber er wollte mit dem Auto los. Der Wagen ist immer noch weg.«

»Was für einen Pkw fährt er?«

»Einen weißen Volvo V60. Schickes Teil. In Potsdam zugelassen. Auf dem Kennzeichen standen seine Initialen, HL.«

»Fällt Ihnen sonst noch etwas ein, das für uns wichtig sein könnte?«

Trochien runzelte wieder die Stirn und schüttelte den Kopf.

»Ihre Aussage hat Relevanz«, sagte Toni. »Es kann sein, dass wir in den nächsten Tagen einen Kollegen vorbeischicken, um ein Protokoll anzufertigen. In diesem Fall wird er sich vorher telefonisch ankündigen, damit Ihnen sein Besuch auch passt. Dann wollen wir Sie nicht länger aufhalten. Danke für Ihre Mithilfe und Ihnen einen schönen Sonntag.«

»Ja, wenn das noch möglich ist«, sagte Trochien und stand unentschlossen im Treppenhaus. Wahrscheinlich überlegte er, ob der Tod des Nachbarn etwas an seinen Plänen änderte. Schließlich sprang er die Stufen hinunter und verließ das Gebäude.

Toni wandte sich an Gesa und sagte: »Denkst du auch, was ich denke?«

»Kann sein«, murmelte Gesa. Sie hatte sich wieder hinabgebeugt, um den passenden Schlüssel für die Wohnungstür zu suchen.

»Lothroh ist in dem vermuteten Todeszeitraum von hier aufgebrochen«, sagte Toni. »Es ist gut möglich, dass er direkt zum Tatort gefahren ist. Wenn wir seinen Wagen haben, finden wir vielleicht die Stelle, an der er umgebracht wurde. Ich werde den Volvo gleich zur Fahndung ausschreiben lassen.«

Kurz nachdem er den Anruf getätigt hatte, öffnete Gesa die Wohnungstür und sagte: »Na endlich!«

Toni streifte Handschuhe über und folgte ihr in das Apartment, das geschmackvoll eingerichtet war. Die wenigen Bauhausmöbel waren sorgfältig ausgewählt worden und harmonierten miteinander. Auf den Fensterbänken standen kleine Holzfiguren. An den Wänden hingen gerahmte Zeichnungen, die mit wenigen Strichen viel ausdrückten. Sie gefielen Toni außerordentlich gut, und neugierig schaute er auf die Signatur, die nur aus den Initialen des Künstlers bestand. Wer sich dahinter verbarg, war eigentlich egal. Mit seinem Beamtengehalt konnte er sich solche Werke sowieso nicht leisten.

Nach der Aussage des Nachbarn konnten sie davon ausgehen, dass der Mord nicht hier geschehen war. Der Zustand der Räume bestätigte diese Vermutung. Alles war sehr aufgeräumt, nirgends waren Kampfspuren oder Blutflecke zu entdecken. Auf dem Küchentisch befanden sich eine leere Teetasse und ein Holzbrettchen. Lothroh hatte eine Mahlzeit zu sich genommen und sie auch beendet. Nichts sprach für einen überstürzten Aufbruch.

Die Nahrungsaufnahme war kriminalistisch interessant. Toni machte mit dem Smartphone Fotos von dem Messer, auf dem sich Rückstände von einer roten Marmelade und einem Streichfett befanden, außerdem von einem Salbeiteebeutel, der in der Spüle lag. Im Kühlschrank stieß er auf ein Glas mit Himbeergelee und auf eine Packung Butter, die er ebenfalls ablichtete. Die Krümel auf dem Brettchen stammten von einem Vollkornbackerzeugnis. In einem Brotkorb fand er einen Laib, von dem einige Scheiben abgeschnitten waren.

Er öffnete sein E-Mail-Postfach und schrieb der Gerichtsmedizinerin, dass das Opfer vor neunzehn Uhr fünf Nahrung zu sich genommen hatte. Die Fotos hängte er an. Der Zustand des Mageninhalts konnte eine große Hilfe sein. Der Verdauungsprozess variierte zwar individuell und ließ keine exakten Rückschlüsse zu, aber er lieferte bei der Bestimmung des Todeszeitpunkts einen weiteren wichtigen Anhaltspunkt.

»Kommst du mal?«, rief Gesa.

Toni setzte sich in Bewegung. Er betrat das Arbeitszimmer und sah als Erstes ein Handy und einen Fotoapparat, die auf einem zugeklappten Laptop lagen. Ansonsten bildete dieser Raum eine Ausnahme. So stilvoll und ruhig die übrige Wohnung wirkte, so vollgestellt und betriebsam sah es in diesem Bereich aus. Die Bücherregale bedeckten die Wände bis zur Decke und quollen über vor Aktenordnern, Bildbänden und Enzyklopädien. Auf dem Boden stapelten sich Mappen, Auktionskataloge und Fachzeitschriften, in denen bunte Post-its steckten.

»Vergessen hat er sein Handy jedenfalls nicht«, sagte Toni. »Ansonsten hätte er es nicht so gut sichtbar hingelegt. Entweder hat er auf die Reise ein anderes Mobiltelefon mitgenommen, oder er wollte unterwegs nicht gestört werden.«

»Eine Smartphone-Pause täte mir auch mal ganz gut«, sagte Gesa und deutete auf eine Flipchart, die mitten im Raum stand. »Komisch ist, dass sich bestimmt tausend Bücher um Gemälde, Skulpturen, Ikonen, Geschirr und Nippes drehen. Nur die Fotos auf der Schautafel zeigen Gebäude.«

Toni trat näher. Soweit er auf den ersten Blick erkennen konnte, handelte es sich um Aufnahmen von einer löwengelben Villa, die wohl im neobarocken Stil errichtet worden war, und von einem mehrstöckigen Bürogebäude, das er spontan auf die fünfziger Jahre datierte und das vermutlich auf einem Firmengelände stand. »Zumindest das Wohnhaus könnte sein kunsthistorisches Interesse geweckt haben.«

»Und der Betonklotz?«

Toni zuckte die Achseln. »Am besten nehmen wir den Laptop, das Handy, den Fotoapparat und die Bilder mit. Vielleicht können wir irgendeinen Zusammenhang mit dem Mord herstellen.«

5

Im Kommissariat betraten Toni und Gesa den Besprechungs-raum. Nguyen Duc Phong, das dritte Teammitglied, saß bereits am Tisch.

Früher war der Kriminalkommissar mit vietnamesischen Wurzeln ein pummeliger Fastfoodjunkie gewesen. Seit einem Jahr ernährte er sich nach einer Lowcarbdiät, die Kohlehydrate mied und auf Eiweiß und Fetten basierte. Parallel überwachte er seinen Körper mit einer App. Vierzig Kilogramm hatte er mit dieser Methode abgenommen, was bei einem Menschen seiner eher geringen Körpergröße einen immensen Gewichtsverlust darstellte.

Phong hatte das sogenannte Idealgewicht erreicht und müsste gesund wirken. Das Gegenteil war der Fall. Unter seinen Augen hatten sich weiße Ringe gebildet, die ihm ein gespenstisches Aussehen verliehen. Seine Wangen hingen wie erschlaffte Ge-burtstagsluftballons herab. Regelmäßig bohrte er neue Löcher in den Gürtel, damit die Hose nicht rutschte. Sobald er redete, verbreitete er einen fauligen Mundgeruch. Insgesamt machte er den Eindruck, als würde er an einer schlimmen Krankheit leiden.

In ihrem Ermittlungsteam war Phong für alle Aufgaben zu-ständig, die vom Büro aus erledigt werden konnten. Er hielt den Kontakt zur Gerichtsmedizin und zur KTU. In beiden Disziplinen hatte er sich ein umfangreiches Wissen angeeig-net, das den Ermittlungen häufig diente. Sein Steckenpferd war die Recherche. Im Internet fühlte er sich zu Hause und förderte erstaunliche Erkenntnisse ans Tageslicht. Früher hatte er manchmal Motivationsprobleme gehabt. Momentan kannte sein Arbeitseifer keine Grenzen.

Phong schob seine getönte Brille den Nasenrücken hoch. »Ich hab euch früher erwartet«, sagte er und zog einen schmalen Strei-fen Roastbeef aus einer Tupperdose. Damit das Blut nicht auf die

Tischfläche kleckerte, sperrte er Ober- und Unterkiefer weit auf und ließ den Lappen in den Schlund fallen. Er kaute konzentriert, schluckte geräuschvoll und sagte: »Eure Mappen enthalten alle wichtigen Fakten. Am besten fangen wir gleich an.«

»Phong, weißt du eigentlich, wie viel Antibiotika in deutschem Rindfleisch steckt?«, fragte Gesa. »Damit ruinierst du dir die Darmflora. Und wenn die erst hin ist, fährt dein Immunsystem runter. Dann hast du nicht mehr die Power, um dich zu bewegen. Verstehst du? Es ist ein Teufelskreis. Durch das rote Fleisch nimmst du kurzfristig ab, aber auf lange Sicht wirst du wieder fett.«

»Was?« Phong starrte sie entsetzt an. Schließlich senkte er den Kopf und schaute auf den Bildschirm seines Laptops. Wahrscheinlich überprüfte er ihre Argumentation.

Gesa zwinkerte Toni zu. Sie machte sich einen Spaß daraus, Phong auf den Arm zu nehmen. Auch Toni fand, dass der Kollege mit seiner Ernährungsumstellung übertrieb. Gleichzeitig war es erstaunlich, dass Phong so konsequent blieb. Einerseits musste man ihn wohl bestärken, damit er weiterhin auf sein Essen achtete, andererseits musste man ihn ermahnen, mehr Abwechslung in den Speiseplan zu bringen. Ein solches Gespräch wäre eindeutig die Aufgabe für einen einfühlsamen Ernährungsberater.

Phong hob plötzlich den Kopf, warf Gesa einen trotzigen Blick zu und stopfte sich einen extrablutigen Streifen Roastbeef in den Mund. »Helmut Lothroh ist nicht vorbestraft«, begann er kauend. »Er war als Kunstgutachter für Versicherungen und Privatleute tätig und spürte auch Raubkunst auf. Er hat erst kürzlich ein Madonnenbild zurück nach Potsdam gebracht, das in Stalins Auftrag entwendet wurde und sich lange im Kreml befand. In seinem Beruf war Lothroh gefragt und genoss hohes Ansehen. Auch sonst konnte ich nichts Auffälliges feststellen.«

»Raubkunst ist ein schwieriges Thema und birgt Konfliktpotenzial«, sagte Toni. »Da müssen wir dranbleiben. Parallel sehen wir uns sein Privatleben an. Prüf am besten die Korrespondenz auf dem Smartphone und dem Laptop. Mit irgendjemandem wird er näheren Kontakt gepflegt haben. Hatte er Verwandte, die wir informieren müssen?«

»Eine Schwester.«

»Wer übernimmt das? Am besten gleich nach der Besprechung!«

»Na, unser Stubenhocker bestimmt nicht!«, sagte Gesa und zog einen Flunsch. Angehörigen eine solche Nachricht zu überbringen, war eine schwierige Aufgabe. Niemand erledigte diesen Job gerne.

»Kleine Sünden bestraft der liebe Gott sofort.« Phong grinste schadenfroh. Er hatte jetzt wieder Oberwasser. »Ihre Adresse findest du in der Mappe. Sie wohnt in Caputh. Aber jetzt sollten wir uns dem Fundort zuwenden.«

»Natürlich«, sagte Toni. »Dazu wäre ich als Nächstes gekommen.«

»Ich meine«, fuhr Phong hibbelig fort, »mir kommt es komisch vor, dass der Täter den Leichnam abdeckt. Wieso hat er das getan? Es bringt nur Nachteile. Er braucht länger und läuft Gefahr, entdeckt zu werden. Den Toten einfach abzulegen, hätte nur ein paar Sekunden gedauert. Ihn so zu verhüllen, hat bestimmt mehrere Minuten in Anspruch genommen. Ein paar betrunkene Studenten hätten vorbeikommen können. Außerdem hinterlässt er überall Spuren.«

Toni ließ Phong gewähren. Oft sprangen brauchbare Ideen heraus, wenn er sich so ereiferte. »Welche Schlussfolgerung ziehst du daraus?«

»Na, dass er uns auf eine falsche Fährte locken will. Vielleicht war er mit dem Renovierungsmüll unterwegs, aber er gehörte nicht ihm. Oder er hat ihn ganz bewusst mitgenommen und platziert.«

»Du meinst also, dass er den Verdacht auf jemand anders, vielleicht einen Maler- oder Renovierungsbetrieb, lenken wollte?«

»Wäre doch möglich. Außerdem frage ich mich, wieso er den Hang hochgefahren ist. Es gibt nur eine Zufahrtsstraße. Jemand hätte ihm entgegenkommen können.«

»Das sehe ich genauso. Die Aktion war ziemlich riskant.«

Gesas Smartphone meldete sich. Es war die aufgezeichnete Stimme ihrer Lieblingsnichte, die kichernd »Nachricht, Nachricht, Nachricht« plapperte. Nach einem Blick auf das Display sagte die Oberkommissarin: »Die Befragung der Anwohner hat nichts ergeben. Niemand hat etwas bemerkt. Wäre zu dieser Uhrzeit auch ein Wunder gewesen, aber mir fällt noch etwas anderes ein. Das ganze Zeug muss viel Platz eingenommen haben. Außerdem lassen die Reifenabdrücke am Fundort auf einen größeren Wagen, möglicherweise einen Lieferwagen, schließen. Wir sollten die Videos der Verkehrsüberwachung auswerten. Vielleicht landen wir einen Treffer.«

»Gute Idee«, sagte Toni. »Das übernimmst du gleich morgen früh. Konzentrier dich auf die Kameras in der Nähe des Fundorts. Jetzt noch mal zu Phongs Theorie. Ein Punkt kommt mir komisch vor. Wenn uns der Täter tatsächlich behindern wollte, warum lässt er seinem Opfer die Geldbörse, sodass wir ihn sofort identifizieren können? Der Tote befand sich vermutlich über einen längeren Zeitraum in seiner Gewalt. Er hatte genug Zeit, um alle persönlichen Gegenstände verschwinden zu lassen.«

»Gehört alles zum Plan«, sagte Phong geheimnisvoll.

»Wissen wir schon, wie viel Schläge Lothroh auf den Kopf erhalten hat?«, fragte Toni.

»Laut der Gerichtsmedizinerin war es nur einer«, antwortete Gesa. »Der wurde mit großer Wucht ausgeführt. Zur Tatwaffe wollte sie sich noch nicht äußern.«

Toni überlegte, ob sich die Ausführung in das Gesamtbild einfügte. Hatte der Täter aus Wut zugeschlagen? Hatte er erschrocken von seinem Opfer abgelassen? Was war in den Stunden danach geschehen? Hatte er bei dem Toten gesessen, um zu verstehen, was passiert war? Schließlich hatte er unter Entdeckungsgefahr die Leiche abgeladen und abgedeckt. Er hatte Schuhabdrücke hinterlassen, die zu seiner Identifizierung führen könnten. Das alles sah nicht nach Kalkül aus, das alles wirkte eher spontan.

»Vielleicht folgt er tatsächlich einem Plan, der sich uns noch nicht erschließt«, sagte Toni, »aber wir sollten vor allem erwägen, dass seine Handlungen rational nicht nachvollziehbar sind. Möglicherweise befand er sich in einem emotionalen Ausnahmezustand. Wann können wir mit den Berichten aus der KTU rechnen?«

»Morgen im Laufe des Vormittags dürften die ersten Ergebnisse vorliegen«, erwiderte Phong.

»Du hast noch Blut an der Unterlippe«, sagte Toni. »Was ist mit Lothrohs Wagen?«

Phong wischte sich den Mund ab. »Nach dem wird noch gefahndet.«

»Mit der Verkehrsüberwachung und der Spurenlage am Tatort haben wir zwei vielversprechende Ermittlungsansätze«, sagte Toni, »aber wir sollten uns auch intensiv um die Rekonstruktion des Tatabends kümmern. Um neunzehn Uhr fünf hat Lothroh seine Wohnung verlassen. Nur wenig später wurde er getötet. Wenn wir seine letzten Wege rekonstruieren können, haben wir den Tatort, und wenn wir den lokalisiert haben, führt er uns zum Täter.«

6

Potsdam, 1942

An der Station Babelsberg-Ufastadt sprang Lydia aus dem
S-Bahn-Waggon. Auf sandigen Wegen hastete sie zwischen
Kiefern zu dem berühmten Eingangstor, an dem sich schon
zahlreiche Schicksale entschieden hatten. Ihr Herz schlug bis
zum Hals, als sie sich mit ihrem Namen vorstellte. Glücklicherweise war der Pförtner informiert worden und führte sie zu
einer Holzbank. Hier sollte sie warten, bis jemand sie abholen
würde.

Nach und nach trafen die Stars in ihren schicken Cabriolets
ein, um sich zu den Dreharbeiten in die Ateliers zu begeben.
Produktionsassistenten schleppten Manuskriptstapel, ein Techniker stürmte mit einem Scheinwerfer unter dem Arm vorbei
und verschwand in einem Gebäude. Ein beleibter Maskenbildner stieß wütend einen kleinen Rollwagen mit Schminkdöschen
vor sich her.

Lydia verfolgte das Treiben fasziniert und saugte alle Eindrücke in sich auf. Dabei hielt sie den Brief, den sie von Dr. Rudolf Langen-Albrecht, dem Ufa-Nachwuchschef, zugeschickt
bekommen hatte, wie einen Berechtigungsschein in der Hand.
Mit diesem Schreiben konnte sie nachweisen, dass sie einen
Grund hatte, sich hier aufzuhalten. Sie kannte den Wortlaut
auswendig:

Sehr geehrte Frau Bugalle,

*Herr Dr. Unstrut von der Nachwuchsabteilung der Bava-
ria-Filmkunst München hat mir die Stummtestaufnahmen
geschickt, die dieses Jahr von Ihnen gemacht wurden. Bei
einem Telefonat berichtete er mir, dass Sie demnächst die
Aufnahmeprüfung an der Staatlichen Schauspielschule*

absolvieren möchten. Vorher würde ich Sie gerne zu Pro-
beaufnahmen hier haben und Ihre Fotogenität prüfen.
Sollte es uns gelingen, Ihre Leinwandeignung nachzuwei-
sen, würde ich mich freuen, Sie in unsere Filmakademie
aufnehmen zu dürfen. Unsere Schüler werden von den
besten Lehrern des Reiches unterrichtet und erhalten ein
Stipendium in Höhe von 400 RM monatlich.
Bitte teilen Sie mir auf telegrafischem Wege mit, ob ich
Ihr Interesse wecken konnte. Fahrtkosten in der zweiten
Klasse werden Ihnen ersetzt, wenn Sie die Belege mit-
bringen.

Heil Hitler!
Dr. Rudolf Langen-Albrecht
Ufa Filmkunst G.m.b.H.
Nachwuchsabteilung

Mittlerweile war Lydia einundzwanzig Jahre alt, und sie wusste, dass diese Probeaufnahmen ihre vielleicht letzte Chance waren, im Filmgeschäft Fuß zu fassen. Schon früher hatte es Interessenten gegeben. Während sie mit den Hiller-Girls in verschiedenen Städten gastiert hatte, war sie von Intendanten, Regisseuren, Agenten und Talentsuchern angesprochen worden. Sie alle zeigten sich von ihrem blendenden Aussehen und ihrer Bühnenpräsenz beeindruckt. Trotzdem verloren sie nach einem ersten Treffen das Interesse und meldeten sich nicht mehr.

Lydias Enttäuschung war riesengroß, doch sie stellte Fragen und ließ nicht locker, bis sie eine Erklärung gefunden hatte. Die Wahrheit war niederschmetternd.

Wenn ihr jemand von Shakespeare vorschwärmte, dachte sie allen Ernstes, er rede von einem Leinwandhelden. Wenn jemand Goethe zitierte, hielt sie die Weisheit für einen Kalenderblattspruch. Und wenn sie selbst länger sprach, wurde in jedem Satz deutlich, dass sie aus einfachsten Verhältnissen stammte.

In der Kneipe ihres Vaters und als Tänzerin hatte ihre Erscheinung genügt, aber anspruchsvolle und feingeistige Gesprächspartner konnte sie nicht fesseln. Sie war eine dumme Gans.

Nachdem sie zu dieser Einsicht gelangt war, erwachte ihr Kampfgeist. Lange überlegte sie, wie sie Abhilfe schaffen konnte. Eine Frau sollte nicht klüger als ein Mann erscheinen. Einen höheren Schulabschluss musste sie daher nicht nachholen, aber einfältig durfte sie auch nicht bleiben.

So studierte Lydia Tageszeitungen, den Völkischen Beobachter und Zeitschriften wie »Die junge Dame«, um sich bei Gesprächen interessant zu machen. In Antiquariaten kaufte sie sich Klassiker, von denen alle redeten und die man kennen musste. Zum Lesen hatte sie nie Zeit gehabt, und am Anfang fiel es ihr schwer, einen Wälzer mit mehreren hundert Seiten zu beenden, aber die Fortschritte stellten sich schnell ein. Ihr Wortschatz vergrößerte sich, und sie drückte sich bald gewählter aus.

Regelmäßig unterhielt sie sich mit Traute, die aus dem Raum Hannover stammte und Hochdeutsch sprach. Lydia imitierte die Betonung, und mit der Zeit gelang es ihr, den starken sächsischen Dialekt abzumildern.

Ihre Gage sparte sie eisern, um Unterricht im Benimm, im Gesang und in Sprechtechnik zu nehmen. Die Anleitung durch eine Lehrerin war nur im Urlaub oder an freien Tagen möglich. Wenn sie auf Tournee war, musste sie allein zurechtkommen.

Dann stand sie im Hotelzimmer vor dem Spiegel und absolvierte ihre Stimmübungen: »ha-he-hi-ho-hu« und »ma-me-mi-mo-mu«. Sie rezitierte Verse mit dem Explosivlaut »k«. Ihre Freundin Vreni lachte sie jedes Mal aus. Aber Lydia ließ sich nicht beirren und sang noch die Dur-Tonleiter »do-re-mi-fa-so-la-ti« in verschiedenen Tempi hinterher.

Da rief Vreni vom Bett herüber: »Du solltest lieber mal was Richtiges singen. Hör mal, das habe ich gestern auf einem Zettelchen gelesen, den ich in der Straßenbahn gefunden habe: ›Zehn kleine Meckerlein, die saßen einst beim Wein, der eine machte Goebbels nach, da waren's nur noch neun. Neun kleine Meckerlein, die haben nachgedacht, dem einen hat man's angemerkt, da waren's nur noch acht. Acht kleine Meckerlein, die haben was geschrieben, der eine hat's veröffentlicht, da waren's nur noch sieben. Sieben kleine Meckerlein –‹«

Lydia stand der Mund sperrangelweit offen. Sie brauchte ein paar Sekunden, um die Schockstarre zu überwinden. »Hör sofort auf damit«, zischte sie, sprang auf die Füße und öffnete die Zimmertür. Sie schaute nach links und rechts. Glücklicherweise war der Hotelgang leer. »Hast du den Verstand verloren? Wenn du so weitermachst, landen wir noch unterm Fallbeil.«

Vreni zuckte mit den Achseln und griff nach einer Packung JUNO. Sie klopfte eine Zigarette heraus, zündete sie mit einem Streichholz an und inhalierte den Rauch tief.

Lydia musterte sie wütend. Eigentlich nutzte es nichts, ihr ins Gewissen zu reden. Eine Stunde später würde sie alle Mahnungen in den Wind schlagen und den nächsten lebensgefährlichen Unsinn plappern. Sie war unbelehrbar, ein hoffnungsloser Fall. Trotzdem startete Lydia einen weiteren Anlauf: »Wenn du noch einmal so einen Quatsch redest, suche ich mir eine neue Zimmergefährtin. Nur, damit du es weißt. Lore und Hanne würden sich freuen, wenn ich sie frage.«

»Die beiden sind so transusig. Du würdest dich zu Tode langweilen.«

»Aber sie sind unpolitisch.«

»Das bin ich auch«, sagte Vreni verschmitzt. Sie sog an ihrer Zigarette und blies einen schönen Rauchring. »Du bist eine treue Seele. Das hab ich schon bei unserer ersten Begegnung gemerkt. Du würdest mich niemals auf die Straße setzen.«

Das stimmte vielleicht, aber Vreni übersah, dass Lydia auch eine Verantwortung gegenüber ihren Geschwistern trug. Sie schickte regelmäßig Geld nach Leipzig, damit sie etwas aus sich machten. Außerdem hatte sie noch Großes vor; sie wollte ein Star werden und nicht wegen irgendwelcher Blödeleien in einem Lager landen.

»Reiß dich gefälligst zusammen«, sagte sie und beendete das Gespräch, indem sie sich von Vreni abwandte und ihre Gesangs- und Sprechübungen fortsetzte.

Zu ihrer großen Erleichterung zeigte sich, dass sie Takt und

Melodie halten konnte. Ihre Stimme hatte eine raue Färbung, die sich dem Zuhörer einprägte. Auch Herrn Hiller blieb ihr Talent nicht verborgen, und er überlegte, ein Lied für sie in das Programm einzubauen, wozu es allerdings nicht mehr kommen sollte.

1941 verließ Lydia die Hiller-Girls, weil nach Ausbruch des Krieges die militärisch anmutenden Tanznummern beim Publikum nicht mehr so viel Beifall fanden. Sie erhielt ein Engagement am Gärtnerplatztheater in München, wo sie eine Rolle in der ›Fledermaus‹-Inszenierung übernahm. So blieb ihr endlich genügend Zeit für regelmäßigen Schauspielunterricht.

Nachdem sie über drei Jahre lang hart an ihrer Allgemeinbildung, ihrem gesellschaftlichen Auftreten und ihren künstlerischen Ausdrucksmöglichkeiten gearbeitet hatte, wurde sie von einem Regisseur der Bavaria Filmkunst gesichtet, der sie zu Stummtestaufnahmen einlud. Diese fielen so erfolgversprechend aus, dass er sie unverzüglich an seine Kollegen in Potsdam schickte, die ständig auf der Suche nach unverbrauchten Gesichtern waren. Wenige Tage später saß Lydia hier, auf dem Ufa-Gelände, am Ziel ihrer Träume.

Mittlerweile hatte sie mit genügend Filmleuten gesprochen, um die Bedeutung von Probeaufnahmen einschätzen zu können. Mit ihnen prüfte man die Eignung und Ausstrahlung eines Kandidaten. Ihr finanzieller und zeitlicher Aufwand war erheblich. Deshalb wurden sie mit außerordentlicher Achtsamkeit durchgeführt. Sie konnten der erste Schritt zu Rollenangeboten sein oder alle Träume zerplatzen lassen. Heute würde sich entscheiden, ob Lydia eine Zukunft als Darstellerin hatte oder Tänzerin bleiben würde.

»Komm mal mit, Mädchen!«, sagte ein Mann, der sich breitbeinig vor ihr aufbaute. Er hatte weit auseinanderstehende Augen, die ihren Körper abtasteten. Auf seinem Hemd klebten Reste der letzten Mahlzeit.

»Sind Sie Herr Langen-Albrecht?«, fragte Lydia erstaunt. Am Telefon hatte sich der Ufa-Nachwuchschef viel kultivierter angehört. Sie erhob sich und wollte ihm das Schreiben reichen.

»Lass mal stecken«, sagte der Mann und grinste. Dabei zeigte er gesunde, kräftige Zähne. »Ich bin der Kostümschneider. Müller zwei.«

Ohne ein weiteres Wort zu verlieren, ging er voraus. Offenbar erwartete er, dass sie ihm folgte. Sein rechtes Bein zog er nach. Möglicherweise trug er eine Prothese. In letzter Zeit sah man häufiger kriegsversehrte Männer.

Schließlich zog Müller zwei einen Schlüsselbund aus der Tasche und öffnete eine schwere Tür. Er gab ihr den Vortritt, und sie betraten den stockdusteren Kleiderfundus, in dem es nach Lavendel roch. Über ihr flammte eine Glühbirne auf, und zahllose Anzüge, Dirndln, Uniformen und Pelzmäntel wurden sichtbar. Sogar eine Ritterrüstung schimmerte matt.

»Der Gewandmeister ist krank, aber er hat was rausgesucht«, sagte Müller zwei. »Wenn es nicht passt, müssen wir noch mal schauen.«

Sie hatte ihre Konfektionsgröße, ihre Maße und die Schuhgröße am Fernsprecher durchgegeben. Jetzt hing an einer Puppe ein schlichtes dunkelblaues Sommerkleid, das ein dezentes Blümchenmuster aufwies. Eine weiße Stickerei zierte den Kragen. Die Ärmel reichten bis zu den Ellbogen. Sie würde darin bieder und ernst aussehen. Der bereitliegende Schmuck, ein einfacher Ehering und ein Kettchen mit Medaillon, würde diesen Eindruck noch verstärken.

Lydia bezweifelte, dass diese Aufmachung geeignet war, um ihren Typ zur Geltung zu bringen, aber sie musste darauf vertrauen, dass die Filmleute etwas in ihr entdeckt hatten, das sie nun in Szene setzen wollten. Halbherzig sah sie sich nach einem Umkleideraum um.

»Nun mach schon«, sagte Müller zwei. Er hatte ein geiles Funkeln in den Augen. »Das ist so beim Film. Manchmal muss es schnell gehen. Wenn du dich anstellst, kannst du die Chose gleich vergessen.«

Lydia glaubte ihm kein Wort, aber sie war ein Niemand und konnte hier unmöglich den Aufstand proben. Außerdem hatte sie schon andere Zudringlichkeiten über sich ergehen lassen.

Sie blendete seine Anwesenheit aus und konzentrierte sich auf ihre Rolle. Den kurzen Text hatte ihr Herr Langen-Albrecht am Fernsprechgerät diktiert. Sie würde sogar ein Lied singen müssen, das sie mit einem Musiker aus dem Orchester geprobt hatte.

Das Kleid passte perfekt. Müller zwei strich es an ihren Brüsten und an ihrem Hintern glatt. Lydia ließ die »Korrekturen« mit einer Miene geschehen, die ihn so verunsicherte, dass er schließlich die Lust verlor und sie in den Schminkraum führte, wo er sie mit den Worten »Viel Spaß mit Fräulein Peter!« stehen ließ.

Mit dieser Anrede war offenbar der Maskenbildner gemeint, der stumm auf einen Frisierstuhl zeigte. Sie nahm Platz und ließ sich einen Umhang über die Schultern werfen. »Fräulein Peter« griff nach einer Bürste und zog sie so kräftig durch ihr Haar, dass er eine Strähne herausriss.

»Au«, sagte sie, bog ihren Kopf nach hinten und suchte den Augenkontakt. Erst jetzt fiel ihr auf, dass der Maskenbildner geweint hatte.

»Fräulein Peter« betrachtete entsetzt das Büschel im Bürstenkopf und sprach in einem Singsang: »Was für ein Malheur! Es tut mir so leid, meine Teuerste. Ich war ja nicht bei Sinnen. Es ist die Liebe, immer die Liebe, die uns in den Himmel hebt und am Boden zerschmettert. Ich mach es wieder gut. Ganz bestimmt. Glaub mir, mein Täubchen. Ich versteh mein Handwerk. Ich bin der Beste. Deshalb haben sie mich ausgewählt. Du wirst sehen. Wenn wir fertig sind, wird die Kamera dich umschmeicheln. Die Zuschauer werden dich vergöttern. Hab keine Angst, mein Mädchen. Ich mache alles wieder gut. Gleich wirst du eine andere sein und in die Rolle deines Lebens schlüpfen ...«

Eine halbe Stunde lang redete er in diesem Ton weiter, bis er ernst verkündete, dass sein Werk vollbracht war. Sie musterte ihr Spiegelbild. Ihre Verwandlung war dezent, aber eindrucksvoll. Sie wirkte nun älter und leidgeprüfter. Der Maskenbildner nahm den Hörer ab und tätigte einen Anruf über das Haustelefon.

Dann schob er sie nach draußen, wo er sich mit einem Flugküsschen verabschiedete.

Lydia hörte bereits Schritte auf dem Gang, die sich näherten. Es waren zwei Männer in den besten Jahren, die schicke Anzüge trugen und sich angeregt unterhielten. Beide waren sorgfältig frisiert, von schlanker Statur und wirkten vergeistigt. Einer von ihnen war ein dunkler Typ, der andere ein heller. In ihrem Auftreten lag eine solche Selbstverständlichkeit, dass sie als Entscheidungsträger zu erkennen waren.

Lydia knickste und wollte sich vorstellen, aber die beiden Männer bemerkten ihre Bemühungen gar nicht, sondern unterhielten sich weiter, als wäre sie nicht anwesend.

»Und?«, fragte der Dunklere und ging um sie herum, als würde er einen Gaul begutachten. Er betrachtete sie von allen Seiten.

»Das Kleid steht ihr gut.« Nachdenklich legte der Hellere Daumen und Zeigefinger ans Kinn. »Das Gesicht ist nicht übel. Äußerlich würde es gehen, aber mir ist das Risiko zu groß. Ich brauche jemanden mit Erfahrung. Für den gesamten Dreh haben wir nur zwei Monate.«

»Warte nur ab. Er wird sie lieben. Sie ist genau sein Geschmack. Ich hab so ein Gefühl. Er wird drauf bestehen, dass du sie nimmst.«

Der Hellere verzog den Mund. »Auf seine ständigen Einmischungen kann ich verzichten. Wie soll man unter diesen Voraussetzungen arbeiten? Wenn er sie unbedingt will, soll er sie in einem Revuefilm testen. Das würde auch zu ihrem Lebenslauf passen.«

»Na, wir werden sehen«, sagte der Dunklere und wandte sich an Lydia. »Bitte entschuldigen Sie unser Betragen. Ich habe mich noch gar nicht vorgestellt. Rudolf Langen-Albrecht. Sehr angenehm. Und Sie sind Fräulein Bugalle, richtig? Mit Ihrem Nachnamen müssen wir uns noch was überlegen. Er klingt zu proletarisch. Sind Sie freundlich empfangen worden?«

Früher hätte sie eine solche Frage zum Anlass genommen, um sich zu beschweren und ihr Leid zu klagen. Obwohl sie den Maskenbildner dem dritten Geschlecht zuordnete und sich wunderte, warum er hier noch arbeiten durfte, ging er ja noch. Müller zwei war hingegen eine Zumutung. So ein widerwärtiger Kerl!

Mittlerweile wusste sie jedoch, dass Erkundigungen dieser Art rein rhetorischer Natur waren und der Fragesteller keine wahrheitsgemäße Antwort erwartete. Deshalb knickste sie nur leicht und lächelte mädchenhaft, was bei den Männern gut ankam.

»Schön, schön«, sagte Langen-Albrecht wohlwollend. »Das ist übrigens Paul Schwannecke. Er ist einer unserer erfolgreichsten Regisseure und hat ›Meine Frau Margot‹ und ›Liebeszauber‹ gedreht. Er wird die Aufnahmen heute leiten, damit wir Sie von Ihrer besten Seite präsentieren können. Haben Sie Ihre Rolle geübt?«

»Das hab ich«, erwiderte Lydia und schluckte hart. Sie fühlte sich leicht schwindlig. Die beiden Filme hatte sie im Kino gesehen. Sie hätte nicht für möglich gehalten, dass sie schon bei den Probeaufnahmen mit den Besten des Fachs zusammenarbeiten würde.

»Dann kommen Sie mal mit«, sagte Langen-Albrecht. »Die ganze Mannschaft wartet schon.«

Sie wurde an den Drehort geführt, wo sie zahlreichen Leuten vorgestellt wurde, die unterschiedliche Funktionen bekleideten und deren Namen sie gleich wieder vergaß. Mit Stellwänden war ein Zimmer mit Fenster hergerichtet worden. In ihm befanden sich eine Waschecke, eine Kochnische und ein Kinderbett. Unter der Decke lag ein ungefähr fünfjähriger Junge, der sie keck angrinste.

Der Regisseur Schwannecke übernahm das Kommando. Alles Vergeistigte legte er ab. Jetzt glich er einem General, der seinen Truppen präzise Befehle erteilte und Zuwiderhandlungen nicht duldete. Er ließ Lydia Aufstellung nehmen und begann mit den Dreharbeiten.

In der Szene spielte sie eine junge Mutter, die ihren Sohn aus dem Bettchen hob, ihn ankleidete und ihm ein Lied vorsang.

Innerlich stellte sie sich ihren jüngsten Bruder vor, den sie bis zu seinem Tod gepflegt hatte. Die Erinnerung machte ihren Vortrag seelenvoller, aber sie merkte sofort, dass sie übertrieb und zu viel Gefühl hineinpackte.

Schließlich klopfte es an der Tür. Es war der Postbote, der ihr einen Brief übergab, den sie sofort aufriss. In ihm wurde ihr mitgeteilt, dass ihr Mann gefallen war. Obwohl es gar nicht vorgesehen war, brach sie in Tränen aus. Sie weinte aus Enttäuschung über die vergebene Chance und aus Wut, weil sie nach all den teuren Unterrichtsstunden nichts gelernt hatte.

»Können wir es wiederholen?«, fragte sie flehend.

»Nicht nötig«, erwiderte Langen-Albrecht, nahm sie tröstend am Arm und führte sie nach draußen. »Wir haben genug Material, um uns einen Eindruck zu verschaffen. Jetzt muss ich leider zu einer Besprechung. Müller zwei wird Sie zurück in den Kleiderfundus führen. Ah, da ist ja der alte Haudegen. Ich wünsche Ihnen eine gute Heimreise. Falls wir Interesse haben, melden wir uns.«

7

Toni stand auf dem Oberdeck seines Hausboots und pustete in den dampfenden Kaffee. Am frühen Montagmorgen lag die Neustädter Havelbucht noch friedlich da. Eine Entenfamilie schwamm über die Wasseroberfläche und nahm Kurs auf den Schilfgürtel. Auf dem Uferweg radelte ein Mann in einem blauen Montageoverall vorüber, seine Mütze tief ins Gesicht gezogen.

Toni mochte den Tagesanbruch. Die Natur erwachte, und die Straßen waren noch frei von Abgasen und Motorenlärm. Alles wirkte verheißungsvoll. Er bedauerte nur, dass er diesen Moment nicht mit seiner Frau teilen konnte.

Sofie war seine große Liebe gewesen. Seit der gemeinsamen Schulzeit waren sie ein Paar, und die Trennung hatte ihn hart getroffen. Er hatte nicht für möglich gehalten, dass es hinterher weitergehen könnte, und trotzdem hatte sich ein Tag an den anderen gereiht.

Jeden Morgen stand er auf und erledigte seinen Job. Er kümmerte sich um den Alltag und hielt das Hausboot in Schuss. Rein äußerlich lief es weiter, als wäre nichts geschehen. Die Kollegen würden ihn als stabil beschreiben. Doch in ihm sah es anders aus.

Abends verzehrte er sich nach einem Schluck Calvados und fragte sich, für wen er sich zurückhalten sollte. Sofie hatte sich gegen ihn entschieden; sein Sohn machte in Übersee Karriere. Beide kamen ohne ihn zurecht. Wen kümmerte es, ob er sich betrank?

Die Antwort war einfach.

Ihn selbst.

Ja, ihn selbst musste es kümmern, was für eine Figur er abgab. Er war davon überzeugt, dass jeder Mensch eine Entscheidung treffen konnte, wen er darstellen wollte. Er konnte ein Mann sein, der im Selbstmitleid zerfloss, oder ein Mann, der das Beste aus den Umständen machte und tat, was zig Millionen andere auch taten: weitermachen, sich an den kleinen Dingen erfreuen und auf bessere Zeiten hoffen.

Toni nippte an seinem Kaffee und ließ den Blick über die Bucht streifen. Das Wasser war spiegelglatt, nur an einigen Stellen kräuselte es sich. Die Sonne schickte die ersten Sonnenstrahlen aus, die wie goldene Speere über den Himmel schossen. Sie trafen auf einzelne Wolken und ließen die Ränder gleißend hell flirren.

Als sein Smartphone vibrierte, wusste Toni sofort, dass es nur Phong sein konnte. Seitdem der Kollege seine Ernährung umgestellt hatte, verzichtete er auf ein Privatleben. Effektivität war sein neues Lieblingswort.

»Du kannst unmöglich schon im Büro sein«, sagte Toni.

»Bin ich auch nicht.« Phong war außer Atem. Im Hintergrund erklang ein schleifendes Geräusch.

»Was ist das?«

»Ein Ergometer. Jeden Morgen fünfundvierzig Minuten. Bei einem Puls von hundertzwanzig. Solltest du auch mal probieren. Das bringt den Kreislauf in Schwung.«

»Hört sich toll an. Was gibt's?«

Phong schnappte nach Luft. »Ich will dich nur informieren, was ich gestern rausgefunden habe. Dann brauchst du nicht ins Kommissariat zu kommen und kannst gleich loslegen. Lothroh hat mit seinem Smartphone ein Gemälde fotografiert.«

»Er war Kunstsachverständiger. Da wird er häufiger irgendwelche Bilder geknipst haben.«

»Ich war noch nicht fertig.«

»Aha.«

»Zurzeit befindet sich im Museum Barberini eine Ausstellung, die vor zwei Wochen eröffnet wurde. Bei seinem ersten Besuch hat er das Gemälde ›Frau mit Schleier‹ bestimmt fünfzig Mal abgelichtet. Zuerst in seiner Gesamtheit, dann die Details. Am Tag darauf ist er mit einer hochauflösenden Kamera zurückgekehrt und hat weitere Bilder geschossen, die er auf seinen Laptop geladen hat. Mit einem speziellen Programm hat er versucht, die Fotos zu bearbeiten und das Gesicht der Frau kenntlich zu machen.«

»War er erfolgreich?«

»Ich bin kein Kunstexperte, aber ich kann da nichts erkennen.«

»Warum hat er das getan?«

»Vielleicht hielt er das Bild für eine Fälschung und hat etwas gesehen, das nicht zum Stil des Malers passste?«

»Mehr hast du nicht?«

»Irgendwo müssen wir ja anfangen. Ich hab dir Bilder von dem Gemälde und von den Häusern, die an der Pinnwand gehangen haben, als JPEG-Dateien geschickt. Außerdem hab ich dir einen Termin bei der Kuratorin gemacht, die für die Ausstellung zuständig ist. Sie heißt Clarissa Menke und erwartet dich um acht Uhr dreißig im Foyer des Museums. Wenn ich sonst noch was rausbekomme, melde ich mich. Bis später.«

Phong unterbrach die Verbindung.

Verdutzt blickte Toni auf sein Handy. Irgendwann würde er den Kollegen daran erinnern müssen, dass er der Teamleiter war und den Ablauf der Ermittlungen bestimmte. Andererseits war Phongs Engagement lobenswert. Sie sparten Zeit. Die ersten Tage waren entscheidend. Zudem machten die getroffenen Maßnahmen Sinn.

Toni leerte den Kaffeebecher mit einem großen Schluck und dachte: Was soll's? Ins Barberini wollte ich schon immer.

8

Das Museum Barberini lag am Alten Markt. Das Palais war im Krieg zerstört und von der Hasso-Plattner-Stiftung wiederaufgebaut worden. Die Potsdamer erhielten ein aufsehenerregendes Geschenk. Im ersten Jahr wurden mehr als eine halbe Million Besucher verzeichnet, die unter anderem eine Ausstellung zu den französischen Impressionisten bewundern durften.

Obwohl das Haus erst um zehn Uhr öffnete, konnte Toni das Foyer betreten. Der Terrazzoboden wirkte dezent und edel. Türen, Fenster und Lampen waren im Art-déco-Stil gehalten. Weiße Säulen stützten die hohe Decke. Rechts befand sich der Ticketverkaufsschalter.

Die Museumskuratorin eilte mit großen Schritten heran. Clarissa Menke war eine beeindruckende Erscheinung. Bei einer Körpergröße von über einem Meter achtzig verschaffte ihr das rabenschwarze aufgesteckte Haar noch einige zusätzliche Zentimeter in der Gesamthöhe. Ihre dunkelbraunen Augen harmonierten nicht recht mit dem betongrauen Rollkragenpullover. Ihr Kreuz war so breit, dass es sich nur durch jahrelange sportliche Betätigung ausgebildet haben konnte. Unter der engen Hose zeichneten sich muskulöse Beine ab. Wenn sie blond gewesen wäre, hätte der Opernkomponist Richard Wagner sie vom Fleck weg als Walküre engagiert.

»Es dauert hoffentlich nicht lange«, sagte sie nach einer knappen Begrüßung. »Wir können uns ins Café setzen. Kommen Sie.«

Toni folgte ihr. Er verlor keine Zeit und informierte die Kuratorin mit wenigen Sätzen über den Sachverhalt. Abrupt blieb sie stehen, sodass er beinahe in sie hineingelaufen wäre.

»Alles in Ordnung?«, erkundigte er sich und bedauerte, dass er ihr Gesicht nicht gesehen hatte. Seine Schilderungen hatten eine starke Reaktion ausgelöst. Ihr Verhalten war auffällig. Als er hergefahren war, hatte er nicht damit gerechnet, dass sie zum

Kreis der Verdächtigen zählen könnte. Jetzt würde er seine Einschätzung überprüfen müssen.

»Ja, ja«, erwiderte sie und zeigte in dem eleganten Café auf einen weißen Stuhl, der an einem Zweiertisch stand. »Bitte sehr.«

Während der Öffnungszeiten ging es hier bestimmt turbulent zu, jetzt waren sie allein. »Kennen Sie das Opfer Helmut Lothroh?«, fragte Toni.

Die Kuratorin wich seinem Blick aus. »Nun setzen Sie sich doch!«

Toni gefiel ihr Ton nicht. Trotzdem vermied er eine Konfrontation. Er wollte sie zu spontanen Reaktionen bringen, wenn er es für geboten hielt. Also nahm er Platz.

Frau Menke blieb stehen und schaute auf ihn herab. »Ich kannte ihn, ja. Beruflich hatten wir nichts miteinander zu tun, aber die Kunstwelt ist klein. Man begegnet sich auf Ausstellungen, wissenschaftlichen Symposien und Empfängen.«

»Das ist alles? Eben haben Sie sehr emotional reagiert. Es ist besser, wenn Sie gleich mit offenen Karten spielen.«

»Was wollen Sie denn hören?«

»Die Wahrheit.«

Frau Menke verzog das Gesicht, so als wäre das eine Kategorie, die jeden Wert verloren hätte. »Dass ich eine Affäre mit ihm hatte, ist meine Privatsache und geht niemanden etwas an.«

»Sie und Herr Lothroh?« Toni erinnerte sich an den schmalen, zartgliedrigen Mann, der auf der Trage der Gerichtsmedizin gelegen hatte. Daneben versuchte er sich die große, muskulöse Kuratorin vorzustellen. Es gelang ihm nicht. Rein äußerlich passten sie nicht zueinander.

Frau Menke lachte bitter. »Ich weiß, was Sie denken. Sie fragen sich, was mich da geritten hat. Ich kann Sie beruhigen. Sie sind nicht der Einzige. Meine Freundin hat mir gleich gesagt, dass ich es sein lassen soll, aber ich war damals nicht bei Verstand.«

»Inwiefern?«

»Ich war frisch geschieden. Ich hatte ein Selbstbewusstsein, das irgendwo im Keller lag, und da kommt dieser weltgewandte, kreative Mann vorbei und spricht mit mir über Kunst. Sie müssen wissen, dass sich mein Ex-Gatte nur für Geld, Geld und nochmals Geld interessiert hat. Er hat nie verstanden, warum ich mich mit Kultur beschäftige. Mein Studium und meine Arbeit hat er als netten Zeitvertreib abgetan.«

»Frau Menke, wo waren Sie in der Nacht von Samstag auf Sonntag?«

»Sie glauben, dass ich Helmut getötet habe?«

»Nein, ich glaube gar nichts. Sie hatten ein persönliches Verhältnis zu ihm. Und die Frage dient mir lediglich dazu, Sie als Täterin auszuschließen.«

»Aha.« Frau Menke schob ihre Unterlippe vor und verschränkte die Arme vor der Brust. »Am Samstagabend habe ich die Kinder ins Bett gebracht und mich dann vor den Fernseher gesetzt.«

»Was lief denn?«

»Ich hab hin und her geschaltet. Nichts, was mir im Gedächtnis geblieben wäre.«

»Kann das jemand bezeugen?«

»Mein Mann jedenfalls nicht. Er lebt in Frankfurt mit seiner Sekretärin. Sie ist zwanzig Jahre jünger und himmelt ihn an. Aber Sie können beruhigt sein. Auch wenn ich auf die Herren der Schöpfung nicht gut zu sprechen bin und auch wenn Helmut ein Schwein war, habe ich ihn nicht getötet.«

»Wieso war Herr Lothroh ein Schwein?«

»Was denken Sie denn? Er war wie alle Männer. Zwei Monate haben wir uns getroffen und uns auf einer geistigen Ebene ausgetauscht. Es war interessant, bereichernd und schön. Dann hab ich nachgegeben und bin mit ihm ins Bett gegangen. Hinterher hat er sich nicht mehr gemeldet. Er ist auch nicht ans Telefon gegangen. Ich habe ihn nie wieder gesehen.«

»Haben Sie für sein Verhalten eine Erklärung?«

»Ist das Ihr Ernst?«

»Äh, ja.«

Energisch stampfte Frau Menke mit dem Fuß auf. »Das liegt

doch wohl auf der Hand. Eine Frau wie mich hatte er noch nicht, und das hat ihn gereizt. Er wollte eine Jagdtrophäe. Und als er mich erlegt hatte, wurde ihm langweilig. Das ist alles. Die älteste Geschichte der Welt.«

»So offensichtlich finde ich das nicht.«

Frau Menke ließ sich nicht beirren. »Das beruhte übrigens auf Gegenseitigkeit. Er war nämlich überall klein. Wenn Sie verstehen, was ich meine. Eigentlich wundere ich mich, dass er hier aufgetaucht ist. Er hätte mir über den Weg laufen können. Und das hätte ihn ganz sicher in Angst und Schrecken versetzt.«

Das ist interessant, dachte Toni. Lothroh war hergekommen, obwohl ihm eine unangenehme Begegnung drohte. Er musste eine besondere Motivation gehabt haben. Vielleicht hatte er durch einen Zeitungsbericht von dem Gemälde erfahren und wollte es sich mit eigenen Augen ansehen. »Wie lange liegt die Affäre mit Herrn Lothroh zurück?«

»Zwei Jahre.«

Toni war erstaunt, dass Frau Menke noch so verletzt war. Wahrscheinlich war die Beziehung mehr als eine Affäre gewesen. Ihr Alibi ließ sich nicht überprüfen. Und enttäuschte Liebe war ein häufiges Mordmotiv. Ja, er würde sie im Auge behalten.

»Können Sie erklären, warum Herr Lothroh ein besonderes Interesse an diesem Gemälde hatte?«, fragte er und zeigte es ihr auf seinem Smartphone.

»Ah, ›Die Frau mit Schleier‹!«, sagte Frau Menke. »Ein wunderbares Porträt. Daran ist vieles besonders, aber ich kann Ihnen beim besten Willen nicht sagen, warum ausgerechnet Helmut ein Interesse hatte. Es handelt sich jedenfalls nicht um Raubkunst und auch nicht um eine Fälschung. Die Provenienz ist sehr gut dokumentiert.«

»Was ist das eigentlich für eine Ausstellung?«, fragte Toni.

Die Augen der Kuratorin leuchteten auf. »Sie nennt sich: ›Modern Life. Jackson Tannebaum und seine Zeit‹. Neben fünfzehn seiner Gemälde stellen wir neunzig Werke von Man Ray, Lyonel Feininger, Charles Sheeler, Raphael Soyer und Georgia

O'Keeffe aus. Tannebaum gilt als Meister der amerikanischen Moderne. Sein Schaffen hat die erste Hälfte des 20. Jahrhunderts geprägt. Mit dieser Ausstellung setzten wir sein Werk in den künstlerischen Kontext. Wir wollen Gemeinsamkeiten, Einflüsse und Unterschiede herausarbeiten. Sie müssen wissen, dass ich über die amerikanische Gründerzeit, das ›Gilded Age‹, promoviert habe. Diese Ausstellung knüpft an meine jahrelange Forschung an.«

»Das klingt interessant«, sagte Toni freundlich. »Würden Sie bitte alle relevanten Unterlagen, die Sie zu dem Gemälde, dem Maler und der Ausstellung haben, per E-Mail an meinen Kollegen im Kommissariat schicken? Warten Sie, ich schreibe seine Adresse auf.« Er gab ihr seine Visitenkarte, auf deren Rückseite er Phongs Kontaktdaten notiert hatte.

Frau Menke steckte sie unbesehen weg. »Morgen ist meine Mitarbeiterin aus dem Urlaub zurück. Ich werde es ihr ausrichten. Sind wir fertig?«

Toni erhob sich. »Ich muss leider drauf bestehen, dass Sie uns die Unterlagen noch heute Morgen zukommen lassen. Am besten direkt nach unserem Gespräch. Bei Ermittlungen dieser Art ist Eile geboten.«

»Sie sind wahrscheinlich auch einer von den Männern, die sich nicht vorstellen können, dass ich nützliche Arbeit leiste und keine Zeit für irgendwelche Handlangerdienste habe.«

Toni blickte sie verwundert an. Irgendwie kam er mit der Kuratorin nicht auf einen grünen Zweig. Eine Richtigstellung würde sie nur reizen. Deshalb ließ er ihre Bemerkung unkommentiert. »Würden Sie mir das Gemälde bitte zeigen?«

In düsteres Schweigen gehüllt führte Frau Menke ihn in den Ausstellungsraum, der über eine Kassettenlichtdecke und gewölbte Deckenkehlen verfügte. Die Wände waren in einem dunklen Anthrazit gehalten. Toni bedankte sich für die Auskünfte und ließ sie ziehen. Er wollte das Kunstwerk in Ruhe betrachten. Eine der Sicherheitskräfte würde ihn später nach draußen begleiten.

Toni stellte sich vor das große Bild. Es war mit Ölfarbe gemalt worden und im Jahr 1969 entstanden. Im Hintergrund sah man den zerklüfteten Himmel und das aufgepeitschte Meer. Auf einer Hafenmole saß eine schwarz gekleidete Frau, die sich halb abgewandt hatte und in die Ferne schaute. Ihre Haltung verlieh ihr eine traurige Anmut. Die ganze Stimmung war rau, düster und ergreifend. Gerne hätte Toni erfahren, was in der Frau vor sich ging, aber eine andere Frage drängte sich ihm noch stärker auf: Warum hatte sie ihr Gesicht verschleiert?

9

München und Potsdam, 1942

Jahre später sollte Lydia sich fragen, wie ihr Leben verlaufen
wäre, wenn sie von der Nachwuchsabteilung der Ufa eine Ab-
sage erhalten hätte, aber damals war sie der festen Überzeugung
gewesen, dass sie das große Los gezogen hatte. Als Herr Langen-Albrecht ihr telegrafierte, dass sie so schnell wie möglich
nach Babelsberg kommen solle, sprang sie vor Freude in die
Luft. Übermütig schmiss sie ihre Habseligkeiten in den Koffer,
beendete das Engagement am Gärtnerplatztheater und bestieg
den nächsten Zug.

Nach ihrer Ankunft wurde sie zunächst im Hotel »Jagdschloss Stern« untergebracht, bis sie eine möblierte Bleibe
gefunden hatte. Der Unterricht begann bereits am nächsten
Morgen mit Schauspiel, Gymnastik und Tanz. Der straffe Lehr-
plan setzte sich in den folgenden Wochen mit Sprechtechnik,
Literatur-, Film- und Theatergeschichte, mit Theaterwissen-
schaft, Musikgeschichte, Stimmbildung und Liedvortrag, mit
Chanson-Unterricht, Fechten, Reiten, Grundlagen der Kos-
metik und Unterweisungen in die Zeitgeschichte fort.

Lydia war so dankbar, dass sie diese Chance erhalten hatte,
und wollte sich ihrer als würdig erweisen. Sie sog den Lehrstoff
in sich auf und machte erstaunliche Fortschritte, die auch den
Lehrern nicht verborgen blieben.

Obwohl sie nie eine höhere Bildungsstätte besucht hatte,
fühlte sie sich wie eine richtige Studentin. Stolz schrieb sie ihren
Brüdern, die als Wehrmachtssoldaten in Norwegen stationiert
waren, lange Briefe, in denen sie ihren Alltag schilderte und von
Begegnungen mit den Stars berichtete. Am Geburtstag der Zwillinge schickte sie ihnen selbst gestrickte Socken, Schokolade und
Autogrammkarten von Ilse Werner, für die beide schwärmten.

Als eine Nebendarstellerin ausfiel, wurde Lydias Fleiß belohnt, indem sie für eine winzige Rolle besetzt wurde. Im Studio war ein kleinstädtischer Marktplatz aufgebaut. Als Semmelfrau stand sie vor einem Schmiedezaun und schaute schmachtend jungen Offizieren hinterher. Insgesamt sagte sie nur zwei Sätze. Trotzdem brannte sie darauf, sich auf der Leinwand zu sehen. Der Regisseur versprach, ihr eine Einladung für die Premiere zu schicken.

Während einige Filmschüler aus gut situierten Elternhäusern stammten und noch viele Flausen im Kopf hatten, büffelte Lydia an den freien Abenden im Hotel. Meistens lernte sie klassische Rollen, die häufig im Schauspielunterricht verwendet wurden. Die hochtrabenden Formulierungen kamen ihr nur schwer über die Lippen, sodass sie den Figuren kein Leben einhauchen konnte. Sie wusste, dass sie gerade auf dem Gebiet des Theaters noch viel aufholen musste.

Seit Kurzem teilte sie sich das Doppelzimmer mit Renate Rohlfs, die mit Ende zwanzig die älteste Filmschülerin und überraschend zu ihrer Gruppe dazugestoßen war. Sie war ebenfalls auf der Suche nach einer dauerhaften Bleibe.

Renate war eine groß gewachsene Brünette und hatte einen schlanken, biegsamen Körper. Mit ihrem hellwachen Blick, der imposanten Nase und dem schnellen Mundwerk war sie auf eine herbe Art durchaus attraktiv. Sie hatte schon als Kinderdarstellerin in Stummfilmproduktionen mitgewirkt und meistens die kesse Göre gespielt. Als junge Frau hatte sie tragische Nebenrollen übernommen, die in einem schwierigen Milieu angesiedelt waren. Angesichts ihres Alters und ihrer Erfahrungen war es verwunderlich, dass sie die Filmschule besuchte. Die Unterrichtsbank zu drücken musste ihr wie ein Rückschritt vorkommen, aber Lydia dachte nicht weiter darüber nach. Zu sehr war sie mit sich selbst beschäftigt.

Im Schneidersitz hockten die beiden Frauen auf den Betten, die nur durch einen schmalen Gang getrennt waren. Zwischen ihnen stand auf dem Nachttisch ein großer Krug mit Buttermilch, die gut für einen vorteilhaften Teint sein sollte.

Nacheinander trugen sie sich die Marion aus dem Theaterstück »Dantons Tod« vor. Während Lydias Vortrag hölzern und auswendig gelernt klang, zeigte Renate, wie viel Talent in ihr steckte. Sie musste keine der großen Miminnen imitieren. In ihrer ganz eigenen Art interpretierte sie Büchners Prostituierte als naives Berliner Mädchen. Dabei wirkte sie so echt, dass sie Lydia nicht nur berührte, sondern ergriff.

Spontan applaudierte sie der Mitbewohnerin und überlegte, ob sie sich eine gemeinsame Wohnung suchen sollten. Renate war so erfahren, dass sie viele Tricks beherrschte und ihr einiges beibringen konnte.

Da wurde an die Tür geklopft.

Es war bereits nach elf, und um diese Uhrzeit erschien eigentlich kein Besuch mehr. Erschrocken blickten sich die Frauen an. In der Vergangenheit waren häufiger Leute abgeholt worden, ohne dass ein erkennbarer Grund vorgelegen hatte. Renate machte durch eine hastige Geste klar, dass sie sich nicht vom Fleck rühren würde. Sie wirkte panisch. Mit fliehendem Blick legte sie den Zeigefinger an die Lippen und machte: »Pst!«

Lydia schüttelte entschieden den Kopf. Sich zu verstecken brachte nichts. Außerdem hatte sie nichts zu verbergen. Als es erneut klopfte, nahm sie ihren Mut zusammen, sprang auf und öffnete die Tür.

Draußen stand ein gebeugter alter Mann, der einen weißen abstehenden Haarkranz hatte und auf seiner Adlernase eine Nickelbrille trug. Es war der Nachtportier.

»Entschuldigen Sie bitte die späte Störung, gnädiges Fräulein. Das hier wurde eben für sie abgegeben«, flüsterte er und hielt einen riesigen Strauß roter Rosen hoch. »Ich habe mir erlaubt, eine Vase mit frischem Wasser zu füllen und gleich mitzubringen.«

»Für mich?«, rief Lydia. Als Hiller-Girl hatte sie oft Blumengeschenke erhalten, aber kaum jemand wusste, dass sie hier abgestiegen war. Sie nahm alles entgegen, bedankte sich bei dem Nachtportier und trug die dunkelrote Pracht ins Zimmer. Sofort war der Raum von dem schweren Blütenduft erfüllt. Zwischen den Dornen steckte ein weißer Umschlag mit der Aufschrift

»Für Fräulein Lydia Riefenberg«. Das war ihr neuer Künstlername, den sie sich zusammen mit dem Ufa-Nachwuchschef ausgedacht hatte. Sie fand ihn feierlich und würdevoll.

Renate war sichtlich erleichtert. Sie rückte ein Stück auf dem Bett zurück und lehnte sich gegen die Wand. »Mach schon auf.«

Lydia öffnete das Kuvert und entnahm ihm eine elfenbeinfarbene Karte, auf der stand: »Den herzlichsten Glückwunsch zu Ihrer ersten Rolle. Jetzt gehören Sie dazu. Joseph Goebbels«.

»Von Hinkebein?«, fragte Renate.

»Woher weißt du das?«, erwiderte Lydia.

»Da muss man kein Hellseher sein. Hat deine Familie vor Kurzem Besuch bekommen? Hat sich jemand nach dir erkundigt?«

»Meine Schwester hat mir geschrieben, dass einige Männer in Ledermänteln aufgekreuzt seien und zahlreiche Fragen gestellt hätten. Ich dachte, dass sie von der Ufa geschickt worden seien. Die Bestimmungen sind doch so streng, und oftmals wird der Ariernachweis überprüft.«

»Nee, die kamen von Hinkebein persönlich. So geht er immer vor. Er will keinen Ärger haben. Eifersüchtige Ehemänner und keifende Eltern sind ihm ein Graus. Es hat mal einen Skandal gegeben, als er mit einer tschechischen Schauspielerin angebändelt hat. Da ist er beinahe in Ungnade gefallen. Seitdem vermeidet er jedes öffentliche Aufsehen. Bei seinen Eroberungen prüft er zunächst das Territorium und plant das weitere Vorgehen mit pedantischer Präzision. Hinkebein ist sehr schlau.«

»Kannst du ihn bitte anders nennen?«, fragte Lydia.

Renate grinste sarkastisch. »Wenn du dich dann besser fühlst. Bist du dem Herrn Reichsminister schon mal begegnet?«

»Vor zwei Wochen war er im Studio, um uns bei einer Probe zuzuschauen. Herr Langen-Albrecht sagte, dass das nichts Besonderes sei und dass er häufiger vorbeikomme.«

»Fleischbeschau. So regt er den Appetit an. Hat er mit dir gesprochen?«

»Er hat mir die Hand gegeben und mir viel Glück gewünscht.«

»Dann hast du ihm gefallen. Ansonsten wäre er wortlos wieder abgezogen. Ich kann dir versichern, dass er in den vergangenen Tagen sehr oft an dich gedacht hat. Er hat nur auf einen günstigen Augenblick gewartet, um dir ein Geschenk zu machen.«

»Was meinst du?«

»Na, du spielst deine erste Filmrolle. Und schon ist der Rosenstrauß da.«

»Warum sollte er sich gerade um mich bemühen? Im Atelier hat er mit allen Darstellerinnen gesprochen. Er kennt mich doch gar nicht.«

»Da täuschst du dich gewaltig. Er kennt dich besser, als du glaubst. Alle Probeaufnahmen werden ihm gezeigt. Meistens entscheidet er über die Aufnahme eines Bewerbers in die Filmschule. Bei der Besetzung der Rollen schreibt er den Regisseuren vor, wer spielen soll. Und du entsprichst genau seinem Geschmack.«

»Nein, ich bin viel zu dunkel.«

Wieder lächelte Renate maliziös. »Er mag keine blonden BDM-Mädels. Er hasst sie, er verabscheut auch die NS-Frauenschaft mit all ihrer Häuslichkeit. Persönlich bevorzugt er den südländischen Typ, und im Film sorgt er für eine internationale Vielfalt. Er macht Ausländerinnen zu Stars.«

»Ist mir noch gar nicht aufgefallen.«

»Wirklich nicht? Russinnen wie Olga Tschechowa, Ungarinnen wie Clara Tabody, Maria von Tasnady und Marika Rökk oder Tschechinnen wie Lída Baarová und Adina Mandlová bekommen große Rollen. Wenn die Zuschauer eine nordische Darstellerin auf der Leinwand sehen, sind es ausgesprochene Diven wie die Schwedin Zarah Leander oder die Norwegerin Kirsten Heiberg. Die beiden haben rein gar nichts mit der gebärfreudigen Bauersfrau gemein, die man auf den Propagandaplakaten sieht. Und bei den hiesigen Miminnen findest du ebenfalls ein rassefremdes Äußeres wie bei Anna Dammann oder Sybille Schmitz.«

»Und was will er von mir?«

»Du Dummchen! Bist du wirklich so naiv, oder tust du nur so? Der Herr Reichsminister ist scharf auf dich. Ihm läuft schon der Sabber aus dem Mund. Was meinst du, warum er der Bock von Babelsberg genannt wird? Er legt jede flach, die ihm gefällt. Er ist kein selbstloser Unterstützer junger Elevinnen. Er ist mehr wie ein mieser Firmenchef, der seine Machtposition missbraucht und von der Abhängigkeit seiner weiblichen Angestellten profitiert. Für die Vergabe einer Rolle fordert er eine Gegenleistung. Für ihn ist das ein Handel. Wenn man sich klug anstellt, kann man es weit bringen. Wenn man in Ungnade fällt, muss man eben zusehen, wie man ohne ihn zurechtkommt.«

»Woher weißt du das alles?«

»Das ist kein Geheimnis. Das weiß bei der Ufa jeder. Wenn du etwas länger dabei bist, wirst du die Geschichten selber hören.«

»Also Gerüchte! Darauf gebe ich nichts.«

Renate zögerte kurz, ihr Blick trübte sich, dann fuhr sie gedämpfter fort: »Ich hab selbst einen Rosenstrauß von ihm erhalten. Später hat er mich zu einer Matinee in sein Landhaus nach Lanke eingeladen. Ich hab so getan, als hätte ich ihn nicht richtig verstanden, aber Hinkebein ... Ach, entschuldige. Ich meine natürlich den Herrn Reichsminister. Er ist sehr zielstrebig, wenn er Witterung aufgenommen hat. Er gibt nicht auf. Er rief mich nachts an, passte mich bei einer Premiere ab und kam bei Dreharbeiten vorbei. Er drohte sogar unterschwellig.«

»Hast du nachgegeben?«

»Was denkst du denn? Irgendwann war der Druck so groß, dass ich mich nicht mehr entziehen konnte. Ich wollte mich aber nicht kampflos ergeben und kam mir besonders schlau vor, als ich mich drei Tage lang nicht wusch. Bei dem Treffen trug ich ein Bauernhemd, Pluderhosen und Holzschuhe. Ich muffelte nach Schweiß. Trotzdem spielte er mir nach dem Dinner die ›Mondscheinsonate‹ vor. Das kannst du dir gleich merken. Wenn er sich ans Klavier setzt, wird es gefährlich. Danach geht er auf Tuchfühlung. Ich wurde steif wie ein Brett, aber das interessierte ihn nicht. Als er mich befummelte, flüsterte er mir ins Ohr, ob ich irgendwelche Wünsche hätte oder ob er mir anderweitig behilflich sein könne. Da habe ich ihm in meinem derbsten Berlinerisch von meinem Cousin erzählt. Der ist in Frankreich auf eine Mine gefahren. Die Explosion hat ihm nicht nur die Beine, sondern auch die Glöckchen weggerissen. Ihm fehle das Geld für einen Rollstuhl, hab ich gesagt. Und ob der Herr Reichsminister nicht aushelfen könne.«

»Oh.«

»Ja, genau. Die Stimmung war weg.«

»Wie hat er reagiert?«

»Erst hat er nur dagestanden und mich angeglotzt. Dann ist er zu seinem Schreibtisch gegangen, hat ein paar Scheine abgezählt und sie mir in die Hand gedrückt. Er hat seinen Chauffeur gerufen und mich nach Hause fahren lassen.«

»Dann bist du davongekommen!«

»Das kann man so oder so sehen. Der Herr Reichsminister hat mir seinen Joseph nicht reingesteckt, wenn du das meinst, aber die ganze Geschichte ist jetzt einige Jahre her. Seitdem hatte ich keine einzige Rolle mehr. Er blockiert mich, wo er nur kann. Ich erhalte auch am Theater keine Engagements. Er hat persönlich einige Intendanten zurechtgewiesen, die mich besetzen wollten. Mir ging es so dreckig, dass ich in einer Fabrik schuften musste, um über die Runden zu kommen.«

»Und wieso bist du hier?«

»Herr Langen-Albrecht hat von mir gehört. Er hat mich damals entdeckt. Ich habe mehrere Filme mit ihm gedreht; er mochte immer meinen Typ. Ihm geht es um die Sache. Er ist ein leidenschaftlicher Filmmann, und die Verschwendung meines Talents ärgert ihn. Ich hab keine Ahnung, wie er durchgesetzt hat, dass ich in der Akademie aufgenommen wurde, aber irgendwie hat er es geschafft. Jetzt muss ich keine Granaten mehr zusammenschrauben und kann in Spielform bleiben. Vielleicht beruhigt sich Hinkefuß ja wieder. Herr Langen-Albrecht hat mich für kleinere Rollen vorgeschlagen, bis jetzt ohne Erfolg, aber wir geben die Hoffnung nicht auf. Früher oder später darf ich wieder vor die Kamera.«

Oder auch nicht, dachte Lydia ernüchtert und betrachtete die Mitbewohnerin. Sie war beim mächtigsten Mann des Filmwesens in Ungnade gefallen. Daraufhin war ihre Karriere beendet gewesen. Vielleicht war es doch nicht so klug, sich eine gemeinsame Wohnung zu suchen.

Als Lydia später im Bett lag, wälzte sie sich hin und her. Eine Frage hatte sich bei ihr eingenistet und ging ihr nicht mehr aus dem Kopf: Wie sollte sie sich verhalten, wenn der Reichsminister sie einladen würde?

10

Toni nahm Phongs Anruf im Museum Barberini entgegen. Er wurde hellhörig, als der Kollege berichtete, dass Lothrohs Auto in der Innenstadt aufgespürt worden war.

Sofort lief er zu seinem Peugeot und fuhr los. Falls der sichergestellte Pkw irgendwelche Anhaltspunkte bot, wollte er sie schnell erfahren.

Er bog in die Lindenstraße ein und entdeckte das Einsatzfahrzeug der KTU und den Abschleppwagen. Sie standen auf der Höhe von »ShamRock's Irish Pub«. Zu dieser Uhrzeit waren die meisten Parkplätze schon belegt. Die Leute frühstückten in den schönen Cafés oder erledigten in der Brandenburger Straße ihre Einkäufe.

Toni hatte Glück, dass er eine Lücke fand. Die Verladung des weißen Volvos wurde von Tore Karlsen überwacht, zu dem er ein gutes Verhältnis hatte. Der Kriminaltechniker hatte eine Halstätowierung, einen dunkelbraunen Pferdeschwanz und einen hünenhaften Körperbau. Er stammte aus Eberswalde und trainierte mittelalterlichen Schwertkampf. Trotz seines kriegerischen Aussehens ließ er keine Fortbildung aus. Auf seinem Gebiet war er ein Experte.

Nach einer kurzen Begrüßung fragte Toni: »Kannst du schon was sagen?«

»Auf dem Beifahrersitz hab ich Blutspuren entdeckt«, erwiderte Karlsen, »aber mach dir nicht zu große Hoffnungen. Sie sind wahrscheinlich älter.«

»Schade.«

»Dafür hab ich was anderes.« Karlsen öffnete eine Tasche und zog eine Klarsichthülle heraus, in der ein Parkschein steckte. »Der klemmte unter der Windschutzscheibe.«

Toni musterte das kleine weiße Stück Papier. Die angegebene Parkzeit endete heute, an diesem Montag, um zwölf Uhr. Er machte ein Foto und gab die Hülle zurück. »Leider steht nicht drauf, wann er gezogen wurde. Im Prinzip könnte er eben erst deponiert worden sein.«

Karlsen grinste. »Irgendwie wusste ich, dass du das sagen würdest. Deshalb hab ich mit dem Wirt gesprochen. Er hat bis vor fünf Minuten neben mir gestanden und wollte wissen, warum wir angerückt sind. Ich hab ihn ein bisschen ausgequetscht. Er ist sich hundertprozentig sicher, dass der Wagen Samstagabend abgestellt wurde. Auf die genaue Uhrzeit wollte er sich nicht festlegen. Eine Personenbeschreibung des Fahrers konnte er auch nicht abgeben.«

»Ist er noch in der Kneipe?«

»Nein, erst heut Nachmittag wieder, aber mehr wird er dir nicht sagen können.«

»Dann wurde dieser Parkschein möglicherweise vom Opfer gezogen und könnte noch eine wichtige Rolle spielen. Am Samstagabend und Sonntag werden keine Gebühren fällig. Wenn er die Münzen selber eingeworfen hat, wusste er, dass er den Wagen bis Montagmittag nicht wegbewegen würde. Was hatte er am Wochenende vor?«

»Das zu ermitteln ist dein Job. Ich muss jetzt los. Ich meld mich, wenn ich was finde«, sagte Karlsen, winkte lässig und stieg ein.

Der Abschleppwagen und das Einsatzfahrzeug der KTU rangierten mehrmals hin und her und behinderten sich dabei gegenseitig. Endlich fuhren sie Richtung Jägertor und verschwanden aus Tonis Blickfeld.

Er rieb sich den Hinterkopf. Erneut wurde ihm bewusst, wie wichtig es war, Lothrohs Korrespondenz zu prüfen. Er rief Phong an und setzte ihn über die neueste Entwicklung in Kenntnis. »Woran arbeitest du gerade?«, fragte er.

»Ich lese das ganze Zeug, das mir die Museumskuratorin geschickt hat.«

»Das ist wichtig, aber prüf bitte zuerst, ob in der Lindenstraße oder in der näheren Umgebung eine Person wohnt, die Lothroh gekannt hat. Vielleicht hatte er auch eine Verabredung, die er in seinen Kalender eingetragen hat. Er muss einen Grund gehabt haben, herzukommen. Es scheint so, als hätte er etwas Längeres vorgehabt.«

»Alles klar.«

Toni unterbrach die Verbindung. Er stand mittlerweile auf dem Fußweg und machte einigen Bummlern Platz, die sich gut gelaunt unterhielten. Bis zum Beweis des Gegenteils wollte er von dem wahrscheinlichen Fall ausgehen, dass Lothroh den Wagen selbst gesteuert hatte. Natürlich war es möglich, dass er von seiner Wohnung zuerst an einen anderen Ort gefahren und erst danach hergekommen war, aber auch in diesem Fall hatte er mindestens die mehrere Kilometer lange Strecke von seiner Adresse bis in die Lindenstraße zurückgelegt. Das war ein Wert, mit dem Toni rechnen konnte.

Mit seinem Smartphone fand er heraus, wie lange die Fahrt dauerte: knapp zehn Minuten. Hinzu kamen das Aussteigen, der Weg zum Parkscheinautomaten, das Ziehen des Tickets, der Rückweg und das Deponieren des Zettels unter der Windschutzscheibe. All diese Tätigkeiten addierte er auf fünf Minuten. Wenn man eine kurze Verzögerung bei der Abfahrt und die wahrscheinliche Parkplatzsuche hinzurechnete, war das Opfer um neunzehn Uhr fünfundzwanzig noch am Leben gewesen.

Toni hob den Blick und schaute auf die geschmackvollen Mietshausfassaden, die in Gelb- und Ockertönen gestrichen und mit Stuck verziert waren. In den Erdgeschossen befanden sich gastronomische Betriebe und hübsche Ladenlokale. Die Bäume spendeten Schatten.

An einem Samstagabend war hier viel los. Wenn sich die Tat irgendwo in der Nähe zugetragen hatte, war es ausgeschlossen, dass Lothroh auf offener Straße erschlagen worden war. Jemand hätte den Mord beobachtet und die Polizei verständigt. Viel wahrscheinlicher war es, dass der Angriff in einem weniger öffentlichen Bereich stattgefunden hatte. Möglicherweise in der Wohnung eines Bekannten, bei einem Streit in einem Geschäft, in einem Hinterhof oder in einem Fahrradschuppen. Es war an einem Ort geschehen, wo der Leichnam bleiben oder in ein Versteck geschafft werden konnte. Wahrscheinlich war der Tote erst in der Nacht abtransportiert worden. Das passte auch zu den bisherigen Erkenntnissen.

Damit dürfte er erneut Informationen haben, um den Todeszeitpunkt einzugrenzen. Er schrieb der Gerichtsmedizinerin, dass das Opfer mutmaßlich um neunzehn Uhr fünfundzwanzig noch am Leben gewesen und der Leichnam um drei Uhr morgens im Park Sanssouci abgelegt worden sei. Die Verlade- und Fahrzeit könne sie mit einer halben Stunde veranschlagen. Deshalb solle sie spekulativ durchrechnen, dass sich Lothroh nach Eintritt des Todes bis zum Abtransport um circa zwei Uhr dreißig in einem geschlossenen Raum befunden habe. Ob dieser beheizt oder unbeheizt gewesen sei, könne er nicht sagen. Er fügte an, wie eminent wichtig die Rekonstruierung des letzten Abends für diesen Mordfall sei.

Er steckte das Smartphone ein und begab sich zurück zu seinem Auto. Wenn Phongs Überprüfung der Korrespondenz keine Ergebnisse erzielte und Lothroh an keinem anderen Ort mehr gesehen worden war, würden sie mit seinem Foto von Tür zu Tür gehen müssen. Vielleicht war jemand dem Kunstsachverständigen begegnet. Vielleicht trafen sie sogar auf seinen Mörder.

11

Die Wut packte ihn so heiß und heftig, dass er ihr nichts entgegenzusetzen hatte. Er griff nach dem Hammer, rannte Lothroh hinterher und schlug ihm auf den Schädel.

Die Wirkung war fatal.

Lothroh verlor seine Körperspannung, die Arme schlenkerten nach vorne, und er sackte in sich zusammen, als hätte er keinen Knochen im Leib. Reglos blieb er liegen.

Keuchend schaute er auf ihn hinab.

War er tot?

Hatte er ihn ermordet?

Mit klopfendem Herzen kniete er sich hin und strich ihm über die Stirn. Kein Widerstand. Kein Zucken. Nichts. Er öffnete das rechte Augenlid, doch die Pupille blieb starr. Dieser Mann würde nie mehr aufstehen.

Was hatte er getan?

Was hatte er nur getan?

»Oh nein«, sagte er und schlug die Augen auf.

Er brauchte einen Moment, um sich zu orientieren. Dann sprang er auf die Füße und merkte, wie stark er geschwitzt hatte. Sein Hemd klebte am Rücken.

Nachts fand er keinen Schlaf, und wenn er tagsüber kurz einnickte, träumte er von dem Moment, als er die Beherrschung verloren und sein Leben weggeschmissen hatte.

Warum hatte sie ihm davon erzählt? Er würde nie begreifen, was in ihr vor sich ging. Hatte sie es so gewollt? Hatte sie gewusst, wie er reagieren würde?

Wie ein gefangenes Tier lief er auf und ab. Sein ganzes Leben war eine Qual. Er hatte kein Glück. Alles, was er anpackte, endete in einer Katastrophe.

Er war so müde.

So ausgelaugt.

Der Schlafmangel zehrte an ihm.

Gleichzeitig wusste er, dass er nicht aufgeben konnte. Sie alle durften nicht recht behalten. Diese Genugtuung wollte er ihnen nicht zugestehen.

Noch war nichts verloren. Er musste nur die Nerven bewahren und sich beruhigen. Er wusste auch schon, was ihm dabei helfen würde.

Entschlossen trat er in die Ecke und zog eine Schallplatte aus der Hülle. Es waren Schlager, die früher den ganzen Tag gelaufen waren. Die Interpretinnen waren in den vierziger Jahren berühmt gewesen und hießen Evelyn Künneke, Lilian Harvey, Hilde Hildebrand, Zarah Leander, Margot Hielscher und Lydia Riefenberg.

Er legte die schwarze Scheibe auf den Teller, drückte den Startknopf und platzierte die Diamantnadel so, dass eine rauchige Stimme knisternd ertönte. Voller Verlockung sang sie ihren größten Erfolg: »Im Mondenschein mit dir allein«.

12

Im Kommissariat betrat Toni den Besprechungsraum. »Phong, ich hab dir eben ein Bild von dem Parkschein geschickt. Mach bitte den Betreiber ausfindig. Vielleicht sind die Automaten mit einem zentralen Rechner verbunden. Oder ein Techniker kann die Festplatte auslesen und uns die exakte Druckzeit nennen. Hast du dir schon die Kommunikation und die Kontaktdaten von Lothroh angeschaut?«

»Setz dich doch erst mal«, sagte Gesa.

»Damit bin ich längst durch«, meldete sich Phong und stellte den Naturquarkbecher zur Seite. Seine Schläfenmulden zeichneten sich deutlicher als gewöhnlich ab. Die Kiefermuskeln mahlten. Vielleicht hatte er nach dem morgendlichen Training nicht ausreichend getrunken. »In der Lindenstraße wohnt ein Antiquitätenhändler, mit dem Lothroh häufiger telefoniert hat. Ich hab gerade mit seiner Frau gesprochen. Am Wochenende war er bei einer Haushaltsauflösung am Bodensee. Er hat sich am Samstagabend gegen zwanzig Uhr dreißig mit einem Taxi zum Potsdamer Bahnhof begeben und ist von dort weiter nach Berlin gefahren, von wo er einen Nachtzug genommen hat. Er wird morgen zurückerwartet.«

Toni ließ sich auf einem Stuhl nieder. »Dann ist er kurz nach oder vor dem vermuteten Todeszeitpunkt aufgebrochen.«

»Laut seiner Frau war die Reise seit einer Woche geplant. Am Samstagabend waren sie zusammen, bis er sich verabschiedet hat.«

»Trotzdem ist es ein verdächtiger Zufall. Sobald der Mann zurück ist, will ich mit ihm reden. Gesa, was macht die Auswertung der Verkehrsvideos?«

»Vom Bildschirmglotzen hab ich schon eckige Augen«, beschwerte sie sich. »Wenn der Täter aus der Innenstadt direkt zum Park Sanssouci gefahren ist, haben wir gute Chancen, dass er aufgenommen wurde. Wenn er sich allerdings aus Eiche, vom Neuen Palais oder aus der Amundsenstraße genähert hat, könnte er durch die Maschen geschlüpft sein.«

Toni dachte kurz nach. »Falls der Täter so konfus war, wie wir vermuten, ist er vielleicht ziellos durch die Gegend gefahren, bevor er sich für einen Ablegeort entschieden hat. Am besten fertigst du eine Liste der Fahrzeughalter an. Achte besonders auf jene, die ihren Wohnsitz in der Lindenstraße oder in der näheren Umgebung haben. Wir müssen alle in Frage kommenden Personen überprüfen und einen Blick in ihre Autos werfen.«

»Auf freiwilliger Basis?«, fragte Gesa.

»Na klar. Nur weil jemand durch die Nacht gefahren ist, bekommen wir keinen Gerichtsbeschluss. Außerdem schadet es nichts, den Fahrzeughaltern auf den Zahn zu fühlen. Eine Weigerung macht sie verdächtig, und dann bohren wir nach. Phong, nach einer ersten Vorauswahl kannst du prüfen, ob du irgendwelche Verbindungen zu Helmut Lothroh feststellen kannst.«

Phong verdrehte die Augen, so als wäre diese Überprüfung selbstverständlich. Sein Laptop gab ein »Pling« von sich, und er hackte auf die Tastatur ein. »Das ist der vorläufige Autopsiebericht aus der Gerichtsmedizin. Ich soll dir schöne Grüße von Frau Dr. Grahn ausrichten. Deine Infos zur Nahrungsaufnahme und Chronologie waren hilfreich. Die vermutete Todesursache hat sich bestätigt. Das Opfer hat eine Lochfraktur am Schädel, die auf massive Gewalteinwirkung zurückzuführen ist. Anhand der glatten Kanten konnte sie die Aufschlagfläche des Tatwerkzeugs auf exakt zwei Komma fünf mal zwei Komma fünf Zentimeter bestimmen.«

»Das klingt nach einem Schlosserhammer«, sagte Gesa.

»Genau.« Auf Phongs getöntem Brillenglas spiegelte sich der Bericht. »Das ist auch ihre Vermutung. Lothroh muss mit dem Rücken zum Täter gestanden haben. Vielleicht hat er ihn nicht kommen gehört, vielleicht floh er oder wollte gerade gehen. Auf jeden Fall ist er von hinten erschlagen worden.«

»Was ist mit dem Todeszeitpunkt?«, fragte Toni.

»Da gibt sie einige Rechenbeispiele. Wenn der Leichnam

nach der Tat bis zum Abtransport um zwei Uhr dreißig in einem geschlossenen Raum bei Zimmertemperatur gelagert wurde, können wir davon ausgehen, dass er gegen zwanzig Uhr starb.«

Toni war sofort hellwach. »Wenn Lothroh den Wagen tatsächlich um halb acht Uhr abends abgestellt hat, bleiben bis zum tödlichen Schlag nur dreißig Minuten. Wir müssen unbedingt den Betreiber des Parkscheinautomaten ausfindig machen.«

»Das hast du schon mal gesagt.« Genervt nahm Phong einen Schluck Mineralwasser. »Du musst dich nicht ständig wiederholen. Wir sollten uns jetzt endlich den Museumsunterlagen zuwenden.«

Toni spürte, wie Gesa ihn von der Seite betrachtete. Wahrscheinlich wunderte sie sich, dass er sich Phongs freche Art gefallen ließ. Sie hatte recht. Als Teamleiter sollte er den Verlauf der Besprechungen bestimmen. Ansonsten war seine Autorität gefährdet. Früher oder später würde er eingreifen müssen. Nur war er unentschlossen, ob er den Kollegen an Ort und Stelle zurechtweisen oder lieber ein Gespräch unter vier Augen suchen sollte.

Phong bekam nicht mit, dass er kritisch beäugt wurde, und begann mit seinem Vortrag: »Jackson Tannebaum wurde 1890 in Santa Fe, New Mexico, geboren. Sein Vater stammte ursprünglich aus Kulmbach in Deutschland und war gelernter Bierbrauer. Schon in jungen Jahren wurde der Maler von der Kunstmäzenin Getrude Vanderbilt Whitney gefördert. So konnte er sich ganz auf sein Schaffen konzentrieren. Bei seinem Tod hinterließ er eine stattliche Anzahl von über zweitausend Werken, vorwiegend Ölbilder. Er galt als Philosoph unter seinen Zeitgenossen, weil er seine realistischen Bilder nicht als soziale Kritik verstanden haben wollte. Das Dargestellte sollte bei der Interpretation nur in Beziehung zum inneren Empfinden des Betrachters und des Künstlers gesetzt werden. Zu seinen bevorzugten Motiven gehörten einzelne Menschen und kleinere Gruppen, die er mit der Anonymität der Großstadt oder der Weite der Natur konfrontierte. Dadurch wirkten die Gestalten verloren. Weltweite Berühmtheit erlangte er, als er Rockstars wie Bob Dylan, Jim Morrison und Janis Joplin porträtierte. Umgeben von kreischenden Konzertbesuchern und hysterischen Fans ließ er sie nachdenklich und vereinsamt erscheinen. Er starb 1983 in seinem Strandhaus auf Long Island.«

»Die sind von Tannebaum?«, fragte Toni erstaunt. »Dann hatte einer meiner Schulfreunde ein Poster von ihm in seinem Zimmer hängen.«

»Das kann gut sein«, erwiderte Phong. »Seine Kunst wurde geschickt kommerzialisiert.«

»Welchen Wert haben seine Bilder?«, fragte Gesa.

»Er gilt als einer der teuersten Maler der jüngeren Kunstgeschichte. 2014 wurde sein Gemälde ›Mrs. Nora Smith‹, das 1935 entstanden ist, für vierzig Komma drei Millionen Dollar bei Sotheby's verkauft.«

»Oha«, sagte Toni. »Dann ist eine Menge Geld im Spiel. Kann es sich um eine Fälschung handeln?«

»Hundertprozentig ausschließen lässt sich das nicht, aber es spricht alles dagegen. Tannebaum hat das Gemälde ›Frau mit Schleier‹ im Jahr 1969 im Auftrag eines Privatmannes angefertigt, der anonym bleiben wollte. Er muss sehr vermögend gewesen sein, denn er ließ sich die Dienste des Malers zwei Millionen Dollar kosten. Tannebaum war bei allem, was mit seiner Kunst zusammenhing, pedantisch. So hat er die Entstehung des Bildes in seinem Werktagebuch mit Skizzen und einem Dutzend Fotos dokumentiert. Nach der Fertigstellung ging das Bild in Privatbesitz über und trat erst in den achtziger Jahren wieder in Erscheinung. Bei einer Auktion wurde es von dem Whitney Museum of American Art für einen Preis von zwölf Komma vier Millionen Dollar ersteigert. Vorher fertigten zwei unabhängige Kunstgutachter eine Expertise an. Beide kamen zu dem Ergebnis, dass es sich um das Original handelt.«

»Okay«, sagte Toni. »Mysteriös erscheint mir nur der Auftraggeber zu sein. Wer ist er? Und warum wollte er anonym bleiben? Auch die Identität der dargestellten Frau ist verschleiert. Vielleicht gibt es einen Zusammenhang. Diesen Fragen solltest du nachgehen.«

»Natürlich. Das habe ich längst in die Wege geleitet«, erwiderte Phong und griff nach seinem Naturquarkbecher, was von Gesa argwöhnisch beobachtet wurde.

Toni schilderte seinen Kollegen die Befragung der Museumskuratorin und führte abschließend aus: »Vor zwei Jahren hatte sie eine Affäre mit Lothroh und ist heute noch voller Wut. Ihr wisst selbst, was enttäuschte Liebe aus einem Menschen machen kann. Wir sollten sie überprüfen.«

»Glaubst du wirklich, dass sie Lothroh erschlagen hat?«, fragte Phong.

»Auf jeden Fall hätte sie genügend Kraft, um einen Mann unter den Achseln zu packen und ihn ein Stück weit zu schleifen. Sie ist sehr muskulös. Falls sie nicht selbst zugeschlagen hat, wäre es auch denkbar, dass sie eine andere Person gegen Lothroh aufgehetzt und so zu dem Mord angestiftet hat. Vielleicht hat sie auch geholfen, den Leichnam zu beseitigen. Jedenfalls wäre es fahrlässig, dieser Spur nicht nachzugehen.«

Phong seufzte. »Wenn du unbedingt willst.«

»Gesa, was hat die Schwester des Opfers ausgesagt?«, fragte Toni.

»Als ich ihr die Todesnachricht überbracht habe«, erwiderte die Kollegin, »war sie ehrlich erschüttert. Sie hat ihren Bruder geliebt und ihn in den höchsten Tönen gelobt. Er soll ihr in vielen schwierigen Lebenslagen beigestanden haben und ein Familienmensch gewesen sein. Außerdem hat er sich sozial engagiert.«

»Der Nachbar und die Museumskuratorin haben ihn eher als schwierigen Charakter geschildert«, sagte Toni.

»Das muss sich nicht widersprechen.« Gesa drehte sich plötzlich zu Phong um. »Es muss mal gesagt werden: Von dem ganzen Eiweiß, das du in dich hineinlöffelst, riechst du fürchterlich aus dem Mund. Kannst du bitte ein Kaugummi kauen oder deine Mahlzeiten auf einen späteren Zeitpunkt verschieben?«

»In Kaugummi ist Zucker drin«, erwiderte Phong beleidigt. »Weißt du eigentlich, wie schwer es mir fällt, darauf zu verzichten? Du könntest ruhig ein bisschen mehr Verständnis aufbringen.«

»Dann nimm Mundspray. Morgen bringe ich dir welches mit.«

»Pah!«, machte Phong.

Toni war der unangenehme Geruch ebenfalls aufgefallen, aber er hatte sich auf die Ermittlungen konzentriert und ihn bald vergessen. Jetzt sah er zwischen seinen Kollegen hin und her. In weniger als einer Minute war die Stimmung auf dem Gefrierpunkt angelangt. So würden sie nicht konstruktiv weiterarbeiten können. Wahrscheinlich war es jetzt besser, wenn sich jeder seinen eigenen Aufgaben widmete. »Wir sind gleich fertig. Kommen wir abschließend noch mal zum Fall. Wie hat sich Lothroh sozial engagiert?«

Gesa rümpfte die Nase. »Er soll sich um ehemalige Strafgefangene gekümmert haben.«

»Ah!«, machte Toni. »Ein solches Engagement fällt nicht einfach vom Himmel. Warum Strafgefangene? Das solltest du überprüfen.«

Gesa machte sich eine Notiz. »Ich hake da nach.«

Toni legte noch die nächste Teamsitzung fest. Dann entließ er seine Mitarbeiter, die den Besprechungsraum fluchtartig verließen, ohne einander anzusehen. Vielleicht müssen wir den Streit noch mal thematisieren, dachte Toni. Dann begab er sich zu seinem Arbeitsplatz.

Unterwegs bekam er eine Kurzmitteilung von Staatsanwältin Caren Winter. Sie fragte, ob sie sich zum Mittagessen beim Italiener in der Lindenstraße treffen wollten.

Caren war mit Abstand die schönste und eleganteste Frau, die er kannte. Charakterlich war sie absolut integer. Sie könnte jeden Mann haben. Und er hatte nie begriffen, was sie an einem Kerl wie ihm fand. Er war sich sicher, dass er ihren hohen Erwartungen nicht gerecht werden könnte. Außerdem hatte er den Kopf nicht frei. Also schrieb er, dass es heute schlecht sei und dass er sich bald melden werde.

An seinem Schreibtisch fuhr er den Computer hoch und tippte eine E-Mail an den zuständigen Staatsanwalt. Ohne lange zu überlegen, formulierte er schnell: Die Spurenlage sei gut und biete viele Ermittlungsansätze. Er sei zuversichtlich, dass sie Fortschritte erzielen und bald Ergebnisse vorweisen könnten. Sobald sie einen Durchbruch erzielt hätten, würde er sich wieder melden. Er kontrollierte die Nachricht auf Fehler und schickte sie ab. Dann widmete er sich verschiedenen Aufgaben, die in den letzten Wochen liegen geblieben waren.

Es war schon später Nachmittag, als Phong hereinstürmte.

»Ich hab die Villa gefunden«, sagte er.

Toni musste sich kurz besinnen. Der Kollege meinte vermutlich das neobarocke Gebäude, das als Foto an Lothrohs Flipchart gehangen hatte.

»Das Haus befindet sich in Kladow«, fuhr Phong fort. »Ich hab dich bereits angekündigt. Du kannst sofort hinfahren und wirst von der Eigentümerin erwartet. Sie heißt Marie Hellström.«

13

Potsdam, 1942

Am Schwarzen Brett entdeckte Lydia einen Aushang, auf dem ein helles möbliertes Zimmer angeboten wurde. Es befand sich in einer Villa, die sich am Ufer des Kleinen Wannsees erhob. Das Anwesen musste in der direkten Nachbarschaft der Ufa-Stars Heinz Rühmann und Hertha Feiler liegen. Die Miete war so niedrig, dass Lydia sich fragte, wo der Haken war.

Sie meldete sich im Sekretariat ab und machte sich mit dem Fahrrad auf den Weg. Als sie an der Türglocke zog, befürchtete sie, von einem monokeltragenden Lüstling empfangen zu werden. Ihre Sorge war unbegründet. Die freundliche Hausdame führte sie zu einer Achtzigjährigen, die im Bett lag und sie fröhlich winkend begrüßte. Sie hatte ein Hüftleiden und durfte nicht aufstehen.

Bei dem anschließenden Gespräch wurde schnell klar, dass es der kinderlosen Witwe nicht ums Geld ging, sondern um Gesellschaft. Sie liebte Klatschgeschichten aus der Filmwelt und wollte alles aus erster Hand erfahren. Außerdem redete sie gerne und viel. Sie trug ihr Herz auf der Zunge und konnte trotz ihres Gebrechens schallend lachen. Vor ihrer Hochzeit mit einem Ziegeleibesitzer war sie Verkäuferin in einem Lebensmittelgeschäft gewesen.

Die beiden Frauen verstanden sich auf Anhieb, und Lydia versprach, ihr an den Abenden vorzulesen, mit ihr Mühle zu spielen und ihr bei der Körperpflege zu helfen, wenn die Hausdame nicht da sein sollte. Ihre Übereinkunft besiegelten sie mit einem Handschlag.

Auf der Rückfahrt war Lydia in Hochstimmung. Sie war erleichtert, dass sie das Hotelzimmer endlich verlassen konnte. Nach Renates Enthüllungen konnte sie zu der Mitbewohnerin kein unbefangenes Verhältnis mehr aufrechterhalten. Sie kannten sich nur ein paar Tage. Es war anders als mit Vreni, ihrer Freundin bei den Hiller-Girls, die wie eine Schwester geworden war. Auch wenn Vreni den Schnabel nicht halten konnte, hatte Lydia es nicht übers Herz gebracht, sich von ihr zu trennen. Bis zum Schluss teilten sie sich ein Zimmer, und auch jetzt schrieben sie sich regelmäßig. Renate schuldete sie hingegen nichts. Lydia hatte noch zu viel vor, um sich mit einer solchen Freundschaft einen Klotz ans Bein zu binden.

Auf dem Ufa-Gelände betrat sie den Unterrichtsraum, wo helle Aufregung herrschte und alle durcheinanderschnatterten. Das war verwunderlich, weil heute Zeitgeschichte bei Dr. Rath auf dem Unterrichtsplan stand. Der Parteigenosse war ein Nationalsozialist der ersten Stunde und sterbenslangweilig. Kaum einer der Schüler hatte viel für Krieg, Politik und Rassenlehre übrig, doch sie heuchelten Interesse, um keinen Vermerk in ihre Akte zu bekommen. Auch Lydia hätte die Stunde lieber geschwänzt und sich dem Rollenstudium gewidmet, aber bisher war ihr keine geeignete Ausrede eingefallen.

»Warum sitzt ihr auf den Tischen?«, fragte sie.

»Langen-Albrecht war eben hier«, erwiderte Karl. Der junge Rostocker war ein geborener Komödiant. »Wir sehen gleich einen Film.«

»Ach so«, sagte Lydia und stellte ihre Handtasche aufs Pult. Das war nichts Neues. Sie schauten ständig irgendwelche Streifen. »Welchen denn?«

»Jetzt halt dich fest! Eine Beutekopie von ›Vom Winde verweht‹!«

Endlich konnte Lydia die ausgelassene Stimmung verstehen und ließ sich ebenfalls anstecken. Sie hatte schon viel von der amerikanischen Liebesgeschichte gehört, die 1940 acht Oscars und zwei Ehrenoscars abgeräumt hatte. In Deutschland war der Film so gut wie gar nicht gezeigt worden. Spätestens seit dem Eintritt der Vereinigten Staaten in den Krieg war eine öffentliche Vorführung auch nicht mehr denkbar. Erneut wurde ihr bewusst, was für ein interessantes und privilegiertes Leben sie führte.

Als Langen-Albrecht die Schüler abholte und zum Vorführungsraum geleitete, schwätzte Lydia mit den anderen durcheinander. Sie betete alles runter, was sie über die Handlung wusste, die zur Zeit des Sezessionskrieges im Jahre 1861 angesiedelt war. Obwohl die schöne Scarlett O'Hara ihren Jugendfreund anbetete, der sich für eine andere Frau entschieden hatte, heiratete sie Rhett Butler. Die ungünstige Konstellation sorgte für zahlreiche schicksalhafte Verstrickungen.

Am Eingang wartete die Sekretärin mit einer Liste, und Lydia unterzeichnete mit ihrem Kürzel. Dabei fiel ihr auf, dass Renates Name fehlte. Überhaupt war die Mitbewohnerin seit einigen Tagen nicht mehr aufs Ufa-Gelände gekommen. Lydia wusste, dass Renate von einigen Veranstaltungen ausgeschlossen war. Wahrscheinlich geschah dies auf höchste Weisung. Die genauen Gründe kannte sie nicht und wollte sie auch nicht erfahren.

Drehbuchschreiber, Kameramänner und Techniker trudelten ein und füllten die Sitzreihen, bis kein Platz mehr frei war. Auf ein Zeichen von Herrn Langen-Albrecht wurde es dunkel. Der Vorführer setzte den Apparat in Gang, ein Lichtstrahl fiel quer durch den Saal, und auf der Leinwand erschienen bewegte Bilder.

Lydia saß ganz außen und war so gebannt, dass sie gar nicht mitbekam, wie die Sekretärin eintrat und sich neben sie kniete.

»Fräulein Riefenberg«, sagte sie. »Sie werden am Telefon verlangt!«

»Ich?«, fragte Lydia genervt. Sie wollte jetzt den Film schauen und nicht gestört werden.

»Nun kommen Sie schon«, antwortete die Sekretärin. »Es ist wichtig.«

Widerwillig gehorchte Lydia und folgte der Frau in ein Büro, das so aussah wie tausend andere Büros: Aktenordner, ein Porträt des Führers und Töpfe mit Primeln. Lydia war in Gedanken noch bei »Vom Winde verweht« und wollte die Angelegenheit schnell hinter sich bringen, damit sie nicht zu viel verpasste. Sie schnappte sich den Hörer und sagte: »Riefenberg!«

»Propagandaministerium. Hier Goebbels«, schallte es hart und schneidig an ihr Ohr.

Lydia erstarrte. Sie fühlte sich, als hätte ihr jemand einen Eiszapfen in den Ausschnitt gesteckt.

»Sind Sie noch da?«, erkundigte sich Goebbels.

»Jawohl, Herr Reichsminister.«

»Ich rufe an, weil ich mit Ihnen reden muss. Ich sehe ein großes Potenzial in Ihnen und bin der festen Überzeugung, dass wir Sie zu einem Star aufbauen können. In diesen Zeiten brauchen wir stärker denn je Idole.«

»Danke, Herr Reichsminister. Das ist sehr freundlich.«

»Kommen Sie doch zum Tee vorbei. Am besten in mein Haus auf Schwanenwerder. Dann können wir in Ruhe überlegen, was die Zukunft Ihnen bringen kann.«

Lydia musste an die Erzählungen von Renate denken. Mit allem, was die Mitbewohnerin prophezeit hatte, hatte sie recht behalten. Der Bock von Babelsberg hatte den Moment vorbereitet und legte nun den Köder aus. Die Frage war nur, ob sie danach schnappte.

»Sind Sie noch da?«, fragte Goebbels. »Wenn Sie einverstanden sind, werde ich gleich meinen Fahrer vorbeischicken.«

14

In Kladow wartete Toni in seinem Peugeot vor dem herrschaftlichen Anwesen, bis sich die Flügeltore geöffnet hatten. Dann gab er etwas Gas und rollte langsam über die Zufahrt. In den kunstvoll angelegten Beeten ragten Säuleneiben auf. Seltsamerweise musste er an römische Gärten der Antike denken, von denen er eigentlich gar keine genaue Vorstellung hatte. Er umrundete den Marmorspringbrunnen und parkte bei den Garagen neben einem nagelneuen Mini. Das ganze Grundstück war sehr gepflegt und wirkte, als würde Geld keine Rolle spielen.

Toni stieg aus und sah, dass er im Eingangsportal der löwengelben Villa erwartet wurde. Je näher er kam, desto verlorener wirkte die Frau in dem hohen Türrahmen. Sie war vermutlich Mitte dreißig. Mit ihrem brünetten Pferdeschwanz, dem fein geschnittenen Gesicht und der schlanken Figur war sie attraktiv, aber von ihrer ganzen Erscheinung ging etwas so Verletzliches aus, dass Toni instinktiv seine Stimme senkte, als er sich vorstellte und ihr seinen Dienstausweis reichte.

»Kommen Sie bitte herein«, sagte sie schließlich und trat zur Seite. »Ich bin Marie Hellström. Wir können uns auf der Terrasse unterhalten.«

Toni folgte ihr durch die Eingangshalle, die einen düsteren Eindruck machte. Die Wände waren eichenholzvertäfelt und mit Historienbildern von Schlachten und Feldherren vollgehängt. In den Ecken standen heroische Bronzestatuen von Arno Breker. Der helle Salon trug hingegen eine weibliche Handschrift. Die Seidentapeten zeigten paradiesische Motive mit tropischen Vögeln, Wasserfällen und Bambuspflanzen. In den Ecken luden farbenfrohe Diwane zum Verweilen ein. Durch die Terrassentüren traten sie ins Freie.

»Wow«, entfuhr es Toni. Er spürte, wie ihn Frau Hellström von der Seite musterte. Wahrscheinlich suchte sie nach Anzeichen von Missgunst. »Bitte entschuldigen Sie, aber der Ausblick ist einfach grandios.«

»Wirklich?« Frau Hellström folgte seinem Blick über die Flusslandschaft. »Ich wohne hier schon seit meinem ersten Lebensjahr. Ich nehme die Havel kaum noch wahr.«

»Das sollten Sie aber!«

Die Villa lag auf einer hohen Düne. Ein Serpentinenweg führte den steilen Hang hinab zu einem leicht abfallenden Obstbaumgarten, an den sich ein unbefestigter öffentlicher Weg und die privaten Ufergrundstücke anschlossen. Der breite Fluss strömte sanft vorüber. Auf der anderen Seite konnte Toni die Insel Schwanenwerder sehen, auf der sich der Hollywoodstar Brad Pitt eine Villa gebaut haben sollte; er schaute auf das lang gezogene Strandbad, das durch den Schlager »Pack die Badehose ein« berühmt geworden war, und auf die Pfaueninsel, auf der Friedrich Wilhelm II. für die schöne Wilhelmine ein Lustschlösschen errichtet hatte. Die BVG-Fähre legte gerade vom Kladower Hafen ab und steuerte Richtung Wannsee, von wo die Tagestouristen mit der Bahn zurück in die Berliner Innenstadt fahren würden.

»Ich hatte einen furchtbaren Tag.« Frau Hellström war sichtlich um Freundlichkeit bemüht. »Würden Sie mir bitte sagen, warum Sie mich aufgesucht haben?«

»Natürlich. Durch den Anruf meines Kollegen wissen Sie ja bereits, dass ich in einem Tötungsdelikt ermittle.« Toni zückte sein Smartphone und öffnete eine Bilddatei. »Kennen Sie diesen Mann?«

»Ist das das Opfer?«, fragte Frau Hellström und sah ihn mit großen Augen an.

»Richtig. Sein Name war Helmut Lothroh. Er wohnte in Potsdam und war von Beruf Kunstsachverständiger.«

»Ich habe ihn noch nie gesehen.«

»Sind Sie sicher?«

»Absolut. Wir können uns dort drüben an den Terrassentisch setzen.« Auf dem Weg blieb Frau Hellström plötzlich stehen. »Bitte entschuldigen Sie. Ich bin einfach nicht bei mir. Ich hab

Ihnen noch gar nichts angeboten. Möchten Sie ein Wasser oder einen Tee?«

»Nein, vielen Dank«, erwiderte Toni und ließ sich auf einem Stuhl nieder. »Wir haben bei dem Opfer einen Fotoapparat gefunden, mit dem diese Villa sehr oft fotografiert wurde. Es gibt Aufnahmen, die von der Straße, von den Nachbargrundstücken und vom Uferweg aus gemacht wurden. Haben Sie eine Erklärung dafür?«

Frau Hellströms Augen weiteten sich ängstlich. »Wollte der hier einbrechen? Wir haben eine Alarmanlage, aber ich bin zurzeit ganz allein. Ich hab der Hausdame freigeben. Wenn jemand einsteigt, dann …«

»In dieser Hinsicht können Sie vollkommen beruhigt sein«, sagte Toni. »Der Mann ist tot. Von ihm geht keine Gefahr mehr aus. Und ein Einbruch würde auch nicht zu seinem Lebenslauf passen. Ich vermute, dass er ein anderes Interesse verfolgte.«

»Und welches?«

Toni widmete sich wieder seinem Smartphone und öffnete eine andere Bilddatei. Dieses Mal zeigte er ihr das Bürogebäude aus den fünfziger Jahren. »Schon mal gesehen?«

»Ja«, erwiderte sie sofort. »Das ist der Hauptsitz der Hellström AG in Spandau. Mein Vater ist Vorstandsvorsitzender, und …«

»Ja?«

»Ach, wir haben kein gutes Verhältnis. In den vergangenen dreißig Jahren war ich höchstens vier- oder fünfmal dort, aber es muss eine neuere Aufnahme sein. Früher stand der Betriebshof voller Fahrzeuge. Was hat das zu bedeuten?«

»Das hoffte ich eigentlich von Ihnen zu erfahren«, sagte Toni und zeigte ihr das Gemälde von der verschleierten Frau. »Dieses Porträt hängt derzeit im Museum Barberini. Fällt Ihnen dazu etwas ein?«

Über das Gesicht von Frau Hellström zog ein Schatten, der so schnell wieder verflog, wie er gekommen war. »Ich weiß nicht, ich …«

»Erkennen Sie sie?«

»Ich kann ja nicht mal ihre Augen sehen.«

»Sie haben gerade so gewirkt, als hätte das Bild etwas ausgelöst.«

»Nein … ich weiß nicht.«

Toni gab ihr einen Moment Zeit. Als nichts mehr kam, setzte er die Befragung fort. »In welcher Branche ist die Hellström AG tätig?«

»Der Konzern ist Ihnen nicht geläufig?«

»Wirtschaft ist nicht so mein Thema.«

»Die Hellström AG wurde von meinem Großvater nach dem Krieg gegründet und war am Wiederaufbau Berlins maßgeblich beteiligt. Zunächst bediente sie unterschiedliche Sparten wie Wohnungsbau, Baumaschinen und Baustoffe. Mein Vater hat dann später den Schwerpunkt auf die Immobilienwirtschaft gelegt. Mittlerweile verwaltet er zweitausend eigene Wohnungen. Das ist natürlich nicht das einzige Betätigungsfeld. In Deutschland ist das Unternehmen an zweihundert Standorten vertreten. Europaweit zählt es nach seiner Börsennotierung zu den Top-Playern.«

Toni erinnerte sich vage an eine Fernsehreportage über die derzeitige Wohnraumknappheit. »Die Firma ist im MDax notiert, richtig?«

Frau Hellström nickte. »Und wenn die Entwicklung weiter anhält, wird sie noch in den Dax aufsteigen.«

Toni war beeindruckt. Wenn ihr Vater Mehrheitsaktionär war, könnte sein Vermögen bei mehreren hundert Millionen, vielleicht sogar in Milliardenhöhe liegen. Und wo viel Geld war, gab es auch viele Begehrlichkeiten und kriminelle Energie. »Sie scheinen sich ziemlich gut mit dem Geschäft auszukennen.«

»Das täuscht.«

Toni war von ihrer knappen Antwort nicht überzeugt, aber er wollte erst mit ihrem Vater sprechen, bevor er nachbohrte. »Dann habe ich vorerst keine weiteren Fragen«, sagte er und überreichte ihr seine Visitenkarte. »Bitte melden Sie sich, wenn Ihnen noch etwas zu dem Gemälde einfällt.«

»Das mache ich.«

»Es wäre nett, wenn Sie mir das Tor öffnen könnten, damit ich vom Grundstück fahren kann.«

»Warten Sie!« Frau Hellström erhob sich plötzlich. Ihr Stuhl kippelte und wäre beinahe umgestürzt. »Wollen Sie nicht zum Essen bleiben? Ich könnte ein Risotto kochen. Das ist meine Spezialität. Ich …«

Überrascht betrachtete Toni die Zeugin. Wollte sie ihn einwickeln? So etwas hatte er schon erlebt, aber er hielt einen anderen Grund für naheliegender. Sie wirkte verloren. Vielleicht fürchtete sie sich vor der Stille. Vielleicht hatte ihr die Information, dass jemand ihr Zuhause fotografiert hatte, Angst eingejagt. Wieder spürte er, wie ihr Anblick ihn berührte. Ja, er würde ihr gerne beistehen. Trotzdem musste er professionell bleiben.

»Das ist keine gute Idee«, sagte er behutsam.

»Natürlich«, stimmte sie sofort zu. »Bitte entschuldigen Sie! Das war dumm von mir.«

Auf dem Weg nach draußen ging sie nur eine Handbreit von ihm entfernt. Er konnte ihren Geruch wahrnehmen und spürte ihre Körperwärme. In seinem Inneren löste sich etwas Hartes und machte einer Leichtigkeit Platz, die er schon lange nicht mehr gespürt hatte.

Das Gefühl war schön.

Zu schön?

Er rief sich ins Gedächtnis, dass ein privater Kontakt seine Objektivität gefährden konnte. Eigentlich sollte er die nötige Distanz wahren. Oder waren seine Bedenken übertrieben? Frau Hellström war nicht der Typ, der eine andere Person mit einem Schlosserhammer erschlug. Darüber hinaus hatte sie keinen relevanten Beitrag geleistet. Dass es sich bei dem Bürogebäude um den Hauptsitz der Hellström AG handelte, hätten Hunderte Angestellte und Geschäftspartner ebenfalls aussagen können.

Er war hin- und hergerissen.

Mit dem Schlüssel in der Hand erreichte er seinen Peugeot und starrte auf den langen Kratzer, ohne ihn richtig zu sehen. Er wusste schon jetzt, wie die kommende Nacht verlaufen würde. Ruhelos würde er sich im Bett hin- und herwälzen und sich

fragen, ob er wirklich alles getan hatte, um seine Ehe zu retten. In den stillen Stunden schmerzte die Trennung besonders.
Irgendwann würde die Sehnsucht übermächtig werden, und
er würde mit dem Gedanken spielen, seine Ex anzurufen. Er
würde nach dem Handy greifen, aber sich im letzten Moment
zurückhalten, weil er sich vor dem gelösten Klang ihrer Stimme
fürchtete. Er hatte längst kapiert, dass es ihr jetzt besser ging.
Ohne ihn! Diese Einsicht traf ihn jedes Mal wie ein Faustschlag.

Je länger er hier stand, desto trotziger wurde er. Eigentlich
hatte er es satt, sich nach jemandem zu verzehren, dem er nichts
mehr bedeutete und der sich längst auf jemand anders eingelassen hatte. Vielleicht war auch für ihn die Zeit gekommen, um
wieder mit offenen Augen durchs Leben zu gehen.

Frau Hellström wartete noch immer. Sie war ihm keinen
Zentimeter von der Seite gewichen. Ihre Gesellschaft würde
ihn vor einem weiteren einsamen Abend bewahren. Außerdem
hatte er jetzt Dienstschluss. Solange er keine Strafvereitelung
im Amt beging und seiner Strafverfolgungspflicht nachkam,
gab es vom juristischen Standpunkt keine Bedenken. Er musste
nur aufpassen, dass er bei Verstand blieb und den Überblick
bewahrte.

»Ich hab es mir anders überlegt«, sagte er und steckte den
Schlüssel wieder in die Hosentasche. »Ich würde Ihr Risotto
gerne probieren!«

✳ ✳ ✳

In der riesigen Küche half Toni bei den Vorbereitungen. Er
schnitt Gemüse und deckte den rustikalen Bauerntisch, der
durch eine tief hängende Lampe beleuchtet wurde. Obwohl er
und Marie sich sympathisch waren, kam die Unterhaltung nur
schleppend in Gang. Sie wussten nichts voneinander und hatten
keine Idee, wo sie ansetzen sollten. Wenigstens einigten sie sich
schnell auf das Du, was schon mal ein Anfang war.

Irgendwann erzählte Marie, warum ihr Tag so schrecklich gewesen war. Am Morgen war ihre Großmutter bestattet worden,

bei der sie von ihrem ersten Lebensjahr an aufgewachsen war. Bei der anschließenden Testamentseröffnung war es zum Streit gekommen. Ihr Vater hatte alle Anteile am Familienunternehmen geerbt, Marie hatte die Havel-Villa und das Privatvermögen erhalten, und ihrer Tante und dem Onkel war eine Leibrente zugesprochen worden. Sie hatten sofort mit rechtlichen Schritten gedroht.

»So lange ich denken kann«, sagte Marie, »hat sich in dieser Familie alles um Politik, Geld und Leistung gedreht. Ich vermute, dass meine Mutter sich das Leben genommen hat, weil sie mit dieser gnadenlosen Art nicht zurechtgekommen ist.«

»Oh, das tut mir leid«, erwiderte Toni.

»Nein, nein. Das mit meiner Mutter ist schon viele Jahre her. Ich war damals noch ein Baby. Mein Vater hat mich weggegeben, weil er sich nicht um mich kümmern konnte. Über die genauen Umstände ihres Todes hat er nie gesprochen. Deshalb tappe ich da im Dunkeln. Ich hoffe nur, dass ich ihn und die ganze Sippe nie wiedersehen werde. Jetzt haben sie keinen Grund mehr, um herzukommen. Meinetwegen können sie bleiben, wo der Pfeffer wächst.«

Marie stellte zwei funkelnde Gläser auf den Tisch und füllte sie mit Rotwein.

Obwohl Toni kein Kenner war und früher Bier bevorzugt hatte, stieg ihm das herbe Fruchtaroma sofort in die Nase und reizte ihn fürchterlich. Er musste seine ganze Selbstbeherrschung aufbieten, um zu sagen: »Danke. Für mich nicht. Mir reicht ein Glas Wasser.«

Marie betrachtete ihn mit ihren grünbraunen Augen.

Was ging in ihr vor? Erriet sie, dass er ein Alkoholproblem hatte?

Schließlich griff sie nach den Gläsern und leerte sie in den Ausguss. »Dann trinke ich auch Wasser.«

Toni war ihr dankbar, dass sie keine Fragen stellte. In der Selbsthilfegruppe sprach er schon genügend über seine Sucht. In allen anderen Lebensbereichen wollte er dem Alkohol keinen Platz einräumen.

Marie stellte eine dampfende Schüssel auf den Tisch und setzte sich.

Nachdem Toni die Teller gefüllt hatte, fragte er: »Wie war deine Großmutter so?«

»Sie war phantastisch«, erwiderte Marie ohne Zögern. »Sie war mein Ein und Alles. Ich glaube, dass es ein großes Glück war, dass ich zu ihr gekommen bin. Sie hat sich so rührend um mich gekümmert und war ein so herzensguter Mensch. Obwohl sie in den letzten Jahren körperlich abgebaut hat, war sie geistig noch topfit. Eigentlich muss ich dankbar sein, dass sie achtundneunzig Jahre alt geworden ist und einen sanften Tod im Schlaf hatte, aber ich ...«

Marie liefen plötzlich Tränen über die Wangen. Sie senkte den Kopf, griff nach der Gabel und schaufelte das Risotto in sich hinein. Sie schluckte es hinunter, ohne es zu kauen.

Toni bezweifelte, dass sie etwas schmeckte. Das war schade, denn das Reisgericht war sehr lecker, aber manchmal gab es wichtigere Dinge. Er widmete sich seiner Portion und ließ ihr Zeit, um sich wieder zu fangen.

Irgendwann hob Marie den Kopf und erzählte weiter: »Meine Großmutter hat das Anwesen nie verlassen und war immer zu Hause, wenn ich vom Segeltraining, vom Klarinettenunterricht, von der Schule und später von der Uni heimgekommen bin.«

»Wurde ihr nicht langweilig? Ich meine, manchmal braucht man doch Abwechslung.«

»Nein, sie hatte so viele Interessen. Sie hat Kletterrosen und Hortensien gezüchtet. Sie hat sehr viel gelesen. Du musst mal einen Blick in die Bibliothek werfen. Im Filmsaal haben wir Theaterstücke aufgeführt und alte Schlager gesungen. Hier hatten wir unsere eigene kleine Welt, und ich kann es nicht fassen, dass sie untergegangen sein soll.«

»Du kannst sie in Erinnerung behalten.«

»Nein, das ist zu wenig. Die Erinnerung kann niemals aufwiegen, was ich verloren habe. In Zukunft wird es niemanden mehr geben, den ich um Rat fragen kann, es wird niemanden mehr geben, dem ich von meinen Reisen Briefe schreibe, und es wird niemanden mehr geben, mit dem ich an Heiligabend Mühle spiele. Sie ist tot und kommt nie mehr zurück.«

Wieder zog sich Marie in sich zurück und schaufelte das Gericht in sich hinein. Wieder brauchte sie einige Minuten, bis sie plötzlich aus der Versenkung auftauchte und ihr Schweigen brach. Doch dieses Mal erzählte sie nicht von sich, sondern fragte nach ihm.

Normalerweise gab Toni nur ungern Details aus seinem Leben preis, aber die ganze Situation war dazu angetan, dass auch er sich öffnete. So berichtete er von seinem Sohn Aroon, den er allein großgezogen hatte und der sein ganzer Stolz war. Bei dem Jungen war schon früh eine Hochbegabung festgestellt worden, die in seiner schulischen und sozialen Entwicklung zu einigen Anpassungsschwierigkeiten geführt hatte. Mittlerweile arbeitete er im amerikanischen Silicon Valley mit anderen Mathematikern zusammen, die ähnlich schnell und analytisch dachten wie er. Sein Sohn war angekommen und hatte mit seiner Freundin auch privat seinen Platz gefunden. Toni bedauerte nur, dass sie sich so selten sahen.

Im Laufe des Abends kamen sie ins Plaudern, erzählten Anekdoten und lachten auch. Obwohl sie in völlig verschiedenen Welten lebten, hatten sie einen Draht zueinander. Das Gefühl der Einsamkeit verblasste, bis es nicht mehr spürbar war und aus dem Bewusstsein verschwand. Zwischen ihnen stellte sich eine Vertrautheit ein, wie man sie mit neuen Bekannten oft erst nach Wochen oder Monaten erfuhr.

»Kannst du nicht hier schlafen?«, fragte Marie plötzlich.

Toni kapierte, dass es ihr nicht um Sex ging. Marie wollte nur die Nacht überstehen. Seine Armbanduhr zeigte an, dass es bereits sehr spät war. Er hatte keine Lust, jetzt noch nach Potsdam zu fahren. »Gerne.«

* * *

In ihrem Schlafzimmer setzte er sich in einen riesigen Ohrensessel. Die Füße legte er auf einem Polsterhocker ab. Eine Wolldecke breitete er über seine Beine aus. Während Marie sich im Badezimmer fertig machte, schob er den Seidenvorhang zur Seite und schaute durch das Panoramafenster auf die nächtliche Havel. Er konnte sich an ihrem Anblick nicht sattsehen.

Es war eine sternenklare Nacht, und der Vollmond warf eine silberne Bahn auf das Wasser, das dunkel und abgründig wirkte. Zwei Segelboote ankerten vor der Pfaueninsel. Ihre Masten schaukelten in der Dünung. Das gegenüberliegende Ufer war bewaldet, und der schwarze Schattenriss der Baumwipfel zeichnete sich vor dem tiefblauen Horizont ab.

»Woran denkst du?«, fragte Marie, als sie ins Bett schlüpfte und sich zudeckte.

»Nichts von Bedeutung«, antwortete er. »Ich war früher öfter hier. Die Eltern meiner Ex-Frau wohnen nur ein paar Straßen entfernt. Ich hab meinen Sohn hergefahren, damit er Zeit mit Oma und Opa verbringen kann. Hinterher bin ich unten am Hafen oder im Gutspark spazieren gegangen. Es ist kaum zu glauben, dass dieses idyllische Fleckchen Erde zu unserer verrückten Hauptstadt gehört.«

»Stimmt.« Marie holte tief Luft. »Ich muss dir noch etwas sagen. Ich weiß gar nicht, wo ich anfangen soll, aber ich bin wohl ein ziemlich nutzloser Mensch.«

Toni stemmte sich hoch. »So etwas darfst du nicht sagen. Das stimmt nicht. Du hast gerade einen großen Verlust hinnehmen müssen. Viele Menschen geraten danach in eine Krise. Ich kenne mich mit dem Trauerprozess aus, ich habe fast täglich mit Hinterbliebenen zu tun.«

»Nein, das ist es nicht. Jedenfalls nicht allein. Ich war schon vorher so. Ich weiß einfach nicht, wo ich hingehöre. Ich hab alles Mögliche ausprobiert, aber …« Sie schluchzte.

Toni wusste bereits, dass sie sich sammeln musste, ehe sie weitersprechen konnte. So saß er in der Dunkelheit und wartete ab.

»Wie schaffst du das?«, fragte sie schließlich und putzte sich die Nase. »Du bist so ruhig, so ausgeglichen. Was ist dein Geheimnis?«

»Da täuschst du dich gewaltig. Ich muss mich jeden Tag zusammenreißen, um nicht den Boden unter den Füßen zu verlieren.«

»Das gelingt dir aber ganz gut. Warum reißt du dich zusammen? Warum lässt du nicht alles den Bach runtergehen?«

»Gute Frage.«

»Was ist mit deinem Beruf?«

»Der gibt mir Struktur. Ich helfe dabei, Potsdam und das Havelland etwas sicherer zu machen.«

»Entschuldige, aber deinen Job könnte jeder andere Kommissar auch erledigen. Du bist ersetzlich.«

»Das stimmt.«

»Was hält dich dann? Ich muss es wissen.«

Toni versuchte, ihre Mimik zu erkennen, aber er konnte bei diesen Lichtverhältnissen nur ihre Augen ausmachen, die wie schwarze Teiche schimmerten. »Ich hab heute Morgen über diese Frage nachgedacht. Es ist schwer, die Antwort in eine Formel zu pressen. Wenn ich es müsste, würde ich sie wohl ›Der Wille zum Glück‹ nennen. Ich arbeite jeden Tag daran, dass es besser wird.«

»Das klingt mühsam. Warum strengst du dich so an? Was soll besser werden?«

»Ich weiß nicht. Das Leben hält Überraschungen bereit. Ich meine, wir sitzen hier und unterhalten uns wie Freunde. Dabei wussten wir heute Morgen nicht einmal, dass es den anderen gibt.«

»Also wünschst du dir weitere Begegnungen dieser Art?«

»Auch, ja«, sagte er. Offenbar musste sie es ganz genau wissen, und er wollte jetzt nicht kneifen. Dieses Gespräch bot auch ihm die Gelegenheit, sich Klarheit zu verschaffen. »Ich kann den Sinn des Großen und Ganzen auch nicht begreifen, aber manchmal kann ich ihn fühlen. Als ich mit meiner Frau zusammen war, hatte ich keine Angst vor dem Leben und auch keine Zweifel. Ich wusste einfach, dass ich auf dem richtigen Weg bin. Diese Sicherheit möchte ich wieder erleben. Das ist meine Hoffnung.«

15

Potsdam, 1942

Hinterher dachte Lydia tagelang darüber nach, ob sie sich bei dem Telefonat richtig verhalten hatte. Sie hatte klar gesagt, dass der Chauffeur sie nicht am Ufa-Tor abholen sollte. Sie wollte auch nicht, dass er zum Hotel »Jagdschloss Stern« kam, wo sie noch wohnen musste, bis ihr Zimmer in der Wannsee-Villa hergerichtet war. Kein Bekannter sollte etwas mitbekommen. Alles sollte so diskret und geräuschlos wie möglich über die Bühne gehen.

Erstaunlicherweise war der Reichsminister am Telefon sehr verständnisvoll und erklärte sich mit allen ihren Vorschlägen einverstanden, die wohl auch in seinem Sinne waren. Sie entschieden, dass der Chauffeur Lydia an einer belebten Straßenkreuzung auflesen sollte, die sie leicht erreichen konnte. Nach der »Teestunde« sollte der Fahrer sie dort auch wieder absetzen.

Am verabredeten Tag machte sie sich im Hotel schön. Ihre Mitbewohnerin Renate beobachtete, wie sie sich gründlich wusch. Sie zog feine Unterwäsche an und streifte ein figurbetontes Kleid über. Hinterher bürstete sie lange ihr dunkles Haar, bis es seidig glänzte. Sie legte Lidschatten auf, der ihr ein verruchtes Aussehen verlieh. Mit einem Zerstäuber parfümierte sie ihr Dekolleté.

Renate hatte in den vergangenen Tagen niedergeschlagen gewirkt. Ihre Stimme klang zerbrechlich, als sie sagte: »Du solltest dir gut überlegen, mit wem du dich einlässt.«

»Wieso?«, fragte Lydia hart. Es ärgerte sie, dass die Mitbewohnerin den Grund ihrer Ausstaffierung erraten hatte. Wenigstens brauchte sie jetzt keine Ausreden mehr zu erfinden. »Wir siegen an allen Fronten. Deutschland wird die Welt beherrschen, und der Herr Reichsminister wird einer der wichtigsten Männer in der neuen Ordnung sein.«

»Denkst du das wirklich? Schau dir nur an, mit wem sie sich anlegen. Jetzt ist auch noch Amerika gegen uns.«

»Die sind weit weg.«

»Glaub mir. Es kann nicht ewig so weitergehen.«

»Das ist Defätismus. So etwas darfst du nicht sagen. Nicht in meiner Gegenwart und auch sonst nicht.«

Renate blickte resigniert drein. »Ich stecke in der Klemme. Ich brauche deine Hilfe. Ich –«

»Stopp«, sagte Lydia und hob abwehrend die Hand. Sie hatte geahnt, dass die Mitbewohnerin früher oder später an sie herantreten würde. »Ich will das nicht hören. Im Schrank findest du in den roten Wollsocken meine gesamten Ersparnisse. Nimm dir, so viel du brauchst, meinetwegen alles, aber lass mich mit deinen Geschichten in Ruhe.«

»Ich brauche kein Geld, ich brauche –«

»Nein, nein und nochmals nein. Außerdem muss ich jetzt los«, rief Lydia, schnappte sich ihre Handtasche und flüchtete aus dem Zimmer.

Draußen atmete sie tief durch. Sie hatte keine Idee, in was für Schwierigkeiten Renate steckte, aber sie wollte nicht zur Mitwisserin gemacht werden. In der heutigen Zeit konnten Informationen Leben zerstören. Außerdem geschah endlich, worauf sie lange gehofft hatte. Ein einflussreicher Mann wollte sie fördern. Wenn sie sich jetzt in eine dumme Sache verstrickte, könnten alle ihre Träume zerplatzen. Zwei Tage musste sie noch durchhalten, dann würde sie ihre Siebensachen packen und zu der Witwe nach Wannsee ziehen.

Eine Viertelstunde vor der verabredeten Zeit erreichte sie den Treffpunkt, wo bereits ein riesiger schwarzer Mercedes am Bordstein parkte. Lydia war überrascht. Es kam eigentlich nie vor, dass jemand pünktlicher war als sie.

Der Beifahrer, ein hochgewachsener SS-Offizier, stieg aus und öffnete ihr die Fondtür. Kurz nachdem sie auf das lederne Sitzpolster gesunken war, setzte sich der Wagen in Bewegung. Der Chauffeur und der SS-Offizier blickten schweigend nach vorne. Sie verzichteten auf Konversation.

Lydia war das recht; sie war sowieso nicht in Plauderlaune. Obwohl sie die Situation nüchtern betrachtete, konnte sie ihre Gefühle nicht länger verdrängen. Die ganze Atmosphäre war nicht dazu angetan, romantische Regungen zu entwickeln. Mehr und mehr kam sie sich wie ein Freudenmädchen vor, das zu einem Freier gefahren wurde. Der einzige Unterschied bestand darin, dass es kein gewöhnlicher Kunde war, sondern der mächtigste Mann von Presse und Filmwesen.

Bald erreichte der Wagen den Grunewald und bog in die kieferngesäumte Straße ein, die am Strandbad Wannsee vorbeiführte. Lydia hatte schon viele Geschichten über Schwanenwerder gehört. Im Volksmund wurde das Inselparadies »Bonzenwerder« genannt, weil sich dort reiche Persönlichkeiten angesiedelt hatten, die nach der Arisierung jedoch von hohen NS-Funktionären verdrängt worden waren. Neben Goebbels hatte auch der Reichsminister und Generalbauinspektor Albert Speer ein riesiges Wassergrundstück erworben. Theodor Morell, der Leibarzt von Hitler, residierte in einer prächtigen Villa mit Havelblick. Und auch für den Führer war eine große Parzelle Uferland reserviert worden, damit er nach dem siegreichen Krieg mit seinen engsten Getreuen vereint sein würde.

Noch vor Kurzem hatte Goebbels mit seiner Yacht, mit seinem schnellen Auto, mit ausschweifenden Partys und »Probeaufnahmen« von jungen Darstellerinnen ein glamouröses Leben auf dem Anwesen geführt, das den NS-Ideologen übel aufgestoßen war. Um der scharfen Kritik entgegenzuwirken, hatte der Reichsminister begonnen, seine Frau und die Kinder in der schönen Villa und dem parkähnlichen Garten zu inszenieren. Seitdem wurde der breiten Öffentlichkeit das perfekte Familienidyll vorgegaukelt, das auch Lydia aus zahlreichen Wochenschauen kannte. Sie konnte nur hoffen, dass Magda Goebbels, die Vorzeigemutter des Deutschen Reichs, nie von dem Besuch erfahren würde.

Der Mercedes passierte ein weißes Holzschild, auf das mit schwarzer Farbe gepinselt war, dass sich Schwanenwerder in Privatbesitz befand und über keinerlei Gaststätten oder öffentliche Bootsanleger verfügte. Dann rumpelte der Wagen über die winzige Brücke. Links und rechts funkelte das Wasser im Sonnenlicht, zahlreiche Segelboote ankerten in der Klaren Lanke, einer kleinen Havelbucht. Das SS-Wachgebäude schien unbesetzt zu sein. Überhaupt waren keine erkennbaren Sicherheitsvorkehrungen getroffen worden, um einen der mächtigsten Männer des Reiches zu beschützen. Die Straße stieg steil an, und auch vor dem Tor von Goebbels' Anwesen fehlten die Soldaten.

Das Automobil rollte auf das Grundstück und hielt vor dem Eingang der Villa. Der SS-Offizier sprang heraus und öffnete Lydia die Tür. Draußen spürte sie den angenehmen kühlen Schatten der großen Bäume, deren Blätter leise raschelten. Irgendwo tutete ein Schiffshorn. Sie ging um das Heck des Kraftwagens herum und erblickte den Reichsminister, der bereits zwischen den Portalsäulen stand und sie lächelnd erwartete.

Auf Fotos war Goebbels' markantes Gesicht oft in Großaufnahme zu sehen, sodass er fälschlicherweise für ein imposantes Mannsbild gehalten werden konnte. In Wahrheit war er noch mickriger, als überall gemunkelt wurde. Mit hochgekrempelten Hemdsärmeln, einer weiten weißen Hose und bequemen Segelschuhen war er leger gekleidet, was die Situation etwas entspannte.

Er ergriff ihre Hand und begrüßte sie nicht ohne Charme, wobei sein rheinischer Dialekt durchklang. Danach bat er sie ins Haus. Nach allem, was sie über den Lebensstil des Reichsministers gehört hatte, hatte sie eine prunkvolle Inneneinrichtung erwartet. Das Gegenteil war der Fall. Auch wenn die Teppiche, Bilder und Spiegel von hoher Qualität waren, zeugte das Mobiliar von einem eher zurückhaltenden Geschmack.

Der Reichsminister hatte einen kleinen Imbiss herrichten lassen. Zu Lydias großem Erstaunen nahmen eine Hausdame und der SS-Offizier ebenfalls am Tisch Platz.

»Bitte, bedienen Sie sich«, sagte Goebbels mit einer einladenden Geste.

Lydia hatte keinerlei Hunger; sie war viel zu aufgeregt. Trotzdem lud sie sich pflichtschuldig einige Horsd'œuvres auf den

Teller und biss in eine Havelzanderschnitte. Der Hausherr ließ es sich nicht nehmen, seinen Gästen Moselwein einzuschenken.

»Wie gefällt Ihnen die Ausbildung an der Filmschule?«, fragte Goebbels.

Lydia spürte die missbilligenden Blicke der Hausdame. Mit ihrem tiefen Ausschnitt und dem eng anliegenden Kleid kam sie sich deplatziert vor. Vielleicht hatte sie die Einladung falsch verstanden, vielleicht hatte Renate nur Märchen erzählt. Sie merkte, dass sie zu schwitzen anfing. »Für mich ist ein Traum wahr geworden«, sagte sie. »Wir haben die besten Lehrer des Reiches. Ich lerne jeden Tag mehr, als ich zu hoffen gewagt hatte.«

»Ich höre nur Gutes von Ihnen«, erwiderte Goebbels. »Sie gelten als ehrgeizig und talentiert. Nur traut sich niemand, Ihnen eine große Rolle zu geben, weil Sie noch nicht so lange dabei sind.«

»Das ist verständlich. Die Produktionen kosten viel Geld. Eine Anfängerin stellt ein Risiko dar.«

Die Haushälterin erhob sich von ihrem Platz. »Herr Reichsminister, erlauben Sie? Die Waschküche ruft.«

»Ja, ja.« Mit einer unwirschen Handbewegung entließ Goebbels die Angestellte und wandte sich wieder an Lydia. »Sie haben eine einprägsame Stimme, und tanzen können Sie auch. Paul Schwannecke meint, dass ich Sie in einem Musikfilm testen soll. Was halten Sie davon?«

Lydia wusste, dass Musikfilme sehr populär waren. Sie boten bekannten Sängern wie Benjamino Gigli oder Johannes Heesters eine Bühne. Bei vielen Interpreten reichte das darstellerische Talent nicht aus, um eine Hauptrolle auszufüllen, und die Lieder ebneten ihnen trotzdem einen Weg in die Herzen der Zuschauer. In den verwandten Revuefilmen, die allerlei Tanz- und Artistikeinlagen beinhalteten, beschränkte sich die verbindende Handlung auf das Allernötigste. Hier konnten sogar Künstler, die über keinerlei mimische Qualitäten verfügten, glänzen.

Lydia hatte jedoch andere Pläne. Sie wollte eine Darstellerin sein, die unterschiedliche Charaktere verkörpern konnte. Nur so würde sie sich langfristig in diesem schnelllebigen Geschäft halten können. Ihre jugendliche Attraktivität war vergänglich, und sie wollte auch im fortgeschrittenen Alter interessant bleiben. Allerdings durfte sie nicht allzu forsch vorgehen.

Von »Fräulein Peter«, dem Maskenbildner, der mit zahlreichen Kolleginnen tratschte, hatte sie gehört, dass der Reichsminister als schwieriger und unberechenbarer Charakter galt. Das lag vor allem daran, dass er hinter seiner schneidigen Fassade auch schüchtern war. Draufgängertum oder sofortige Willfährigkeit von Frauen konnten ihn verschrecken. Deshalb musste sie sich behutsam verhalten. Er musste die ganze Zeit das Gefühl haben, die Kontrolle zu haben.

»Herr Schwannecke ist ein großartiger Regisseur«, sagte sie leise. »Ich bewundere seine Arbeit und liebe seine Komödien. Er hat schon so viel geleistet, und ich bin nur eine kleine Filmschülerin. Mir steht ein solches Urteil nicht zu. Deshalb halte ich es für ratsam, erfahrenen Kennern wie Ihnen zu vertrauen.«

Goebbels lächelte undurchsichtig. »Er ist zweifellos einer unserer Besten, aber manchmal ist er zu zaghaft und zauderlich. Dann scheut er sich vor einem Wagnis, und das kreative Moment geht ihm flöten. Ein Genie sollte auch auf seine Eingebungen vertrauen, meinen Sie nicht?«

Lydia hatte keine Idee, wie sie angemessen auf diese Frage antworten sollte. Deshalb lächelte sie nur und nahm einen großen Schluck Moselwein, um ihren trockenen Hals zu befeuchten.

Goebbels erhob sich und lief voller Tatendrang auf und ab. »Wir arbeiten gerade an einem dramatischen Stoff. Etwas ganz Großes, von dem ich mir einen durchschlagenden Erfolg verspreche. Schwannecke will für den weiblichen Part eine germanische Edelin, eine Frau mit einer aristokratischen Anmutung, aber ich habe ihm gesagt, dass das nicht funktioniert. Wir brauchen eine stolze Lebenskameradin aus dem Volk, die stark genug ist, um sich dem Schmerz zu stellen. Wir brauchen Sie.«

Lydia begriff, dass es hier um die Besetzung einer Hauptrolle in einem bedeutenden Werk ging. Der Reichsminister und einer seiner besten Regisseure stritten, welche Darstellerin geeignet war. War das die Chance, auf die sie gewartet hatte?

Lydia beobachtete, wie Goebbels dem SS-Offizier zunickte, der mit gesenktem Blick am Tisch gesessen hatte. Der Soldat putzte sich den Mund ab, knallte die Hacken zusammen und verließ mit dem deutschen Gruß den Raum.

Und plötzlich verstand Lydia, warum er und die Hausdame zugegen gewesen waren. Sie sollten dieser Unterredung einen offiziellen Charakter geben. Der Reichsminister wollte klarmachen, dass es um Filmgeschäfte ging und dass er nichts zu verbergen hatte. Dieser Imbiss war eine Inszenierung, die über den eigentlichen Zweck hinwegtäuschte.

»Nach zähem Ringen habe ich es in meinem Leben zu einer Stellung gebracht«, sagte Goebbels etwas umständlich, »die es mir erlaubt, Einfluss auszuüben, wenn ich es für geboten halte. Jetzt ist ein solcher Augenblick gekommen. Wollen Sie mir erlauben, Ihnen unter die Arme zu greifen?«

Lydia senkte den Blick. »Nur, wenn Sie davon überzeugt sind, dass ich den hohen Anforderungen genügen kann.«

»Diese Entscheidung können Sie getrost mir überlassen«, sagte Goebbels und blickte verzaubert drein. »Es gibt übrigens Menschen, die behaupten, dass ich nicht unmusikalisch bin.«

»Ich würde mich sehr freuen, wenn Sie mir etwas vorspielen würden.«

Schon hinkte Goebbels zum Flügel, klappte den Deckel hoch und stellte die Fingerspitzen auf die Tasten. Die ersten Töne erklangen. Lydia erkannte die »Mondscheinsonate« von Beethoven. In den letzten Jahren hatte sie viel über Musik gelernt. Nun hörte sie, dass der Reichsminister das langsame und dramatische Stück technisch einwandfrei und ausdrucksstark spielen konnte. Nachdem er zum Ende gekommen war, verbeugte er sich leicht und griff nach einem roten Ledereinband, der schon bereitgelegen hatte.

Nach der goldenen Aufschrift zu urteilen, handelte es sich um einen Gedichtband von Hölderlin. Goebbels schlug eine Seite auf und rezitierte feierlich: »›O nehmt mich, nehmt mich mit in die Reihen auf, / Damit ich einst nicht sterbe gemeinen Tods! / Umsonst zu sterben, lieb ich nicht, doch / Lieb ich, zu fallen am Opferhügel / Fürs Vaterland, zu bluten des Herzens Blut / Fürs Vaterland – und bald ist's geschehn! Zu euch, / Ihr Teuern! komm ich, die mich leben / Lehrten und sterben, zu euch hinunter! …‹«

Lydia war mittlerweile belesen genug, um das Gedicht »Der Tod fürs Vaterland« zu kennen. Mit der altertümlichen Sprache, den männlichen Todesphantasien und der schwulstigen Gefühlsduselei konnte sie nichts anfangen, aber mit dem Instinkt eines Leipziger Stadtmädchens begriff sie, dass der Reichsminister einen bestimmten Zweck verfolgte. Die künstlerischen Darbietungen sollten sie romantisch stimmen und auf das vorbereiten, was nun folgen würde.

Lydia musste an ihre Schwester denken, die bereits im Alter von achtzehn Jahren alleinstehende Mutter einer Tochter war und sich in der Eckkneipe ihres Vaters den Rücken krumm schuftete. Lydia konnte sich ihr hartes Dasein genau vorstellen und wusste, dass sie selbst niemals nach Leipzig zurückgehen würde. Was waren schon ein paar Stunden gegen ein elendes Leben?

Ja, sie war bereit, den Handel zu besiegeln.

Eines Tages wollte sie eine richtige Darstellerin sein, und auf dem Weg dorthin spielte sie heute ihre wichtigste Rolle. Sie neigte leicht den Kopf und flüsterte: »Das war schön!«

Schon stand Goebbels vor ihr. Er zog sie hoch, drängte sich an sie und blickte ihr feurig in die Augen.

Dann schob er ihr die Zunge in den Mund.

16

Am nächsten Morgen brach Toni zum Hauptsitz der Hellström AG auf. Unterwegs rief er Phong an und informierte ihn über die neuen Erkenntnisse. Dabei merkte er, wie viel Energie in ihm steckte.

Obwohl er auf einem Sessel genächtigt hatte, hatte er mehrere Stunden am Stück geschlafen. Seit Wochen fühlte er sich zum ersten Mal ausgeruht. Das verdankte er Marie. Sie übte einen heilsamen Einfluss auf ihn aus.

Bei ihrem gestrigen Gespräch hatte er schnell begriffen, dass sie nicht nur trauerte, sondern sich in einer Lebenskrise befand. Sie hatte einen Punkt erreicht, an dem sie nicht mehr weiterwusste.

Toni fragte sich, inwieweit ihr Zustand mit ihrer Familie zusammenhing. Alles, was er erfahren hatte, klang ungewöhnlich. Da war ein Großvater, der einen milliardenschweren Konzern gegründet hatte, eine Großmutter, die die Öffentlichkeit scheute und nur für ihre Enkelin lebte, da war eine Mutter, die Selbstmord beging, und ein Vater, der sich nicht um seine Tochter kümmerte.

Gab es einen Zusammenhang mit dem Tötungsdelikt? Hatte Lothroh die Gebäude fotografiert, weil er einem Geheimnis auf der Spur war? Sollte der Mord verdecken, was der Kunstsachverständige herausgefunden hatte? Toni kannte die Antworten nicht, aber nach der Befragung von Maries Vater würde er schlauer sein.

Vor ihm flammten die Bremslichter eines Lieferwagens auf, sodass er erneut das Tempo verringern musste. Nur zäh kam er auf der Gatower Straße voran; der Berufsverkehr wälzte sich Richtung Berliner City. Nach Überquerung der Heerstraße wurde es etwas flüssiger. Bald passierte er das Spandauer Rathaus. Im Kreisel nahm er die erste Ausfahrt und ließ zahlreiche Autohändler links und rechts liegen. Er bog zweimal ab und erreichte das Firmengelände. Vor einer Schranke führte ein schmaler Weg zu einem fast leeren Besucherparkplatz. Am Pförtnerhaus stellte er sich und sein Anliegen vor.

Der Wachmann telefonierte kurz und legte den Hörer wieder auf die Gabel. »Warten Sie bitte einen Moment. Es kommt gleich jemand, der Sie abholt.«

Kurz darauf stürmte ein blonder Anzugträger über die asphaltierte Fläche. Von seiner ganzen Erscheinung ging Tatkraft und Zuversicht aus. Er stellte sich als Pressesprecher vor und schüttelte Toni überschwänglich die Hand.

»Wir erwarten den Chef in einer halben Stunde«, sagte er. »Gehen wir doch in die Lobby. Da kann ich Ihnen einen Kaffee anbieten.«

Toni folgte dem Mann und schaute sich um. Ein hoher Drahtzaun schützte das Gelände. Die großen Lager- und Fertigungshallen wurden anscheinend nicht mehr genutzt. Die Rampen waren verwaist. Auf einem Grünstreifen rosteten ältere Baufahrzeuge vor sich hin. Inmitten dieses trostlosen Anblicks erhob sich ein kastenförmiger Bürokomplex, der seine besten Jahre auch schon hinter sich hatte.

»Ich habe gehört, dass der Konzern wächst«, sagte Toni. »Ehrlich gesagt sieht es hier nicht so aus.«

»Das täuscht«, erwiderte der Pressesprecher. »Der Chef hält an diesem Standort aus nostalgischen Gründen fest. Die Hallen stammen noch aus der Zeit seines Vaters. Kennen Sie die Geschichte der Firma?«

»Ein wenig.«

Sie betraten die Lobby und nahmen in einer braunen Sitzecke aus den siebziger Jahren Platz. An den Wänden hingen Schwarz-Weiß-Fotos von Steinbrüchen, Zementwerken und Mehrfamilienhäusern. Hinter einem Marmortresen saß eine betagte Empfangsdame. Ihre Frisur sah aus wie ein Stahlhelm. Der Pressesprecher orderte Kaffee und Kekse und gab Toni einen Einblick in die Firmengeschichte, der etwas ausführlicher als bei Marie ausfiel, aber keine neuen Ansätze lieferte.

Toni musste noch eine Viertelstunde warten, bis Hellström in einem Bentley vorfuhr und mit einer Aktentasche hereinkam. Er hatte Ringe unter den Augen und wirkte erschöpft. Ansonsten hatte er ein glattes rötliches Politikergesicht, das keine Gefühle preisgab. Sein Anzug war von einem dunkelgrauen changierenden Stoff. Seine cognacfarbenen Lederschuhe knarrten und sahen aus, als wären sie maßgefertigt. Nur zögerlich folgte er dem Pressesprecher, der ihn auf Tonis Gegenwart hingewiesen hatte.

Toni stand auf und streckte seine Hand aus.

Hellström ergriff sie widerwillig. »Fassen Sie sich kurz. Ich erwarte einige Geschäftspartner und muss das Treffen noch vorbereiten.«

Toni blickte auf die Empfangsdame, die den Kopf zur Seite neigte, damit sie besser zuhören konnte. Ihr entging garantiert nichts. »Es dürfte in Ihrem Interesse liegen, wenn wir die Angelegenheit unter vier Augen besprechen.«

»Um was geht es überhaupt?«

»Eine Mordermittlung. Wenn Sie nicht mit mir reden, muss ich Sie vorladen, und das wird garantiert mehr Zeit in Anspruch nehmen.«

Hellström bedachte ihn mit einem eisigen Blick und marschierte zum Fahrstuhl. Wahrscheinlich erwartete er, dass Toni ihm folgte, und das tat er auch. Schweigend fuhren sie ins oberste Stockwerk. Das Chefbüro verbreitete durch das viele Chrom und schwarze Leder der Möbel einen Hauch von Exklusivität. Hellström stellte seinen Aktenkoffer ab und nahm hinter einem Glasschreibtisch Platz. Offenbar erwartete er die erste Frage.

Toni wollte die Zeit des Geschäftsmannes nicht länger in Anspruch nehmen, als es unbedingt nötig war. Also öffnete er das Foto auf seinem Smartphone. »Wissen Sie, welches Gebäude das ist?«

»Natürlich. Wir sitzen drin. Im Hintergrund sieht man die Hallen.«

»Wir haben dieses Bild und noch zahlreiche weitere Aufnahmen von dem Gelände bei dem Mordopfer gefunden. Warum hatte er ein Interesse an Ihrer Firma?«

»Sie sollten mir zuerst den Namen des Toten verraten. Dann kann ich Ihnen vielleicht weiterhelfen.«

»Natürlich.« Toni konnte gerade noch verhindern, dass er sich entschuldigte. »Es handelt sich um den sechzigjährigen Helmut Lothroh. Er lebte in Potsdam und war Kunstsachverständiger.«

Hellström schaute überrascht drein. »Lothroh? Irgendetwas klingelt da bei mir. Ja, den Namen kenne ich. Wir hatten mal einen Prokuristen, der Karlheinz Lothroh hieß. Er ist schon vor langer Zeit in Rente gegangen und mittlerweile verstorben. Er hatte einen Sohn namens Helmut. Er war jünger als ich. Ein paarmal bin ich ihm auf dem Firmengelände begegnet, als er seinen Vater begleitete. Soweit ich mich erinnere, war er ziemlich hochnäsig, und das soll schon was heißen, wenn er so zu dem Juniorchef ist. Ich mochte ihn nicht sonderlich.«

»Warum hat er das Gelände fotografiert?«

»Keine Ahnung.«

»Überlegen Sie bitte.«

Ungeduldig richtete sich Hellström auf und ließ sich zurück in die Lehne fallen. »Nostalgie? Im fortgeschrittenen Alter beschäftigen sich viele Leute mit ihrem Familienstammbaum. Dazu gehört die Recherche über das berufliche Umfeld des Vaters. Allerdings frage ich mich, warum er nicht um Erlaubnis gebeten hat. Wir hätten bestimmt nichts dagegen gehabt. Die Fotos wurden aber von außerhalb des Zauns geschossen. Auf dem Bild erkennt man den Draht. Hier, sehen Sie mal, dort am Rand kann man ihn schemenhaft ausmachen.«

»Stimmt. Dann hat er ein Teleobjektiv benutzt. Das ist ein interessantes Detail.«

»Besteht ein direkter Zusammenhang zwischen dem Bild und der Tat?«

Das ist eine gute Frage, dachte Toni. Er konnte sie nicht beantworten. »Die Aufnahme ist eine von vielen Spuren, denen wir nachgehen. Lothroh hat auch die Havel-Villa abgelichtet, in der Ihre Mutter gelebt hat.«

»Den alten Kasten? Das versteh ich jetzt wirklich nicht.«

»Stand Helmut Lothroh in irgendeiner Beziehung zu der

Villa? Hat er dort als Kind gespielt? Hat er seinen Vater dorthin begleitet?«

»Bestimmt nicht. In meiner Familie wurden Beruf und Privatleben streng getrennt. Bei uns waren nie irgendwelche Angestellten zu Gast.«

»Gab es mit Helmut oder Karlheinz Lothroh Ärger?«

Hellström kniff die Augen zusammen. »Es existierte mal ein Unterschlagungsverdacht gegen den alten Lothroh. Ich war damals in Schweden. Ich stamme nämlich von dort.«

»Man hört gar keinen Akzent.«

»Ich bin in Deutschland auf ein Internat gegangen und habe hier studiert. Jedenfalls war ich damals in meiner Heimat, um die Steinbrüche und Gruben zu inspizieren. Mein Vater baute mich zu jener Zeit zu seinem Nachfolger auf. Ich sollte das gesamte Unternehmen kennenlernen.«

»Dann haben Sie nichts von der Affäre mitbekommen?«

»Nur hinterher. Ich kenne nicht alle Einzelheiten, aber die Verdachtsmomente gegen ihn konnten ausgeräumt werden. Ein anderer Prokurist wurde schließlich überführt. Ein gewisser Wolfgang Seek. Die Beweislast gegen ihn war erdrückend. Er hat sogar eine Gefängnisstrafe erhalten.«

Toni zückte seinen Block und machte sich eine kurze Notiz. »Wissen Sie, ob dieser Wolfgang Seek noch lebt?«

»Soweit ich weiß, ist er in der Haft gestorben. Sie haben doch bestimmt Zugriff auf die Gerichtsakten? Aber sein Sohn lebt noch. Er kann ihnen sicher weiterhelfen.« Hellström schaute demonstrativ auf seine Armbanduhr.

»Es dauert nicht mehr lange«, sagte Toni. »Können Sie mir etwas über diesen Sohn erzählen?«

»Mit Vornamen heißt er Klaus. Als sein Vater eingesperrt wurde, hatte er seine Lehre schon länger beendet und war Sachbearbeiter.«

»Hier bei Ihnen?«

»Genau. In der Firma wurde er geschätzt. Er war fleißig und hatte die richtige Einstellung. Deshalb haben wir ihn auch behalten. Er konnte ja nichts dafür.«

»Und danach?«

»Klaus Seek hat uns nicht enttäuscht. Das Vertrauen, das wir in ihn gesetzt haben, hat er jeden Tag zurückgezahlt. Bis zu seiner Verrentung war er so etwas wie das Faktotum der Firma. Über vierzig Jahre in derselben Abteilung, über vierzig Jahre am selben Schreibtisch. Er war ein Arbeitstier. Er kannte hier alles und jeden. Wenn Sie Genaueres wissen wollen, sollten Sie ihm einen Besuch abstatten. Meine Sekretärin gibt Ihnen die Adresse.«

Toni nickte. »Bei der Befragung Ihrer Tochter –«

»Sie haben mit Marie gesprochen? Wie geht es ihr?«

»Das klären Sie besser mit ihr persönlich. Jedenfalls bin ich bei der Befragung Ihrer Tochter auf Details zu Ihrer Familie gestoßen, die möglicherweise relevant sind. Ich möchte nicht indiskret werden, aber ich muss ausschließen, dass sie mit dem Fall zusammenhängen. Warum hat sich Ihre Frau umgebracht?«

»Das geht zu weit.« Hellström stand abrupt auf und stellte sich ans Fenster. Er wirkte jetzt keinesfalls mehr glatt, sondern aufgewühlt.

»Bitte beantworten Sie meine Frage. Ich muss Sie ansonsten vorladen.«

»Ja, ja. Das hab ich schon kapiert.« Hellström stützte sich mit beiden Händen auf der Fensterbank ab und senkte den Kopf. »Warum bringt sich ein Mensch um? Weil er krank ist.«

»Also litt Ihre Frau unter einem pathologischen Zustand?«

»Postnatale Depressionen, wenn Sie es genau wissen wollen. Sie begannen nach Maries Geburt und dauerten mehrere Monate an. Ich dachte eigentlich, dass sie über den Berg war, aber dann nahm sie sich mit einer Überdosis Schlaftabletten das Leben.«

»Haben Sie Ihre Tochter weggegeben, weil Sie sie für den Tod Ihrer Frau verantwortlich gemacht haben?«

Hellström sah ihn gequält an. »Vielleicht verstehen Sie das nicht, aber vorher war alles in Ordnung. Meine Frau und ich … wir liebten uns. Wir haben uns an der Universität kennengelernt. Sie wusste nichts von dem Geld meiner Familie. Sie war an mir interessiert. So etwas hatte ich nie zuvor erlebt und auch hinterher nicht mehr. Als sie sich umbrachte, war ich am Boden zerstört. Man sollte meinen, dass ich bei unserer Tochter Trost fand, aber das Gegenteil war der Fall. Jedes Mal, wenn ich die Kleine sah, überkam mich eine unfassbare Wut. Ich gab ihr die Schuld. Sie hatte mir alles genommen, was mir etwas bedeutet hatte. Das dachte ich jedenfalls damals.«

»Und dann?«

»Dann kam die Arbeit. Ich habe mich hineingestürzt, und es hat mich gerettet. Jahrelang habe ich an nichts anderes gedacht. Beruflich ist mir fast alles gelungen, nur privat hatte ich keine glückliche Hand.«

»Wie bewerten Sie heute den Tod Ihrer Frau?«

»Das ist doch egal.«

»Für Ihre Tochter nicht.«

Hellström schaute ihn merkwürdig an. »Mit einem Abstand von über dreißig Jahren habe ich natürlich einen anderen Blick auf die Ereignisse, aber jetzt ist es zu spät. Marie will nichts mehr von mir wissen. Sie hasst mich, und das völlig zu Recht.«

»Haben Sie ihr von den postnatalen Depressionen erzählt?«

»Natürlich nicht. Als sie klein war, hätte sie es nicht verstanden. Und später wollte ich verhindern, dass sie sich für den Tod ihrer Mutter verantwortlich fühlt. Ich habe mich all die Jahre über Marie auf dem Laufenden gehalten. Sie hatte es so schon schwer genug. Da wollte ich sie nicht zusätzlich belasten.«

Toni betrachtete Hellström nachdenklich. In dieser Familie hatte sich nicht nur eine Tragödie abgespielt, die bis in die Gegenwart reichte, sondern es gab auch erhebliche Kommunikationsprobleme zwischen Vater und Tochter. Die Frage war nur, ob und inwieweit ein Zusammenhang mit dem Fall bestand.

17

Das Blut breitete sich aus, bis es den ganzen Boden bedeckte. Er schaute fassungslos auf die Lache und fragte sich, wie ein menschlicher Schädel so viel Flüssigkeit enthalten konnte. Auch seine Hände waren beschmiert. In der Luft hing ein Geruch, wie er ihn sonst nur aus einer Schlachterei kannte.

Es ekelte ihn so plötzlich, dass er würgen musste. Sein Magen krampfte sich zusammen, und saurer Saft schoss ihm in den Mund.

Er hielt es nicht länger aus.

Er musste raus.

Sofort.

Mit klopfendem Herzen stemmte er sich hoch und torkelte nach draußen. Wie ein Erstickender schnappte er nach Luft.

In seinem Rücken schrillte die Türglocke weiter. Sie war so laut, dass die Leute sie hören mussten. Warum verstummte sie nicht endlich? War sie defekt?

Wenn er das Signal nicht abstellte, würden sich bald die alarmierten Nachbarn einfinden. Schnell trat er zurück und griff nach oben, aber seine Hand reichte nicht bis zur Decke hinauf.

»Was ist da los?«, rief ein Passant und kam näher. Es war ein Mann mit einem schwarzen Bowlerhut, einem gezwirbelten Schnurrbart und einem Regenschirm. »Was verstecken Sie hinter sich? Gehen Sie mal zur Seite. Lassen Sie mich sehen.«

»Nichts. Es ist nichts. Verschwinden Sie!«, schrie er, schlug um sich und riss die Augen auf.

Sein Herz raste. Er hatte wieder geträumt. Mit den Händen stemmte er sich hoch und schenkte sich Wasser ein. In einem Zug leerte er das große Glas.

Wie lange konnte er so weitermachen?

Wie lange hielt er noch durch?

Er spielte allen etwas vor und markierte den viel beschäftigten Mann, der wichtige Termine hatte. Dabei konnte er sich vor

Erschöpfung kaum noch auf den Beinen halten. Er brauchte endlich einen Plan und musste überlegen, wie er aus diesem Schlamassel herauskam.

Zuerst musste er sich beruhigen. Er stolperte in die Ecke und holte die Schallplatte aus der Hülle. Verzweifelt betrachtete er die Scheibe und spürte, wie sich sein Elend in Zorn verwandelte.

Wie hatte er nur glauben können, dass diese Dudelei ihn zur Vernunft bringen konnte? Mit ihr hatte das ganze Elend erst angefangen. Diese verfluchten Schlager hatten ihm nur Unheil gebracht.

Mit einem Aufschrei zerbrach er das Vinyl, warf die schwarzen Stücke auf den Boden und trampelte mit den Füßen darauf herum, bis nur noch kleine Splitter übrig waren.

Doch die Zerstörung verschaffte ihm keine Erleichterung. Nichts konnte seine Tat ungeschehen machen. Nichts konnte etwas daran ändern, dass er ein Mörder war. In einem unbeherrschten Moment hatte er seine ganze Existenz weggeschmissen.

18

Toni hatte sich die Adresse von Klaus Seek geben lassen und erreichte die Spandauer Genfenbergstraße, die ganz in der Nähe vom Grimnitzsee und der Havel lag. Das rote Mehrfamilienhaus war fünfstöckig, und die Fassade erstreckte sich über eine Länge von mehreren hundert Metern. Toni lief hin und her, bis er den richtigen Eingang gefunden hatte. Auf sein Klingeln hin drang eine männliche Stimme aus der Gegensprechanlage. Toni stellte sich vor, und der Türsummer ertönte.

Im Eingangsbereich standen ein Kinderwagen und ein Laufrad. Die Briefkästen waren sorgfältig beschriftet und allesamt intakt, was in Berlin eine Seltenheit war. Das Treppenhaus machte einen gepflegten Eindruck. Insgesamt wirkte die Wohnanlage solide. Aufgrund ihrer altstadtnahen und grünen Lage war sie sicher sehr beliebt bei unteren bis mittleren Einkommensschichten.

Im ersten Obergeschoss stand ein Mann in der offenen Wohnungstür. Sein schütteres braunes Haar war mit Pomade zurückgekämmt und wuchs im Ansatz grau nach. Es war gefärbt. Die Goldrandbrille passte zu dem feingliedrigen Kettchen, das ihm um den faltigen Hals hing. Er trug ein kurzärmeliges kariertes Hemd und eine graue Jogginghose.

»Kriminalpolizei!«, sagte Klaus Seek. »Das ist mal eine Überraschung. Kommen Sie rein.«

Toni steckte seinen Ausweis ein und folgte dem Mann. In der Wohnungsluft hing Korianderduft. Der Eingangsbereich war im asiatischen Stil eingerichtet. Auf einem Regalbrett stand eine Buddha-Statue. Daneben schwammen Lotos-, Orchideen- und Kirschblüten in einem Wasserbad. Der Laminatboden wurde mit Matten aus Reisstroh geschützt.

»Schön haben Sie es hier«, sagte Toni.

»Das macht meine Frau. Sie ist Asiatin. Für sie ist ihr Zuhause so was wie ein Tempel.«

Der Einrichtungsstil setzte sich im Wohnzimmer fort.

An den Wänden hingen Fächer aus Bambus neben Masken mit Symbolfiguren. Vor dem niedrigen Tisch lagen Sitzkissen, die mit Schriftzeichen bestickt waren. Auf dem Balkon hingen rote Lampions.

»Ich habe mir gerade einen Tee gemacht«, sagte Seek. »Möchten Sie auch eine Tasse?«

»Gerne«, erwiderte Toni.

»Nehmen Sie ruhig Platz. Wenn Ihnen der Boden zu unbequem ist, können Sie meinen Schreibtischstuhl benutzen. Ich bin gleich zurück.« Seek schloss auf dem Weg zur Küche eine Schiebetür aus Shojipapier, die in einen anderen Raum führte.

Wollte Seek einen Einblick in die Intimsphäre des Paars verhindern oder etwas Verdächtiges verbergen? Toni machte einen Schritt vor, um einen Blick hineinzuwerfen, aber er kam nicht mehr dazu. Seek balancierte bereits ein Tablett heran, setzte es auf dem Tisch ab und sagte: »Nun erzählen Sie mal. Ich bin neugierig.«

Toni schilderte knapp das Tötungsdelikt und die Umstände, die ihn hergeführt hatten. »Ihr früherer Chef hält große Stücke auf Sie«, schloss er seine Ausführungen.

»Dann hätte er mich nicht nach Hause schicken sollen. Ich hab ihm angeboten, weiterzumachen, aber er wollte meine Stelle mit einem jüngeren Mann besetzen.«

»Wieso das?«

»Keine Ahnung. Manchmal ist er sehr theoretisch, aber das soll nicht despektierlich klingen. Ich hatte ein gutes Verhältnis zu ihm und lasse auch nichts auf den Seniorchef kommen. Damals haben die Hellströms mich behalten, obwohl mein Vater sie betrogen hat. Das vergesse ich nicht. Männer mit ihrem Vermögen schweben manchmal in anderen Sphären. Ihnen fehlt der Blick fürs Reale. Wahrscheinlich hat er gedacht, dass ich gut klarkomme und mir nach über fünfundvierzig Jahren Arbeit einen angenehmen Lebensabend machen soll, aber von meiner Rente kann ich das alles nicht bezahlen. Meine Frau und ich müssen beide noch ran. Einmal im Jahr besuchen wir ihre Familie in Thailand. Die Flüge, der Aufenthalt und die Geschenke für die Verwandtschaft kosten einen Haufen Geld.«

»Was arbeiten Sie denn?«

»Ach, nichts Weltbewegendes. Ich mache abends den Bürokram für ein kleines Handwerksunternehmen. Rechnungsstellung, Buchhaltung und Ablage. Alles regulär, alles angemeldet. Wenn Sie wollen, zeige ich Ihnen die Unterlagen.«

Toni nippte an seiner Tasse und schmeckte Limette und Ingwer. »Hm, was ist das für eine Sorte?«

»Das ist blauer Tee. Er wird aus einer Blüte gewonnen und ist sehr beliebt in Thailand. Eigentlich ist er geschmacksneutral, deshalb gebe ich immer etwas hinzu. Manchmal auch Kräuter oder Honig. Er sorgt für gute Laune und schärft die Sehstärke.«

Toni nickte anerkennend. »Steuerangelegenheiten interessieren mich nicht. Erzählen Sie mir lieber, wie sich die Unterschlagung damals abgespielt hat.«

»Muss das sein? Ich spreche nicht gerne darüber. Die Sache hat meine Familie kaputtgemacht. Mein Vater ist im Knast gestorben, und meine Mutter ... für die gab es hinterher nur noch ihren Pudel und Sahnetorte.«

»Leider muss ich darauf bestehen.«

Seek schnaufte ergeben. »Früher gab es noch keine zentralen Computer, da war eine Unterschlagung leichter möglich. Sie haben sicher die Hallen auf dem Gelände gesehen?«

»Ja.«

»Da war auch ein Warenlager dabei. Fahrer haben die Artikel zu den Kunden transportiert. Häufig wurden unsere Leute mit Bargeld bezahlt und haben es bei ihrer Rückkehr in der Firma abgegeben. Man dokumentierte die Vorgänge mit Bucheinträgen, Lieferscheinen und Belegen. Durch einen dummen Zufall kam raus, dass eine Fahrt überhaupt nicht registriert war. Auch die Inventurzahlen waren frisiert. Es ging nur um einen verhältnismäßig kleinen Betrag, aber eine Überprüfung ergab, dass sich im Laufe der Jahre zahlreiche vergleichbare Vorfälle zugetragen hatten. Insgesamt kam eine große Summe zusammen, die am Schluss gereicht hat, um meinen Vater ins Gefängnis zu bringen.«

»Warum hat er das Geld unterschlagen?«

»Er war fünf Jahre im Krieg und hinterher noch mal fünf Jahre in russischer Gefangenschaft. Er hat wohl ziemlich viel Mist erlebt und sich geschworen, dass er seine Freiheit genießen würde. Er war Kettenraucher und hatte einen Haufen Freundinnen. Er liebte es, einen auf dicke Hose zu machen. Außerdem musste er für meine Halbgeschwister Alimente zahlen.«

»Was fahren Sie für einen Wagen?«

»Wieso?«

»Bitte beantworten Sie einfach meine Frage.«

»Einen Fiat Panda, Baujahr 2015.«

Nur zur Sicherheit erkundigte sich Toni nach dem Kennzeichen und notierte es in seinem Block. Natürlich hätte Seek den Leichnam auch mit einem Kleinstwagen transportieren können, aber der Bauschutt und das Malervlies hätten garantiert nicht hineingepasst. Außerdem waren die sichergestellten Reifenspuren zu breit. »Wo waren Sie am Samstagabend?«

»Na hier. Da können Sie gerne meine Frau fragen. Wir haben es uns gemütlich gemacht.«

»Dann bedanke ich mich für Ihre Auskunftsbereitschaft und den Tee. Falls sich noch Fragen ergeben sollten, komme ich auf Sie zurück.«

Toni ließ sich von Seek zur Tür begleiten und stand wenig später auf dem Gehsteig. Der Vater des Opfers, Karlheinz Lothroh, war damals verdächtigt worden, Geld unterschlagen zu haben, und ein anderer Prokurist, Seek senior, war überführt worden und im Gefängnis gelandet.

Toni fiel ein, dass sich das Opfer für Strafgefangene eingesetzt hatte. Waren die Ermittlungen gegen den Vater so prägend gewesen, dass er sie zum Anlass für sein soziales Engagement genommen hatte? Konnte diese alte Geschichte einen aktuellen Bezug haben?

Ging man spekulativ von einer Verbindung aus, stellten sich sofort zwei Fragen: Warum war der Mord nicht schon vor zehn, zwanzig oder dreißig Jahren geschehen? Und welcher Umstand hatte ihn am vergangenen Samstag ausgelöst?

Nachdenklich öffnete Toni den Wagen und setzte sich hinters Lenkrad. Klaus Seek machte den Eindruck, als hätte er sich mit den Geschehnissen abgefunden. Der Rentner hatte keine unangemessenen oder auffälligen Reaktionen gezeigt. Entweder war er ein guter Schauspieler, oder diese Spur war kalt.

19

Berlin, 1942

Lydia traf den Reichsminister in seinen Privaträumen im Propagandaministerium. Gesprochen wurde kaum; die Begegnungen waren auf das Eigentliche reduziert. Sie zog sich aus, und er bestimmte, was sie machen sollte. Dann nahm er sie, wie es ihm gerade einfiel. Das Ganze dauerte nie länger als fünfzehn oder zwanzig Minuten.

Bei ihrem achten Treffen befahl Goebbels, dass sie noch einen Moment bleiben solle. Er band sich die Schuhe zu und eröffnete ihr sachlich, dass er sie für die Hauptrolle in »Die schwarze Witwe« besetzt habe und dass dieser Film zeigen werde, ob sie publikumstauglich sei. Danach müsse man weitersehen.

Lydia war noch ganz gefühllos. Sie hatte der kurzen Rede nicht richtig zugehört, und die Bedeutung sickerte nur allmählich in ihr Bewusstsein.

Der viel beschäftigte Propagandaminister sprang auf. »Freuen Sie sich denn gar nicht? Nun reden Sie schon!«

»Doch, doch«, antwortete Lydia und begriff endlich, dass es geklappt hatte. Sie war in Vorleistung gegangen, und nun erfüllte er seinen Teil des Handels. Sie setzte ein Lächeln auf und überlegte, ob Dankesworte angebracht waren, aber der Reichsminister griff bereits nach dem Telefonhörer, um seinen Chauffeur und den Dienstwagen zu bestellen. Danach schob er sie nach draußen und verabschiedete sie mit einem Schultertätscheln. Die Tür fiel zu, und sie war allein auf dem Flur.

Als sie Richtung Ausgang taumelte, wurde ihr klar, dass die Affäre mit Goebbels beendet war. Ansonsten hätte er eine neue Verabredung vereinbart und sie im Ungewissen gelassen. In der Äußerung seiner Wünsche und Vorlieben war er immer sehr direkt gewesen. Wahrscheinlich hatte er bereits die nächste Darstellerin am Haken.

Obwohl Lydia die wichtigste Nachricht ihres Lebens erhalten hatte und sich nie romantischen Illusionen hingegeben hatte, fühlte sie sich benutzt. Diese Geschichte hatte eine andere Dimension als das kurze Stelldichein mit dem Kulissenmaler. Sie war ausrangiert worden wie ein Spielzeug, das den Reiz des Neuen verloren hatte. Verkraftete sie, dass dieser Mann so mit ihr umsprang?

Plötzlich sehnte sie sich nach ihren Geschwistern, die sie schon lange nicht mehr gesehen hatte. Am liebsten hätte sie sich an sie gekuschelt und auf ihren warmen Atem gelauscht, so wie sie es früher oft getan hatte, wenn sie sie zu Bett gebracht hatte.

Auf der Rückfahrt nach Potsdam schaute Lydia aus dem Fenster. Es war kaum Verkehr unterwegs, und die Kiefern des Grunewalds rauschten vorbei. Die Abendsonne färbte die Wipfel glutrot, und der Himmel war von einem sanften Blau. In diesem Anblick lag so viel Schönheit, dass sie nicht länger traurig sein wollte. Sie musste die Ereignisse anders bewerten und durfte sich nicht wie ein Opfer fühlen. Es war nicht der Reichsminister, der sie benutzt hatte. Es war vielmehr sie, die ihn benutzt hatte. Mit den wenigen Vorzügen, die ihr von der Natur gegeben waren, hatte sie ihr Schicksal selbst in die Hand genommen.

Jetzt durfte sie nicht verzagen und sich nicht um den Erfolg bringen. Jetzt musste sie ihren Weg weitergehen. Zäh, mutig und entschlossen.

20

Im Kommissariat schilderte Toni seinem Team die Befragungen des schwedischen Unternehmers und seines früheren Angestellten. »Zur Sicherheit sollten wir in die Gerichtsakten schauen, um zu überprüfen, ob die Unterschlagung richtig dargestellt wurde. Phong, das kannst du mit niedriger Priorität erledigen.«

Der nickte. »Der Bericht aus der KTU ist da. Das Sohlenprofil passt zu Herrenhalbschuhen der Größe dreiundvierzig. Sie werden seit drei Jahren online und in Karstadt-Filialen vertrieben und zählen zu den beliebtesten Modellen. Vorausgesetzt, dass die Schuhe überhaupt vom Täter erworben wurden, können wir ihn nicht identifizieren, wenn er bar bezahlt hat. Alle Kartenbelege zu prüfen, ist fast unmöglich.«

»Können wir vergessen«, sagte Toni. »Der Aufwand steht in keinem Verhältnis zu den Erfolgsaussichten. Wie sieht es mit den Malerutensilien aus?«

»Da ist schon die Herkunftsbestimmung schwierig. Bei dem Malervlies und den Folien fehlen EAN-Nummern oder sonstige Artikelkennzeichnungen. Sie könnten von einem Baumarkt oder vom Großhandel stammen. Vielleicht waren sie auch von einem Bekannten geliehen. Der Bauschutt ist einfach nur Bauschutt.«

»Also ebenfalls eine Sackgasse. Humanspuren?«

»Jetzt wird es interessant. Es wurden Haare, Fingerabdrücke und Urinreste sichergestellt. Bei den Fingerabdrücken konnte ich keine Übereinstimmung in unserer Kartei finden. Sobald ich die DNA-Profile habe, jage ich sie durch die Datenbank.«

»Wieso Urinreste?«

»Nur ein paar Spritzer. Jemand muss sich in der Nähe erleichtert haben.«

»Das ist doch schon mal was. Jetzt brauchen wir nur noch die passende Person. Hast du den Betreiber des Parkscheinautomaten kontaktiert?«

»Ja, und er hat auch schon geantwortet. Der Parkschein wurde am Samstagabend um neunzehn Uhr einundfünfzig gedruckt.«

»Moment mal! Lothroh hat sein Mietshaus um kurz nach neunzehn Uhr verlassen. Man braucht ungefähr zehn Minuten bis zur Lindenstraße. Selbst wenn man für die Parkplatzsuche et cetera noch fünfzehn Minuten hinzurechnet, bleiben zwanzig Minuten übrig. Was hat er in der Zwischenzeit getrieben?«

»Er könnte jemanden besucht haben«, sagte Gesa. »Vielleicht hat er etwas abgeholt, oder er war tanken.«

Toni fiel auf, dass sowohl Gesa als auch Phong sich ganz auf ihn konzentrierten. Gegenseitig würdigten sie sich keines Blickes. So schlimm hatte er ihren Streit gar nicht in Erinnerung behalten. Er hatte es für eher harmloses Hickhack gehalten. War die Situation ernster, als er angenommen hatte? Vielleicht war im Vorfeld etwas geschehen, das ihm entgangen war. Er musste aufpassen, dass das Arbeitsklima unter diesen Zwistigkeiten nicht litt, aber es war noch zu früh, um einzuschreiten. Vielleicht legten sie ihre Differenzen selbst bei. »Ist der Bericht zu Lothrohs Volvo da?«

Phong tippte auf die Tastatur. »Der ist zusammen mit den übrigen Ergebnissen reingekommen. Die Blutspuren auf dem Sitzpolster stammten vom Opfer. In der Seitenablage befand sich neben einigen Spänen ein Schälmesser, das zum Aushöhlen von Holzstücken verwendet wird. An dem Anschliff waren ebenfalls Blutrückstände.«

Toni rieb sich die Schläfen. »Als wir in seiner Wohnung waren, hab ich kleine Holzfiguren auf den Fensterbänken stehen sehen.«

»Ja«, sagte Gesa sofort, »an die erinnere ich mich auch. Vielleicht hat er hobbymäßig geschnitzt und sich dabei verletzt.«

»Nicht nur hobbymäßig«, stellte Phong richtig. »Er war nämlich nicht nur Kunstsachverständiger, sondern auch selber Künstler. Vor einigen Wochen hatte er seine erste Ausstellung mit diesen Figuren. Sogar die PNN und die Märkische Allgemeine haben berichtet.«

Jetzt verstand Toni, warum die Museumskuratorin ihn als »kreativ« bezeichnet hatte. Früher hatte er selbst gerne mit Holz gearbeitet und wusste daher, wie scharf diese Schälmesser waren. Ein unachtsamer Moment reichte aus, um sich eine stark blutende Schnittwunde zuzufügen. »Steht im Autopsiebericht etwas von einer frischen Narbe an den Händen?«

Phong bearbeitete die Tastatur seines Laptops. »Ja, am linken Zeigefinger. Halbrund und eins Komma vier Zentimeter lang. Ungefähr einen Monat alt.«

»Das passt. Diese Spur können wir ruhen lassen. Was ist mit dem Tank des Volvos?«

»Voll!«

»Das stützt deine Vermutung, Gesa. Vielleicht hat er tatsächlich Treibstoff gezapft. Von seinem Wohnort aus kommt die Jet-Tankstelle an der B 2 Ecke Erich-Arendt-Straße in Frage. Vielleicht gibt es vom Samstagabend noch Filmaufnahmen. Überprüfe das bitte, du bist ja sowieso mit dem Autothema befasst. Hast du sonst irgendetwas rausgefunden?«

»Ich bin noch nicht mit allen Verkehrsüberwachungsvideos und Halterabfragungen durch, aber ein Name ist mir sofort aufgefallen. Clarissa Menke.«

»Was?«, entfuhr es Toni. »Die Museumskuratorin?«

»Das versteh ich jetzt auch nicht«, eiferte sich Phong sofort. »Wie kannst du eine solche Information zurückhalten?«

»Von zurückhalten kann überhaupt nicht die Rede sein«, erwiderte Gesa wütend. »Wenn du mich bei deiner One-Man-Show mal zu Wort kommen lassen würdest, hätte ich längst davon erzählt.«

»Die Fakten bitte«, sagte Toni.

Gesa war knallrot angelaufen. Es kostete sie Mühe, sich auf den Sachverhalt zu konzentrieren. »Die Menke war in der fraglichen Nacht mit einem VW Sharan unterwegs, der auf sie zugelassen ist. Ich habe das Gesicht der Fahrerin mit ihrem Profil auf der Homepage vom Museum Barberini verglichen. Es besteht kein Zweifel. Aufgenommen wurde sie um drei Uhr dreizehn ungefähr zwei Kilometer vom Fundort entfernt. Die Reifengröße könnte ebenfalls passen. Profil und Fabrikat müssten wir uns anschauen.«

Toni presste die Lippen aufeinander. »Mir hat sie erzählt, dass sie die Kinder ins Bett gebracht und sich danach vor den Fernseher gesetzt hat. Also hat sie gelogen oder ihren Ausflug absichtlich verschwiegen. Trotzdem erscheinen mir die Begehungsart und das Tatwerkzeug eher auf einen männlichen Täter hinzudeuten.«

»Statistiken hin oder her«, sagte Gesa. »Frauen sind zu allem fähig. Und so wie du sie beschrieben hast, dürfte sie auf jeden Fall genügend Kraft haben, um Lothroh mit einem einzigen Schlag zu töten.«

»Das stimmt schon, aber ich sehe eher eine Anstifterin in ihr. Vielleicht hat sie auch den Wagen dem Täter überlassen, damit er die Leiche wegschaffen kann. Phong, hast du Clarissa Menke mittlerweile überprüft?«

Phong nuschelte kaum verständlich: »Das bringt doch nichts.«

»Wie bitte?«

»Ich habe gesagt: Das bringt doch nichts!«

»Diese Entscheidung kannst du getrost mir überlassen. Ich habe dir einen Auftrag gegeben, und ich möchte, dass du ihn ausführst.«

»Wenn es unbedingt sein muss.«

»Ja, das muss sein. Gesa, wir statten Clarissa Menke jetzt einen Besuch ab. Sie ist öfter enttäuscht worden und auf Männer nicht gut zu sprechen. Vielleicht findest du einen Zugang zu ihr.«

»Hauptsache, hier raus«, sagte Gesa, warf Phong einen vernichtenden Blick zu und griff nach ihrer Jacke. »Irgendeine Marschrichtung?«

»Bei der Befragung vertrau ich ganz auf dein Gefühl«, erwiderte Toni. »Es interessieren uns vor allem zwei Fragen: Warum hat sie gelogen? Und wo war sie in der fraglichen Nacht wirklich?«

21

Potsdam, 1942

Eine Woche nach Lydias letztem Treffen mit dem Reichsminister begannen die Dreharbeiten. Sie saß in der Garderobe und ließ sich von »Fräulein Peter« herrichten. Unkonzentriert beobachtete sie ihre Verwandlung im Spiegel. In den vergangenen Tagen war so viel geschehen, dass ihre Gedanken ständig abschweiften.

Das Bataillon ihrer Brüder war an die Ostfront verlegt worden. Jetzt kämpften die Zwillinge ums nackte Überleben.

Als der Regisseur Schwannecke von ihrer Besetzung erfahren hatte, war er so erbost gewesen, dass er seine Aufgabe mit sofortiger Wirkung niederlegte. Der Reichsminister reagierte umgehend und drohte mit einem Berufsverbot, um ihn zur Besinnung zu bringen. Schwannecke lenkte ein, ließ sie aber bei jeder Gelegenheit spüren, dass er sie für eine blutige Anfängerin hielt.

Zu allem Überfluss war auch noch Renate verschwunden. Niemand wusste, wo Lydias frühere Mitbewohnerin steckte. In der Filmakademie kursierte das Gerücht, dass sie aus Verzweiflung in die Havel gegangen war. Einige Schüler mutmaßten, dass sie sich ins neutrale Schweden abgesetzt habe. Wieder andere behaupteten, dass sie in ein Lager geschafft worden sei. Nur der Ufa-Nachwuchschef, Herr Langen-Albrecht, hielt sich aus den Spekulationen heraus und lief mit finsterer Miene umher. Wenn Lydia ihn sah, befiel sie ein schlechtes Gewissen. Hätte sie der Mitbewohnerin zuhören sollen?

Erneut ermahnte sie sich, die Nerven zu bewahren. Sie spulte die Sätze ab, die ihr früher geholfen hatten: Endlich würde sie die Gelegenheit bekommen, allen zu zeigen, was in ihr steckte. Sie durfte vor einem Millionenpublikum auftreten. Das war eine unglaubliche Chance, die sie nicht aufs Spiel setzen durfte. Heute musste sie beweisen, dass sie der Aufgabe gewachsen war.

Das Problem war nur, dass diese Parolen wie leere Phrasen klangen.

»Fertig?«, fragte der Regieassistent, der den Kopf zur Tür hereingesteckt hatte.

Lydia atmete tief durch, schaute in den Spiegel und setzte ein zuversichtliches Gesicht auf. »Natürlich!«

Sie ließ sich von »Fräulein Peter« den Umhang abnehmen, die Schultern abbürsten und folgte dem Regieassistenten. Trotz der kriegsbedingten Materialknappheit war das Atelier mit großem Aufwand gestaltet worden. Die Techniker hatten einen Nordseeküstenort mit Pollern, Kuttern und einem Fischladen aufgebaut. Im Hafenbecken schwappte Wasser gegen die Kaimauer. Für den Wellengang sorgten zwei Handwerker, die in Gummihosen bis zur Hüfte im Nass standen und eine Platte hin- und herbewegten.

Die Scheinwerfer wurden ausgerichtet. Diverse Funktionsträger trafen letzte Vorbereitungen. Lydia wusste nicht, zu wem sie sich gesellen sollte. Sie fühlte sich als Außenseiterin, bis sich ein hochgewachsener blonder Mann aus einer Gruppe löste und ihr lächelnd entgegentrat.

»Sie sind also Fräulein Riefenberg. Ich habe schon viel von Ihnen gehört.«

»Das ist sehr freundlich«, erwiderte Lydia und riss plötzlich die Augen auf. Vor ihr stand Gustl Friedmann! Er war der Schwarm aller deutschen Mädchen und hatte in keiner romantischen Komödie der letzten zehn Jahre gefehlt. Er war ein Publikumsmagnet und ein Garant für volle Kinosäle. Über sein glamouröses Leben berichteten die Illustrierten seitenlang. Auf den Filmbällen wurde er mit den schönsten Frauen fotografiert. Er war schon berühmt gewesen, als sie noch in der Eckkneipe ihres Vaters serviert hatte. Dieser erfahrene und mit allen Wassern gewaschene Schauspieler hatte die männliche Hauptrolle übernommen und würde viele Dialoge mit ihr bestreiten.

Plötzlich fürchtete Lydia, dass sie ihm nicht gewachsen war. Bei einem solchen Partner würde ihre Unerfahrenheit offensichtlich werden. Er würde sie an die Wand spielen und als Dilettantin entlarven.

Lydia spürte, wie ihr die Hitze ins Gesicht stieg. Sie stand nicht hier, weil sie sich über Jahre in die erste Riege hochgearbeitet hatte. Sie stand hier, weil sie mit dem Reichsminister geschlafen hatte. Jeder der Anwesenden wusste, dass sie ein untalentiertes Flittchen war. Jeder der Anwesenden verachtete sie.

Gustl Friedmann hatte sie beobachtet. »Ich habe auch mal angefangen«, sagte er und nahm ihre Hand. »Wir kochen alle nur mit Wasser. Halten Sie sich ans Drehbuch. Denken Sie an den Text und an nichts anderes. Das hilft. Dann geht es von ganz allein.«

Lydia bekam kein Wort heraus, aber sie nickte dankbar und schaute in seine tiefblauen Augen, in denen man ertrinken konnte.

Gustl sollte recht behalten. In der ersten Szene verhaspelte sie sich noch, aber sie verlangte sofort eine Wiederholung. Mit jeder Klappe wurde sie sicherer und fand im Laufe des Tages zu ihrer vollen Präsenz, die sie schon auf der Bühne ausgezeichnet hatte. Sie konnte spüren, wie sich die Stimmung zu ihren Gunsten veränderte. Hatte man sie am Anfang noch kritisch beäugt, erntete sie jetzt bewundernde Blicke. Sogar Schwannecke gab seine Vorbehalte auf. Aus dem veränderten Tonfall seiner Stimme und den Regieanweisungen hörte sie heraus, dass sie ihn überraschte und dass er mit ihrer Leistung zufrieden war.

Sie drehten den ganzen Tag, und als Lydia am Abend ihr Fahrrad am Lenker packte und es zum Tor hinausschob, hatte sie sich seelisch verausgabt. Sie hatte ihre gesamte Kraft eingesetzt und keine Reserven zurückbehalten. Jetzt fühlte sie sich ausgebrannt. Sie spürte, dass sie nicht mehr lange die Haltung bewahren konnte.

Schnell setzte sie sich auf den Sattel und trat in die Pedale. Sie hatte sich nur ein paar Meter entfernt, da brach sie in Tränen aus. Der sternenklare Himmel, die Kiefern und der sandige Weg verschwammen. Sie konnte so gut wie nichts erkennen.

Deshalb zuckte sie auch zusammen, als eine schlanke Gestalt auftauchte.

»Nicht erschrecken, ich bin's!«, sagte eine weibliche Stimme.

Lydia legte eine Vollbremsung hin und stieg ab. Nur zwei Atemzüge brauchte sie, um Vreni zu erkennen. Sofort ließ sie das Fahrrad fallen und schloss die Freundin in die Arme. Auch Vreni begann zu weinen. Ihr Körper bebte, und sie schluchzte laut. Eng umschlungen standen die Frauen da und spürten die Wärme der anderen.

Als Vreni zu einer Erklärung ansetzte, legte Lydia ihr den Zeigefinger auf die Lippen. »Schon gut!« Die Freundin musste nichts sagen. Lydia kapierte auch so, warum sie sich in der Dunkelheit versteckt und sie abgepasst hatte. Sie hatte wieder ihr vorlautes Mundwerk nicht halten können. Jemand hatte sie bei der Gestapo denunziert. Das war schon mal passiert. Damals, bei den Hiller-Girls, war es ohne Konsequenzen geblieben. Jetzt steckte sie in Schwierigkeiten.

Lydia hatte zum ersten Mal seit Tagen das Gefühl, dass sie nicht mehr allein war. Ihre Zuversicht, auf die sie so viele Jahre vertrauen konnte, kehrte zurück. Sie begriff, dass sie auf dem Weg nach oben Unterstützung brauchte. Und hier war ein Mensch, der ihr nahestand, bei dem sie ihr Herz ausschütten konnte und der sie nicht verurteilen würde. Vreni sollte bei ihr bleiben. Lydia wusste sogar schon, wie sie es anstellen musste.

22

Toni und Gesa standen ungeduldig am Potsdamer Hafen. Über den Kai fegte ein frischer Wind, der einen Werbeflyer aufhob und davonsegeln ließ. Ein Fahrgastschiff der Weißen Flotte machte längsseits fest. Das mediterrane Restaurant »El Puerto« wurde von Gästen betreten, die sich angeregt unterhielten und sich auf die Tapas freuten.

Toni schaute bestimmt zum zehnten Mal auf seine Armbanduhr. Sollten sie noch länger warten oder zum Museum Barberini aufbrechen, das nur einen Steinwurf entfernt lag? Er wollte schon losgehen, als Clarissa Menke mit fünfzehnminütiger Verspätung endlich auftauchte. Zügig lief sie die breite Steintreppe hinunter und grinste herausfordernd.

»Na«, sagte sie, »allein haben Sie sich wohl nicht getraut, was?«

»Das ist meine Kollegin Oberkommissarin Müsebeck«, erwiderte Toni. »Sie hat einige Fragen.«

»Tut mir wirklich leid«, antwortete die Kuratorin. »Es ist gerade schlecht. Ich muss noch weiter zu einem Termin.«

»Bleiben Sie gefälligst stehen«, sagte Gesa energisch. »Sie haben uns hierherbestellt, damit wir nicht ins Museum kommen. Sie lassen uns eine Viertelstunde warten, und jetzt wollen Sie einfach abhauen.«

Die Kuratorin hob die Augenbrauen. »Ja, richtig. Wir hatten eine Besprechung. Da hätten Sie nur gestört. Und jetzt ist mir was dazwischengekommen. Versuchen Sie es am besten morgen bei meiner Mitarbeiterin.«

»Frau Menke«, sagte Gesa. »Wir haben Anhaltspunkte für einen Anfangsverdacht gegen Sie. Wenn Sie nicht kooperieren, werden wir Sie häufiger aufsuchen. Und dann nehmen wir garantiert keine Rücksicht auf irgendwelche Besprechungen oder Ihren Terminkalender.«

»So?« Die Kuratorin betrachtete Gesa interessiert. Ein Lächeln stahl sich auf ihr Gesicht. Dann wandte sie sich an Toni und sagte: »Sehen Sie. So müssen Sie die Angelegenheit anpacken. Mit natürlicher Autorität und nicht mit so einem Softiegehabe. Wie kann ich Ihnen helfen, Frau Oberkommissarin?«

Stoisch holte Gesa eine Fotografie aus der Jackentasche und reichte sie Frau Menke. »Eine Verkehrsüberwachungskamera hat Sie in der Nacht von Samstag auf Sonntag um drei Uhr dreizehn aufgenommen. Sie werden nicht bestreiten, dass Sie es sind, die da am Steuer sitzt. Meinem Kollegen gegenüber haben Sie erklärt, dass Sie es sich zu Hause gemütlich gemacht haben. Wie erklären Sie das?«

»Das stimmt nicht, das habe ich nie gesagt. Der Hauptkommissar hätte sich ja erkundigen können, was ich nach dem Fernsehprogramm getan habe, aber das hat er unterlassen. Also ist das sein Fehler und nicht meiner.«

Natürlich war ihre Darstellung eine Verzerrung des Gesprächs. Sie hatte eindeutig den Eindruck erwecken wollen, dass sie an jenem Samstagabend nicht ausgegangen war. So langsam begriff Toni, warum sie in der Liebe kein Glück hatte. Sie war auf Krawall gebürstet. Trotzdem behielt er einen neutralen Gesichtsausdruck bei. Es brachte nichts, wenn er sich auf einen verbalen Schlagabtausch einließ. Außerdem hatte er sich schon Schlimmeres anhören müssen. Da gehörte »Softiegehabe« zur harmlosen Sorte.

»Wo waren Sie in der fraglichen Nacht?«, fragte Gesa.

»Muss ich auf diese Frage antworten?«, erwiderte Frau Menke.

»Nein, Sie müssen nicht. Sie können schweigen oder den Sachverhalt weiterhin falsch darstellen. Es gibt kein Gesetz, das Ihnen vorschreibt, gegenüber der Polizei die Wahrheit zu sagen. Allerdings geht es uns darum, einen Anfangsverdacht auszuschließen. Wenn Sie uns jetzt helfen, behelligen wir Sie nicht weiter.«

»Meinetwegen, aber nur unter der Bedingung, dass ich mit Ihnen allein spreche. Der da muss nicht mitkriegen, was ich Ihnen zu sagen habe.«

Toni hatte kein Problem damit und nickte Gesa zu.

Die Frauen bewegten sich ein Stück zur Seite und unterhielten sich leise.

Toni blickte über das Wasser auf den bewaldeten Brauhausberg, auf dessen Rücken die alte Kriegsschule thronte. Sie wurde zwischen 1899 und 1902 erbaut und blickte auf eine bewegte Vergangenheit zurück.

Nach einer Weile stellte Gesa sich neben ihn. »Alles klar. Frau Menke hat sich bereit erklärt, uns einen Blick in ihr Auto werfen zu lassen. Hinterher erzähle ich dir alles.«

Die Kuratorin ging auf dem Kai voraus. Toni und Gesa folgten ihr. Der VW Sharan stand auf dem Parkplatz am südlichen Rand des Neuen Lustgartens. Der Wagen war ein aktuelles Modell. Trotzdem wies er mehrere Schrammen und Dellen auf. Frau Menke entriegelte den Van, trat einige Schritte zurück und sagte: »Tun Sie, was Sie nicht lassen können.«

Toni und Gesa streiften Gummihandschuhe über und machten sich ans Werk. Das Wageninnere quoll über vor Krempel. Auf dem Beifahrersitz türmten sich diverse Papiere und Prospekte. Im Fond war ein Kindersitz befestigt. Krümel und Essensreste übersäten die Polster ringsum. Das Gleiche galt für den Fußraum. Im Kofferraum lagen Hockeyschläger und Einkaufstüten neben einem Sprudelwasserkasten. Gesa knipste Fotos von den Reifen und dem Profil. Dann bedankte sie sich bei Frau Menke für ihre Geduld.

Die Kuratorin mied den Augenkontakt. Ihre Stimmung hatte sich verfinstert. Mit starrer Miene stieg sie in ihr Auto, startete den Motor und fuhr mit durchdrehenden Reifen los.

Gesa blickte ihr nach. »Mit solchen Leuten haben wir es glücklicherweise selten zu tun.«

»Irgendwie hab ich das Gefühl, dass wir sie schon bald wiedersehen werden«, erwiderte Toni.

»Wieso? Hast du irgendwas entdeckt?«

»Nein. Der Sharan bietet zwar genügend Platz, um den Leichnam und das Malerzeug zu transportieren, aber er wurde seit mehreren Monaten nicht gesaugt. Der Bauschutt hätte Spuren hinterlassen. Auch Blut oder verdächtige Gegenstände konnte ich nicht ausmachen.«

»Was hast du dann gemeint?«

»Nur so ein Gefühl. Sie verhält sich nicht normal. Ich frage mich, ob sie absichtlich übertreibt.«

»Warum sollte sie das tun?«

»Um etwas anderes zu überspielen?«

»Nee, manche Leute sind einfach so extrem. Vielleicht hat sie psychische Probleme. Du hast doch erzählt, dass sie frisch geschieden ist.«

»Ja, das stimmt, aber … Ich weiß nicht. Wie hat sie denn ihre nächtliche Autofahrt erklärt?«

»Sie hat ein sexuelles Verhältnis mit einem studentischen Mitarbeiter. Er ist zweiundzwanzig. Und sie wollte verhindern, dass es sich rumspricht. Angeblich hat er sie nach einer Party angerufen und gefragt, ob sie noch vorbeikommen wolle. Sie hat ihren Kindern einen Zettel geschrieben. Dann ist sie zu ihm gefahren. Von kurz nach Mitternacht bis drei Uhr morgens ist sie bei ihm gewesen und hat … Na, du weißt schon. Sie hat mir seinen Namen und seine Mobilnummer gegeben, damit wir ihr Alibi überprüfen können.«

»Und warum erzählt sie dir das und nicht mir?«

Gesa zuckte mit den Achseln. »Sie hat gesagt, dass Männer ihre Sexualität frei ausleben können, aber Frauen verurteilt werden, wenn sie sich das gleiche Recht herausnehmen. In den Köpfen der Leute ist ihr Ex-Mann ein toller Hecht und sie eine Schlampe.«

Toni schüttelte den Kopf. »Das hat sie sich aus den Fingern gesogen, weil es sich gerade gut anhörte. Clarissa Menke richtet sich nicht nach der Meinung der anderen. Irgendetwas stimmt mit ihr nicht.«

Sein Smartphone meldete sich, und er sah, dass Phong eine Nachricht geschickt hatte. Toni öffnete sie, las die Zeilen und sagte aufblickend: »Der Antiquitätenhändler erwartet uns. Lothroh hat kurz vor seinem Tod mehrmals mit ihm telefoniert. Das hat die Auswertung des Smartphones ergeben. Sie hatten wohl beruflich miteinander zu tun. Komm, suchen wir ihn auf. Das ist unsere letzte Amtshandlung für heute.«

Sie stiegen in den Peugeot und fuhren los. Bei der Spielbank stand die Ampel auf Rot. Toni trommelte mit den Fingerspitzen aufs Lenkrad, bis es Grün wurde. Dann gab er Gas und bog von der Schlossstraße nach links in die Breite Straße ab. Zügig beschleunigte er auf fünfzig Stundenkilometer.

»Phong entwickelt sich immer mehr zu einem Ekel«, murmelte Gesa plötzlich. »Er hält sich für den Größten. Alle anderen sind nur Fußvolk und seiner nicht würdig. Dabei stinkt er die ganze Zeit fürchterlich aus dem Mund. Irgendwo hab ich gelesen, dass der übermäßige Verzehr von Eiweiß nicht nur den Stoffwechsel, sondern auch den Charakter verändert. Vielleicht tickt er nicht mehr richtig. Wenn es so weitergeht, kann ich nicht mehr mit ihm zusammenarbeiten, dann suche ich mir ein anderes Team.«

»Echt jetzt?«

»Nein, natürlich nicht, aber so langsam verliere ich die Geduld.«

Toni blickte über die Schulter zurück und wechselte von der linken auf die rechte Spur. »Vielleicht solltest du mit ihm reden.«

»Ich? Träum weiter. Auf mich hört er garantiert nicht. Du bist der Teamchef. Vor dir hat er noch ein bisschen Respekt. Du musst was unternehmen.«

Toni warf ihr einen Blick zu und merkte an ihrer Miene, dass sie es ernst meinte. »Okay, ich kümmere mich drum. Sobald sich eine Gelegenheit bietet, rede ich mit ihm. Jetzt noch mal zurück zum Fall. Eine Sache dürfen wir gleich nicht vergessen: Das Antiquitätengeschäft befindet sich in der Lindenstraße. Lothrohs weißer Volvo stand nur ein paar Meter entfernt. Ich glaube nicht, dass das ein Zufall ist. Wir müssen Augen und Ohren offen halten.«

23

Über Tonis Kopf schlug die Türglocke an, als er mit Gesa das Antiquitätengeschäft betrat. Der Verkaufsraum stand voll mit Sekretären aus dem 19. Jahrhundert, Edelholzschränken, Glasbläserkunst und Kristallvasen. Die Ausstellungsstücke waren von hoher Qualität. Alle Möbel waren fachmännisch aufbereitet und kosteten ein Vermögen, wie ein Blick auf die Preisschilder verriet. Im noblen Potsdam fanden sich bestimmt genügend Kunden, die an so exklusiven Einrichtungsgegenständen interessiert waren.

Ein Mann war lautlos aus dem Hinterzimmer getreten. Toni bemerkte ihn erst, als er eine Armlänge entfernt stehen blieb. Er war in den mittleren Jahren, hatte ein breites Kreuz und trug geschmackvolle Kleidung, wenn man den konservativen Stil bevorzugte.

»Guten Tag«, sagte er. »Sie sind sicher die beiden Kommissare, die Ihr Kollege angekündigt hat. Mein Name ist Alvensleben. Ich bin der Inhaber. Wenn Sie mir bitte ins Büro folgen wollen, da sind wir ungestört.«

Auf dem Weg sah sich Toni aufmerksam um. Vielleicht zeigten sich irgendwo Kampfspuren. Vielleicht wies der Boden Blutrückstände auf. Allerdings konnte er nichts Verdächtiges feststellen. Gesa signalisierte ihm, dass sie ebenfalls erfolglos ausgespäht hatte.

Im Büro fragte Toni: »In welchem Verhältnis standen Sie zu Herrn Lothroh?«

»Bitte setzen Sie sich doch«, erwiderte Alvensleben, deutete auf eine schmale Holzbank und nahm selbst an einem Schreibtisch Platz. »Ich kann immer noch nicht glauben, dass Helmut tot ist. Es gibt Menschen, die so viel Selbstbewusstsein ausstrahlen, dass man sie sich nur schwer als Opfer vorstellen kann.«

Vor seiner Zeit als Kriminalpolizist hätte Toni die Worte des Antiquitätenhändlers unterschrieben. Mittlerweile wusste er, dass jeder Mensch gewaltsam ums Leben kommen konnte.

Dabei war es vollkommen egal, welchen Charakter die Person hatte oder wie respekteinflößend sie gewirkt hatte. »Würden Sie bitte auf meine Frage antworten?«

Alvensleben besann sich kurz. »Wir hatten gemeinsame Interessen. Von Zeit zu Zeit begleitete er mich zu Versteigerungen oder Haushaltsauflösungen. Bei der Prüfung von Gemälden war er unschlagbar, aber auch bei Möbeln, Nippes und Geschirr hatte er ein ausgezeichnetes Auge. Bei unklaren Fällen vertraute ich mehr auf sein als auf mein eigenes Urteil. Ab und zu grub er rare Stücke aus. Wenn ich sie mit Gewinn verkaufen konnte, beteiligte ich ihn finanziell.«

»Also waren Sie Geschäftspartner?«

»Nein, so kann man es eigentlich nicht nennen. Er begleitete mich nach Lust und Laune. Für ihn hatten seine Aufträge oberste Priorität. In ganz seltenen Fällen gab es eine Verbindung von dem Nachlassgeber zu einem gesuchten Kunstgegenstand, dann war er natürlich sofort dabei. Seit einem Jahr fahndete er nach einem Gemälde von Caspar David Friedrich, das sich lange im Besitz von Goebbels befunden hat.«

»Raubkunst?«

»Wahrscheinlich. Jedenfalls gehörte der Haushalt am Bodensee, der am Wochenende aufgelöst wurde, einem Industriellen, der als junger Mann zu Goebbels' Stab zählte. Das war die Verbindung, die Helmut interessiert hat.«

»Versteh ich Sie richtig? Herr Lothroh wollte Sie an den Bodensee begleiten?«

»Hat meine Frau das nicht erwähnt?«

»Mein Kollege hat gestern mit ihr telefoniert, aber sie hat nichts in diese Richtung gesagt. Ansonsten hätte er es uns garantiert berichtet.«

»Hm, wahrscheinlich hielt sie es für selbstverständlich. Ja, Helmut wollte mitkommen. Wir hatten ausgemacht, dass er mich um zwanzig Uhr dreißig abholt und wir gemeinsam mit dem Taxi zum Bahnhof fahren.«

»Ist er erschienen?«

»Nein.«

»Herr Lothroh hat ein Parkticket gezogen, das nur bis Montagmittag gültig war. Sie sind aber erst am Dienstag zurückgekehrt. Wie erklären Sie das?«

»Das war von Anfang an so abgesprochen. Helmut hatte nicht so viel Zeit und wollte schon den Nachtzug am Sonntagabend nehmen.«

»Kam es Ihnen nicht komisch vor, dass er einfach wegblieb?«

»Ja, schon …«

»Aber?«

»Nun, Sie kannten ihn nicht. Im persönlichen Umgang nahm er sich Freiheiten heraus. Er war speziell.«

»Können Sie ein Beispiel nennen?«

»Meine Frau hatte kürzlich einen runden Geburtstag und ihn zu einer Feier eingeladen. Es war eine größere Gesellschaft, es kam also nicht auf jeden Gast an, aber er tauchte einfach nicht auf.«

»Wann war das?«

Alvensleben nannte das Datum. »Entschuldigt hat er sich auch nicht. Letzte Woche erzählte er mir beiläufig, dass er einer Spur nach Schweden gefolgt ist, die sich plötzlich aufgetan hat. Wenn es um seine Recherchen ging, vergaß er alles andere. Dann war er auch telefonisch nicht mehr erreichbar.«

»Trotzdem wollten Sie mit ihm an den Bodensee fahren?«

»Wie gesagt – auf seinem Gebiet war er unschlagbar, auch wenn er im menschlichen Bereich Defizite hatte.«

»Wie konnte er wissen, dass der Verstorbene früher ein Mitarbeiter von Goebbels war?«

»Helmut war ein akribischer Arbeiter. Ich weiß, dass er eine Liste mit allen Personen führte, die dem Propagandaminister nahestanden und mit denen er in den letzten Kriegswochen Kontakt hatte. Die meisten sind natürlich längst tot. Soweit ich mich erinnere, leben noch zwei. Eine Sekretärin willigte vor ein paar Monaten in ein Gespräch ein. Die Befragung brachte aber nichts. Und der kürzlich Verstorbene lehnte ein Treffen ab. Er war in Süddeutschland recht bekannt und fürchtete um seinen Nachruf.«

»Also hatte Herr Lothroh ein besonderes Interesse an dem Ausflug?«

»Natürlich. Das Gemälde gehörte nicht zum Nachlass, das hatte er im Vorfeld bereits geklärt, aber es hätte in Briefen oder Aufzeichnungen erwähnt sein können. Außerdem suchte er nach Gegenständen, die er dem Dunstkreis zuordnete.«

»Dunstkreis?«

»Na ja, der Begriff ist vielleicht etwas irreführend. Soweit ich weiß, wurde das Friedrich-Gemälde kurz vor Kriegsende in der Nähe des Führerbunkers das letzte Mal gesichtet. Ob das in einem der Verbindungsgänge, im Fahrerbunker oder im Fuhrpark war, kann ich nicht sagen. Jedenfalls soll das Ölbild dort mit anderen Schätzen gesehen worden sein, die ebenfalls verschwunden sind.«

»Was für Schätze?«

»Ich glaube, er hat mal Goldmünzen mit einer ungewöhnlichen Prägung erwähnt.«

»Ah, verstehe. Stößt er irgendwo auf eine dieser Goldmünzen, ist vielleicht das Gemälde nicht weit. Klingt für mich nach der Nadel im Heuhaufen.«

Alvensleben lächelte. »Zugegeben. Die Haushaltsauflösung am Bodensee war nur eine winzige Chance, aber ich wollte ihn unbedingt dabeihaben, weil der Nachlassgeber ein bekannter Kunst- und Antiquitätensammler war. Bei einigen Stücken ist die Provenienz ungeklärt. Deshalb habe ich Helmut gut zugeredet. Ich ging davon aus, dass er angebissen hatte, aber hundertprozentig sicher war ich mir nicht. Wie gesagt – manchmal war er unberechenbar.«

»Wissen Sie, in wessen Auftrag Herr Lothroh das Caspar-David-Friedrich-Gemälde suchte?«

»Tut mir leid. In diesen Dingen war er sehr diskret.«

»Die Reise hat zwei Tage gedauert. Hatte Herr Lothroh bei solchen Anlässen Gepäck dabei?«

»Natürlich. Meistens nahm er eine alte Arzttasche mit. Ein sehr auffälliges und gut erhaltenes Stück, das ich ihm mal verkauft habe. Die Bestimmung des Herstellungsjahres war nicht ganz einfach, aber ich schätze, dass sie um 1900 von einer bekannten Berliner Lederwarenmanufaktur gefertigt wurde. Wenn Sie möchten, kann ich Ihnen ein Bild zeigen.«

»Ich bitte darum.«

Bald schaute Toni auf mehrere Fotos von einem braunen Handköfferchen mit marmorierter Oberfläche, Messingbeschlägen und einem steifen Handgriff. Sie war achtundvierzig Zentimeter lang, vierundzwanzig breit und achtunddreißig hoch. Er machte einige Schnappschüsse mit dem Smartphone und fragte: »Gesa, hast du sie in Lothrohs Wohnung irgendwo gesehen?«

»Nein, im Kleiderschrank hatte er nur zwei Rollkoffer.«

Toni nickte. »Dem Verbleib dieses Gepäckstücks müssen wir nachgehen.«

**

Wenig später saßen er und Gesa im Peugeot. Ein Anruf bei Lothrohs Nachbarn ergab, dass der Kunstsachverständige tatsächlich seine lederne Arzttasche dabeihatte, als er am Samstagabend gegen neunzehn Uhr das Mietshaus verlassen hatte. In dem sichergestellten Volvo hatte sie sich nicht befunden, daher war es nicht auszuschließen, dass der Täter sie an sich genommen hatte. Im Hinblick auf einen späteren Indizienprozess könnte ein solcher Sachbeweis noch eine entscheidende Rolle spielen.

»Jetzt wissen wir, warum Lothroh einen Parkschein bis Montag gezogen hat«, sagte Toni.

»Er wollte den Antiquitätenhändler an den Bodensee begleiten«, erwiderte Gesa. »Der Mörder ist ihm wohl dazwischengekommen.«

»Vom Ziehen des Parktickets um neunzehn Uhr einundfünfzig bis zum verabredeten Zeitpunkt um zwanzig Uhr dreißig blieb ihm nicht viel Zeit. Außerdem hätte er genauso gut woanders parken können. Deshalb müssen wir davon ausgehen, dass es in der Nähe geschehen ist.«

»Sehe ich genauso.«

»Lothroh ist nach Schweden gereist und hat darüber sogar eine Einladung zur Geburtstagsfeier vergessen. Wie wir durch die Zeitstempel der Digitalbilder wissen, hat er wenige Tage zuvor das Gemälde ›Die Frau mit Schleier‹ im Museum Barberini fotografiert. Und wenige Tage danach hat er die Havel-Villa und das Firmengelände der Hellström AG geknipst.«

»Du vermutest einen Zusammenhang?«

»Auffällig ist es schon. Findest du nicht?«

»Ich finde es vor allem seltsam, dass Lothroh ein so akribischer Arbeiter gewesen sein soll und wir in seiner Wohnung nichts zu seinen Recherchen gefunden haben. Außerdem frage ich mich die ganze Zeit, wer dieser Auftraggeber ist. Er könnte ein Motiv haben.«

»Stimmt. Das sind zwei wichtige Punkte. Wenn du dir morgen bei der Jet-Tankstelle die Aufnahmen anschaust, kannst du hinterher noch einen Abstecher in seine Wohnung unternehmen. Die liegt gleich um die Ecke. Wenn er wirklich so ein Geheimniskrämer war, hat er seine Aufzeichnungen vielleicht versteckt.«

»Mach ich«, sagte Gesa und gähnte herzhaft.

Toni verstand den Wink. »Soll ich dich zu deinem Wagen bringen?«

»Nein, danke. Einer meiner Brüder hat mich zum Grillen eingeladen. Das wird ein langer Abend. Etwas Bewegung wird mir guttun. Was hast du noch vor?«

»Ach, nichts Besonderes.«

»Dann hab einen schönen Feierabend.«

»Ja, bis morgen«, sagte Toni und beobachtete, wie die Kollegin ausstieg. Er hoffte, dass sie nicht gemerkt hatte, wie nervös er geklungen hatte. Den ganzen Tag hatte er an Marie gedacht und nach einem dienstlichen Grund gesucht, um sie aufzusuchen. Jedes Mal, wenn er sie sich vorstellte, spürte er ein Ziehen in der Magengegend. War er verliebt? Sollte er heute Abend noch zu ihr fahren?

24

Berlin, 1943

Am Premierentag rechnete Lydia mit dem Schlimmsten. An der Fassade hingen zwei riesige Plakate. Eins zeigte sie, wie sie in schwarzer Witwentracht und verschleiert an der Hafenmole saß. Auf dem anderen war ihr Gesicht in Übergröße abgebildet. Sie kam sich hässlich und derb vor. Mit dieser proletarischen Visage konnte sie unmöglich die Herzen der Zuschauer gewinnen.

Sie hatte angenommen, dass nach der Niederlage der 6. Armee in Stalingrad die Menschen Wichtigeres zu tun hätten, als sich durch einen Film zerstreuen zu lassen, aber das Gegenteil war der Fall. Die Leute standen in langen Schlangen vor dem Kassenhäuschen und wollten eine der letzten Karten ergattern. Lydia hätte sie am liebsten nach Hause geschickt und die Aufführung abgesagt. Sie fürchtete sich vor einem vernichtenden Urteil.

Das Capitol am Zoo war als Premierenkino eine gute Wahl. Mit knapp tausenddreihundert Sitzplätzen bot es ausreichend Kapazitäten und stand in seiner Popularität fast auf einer Stufe mit dem benachbarten Ufa-Palast am Zoo, dem wohl wichtigsten Uraufführungslichtspielhaus im Reich. Lydia betrat den beeindruckenden Saal, der über eine Orgel und einen versenkbaren Orchestergraben verfügte. Die hohe, strahlenförmige Decke, aus deren Mitte die Lampen wie zwei Sonnen leuchteten, machte den Besuch zu einem unvergesslichen Erlebnis.

Sie setzte sich auf einen für die Darsteller reservierten Platz. Gustl Friedmann ließ sich neben ihr nieder und griff nach ihrer Hand, was sie sich gerne gefallen ließ. Mit Gustl an ihrer Seite war alles leichter. Er kannte seinen Wert. Dementsprechend war er im Umgang mit der Presse, mit den Leuten auf der Straße und den Bossen beneidenswert locker. Sie konnte sich viel von ihm abschauen. Außerdem war das Gerücht von einer Romanze geschickt platziert worden, das Gustl benutzte, um seinem Ruf als Frauenschwarm gerecht zu werden, und das ihr zu großer Popularität verhalf.

Normalerweise warteten die Ufa-Chefs ab, welche Kritiken eine neue Darstellerin bekam, ehe sie ihr ein längerfristiges Angebot machten. Bei ihr war es anders gewesen. Der anfänglich so skeptische Regisseur Schwannecke war von ihrer Leistung so angetan, dass er mit ihr weiterarbeiten wollte und sie mit Zustimmung des Reichsministers bereits für zwei andere Rollen besetzt hatte. Der Dreh zu einer Verwechslungskomödie, wieder mit Gustl Friedmann, war bereits abgeschlossen. Der Premierentermin war im Herbst. Die Arbeiten für einen Musikfilm mit Johannes Heesters als Partner hatten vor einer Woche begonnen.

Auch privat lief es besser. Sie hatte Vreni bei der Witwe in der Wannseevilla untergebracht und die polizeiliche Anmeldung unterlassen. Niemand wusste, wo die Freundin steckte. Die Gestapo würde sie nicht finden, solange sie auf dem Anwesen blieb. Nur ein dummer Zufall könnte sie verraten. Lydia, die sich selbst eine repräsentative Beletage-Wohnung gemietet hatte, besuchte Vreni und die alte Dame, wann immer die Dreharbeiten es zuließen. Dann erzählte sie Klatschgeschichten aus der Filmwelt und holte sich den seelischen Beistand, den sie in dieser Phase ihrer Karriere brauchte.

Eigentlich konnte sie beruhigt sein. In der neuesten Ausgabe der Zeitschrift »Filmwelt« war sie auf der Titelseite gelandet und hatte sogar Hans Albers verdrängt, der gerade mit »Münchhausen« anlief. In »Die junge Dame« war eine große Bilderserie erschienen. Die Berichterstattung in der Tagespresse katapultierte ihren Bekanntheitsgrad in schwindelerregende Höhen. Sie war bereits in aller Munde und bekam kistenweise Autogrammanfragen und Heiratsanträge von Verehrern.

Lydia kannte nur eine Person, die über so viel Einfluss verfügte, um alle Scheinwerfer auf ein unbeschriebenes Blatt wie sie zu lenken: Reichsminister Joseph Goebbels. Zwar reichte die bloße Nennung seines Namens aus, um sie innerlich gefrieren zu lassen, aber er hatte sein Versprechen eingelöst und ihr den Weg geebnet. Bessere Voraussetzungen waren für eine Anfängerin nicht vorstellbar. Ohne ihn hätte sie es niemals so schnell nach oben geschafft.

Trotzdem machte sie sich nichts vor. Das alles war nur heiße Luft. Vorschusslorbeeren. Heute wurde die Filmschauspielerin Riefenberg dem Publikum präsentiert, und heute würde es sich entscheiden, ob sie eine Zukunft hatte. Das Urteil der Kinobesucher war richtungweisend. Wenn sie durchfiel, würden weder der Regisseur Schwannecke noch der Reichsminister sie retten können. Mit etwas Glück würde sie noch ein paar Rollen ergattern, aber irgendwann wäre der Traum vorbei, und sie würde zurück auf die Tanzbühne müssen.

»Was blickst du so finster?«, fragte Gustl. »Alle sind gekommen. Das ist dein Tag.«

»Das wird sich noch zeigen«, erwiderte Lydia.

»Da ist sogar Heinrich George. Ich glaube, er ist noch fetter geworden.«

»Gustl!«

»Was denn? Ich sag doch nur die Wahrheit. Und sieh mal, da sitzen die Ufa-Bosse und die hohen Tiere von der Reichsfilmkammer. Weißt du, warum sie alle aus ihren Löchern gekrochen sind?«

»Sei jetzt still. Das Licht geht schon aus. Gleich beginnt es.«

»Weil Zarah Leander nach Schweden abgehauen ist. Jetzt wollen sie schauen, ob sie ein neues Zugpferd haben.«

»Damit meinst du doch nicht etwa mich?«

»Du wirst schon sehen«, flüsterte Gustl, zwinkerte ihr zu und ließ sich in den Sitz sinken. Er wirkte wie ein normaler Kinobesucher, der sich auf einen unterhaltsamen Zeitvertreib freute.

Lydia war hingegen so nervös, dass sie von dem Vorspann und den ersten Szenen kaum etwas mitbekam. Der Arbeitstitel »Die schwarze Witwe« war für den fertigen Film nicht übernommen worden, weil die Ufa-Bosse fürchteten, dass er beim Publikum ungute Assoziationen wecken könnte. Der endgültige Titel lautete »Das weite Meer«.

Die Geschichte beruhte auf realen Ereignissen und war zwischen 1910 und 1913 angesiedelt. Eine junge Witwe trauerte um ihren Ehemann, der als Erster Offizier auf einem Handelsschiff gedient hatte und vor Kap Hoorn in einen Sturm geraten war, bei dem alle Seeleute ums Leben gekommen waren. Tag für Tag saß sie in ihrer schwarzen Tracht an der Mole und schaute auf die See hinaus, bis es einem Witwer gelang, einen Zugang zu ihr zu finden und sie aus ihrer Versteinerung zu befreien. Behutsam näherten sich die beiden an und entwickelten eine Freundschaft, die bald tiefer reichte, als sie sich eingestehen wollten. Der Mann war Kapitän und Polarforscher und entschloss sich, an der Deutschen Arktischen Expedition teilzunehmen. Obwohl die Witwe ihn bat, zu bleiben, siegte sein Pflichtbewusstsein, und er brach zu einer Entdeckungsreise mit ungewissem Ausgang auf.

Als das Forschungsschiff, ein Motorkutter, in Packeis geriet und eingefroren wurde, rechnete die Witwe mit dem Schlimmsten. Die Meldungen blieben aus. Dunkle Erinnerungen kamen hoch. In ihrer schwarzen Tracht saß sie wieder an der Mole und schaute aufs Meer. Nur die Sorge um die Kinder des Mannes riss sie aus der Erstarrung. Gleichzeitig gab der Kapitän in Schneesturm und Kälte nicht auf. Im Alleinmarsch erreichte er mit schweren Erfrierungen eine menschliche Siedlung und sorgte für die Rettung der übrigen Expeditionsteilnehmer.

Einige Wochen später waren die Liebenden wiedervereint und beschlossen, dass sie nie mehr ohneeinander sein wollten. Die Witwe tauschte ihre schwarze Tracht gegen ein Hochzeitskleid. Bei der Feier hielt der Kapitän eine Rede und sagte, dass große Herausforderungen große Opfer verlangen würden und dass niemand wisse, was die Zukunft bringen werde. Doch vorerst wollten die frisch Vermählten ihr kleines Glück genießen.

Die Produktionskosten betrugen vier Millionen Reichsmark. Bei der Zensurvorlage war der Film zweitausendsiebenhundertachtunddreißig Meter lang und hatte eine Dauer von hundert Minuten. Er wurde als jugend- und feiertagsfrei eingestuft. Von der Filmprüfstelle erhielt er die Prädikate »staatspolitisch wertvoll«, »künstlerisch wertvoll« und »volkstümlich wertvoll«. Eine Dreifachauszeichnung, die äußerst selten vergeben wurde und Hoffnungen auf ein positives Echo weckte. Allerdings geschah es häufiger, dass die offiziellen Stellen, die Kulturpresse und die Zuschauer völlig unterschiedliche Urteile fällten. Ein Streifen konnte hervorragende Kritiken bekommen und gleichzeitig an der Kasse scheitern.

Kurz vor Ende des Films kniete sich der Regisseur Schwannecke neben Lydia und bat sie und die anderen Darsteller, mitzukommen. Sie gingen nach vorne und warteten, bis das Deckenlicht aufflammte. Dann kletterten sie über eine kleine Leiter auf die schmale Bühne vor der Leinwand. Ein Offizieller ergriff das Wort und stellte das Filmensemble vor. Lydia versuchte in den Gesichtern der Zuschauer zu lesen, die ergriffen wirkten. Die Augen schimmerten feucht, die Wangen waren gerötet. Als schließlich die beiden Hauptdarsteller an der Reihe waren, erhoben sich zunächst vereinzelte Personen. Andere folgten ihrem Beispiel. Schließlich stand das gesamte Publikum auf und klatschte rhythmisch in die Hände.

»Lydia«, riefen sie. »Lydia, Lydia, Lydia … Gustl, Gustl … Lydia, Lydia, Lydia …«

25

In Kladow parkte Toni seinen Peugeot bei den Garagen und ging zum Eingang der löwengelben Villa, wo er bereits von Marie erwartet wurde. Heute sah sie überhaupt nicht verloren aus, sondern wirkte unternehmungslustig. Ihr Haar hatte sie zu einem Pferdeschwanz gebunden. Sie trug ein enges Top und grüne Shorts, die ihre schlanken, gebräunten Beine zeigten.

»Hallo«, sagte Toni und wollte zu einer Erklärung für sein Kommen ansetzen.

Marie ließ ihn nicht ausreden. »Hier«, sagte sie und reichte ihm einen Picknickkorb, der prall gefüllt und mit einem hellblauen Tuch abgedeckt war. Dann trat sie nach draußen, um die Tür abzuschließen.

Erst jetzt sah Toni, dass sie einen Rucksack trug. Offenbar hatte sie mit ihm gerechnet. War er so leicht durchschaubar? »Was hast du vor?«

»Das wirst du gleich sehen«, erwiderte sie. »Folge mir unauffällig.«

Auf dem Granitweg gingen sie um das Haus herum, überquerten die Terrasse und betraten eine Rasenfläche, die akkurat gestutzt war. Die Kiefern warfen lange Schatten. Obwohl Toni nicht hinschauen wollte, fiel sein Blick auf ihren wohlgeformten Körper.

Ein schmaler Serpentinenweg führte die steile Haveldüne hinunter. Sie überwanden einen Höhenunterschied von ungefähr fünfzehn Metern und liefen durch den Obstbaumgarten. Das Grundstück verließen sie durch ein schmiedeeisernes Tor, das auf den Uferweg führte. Einige Spaziergänger waren mit Hunden unterwegs.

Allmählich ahnte Toni, wo sie hinwollte. Zu den Villen gehörten Wassergrundstücke, die jenseits der unbefestigten Straße lagen. Seine Vermutung erwies sich als richtig. Marie öffnete ein zweites Gitter und ließ ihm den Vortritt. Er ging zwischen

Thujen und Eiben hindurch, bis er sich an einem kleinen Strand wiederfand. Zwischen Schilfgras führte ein Steg aufs Wasser hinaus. Am Ende befand sich eine Badeleiter. Längsseits war ein kleines Segelkajütboot festgemacht.

»Schon mal seekrank gewesen?«, fragte Marie, überholte ihn und kletterte auf den Anleger.

»Keine Bange«, erwiderte Toni. »Ich kann Backbord und Steuerbord ganz gut unterscheiden.«

Er betrat kurz nach ihr das Boot, das unter seinem Gewicht bedenklich hin- und herschaukelte. Gemeinsam warfen sie die Festmacherleinen los. Während Toni sich auf der Sitzducht niederließ, startete Marie den Außenborder. Der kleine Motor entwickelte genügend Schub, um das Schiff vorwärtszubewegen.

Toni genoss den Ausblick auf die Wasseroberfläche, die im Licht der untergehenden Sonne orange schimmerte. Er spürte den Fahrtwind im Gesicht und schloss für einen Moment die Augen. Der Havelgeruch stieg ihm in die Nase. Vor Jahren hatte er einen Segel- und einen Motorbootführerschein gemacht. Jetzt fragte er sich, warum er nicht öfter hinausfuhr. Auf dem Wasser war er immer zur Ruhe gekommen.

Marie kannte das Gebiet von Kindesbeinen an. Sie wusste, wo die gefährlichen Untiefen lauerten, und umkurvte sie geschickt. Zwischen Kälberwerder und der Pfaueninsel warf sie den Anker. Es dauerte einen Moment, bis er sich in den Grund gebohrt hatte und das treibende Boot aufstoppte. Dann blickte sie Toni herausfordernd an und fragte: »Kleine Erfrischung gefällig?«

»Du willst schwimmen gehen?«

»Und ob.«

»Ich hab keine Badehose dabei.«

»Das interessiert hier niemanden«, sagte sie und machte eine ausladende Armbewegung, die die gesamte Flusslandschaft miteinbezog.

Es stimmte. Tatsächlich ankerten hier nur zwei andere Boote, die aber so weit weg vor sich hin dümpelten, dass man die Besatzungen kaum erkennen konnte. Die bewaldeten Ufer waren mehrere hundert Meter entfernt.

»Du bist doch nicht prüde?«, fragte Marie und zog sich das Top über den Kopf. Schnell schlüpfte sie aus Shorts und Slip. Sie hatte keine Scheu, sich zu zeigen, und lächelte vielsagend. Mit zwei Schritten kletterte sie auf die Bordwand und sprang kopfüber in die Havel. Prustend tauchte sie auf und rief: »Nun komm schon. Es ist herrlich.«

Zögerlich kam Toni auf die Beine. Bis eben hatten sich seine Fahrt nach Kladow, die Begrüßung durch Marie und der Bootsausflug gut angefühlt. Jetzt hatte sich etwas verändert. Das leichte Unbehagen nahm noch zu, als er die Schuhe abstreifte, seine Klamotten auszog und in den Fluss hechtete.

Als er eintauchte, war die Irritation erst mal weg. Das Wasser war kühl und samtig. Toni spürte, wie das Adrenalin durch seine Adern jagte. Er kraulte drauflos, unternahm eine Rolle vorwärts und kehrte mit kräftigen Zügen zurück. Die Muskeln in seinen Oberarmen pumpten. Ja, es war herrlich. Er griff hoch, um sich an der Bordwand des Schiffes festzuhalten.

Marie schwamm heran und fasste nach seinem Ellbogen. Sie trieb etwas ab, also schlang sie ihre Beine um seine Hüfte. Er konnte ihre Nacktheit spüren. Es war ihm nicht unangenehm, aber er selbst hätte diesen intimen Kontakt nicht gesucht. Als Marie sich näherte und ihn auf den Mund küssen wollte, wich er aus.

Sogleich zog sie den Kopf zurück. »Was ist?«

»Entschuldige, aber es fühlt sich nicht richtig an.«

»Nicht richtig?« Marie schaute ihn verständnislos an. Sie blinzelte mehrmals. Dann stieß sie sich abrupt von ihm ab und schwamm zum Heck des Bootes, wo sie die Badeleiter hochkletterte.

Toni gab ihr einen Moment Zeit, bis er ihr auf dem gleichen Weg folgte.

Wenig später hatten sie sich in Handtücher gewickelt und saßen sich im Heck gegenüber.

»Das hätte ich nicht tun sollen«, sagte Marie. »Ich dachte nur, dass du und ich … Ach, ich weiß auch nicht, was ich gedacht habe.«

»Du hast nichts falsch gemacht. Du …« Toni wusste nicht, wie er den Satz beenden sollte. Er fühlte sich unbeholfen.

»Steckst du in einer Beziehung?«

»Nein.«

»Hast du ein Techtelmechtel, oder hängst du noch an deiner Exfrau?«

»Auch nicht.«

Eine Weile saßen sie schweigend da.

»Toni, warum bist du hier?«, fragte Marie schließlich.

Er fuhr sich mehrmals durch die nassen Haare. »Das hört sich vielleicht komisch an, aber ich musste dich wiedersehen. Den ganzen Tag hab ich an dich gedacht. Es hat mir gestern so gutgetan, mit dir zusammen zu sein. Zum ersten Mal seit Monaten hab ich mehrere Stunden am Stück geschlafen.«

»Mir ging es genauso.«

»Du hilfst mir, mir über ein paar Dinge klar zu werden. Du tust mir gut.«

Marie lächelte zaghaft. »Danke. Du tust mir auch gut. Ich rede mit dir über Sachen, die ich sonst niemandem anvertrauen würde.«

Tonis Blick fiel auf ein rötlich braunes Gitter, das sich auf ihrem nackten Oberschenkel abzeichnete.

Marie war seinem Blick gefolgt und schlug schnell einen Zipfel ihres Handtuchs über die Hautpartie. Offenbar war es ihr peinlich, dass er die Stelle entdeckt hatte. Einen Moment wirkte sie unentschlossen, dann seufzte sie. »Das sind Narben.«

»Wieso Narben?«

»Ich hab mich früher geritzt.«

»Oh.«

»Ich hab auch welche am Unterarm. Als Teenager hab ich einfach nicht verstanden, wie meine Mutter mich alleinlassen konnte und warum mein Vater sich einen Dreck um mich geschert hat. Ich hab das alles sehr persönlich genommen.«

»Kinder beziehen alles auf sich«, sagte Toni leise und überlegte, ob er sich in ihre Familienangelegenheiten einmischen durfte. Er kam zu dem Schluss, dass sie die Wahrheit erfahren sollte. Also erzählte er ihr, was er über den Selbstmord ihrer Mutter herausgefunden hatte.

»Postnatale Depressionen sind ein häufiges Phänomen«, sagte er. »Niemanden trifft eine Schuld. Ich denke, dass dein Vater verzweifelt und überfordert war. Auf mich hat er den Eindruck gemacht, als würde er sein Verhalten von damals bereuen.«

»Und das soll ich glauben?« Maries Stimme klang dünn. »Bist du bei deinen Ermittlungen weitergekommen?«

War er zu weit gegangen? Oder brauchte sie Abstand, um die Informationen zu verdauen? Das würde sich noch zeigen. Vorerst zog Toni sein Smartphone aus der Jeans und öffnete den Fotoordner.

»Ich konnte nicht vergessen«, sagte er, »wie du bei der Betrachtung des Gemäldes reagiert hast. Erinnerst du dich? Ich meine das Porträt von der verschleierten Frau. Das Mordopfer hat jedes Detail des Bildes fotografiert. Ich möchte dich bitten, dass du dir alle Aufnahmen ansiehst. Vielleicht fällt dir etwas auf.«

Marie nahm das Handy entgegen und wischte minutenlang über das Display. Sie wirkte wie in Trance und sah nicht so aus, als ob sie konzentriert hinschauen würde. Doch plötzlich hielt sie mitten in der Bewegung inne. Sie streckte den Rücken durch und vergrößerte mit Daumen und Zeigefinger einen Bildausschnitt. Fassungslos starrte sie auf das Display.

»Hast du etwas entdeckt?« Toni setzte sich neben sie. Marie hatte offenbar Interesse an den Händen der Porträtierten. »Was ist damit?«

»Siehst du das?«, fragte sie und deutete mit dem Zeigefinger auf eine Stelle.

Als er genauer hinguckte, entdeckte Toni einen hellbraunen herzförmigen Fleck auf dem Handrücken, den er für einen Pixelfehler gehalten hatte. »Und?«

»Man nennt diese Hautveränderung Café-au-Lait-Fleck. Er ist angeboren. Meine Großmutter hatte ein solches Mal an der gleichen Stelle.«

»Du meinst, dass die Dargestellte deine Großmutter ist?«

Marie sah ihn verwirrt an. Plötzlich rannen Tränen über ihr Gesicht. »Erst erzählst du mir von meinen Eltern. Dann zeigst du mir ein Porträt von meiner Großmutter. Toni, was hat das alles zu bedeuten?«

26

Weimar, 1943

Seit einer Woche befand sich Lydia auf »Verbeugungstournee«
für ihren zweiten Film, der vor Kurzem Premiere gefeiert hatte.
Die Verwechslungskomödie mit Gustl Friedmann hatte über-
wiegend positive Kritiken erhalten. Die schauspielerischen Leis-
tungen der Hauptdarsteller wurden mit Wohlwollen hervorgehoben. Sie galten als das neue Traumpaar des deutschen Films.

Obwohl es sich um eine simple Liebesgeschichte handelte,
wie sie in der jüngeren Vergangenheit zahlreich produziert worden waren, strömten die Leute in Scharen ins Kino. Sie wollten
die »schwarze Witwe« in ihrer neuen Rolle sehen. Es schien so,
als könnte sie tatsächlich das neue Zugpferd der Ufa werden.
Sie war über Nacht zum Star geworden.

Für Lydia bedeutete die vierzehntägige Werbereise vor allem
lange Automobilfahrten, bis zu drei Auftritte am Tag in unter-
schiedlichen Lichtspielhäusern, kleine Geschenke und Rosen in
Empfang zu nehmen, Autogramme zu geben, mit Filmfreunden
zu plaudern, für Fotos zu posieren, langatmige Festmähler mit
den ehrbaren Bürgern und jede Nacht ein neues Hotelbett.

Die strapaziösen Begleiterscheinungen ihres Ruhmes akzeptierte sie ohne Murren. Erfahrene Kollegen, die es gut mit ihr
meinten, erinnerten sie daran, dass sie noch am Anfang ihrer
Karriere stand und dass ihr rasanter Aufstieg so jäh enden
könnte, wie er begonnen hatte. Sie nahm sich die Worte zu
Herzen.

Die Tournee war eine willkommene Abwechslung von
den düsteren Grübeleien, die sie in den vergangenen Wochen
heimgesucht hatten. Einer ihrer Brüder war bei der Schlacht
um Kursk gefallen. Ihre Schwester hatte ihr eine Abschrift des
Briefes geschickt, den sein Kompaniechef an die Familie in Leipzig gesandt hatte. Darin hieß es, dass er durch die Kugel eines

russischen Scharfschützen getroffen worden sei. Er habe keine
Schmerzen gespürt. Es sei sehr schnell gegangen.

Für Lydia waren die Umstände ein schwacher Trost. Immer
wenn sie an ihren Bruder dachte, sah sie den fünfjährigen Jungen
vor sich, der selbstvergessen mit einem Holzboot spielte, das sie
ihm aus Zweigen gebastelt hatte. Die Vorstellung schnürte ihr
jedes Mal die Kehle zu, sodass sie sich in irgendeine Beschäfti-
gung stürzte, um nicht vom Schmerz fortgerissen zu werden.

Die ständigen Ortswechsel und neuen Eindrücke taten ihr
gut. Dementsprechend erklärte sie sich sofort bereit, als sie gebeten wurde, zu einer Veranstaltung ins nahe gelegene Weimar
zu fahren, wo sie als Ehrengast auftreten sollte. Es handelte
sich um eine Tagung der Gaufrauenschaftsleiterinnen und der
Gaufrauenwalterinnen der Deutschen Arbeitsfront.

Als Lydia in der thüringischen Stadt eintraf, wo einst Goethe,
Schiller und Herder gewirkt hatten, wurde sie aufs Herzlichste
von Frau Scholtz-Klink empfangen. Das Haar der Reichsfrauenführerin war zu einem Dutt geknotet. Ihr schlichtes helles
Jackett und der schwarze Rock umspielten eine schlanke Figur,
die sie sich trotz ihrer vierfachen Mutterschaft bewahrt hatte.

»Wir sind so glücklich, dass Sie es einrichten konnten«, sagte
Frau Scholtz-Klink. »Wir haben hier hundertfünfzig Frauen
zu Gast, die sich in der Landwirtschaft, in den bombengeschä-
digten Städten und in der politischen Arbeit verdient gemacht
haben. Viele von ihnen tragen ein hartes Los, und wir wollen
ihnen danken.«

»Wie kann ich helfen?«, fragte Lydia.

»Allein dass Sie hier sind, gibt ihnen schon Mut. Mischen Sie
sich einfach unter sie. Reden Sie mit ihnen. Hören Sie sich ihre
Geschichten an. In den vergangenen Monaten sind Sie durch
die Darstellung der ›schwarzen Witwe‹ zu einer Symbolfigur
geworden. Sie geben den Menschen so viel Hoffnung.«

Lydia hatte schon mitbekommen, dass sie in den Zeitungen
als der Idealtyp der deutschen Frau stilisiert wurde. Stolz, auf-
opferungsvoll und treu. Die politische Dimension ihrer Rolle
war ihr erst im Nachhinein klar geworden, aber sie begrüßte es

sehr, dass sie zur Stärkung der Moral beitragen konnte. »Das mache ich gerne.«

»Und im Anschluss möchte ich Sie einer guten Bekannten vorstellen. Sie ist Redakteurin bei einer regionalen Tageszeitung und der NS-Frauen-Warte. Sie plant einen Artikel über Sie.«

Die NS-Frauen-Warte war die einzige parteiamtliche Frauen-zeitschrift und versah die Aufgabe, ideologische Werte an die weibliche Leserschaft zu vermitteln. Die Auflage war hoch.

»Natürlich«, erwiderte Lydia sofort. Jede Art von Öffent-lichkeit war förderlich. Sie tauschte noch ein paar Nettigkeiten aus und trat zu den weiblichen Gästen, die schon die ganze Zeit herübergeschaut hatten.

Zunächst nahm Lydia Komplimente, Glückwünsche und Dankesworte entgegen. Zwar irritierte es sie jedes Mal, wie viel Kraft die Menschen aus ihrer Darstellung der »schwarzen Witwe« zogen, aber mittlerweile hatte sie gelernt, ihre Ver-wunderung zu überspielen und das Lob zu akzeptieren.

Hinterher erkundigte sie sich nach dem Leben ihrer Ge-sprächspartnerinnen. Oftmals reichte nur eine kurze Frage oder ein Stichwort aus, um ein ganzes Schicksal in Erfahrung zu bringen.

Die vierzigjährige Frau Kamps aus Augsburg war seit dem Polenfeldzug Witwe und leitete eine große Spulerei, die in Frie-denszeiten von einem erfahrenen Meister kommandiert wurde. Im vergangenen Jahr hatte sie die Produktion des Betriebes um das Doppelte gesteigert und nach einem Zwölf-Stunden-Tag noch Zeit gefunden, ihre sechs Kinder zu versorgen. Kürzlich war ihr die Kriegsverdienstmedaille verliehen worden.

Oder die sechsundfünfzigjährige Frau Volkert aus der Nähe von Oldenburg. Im Kampf gegen die Bolschewisten hatte sie nicht nur ihren Mann, sondern auch drei erwachsene Söhne verloren. Dennoch bewältigte sie die harte körperliche Arbeit auf dem Gutshof mit bewundernswerter Haltung. In ihrer Funktion als Ortsfrauenschaftsleiterin und Kreisbäuerin hatte sie die Volkspflegemedaille entgegengenommen.

Lydia hörte sich noch zahlreiche andere Geschichten an, ohne ihren eigenen Verlust zu erwähnen. Trotzdem fühlte sie sich am richtigen Platz. Etwas von der Kraft dieser leidgeprüften, lebenserfahrenen und zupackenden Frauen strahlte auf sie ab und gab ihr Zuversicht. Sie alle gehörten zu einem Volk; sie alle verband das gleiche Schicksal. Zusammen würden sie den Sturm überstehen.

Als der Gongschlag ertönte, wurde sie von zwei ihrer neuen Freundinnen untergehakt und in den Vortragssaal begleitet.

Der erste Redner, Gauleiter Sauckel, richtete feierlich Grüße des Führers aus, der ihn beauftragt habe, allen deutschen Frauen und allen Rüstungsmitarbeiterinnen seinen tiefsten Dank und seine höchste Anerkennung auszusprechen. Ihr entschlossener Einsatz werde einen entscheidenden Beitrag zum Endsieg liefern. In düsteren Farben malte Sauckel aus, welches Schicksal das deutsche Volk erwartete, falls die eigenen Truppen geschlagen werden würden. Die Juden würden im Namen Stalins Millionen und Abermillionen deutscher Männer, Buben und Mädchen nach Sibirien schaffen, um sie Sklavenarbeit verrichten zu lassen. Dieser teuflische Plan könne nur durch die unbedingte Treue zum Führer zunichtegemacht werden. Jede noch so große materielle Stärke der Feinde werde zerbrechen, denn gegen das jüdische Lügensystem stünden das deutsche Recht und die deutsche Ehre, die den Sieg verbürgen würden.

Die Rede wurde mit Applaus, Füßetrampeln und lautem Jubel belohnt. Es folgten die Auftritte von Reichsorganisationsleiter Dr. Ley und der Reichsfrauenführerin Frau Scholtz-Klink, die nicht weniger enthusiastisch gefeiert wurden. Schließlich erhoben sich die Zuhörer von ihren Plätzen und zerstreuten sich.

Lydia sah auf ihre Armbanduhr und bemerkte, dass sie nur noch eine halbe Stunde hatte, wenn sie ihren Auftritt in einem Provinzkino nicht verpassen wollte. Sie nickte ihrem Fahrer zu, um ihm zu signalisieren, dass sie die Zeit im Blick hatte und pünktlich am Automobil eintreffen würde. Dann bat sie die Zeitungsredakteurin, die ihr mittlerweile vorgestellt worden war, möglichst schnell mit dem Interview zu beginnen.

In einem kleinen Raum, wo sie ungestört reden konnten, beantwortete Lydia routiniert alle Fragen zum aktuellen Film, zu ihrem Werdegang und den zukünftigen Plänen. Erst als ungewöhnliche Nachforschungen folgten, die politische Themen anschnitten, musste sie ihre Worte abwägen, aber im Grunde fiel ihr auch das nicht schwer.

Von der Geisteshaltung, die überall auf der Tagung spürbar gewesen war, ließ sie sich mitreißen. Die Sätze schnellten aus ihr heraus, als sie begeistert von der deutschen Frau sprach, die alles in ihrer Macht Stehende tat, um ihren Kriegsbeitrag an der Heimatfront zu leisten. Sie sprach von der Tapferkeit ihrer Herzen, von der Standfestigkeit ihrer Seelen und von der unbedingten Treue zu Adolf Hitler, der noch jede missliche Lage zu einem glücklichen Ende geführt hatte. Zum Abschluss ihrer Ausführungen drückte sie ihre feste Überzeugung aus, dass es vor allem die moralische Überlegenheit der deutschen Rasse sei, die das eherne Fundament des Endsiegs bilden werde.

27

Am frühen Morgen fuhr Toni zurück nach Potsdam. Vor dem heller werdenden Himmel tauchte ein Vogelschwarm auf, der eine weite Kurve flog und Kurs auf den Sonnenaufgang nahm. Passenderweise lief gerade »To Be By Your Side« von Nick Cave. Der Songtext handelte von den Nomaden der Lüfte und ihren Reisen um den Erdball.

Berührt von der schönen Musik und dem Naturschauspiel dachte Toni, dass sich manchmal alles von selbst fügte. Man musste gar nichts tun, man musste nur die Geduld aufbringen zu warten, bis es so weit war. An der Neustädter Havelbucht stellte er den Peugeot auf dem Anwohnerparkplatz ab und ging auf dem Uferweg zum Hausboot.

Letzte Nacht hatten Marie und er lange zusammengesessen und geredet. Dabei hatte sich herausgestellt, dass sie so gut wie nichts über die Vergangenheit ihrer Großmutter wusste. Die alte Dame hatte nur selten von sich erzählt und stets die Enkeltochter in den Mittelpunkt gestellt. Marie hatte versprochen, die Villa zu durchsuchen. Sie wollte sich melden, sobald sie etwas finden würde, das mit dem Gemälde im Zusammenhang stand.

Als sie sich in der Kajüte des Segelbootes schlafen gelegt hatten, schmiegte Marie ihren Kopf an seine Schulter, und er strich ihr übers Haar. Mehr geschah nicht. Allmählich nahm ihr Verhältnis Konturen an. Sie hatten sich getroffen, um sich gegenseitig Halt zu geben. Ihre Gespräche taten beiden gut. Bei Toni lösten sie diffuse Ängste und stabilisierten ihn. Der Alkohol spielte in seinem Denken nur noch eine Nebenrolle.

Jetzt wollte er sich duschen und umziehen, bevor er ins Kommissariat aufbrach. Er gähnte herzhaft und bemerkte gar nicht, wie eine blonde Frau von einer Sitzbank aufstand und ihm entgegentrat. Trotz der frühen Morgenstunde war sie dezent geschminkt und trug figurbetonte Kleidung, die sie verführerisch aussehen ließ. In ihrer Hand hielt sie einen großen Korb.

Erstaunt stellte Toni fest, dass es wieder ein Picknickkorb war. Nur war er dieses Mal mit einem rot-weiß karierten Tuch abgedeckt.

»Ich hab dich vergeblich auf dem Handy angerufen«, sagte Staatsanwältin Caren Winter. »Dann hab ich gesehen, dass dein Auto weg ist. Eigentlich wollte ich dich mit einem Frühstück überraschen.«

»Oh, tut mir leid«, sagte er. »Ich hab es gestern Abend ausgeschaltet und ganz vergessen, es wieder anzumachen. Hast du lange gewartet?«

»Wo warst du?«

»Äh, in Kladow.«

»So früh? Oder hast du dort übernachtet?«

Er nickte.

Ein Schatten huschte über ihr Gesicht.

»Es ist nicht so, wie du denkst«, sagte Toni.

»Du bist mir keine Rechenschaft schuldig«, erwiderte Caren etwas zu schnell.

Innerhalb weniger Stunden hatte Toni zum zweiten Mal eine Frau enttäuscht, der er bestimmt kein schlechtes Gefühl vermitteln wollte. »Caren, du bist so beliebt. Du hast zahlreiche Freunde, mit denen du dich verabredest und die du zum Brunch einlädst. Im Sommer fährst du nach Sylt, im Winter zum Skiurlaub nach Sankt Moritz.«

»Ich arbeite hart und lass es mir in meiner Freizeit gut gehen. Was ist daran verkehrt?«

»Daran ist gar nichts verkehrt. Ich finde nur, dass ich … ich bin im Vergleich zu dir …« Er suchte nach den passenden Worten, aber wie sollte er erklären, dass er sich ihr nicht gewachsen fühlte? Er war ein Außenseiter und hatte ein Alkoholproblem. Mit ihren glamourösen Bekannten konnte er nicht mithalten. In der Vergangenheit hatte er sich in der Gesellschaft von Menschen am wohlsten gefühlt, die irgendwie verkorkst waren, so wie Marie und er selbst. Bei den Anonymen Alkoholikern kannte er zahlreiche Leute, mit denen er gut klarkam und mit denen er sich gerne unterhielt. Keiner von ihnen hätte in die Brunchgesellschaft vom Sonntag gepasst. »Zwischen uns liegen Welten.«

»Toni«, sagte sie. »Glaubst du das wirklich? Ich habe gedacht, dass du mich besser kennst.«

»Wie meinst du das?«

»Das musst du schon selber herausfinden. Komm zu mir, wenn du weißt, wer du bist. Vielleicht bin ich dann noch da.« Sie drehte sich um und ging den Uferpfad hinunter.

Ein Teil von ihm wollte ihr folgen und sie aufhalten. Aber was sollte er sagen? Er konnte keine Versprechen abgeben. Sein gesamtes Erwachsenenleben war von seiner Ex-Frau bestimmt gewesen. Die Trennung hatte ihn hart getroffen. Er war in tausend Stücke zersprungen und musste sie erst zusammensetzen, um zu wissen, welcher Mensch daraus hervorgehen würde.

Nachdenklich öffnete Toni das große Tor, das Unbefugten den Zutritt zum Anleger verwehrte. Hinter sich schloss er es wieder. Er ging über das eiserne Steggitter, das bei jedem seiner Schritte nachhallte. Als er an Bord seines Hausboots kletterte, hielt er den Kopf gesenkt. Deshalb sah er gleich die blutigen Schuhabdrücke, die über das Oberdeck führten. Er begriff sofort, dass etwas nicht stimmte.

Alarmiert zog er seine Pistole und lud sie durch. Jetzt erkannte er, dass die Stahltür, die in den Salon führte, nur angelehnt war. An dem weiß lackierten Metallrahmen waren Kratzspuren. Offenbar hatte jemand ein Stemmeisen benutzt. Toni trat hinüber und öffnete den Eingang unter einem rostigen Knarzen.

»Hallo, ist da jemand?«, rief er hinunter und sah, dass auf den Stufen ebenfalls rote Fußabdrücke waren. Jemand war im Inneren gewesen. Vorsichtig stieg er hinab und erblickte den Ursprung des Blutes. Es war kein Mensch, es war ein Tier.

Ein junges Schwein hing von der Decke. Der Hals war aufgeschlitzt, und die Wundränder klafften weit auseinander. Dunkle Spritzer waren an den Wänden, an den Bullaugen und auf der Küchenanrichte gelandet. Auf dem Dielenboden hatte sich eine Lache gebildet. Das Blut war in die Fugen zwischen die Bretter und unter die Haushaltsgeräte geflossen. Es war – im wahrsten Sinne des Wortes – eine Riesensauerei.

Nachdem Toni alle Zimmer kontrolliert hatte, steckte er die Waffe zurück in das Gürtelholster und sah sich das Borstentier genauer an. Die Botschaft war klar. Jemand wollte ihm mitteilen, welches Ende er, das Bullenschwein, nehmen würde. Nach Meinung des Urhebers gehörte er abgeschlachtet! Wahrscheinlich hatte dieselbe Person auch seinen Wagen zerkratzt.

Jemand hatte es auf ihn abgesehen.

28

Lanke, 1943

»Ich hätte Sie für geschickter gehalten«, sagte Goebbels und legte eine Tageszeitung und die NS-Frauen-Warte auf den Beistelltisch. In den Blättern wurde über die Tagung in Weimar berichtet. Lydias Interview war zu eingängigen Parolen gekürzt worden. »Können Sie mir erklären, warum Sie auf diese Veranstaltung gefahren sind und warum Sie unbedingt so schwadronieren mussten?«

Lydia schluckte und drehte den Brillantring an ihrem Finger. Eigentlich sollte ihr das teure Schmuckstück Sicherheit geben, aber immer, wenn sie ihrem Dienstherrn begegnete, musste sie daran denken, wie er sie genommen hatte. In seiner Gegenwart fühlte sie sich wie ein Gegenstand. Zugleich wusste sie, dass sie aufpassen musste, um ihn nicht zu kränken oder seine Feindschaft zu provozieren. Also suchte sie den Fehler bei sich und fragte sich, was sie wieder angestellt hatte. Sie hatte längst begriffen, dass man es dem Reichsminister nicht recht machen konnte. Dieses Mal war sie jedoch der festen Überzeugung gewesen, dass sie ganz in seinem Sinne gesprochen habe.

»Verstehen Sie mich nicht falsch«, fuhr Goebbels gnädiger fort. »Es ist nicht so, dass ich etwas an ihrer Gesinnung auszusetzen habe. Ganz im Gegenteil, nicht alle Künstler legen freiwillig ein so eindeutiges Bekenntnis ab. Aber ich möchte nicht, dass Sie sich in dieser Art und Weise exponieren. Das können Sie Ihren Kollegen überlassen. Mit Ihnen habe ich etwas anderes vor.«

Lydia sah ihn mit großen Augen an. Sie war lange ein unpolitischer Mensch gewesen, bis Goebbels sie zu einem Star gemacht hatte. Jetzt war die loyale Haltung zum Regime ein ungeschriebener Bestandteil des Handels, den sie eingegangen war.

»Verstehen Sie?«, erkundigte sich Goebbels. »Wenn die Leute Sie öfter so rumposaunen hören, halten sie Sie für eine Propagandaziege. Im schlimmsten Fall verlieren Sie Ihre künstlerische Glaubwürdigkeit. In Zukunft will ich aber Ihre Popularität nutzen, um Sie verstärkt in Unterhaltungs- und Wohlfühlfilmen einzusetzen. Dabei sollen Sie subtil auf die Zuschauer einwirken. Ohne Stallgeruch. Das ist viel nachhaltiger.«

»So weit hab ich gar nicht gedacht«, erwiderte Lydia. »Sie haben natürlich recht. Bitte entschuldigen Sie mein törichtes Verhalten.«

Goebbels machte eine lasche Handbewegung, so als würde er sich häufig mit solchen Problemen herumschlagen. Er setzte sich in den gegenüberliegenden Sessel. »Sie sind ein gutes Kind und noch nicht lange dabei. Die weltgeschichtlichen Dimensionen sind Ihnen noch nicht geläufig. Das gilt jedoch nicht für die Redakteurin, die schon jahrelang Artikel für unsere Sache schreibt. Ihr habe ich gehörig den Marsch geblasen und ihr verboten, Sie noch einmal so zu inszenieren. Das können Sie mir glauben.«

Das Gespräch fand in Goebbels' Waldhof am Bogensee statt, der in seiner Größe die Villa auf Schwanenwerder noch übertraf. Das Anwesen lag vierzig Kilometer nördlich von Berlins Stadtmitte inmitten eines idyllischen Waldgebiets in der Nähe des kleinen Örtchens Lanke und verfügte über dreißig Privaträume und vierzig Dienstzimmer.

Noch vor Kurzem hatten sich hier legendäre Treffen ereignet. Es hieß, dass diejenigen Schauspieler, die eine Einladung erhielten, es nach ganz oben geschafft hätten. Jenny Jugo, Heli Finkenzeller, Olga Tschechowa, Marika Rökk, Grethe Weiser, Zarah Leander, Emil Jannings, Willy Birgel, Willy Fritsch, Heinz Rühmann, Wolfgang Liebeneiner und viele, viele andere hatten in diesen Räumen gefachsimpelt, getrunken, getanzt und gefeiert.

Zurzeit lebte Goebbels' Frau Magda mit den Kindern auf dem Anwesen, während sich der Reichsminister nur selten blicken ließ, um in seiner Dienstwohnung, dem Stadtpalais oder in der Villa auf Schwanenwerder ungestört an seinen Reden, den Wochenschauen und den Leitartikeln zu arbeiten. Die heutige Abendgesellschaft bildete eine Ausnahme. Im kleinen Kreis wurden die Dreharbeiten zum neuen Projekt eingeläutet. Nach dem Abschluss des Musikfilms sollte es Lydias vierte Hauptrolle werden.

In den locker gruppierten Polstermöbeln saßen Darsteller und unterhielten sich gedämpft. Der Regisseur Schwannecke und seine Frau spielten Tischtennis. Ein silberner Zigarettenhalter war aufgefächert, damit die Gäste zugreifen konnten. Die riesigen Fensterscheiben waren etwas im Boden versenkt, sodass durch einen schmalen Spalt kalte Luft hereinströmen konnte. Ordonanzen eilten umher, um für den Getränkenachschub zu sorgen.

»Die Bombenangriffe haben zahlreiche Menschenleben gekostet«, fuhr Goebbels fort. »Hunderttausende Berliner sind obdachlos geworden. Wir werden viele von ihnen evakuieren müssen. Es ist eine Tragödie.«

Lydia spürte einen Stich in der Herzgegend. Ihre Lippen bebten.

»Ich habe davon gehört«, sagte Goebbels. »Auch Sie haben einen Verlust zu beklagen.«

»Bei dem Bombenangriff auf Leipzig sind meine Schwester, meine Nichte und mein Vater ums Leben gekommen.«

»Dann können Sie mit Sicherheit nachvollziehen, wie sehr solche Gräueltaten die Moral an der Heimatfront schwächen. Durch unsere Unterhaltungsfilme müssen wir dieser Entwicklung entgegenwirken. Wir wollen den Zuschauer vergessen lassen, dass gegen Landesverräter unerbittlich vorgegangen werden muss, um die Disziplin aufrechtzuerhalten. Wir wollen den Zuschauer vergessen lassen, dass fast jede Familie ein Blutopfer darbringen muss. Mit den Wohlfühlfilmen wollen wir dem Zuschauer eine Oase bieten, wo er Kraft tanken kann. Wenn er das Kino verlässt, soll er denken, dass alles nicht so schlimm ist. Ausgeruht soll er sich an sein Tagewerk begeben, das unserer Wehrkraft dient. Er soll Sie, die bezaubernde Lydia Riefenberg, sehen und mit Ihnen das Glück und den Frieden verbinden, nach dem er sich so sehr sehnt. Wenn Sie aber die gleichen Parolen verbreiten wie ich, gerät dieses Bild ins Wanken. Begreifen Sie das?«

»Jawohl, Herr Reichsminister.«

»Sie dürfen ruhig Ihren Glauben an den Führer und den End-sieg kundtun, Sie dürfen auch Zuversicht verbreiten, aber bitte politisieren Sie nicht zu viel in der Öffentlichkeit. Ich brauche Sie unschuldig, rein und unverbraucht.«

»Ich werde es beherzigen.«

Neben ihr tauchte plötzlich Goebbels' SS-Adjutant auf, der mit beiden Händen ein rollbares Radio vor sich herschob. Er wirkte verzweifelt. »Ich habe Sie überall gesucht, aber nicht ge-funden, Herr Reichsminister. Ich dachte eigentlich, dass Sie noch in Ihren Privaträumen seien. Bitte entschuldigen Sie die Verzö-gerung. Soll ich es gleich einschalten?«

Lydia war mittlerweile oft genug bei Goebbels zu Gast ge-wesen, um zu wissen, dass er überall das Rundfunkprogramm im Hintergrund laufen ließ. So konnte er bei Fehlern des Senders sofort eingreifen und behielt sich die Kontrolle über die Sprecher und Redakteure vor.

»Nein, hier bin ich fertig. Folgen Sie mir«, sagte Goebbels und hinkte zu einer Sitzgruppe hinüber, wo eine brünette Schönheit saß, die ihm bereitwillig ihre ganze Aufmerksamkeit schenkte. Der Reichsminister ließ seinen rheinischen Charme sprühen, aber er war nicht ganz bei der Sache und zog bald mitsamt SS-Adjutant und rollbarem Radio weiter.

Lydia sank in das Sitzpolster. Die Zusammenkünfte mit ihrem obersten Vorgesetzten waren anstrengend und forderten ihre ganze Konzentration. Er war ein kluger Kopf, der für seine Ver-schlagenheit und seine scharfe Zunge bekannt war. Anfänglich war sie irritiert gewesen, dass er sie nicht mehr als Frau, sondern nur noch als Schauspielerin wahrnahm. Er behandelte sie so förm-lich, als wären sie nie intim gewesen. Das war erstaunlich, aber natürlich überwog die Erleichterung, dass sie ihm nicht mehr zu Willen sein musste, um Rollen zu bekommen.

Mit den familiären Verlusten und der angespannten beruf-lichen Situation hatte sie schon genug Kummer und Sorgen. Im Kulturbetrieb des Reiches waren die Auswirkungen des Krieges überall spürbar. Bedeutende Premierenkinos wie der Ufa-Palast am Zoo oder das Capitol am Zoo waren in Schutt und Asche gebombt worden. Wichtige Illustrierte waren wegen Material-knappheit eingestellt worden. Zahlreiche Filmschaffende rückten ein, um sich gegen die Bolschewisten zu stellen. Die Lage wurde immer bedrohlicher. Zwar war die Zahl der produzierten Streifen noch beachtlich, aber würde die schillernde Ufa-Welt weiter be-stehen, wenn Nazideutschland untergehen würde? Was würde aus ihrer Karriere werden?

»Was blicken Sie so sorgenvoll?«, fragte eine weibliche Stimme. »Was hat Joseph wieder angestellt?«

Lydia sah auf und erblickte Magda Goebbels. Die Ehefrau des Reichsministers lächelte und setzte sich zu ihr. Mit den hochge-steckten blonden Haaren, dem kostbaren Perlenschmuck und dem dunkelblauen Kleid mit weißen Manschetten war sie sehr elegant angezogen. In der linken Hand hielt sie eine brennende Zigarette und in der rechten einen Cognacschwenker, aus dem sie einen großen Schluck trank. Sie war eine beeindruckende Er-scheinung, nur mit ihrem Gesicht stimmte etwas nicht. Die rechte Hälfte wirkte starr und leblos.

Lydia war ihr bei Gesellschaften schon mehrmals begegnet. Einem Gespräch war sie stets ausgewichen, weil sie Angst hatte, dass ihre Affäre mit dem Reichsminister durchgesickert war und sie zum Ziel einer Eifersuchtsszene werden könnte. Wahrschein-lich war ihre Sorge unbegründet, denn Magda Goebbels zeigte sich aufgeschlossen. Und es konnte ihrer Karriere nicht schaden, wenn sie sich mit ihr gut stellte.

»Wir haben uns über Öffentlichkeitsarbeit unterhalten«, er-widerte Lydia und bemühte sich um einen gewinnenden Tonfall.

»Sein Lieblingsthema«, sagte Magda Goebbels und schaute zur Seite, wo ihre Kinder der Größe nach Aufstellung nahmen und der Mutter eine gute Nacht wünschten. Sie küsste Helga, Hilde, Helmut, Holde, Hedda und die kleine Heide der Reihe nach auf die Stirn und entließ sie in die Obhut zweier Erzieherinnen, die im Hintergrund warteten. Dann wandte sie sich lächelnd zu Lydia. »Sie dürfen es Joseph nicht übel nehmen, wenn er stichelt. Er ist ein Genie, und wir alle müssen ihn unterstützen, damit er sein großes Werk verrichten kann. Er trägt eine schwere Last auf seinen Schultern. Ich kenne ihn am besten. Ich weiß genau, was er tun muss, um seine geistige Frische zu erhalten.«

Lydia zuckte zusammen. Natürlich bezog sie die letzten Worte auf sich.

»Jetzt schauen Sie nicht so erschrocken«, sagte Magda Goebbels. »Dazu besteht kein Grund, mein Kind. Ich habe vor einigen Tagen Ihren Film ›Das weite Meer‹ gesehen. Ihre Darstellung hat mich tief bewegt. Sie müssen eine sehr starke Person sein.«

Der Themenwechsel war für Lydia eine Chance. Sie hatte schon oft erfahren, dass die Zuschauer die Rolle der »schwarzen Witwe« mit ihr als Privatperson vermischten. Anfänglich hatte sie auf den Unterschied hingewiesen, aber mittlerweile hatte sie begriffen, dass dieses Verschwimmen der Grenzen zum Starkult dazugehörte. Die Leute wollten zu jemandem aufsehen und ihn anhimmeln. Und wenn sich die Frau des Reichsministers dieser Illusion hingab, sollte Lydia die Letzte sein, die sie korrigierte.

»Danke«, erwiderte sie würdevoll. »Das ist sehr freundlich.«

»Ich kann gut verstehen, warum mein Mann Sie fördern will. Sie strahlen eine solche Kraft und Präsenz aus, die uns allen in diesen Zeiten wohltut.« Magda Goebbels drückte ihre Zigarette im Aschenbecher aus und stand auf. »Kommen Sie. Nehmen Sie meine Hand. Im Kinosaal wollen wir Ihren neuen Musikfilm ansehen. Ihren Schlager ›Im Mondenschein mit dir allein‹ habe ich gestern zum ersten Mal gehört. Er ist zauberhaft. Nach der Vorführung müssen Sie mir unbedingt erzählen, bei wem Sie das Singen gelernt haben. Ich bin so neugierig …«

Lydia erhob sich und griff nach der dargebotenen Hand. Sie verstand es selbst nicht ganz, aber Magda Goebbels hatte etwas Einnehmendes. Es war wohl die ganze Atmosphäre, die sie verbreitete. Der melancholische Klang ihrer Stimme, die Anmut ihrer Gesten und der leicht verschleierte Blick ihrer hellen Augen. Aber da war noch etwas anderes. Es war ein Duft, vielleicht ein Parfüm, den Lydia wahrgenommen hatte und der ihr vertraut vorkam. Ja, so seltsam es auch klingen mochte: Sie konnte Magda Goebbels gut riechen.

29

Toni blieb am Hausboot, um die Kollegen von der Spurensicherung zu empfangen und ihnen die Schlüssel für die Steganlage zu übergeben. Geduldig beantwortete er alle Fragen und schaute noch bei den Nachbarn vorbei. Vielleicht hatten sie etwas mitbekommen. Erst kurz nach Mittag traf er in der Dienststelle ein, wo er sogleich sein Team im Besprechungsraum versammelte.

»Nimm diese Geschichte nicht auf die leichte Schulter«, sagte Gesa. »Das hat eine andere Dimension als die Schmähmails und Drohanrufe, die wir sonst bekommen. Ich meine, wer schlitzt ein Schwein auf und hängt es zum Ausbluten an deine Decke? Für mich sieht das aus wie das Werk eines Psychopathen.«

»Keine Sorge«, erwiderte Toni und blickte irritiert zu Phong, der die ganze Zeit an seinem Laptop arbeitete und vor sich hin lächelte. »Wenn wir ihn identifizieren, kann er sich auf eine Anklage gefasst machen.«

»Mit einem Prozess ist die Sache nicht aus der Welt geschafft«, sagte Gesa. »Der Typ meint es ernst. Er will dir ans Leder.«

»Glaub ich nicht. Ich bin ihm wahrscheinlich irgendwann auf die Füße getreten. Jetzt hat er eine Riesenwut. Der kriegt sich schon wieder ein.«

Gesa kniff die Augen zusammen, dann schüttelte sie den Kopf.

Toni rieb sich über die Bartstoppeln. »Ich hab euch das nur erzählt, weil wir nicht ausschließen können, dass es mit unserem Fall zu tun hat. Jetzt können wir uns anderen Dingen zuwenden. Die verschleierte Frau auf dem Gemälde heißt möglicherweise Lydia Hellström. Sie war die Witwe von Kurt Hellström, dem bekannten schwedischen Unternehmer, und verstarb vor einigen Tagen. Finde alles über sie raus, Phong.«

»Hm, hm.«

»Kannst du mir mal sagen, warum du so grinst?«

Phong beendete die Eingabe an seinem Notebook. »Ach, ist es dir aufgefallen?«

»Das ist unübersehbar«, sagte Gesa scharf.

Phong lehnte sich entspannt zurück. »Ich hab Lothrohs Computer noch mal gecheckt. Dabei habe ich eine interessante Entdeckung gemacht. Er benutzte eine bestimmte E-Mail-Adresse, wenn er als Sachverständiger tätig war. Für den privaten Schriftverkehr hatte er eine zweite Adresse. Und für die Nachforschungen als Kunstdetektiv besaß er noch einen dritten Account. In diesem Postfach habe ich heute einen Schriftverkehr zwischen ihm und einem Antiquar namens Berni Werg gefunden.«

Daher weht also der Wind, dachte Toni. Er hat sich nicht über das aufgeschlitzte Schwein lustig gemacht, sondern eine vielversprechende Spur entdeckt. »Ist Berni eine Abkürzung für Bernhard?«

»Nein, er heißt wirklich so.«

»Dann spann uns nicht weiter auf die Folter.«

»Lothroh hat sich nach einer Goldmünze erkundigt, die Werg im Internet angeboten hat, und wollte sie sich ansehen.«

»Moment mal«, sagte Toni. »Hatte Alvensleben, der Antiquitätenhändler, nicht Goldmünzen erwähnt, die zusammen mit dem Caspar-David-Friedrich-Gemälde in einem Bunker gesehen wurden und dann verschwunden sind?«

»Stimmt«, erwiderte Gesa. »Daran erinnere ich mich auch.«

»Das behalten wir mal im Hinterkopf«, sagte Toni und wandte sich wieder an Phong. »Ich dachte, dass ein Antiquar mit alten Büchern handelt.«

»Werg hat sich noch ein zweites Standbein aufgebaut und verkauft Devotionalien aus der deutschen Geschichte. Orden, Spangen, Dolche und Uniformen.«

»Nazikram?«

»Nicht nur. Auch aus dem Kaiserreich und der DDR. Er ist ziemlich breit aufgestellt.«

»So etwas soll gut laufen«, sagte Gesa. »Ich hab in einem Zeitungsbericht gelesen, dass es nicht nur in Deutschland, sondern auch im Ausland viele Sammler gibt.«

»Kannst du dir diese Störgeräusche aus dem Hintergrund mal verkneifen?«, platzte Phong heraus und wandte sich wieder an Toni. »Laut E-Mail-Verkehr wollte Lothroh am Montag vorbeikommen, um sich die Goldmünze anzusehen und eventuell zu kaufen. Das liegt zwar nach dem Todeszeitpunkt, aber er hat am Samstagmorgen um kurz nach zehn einen Anruf von einer Mobilnummer bekommen, die ich nicht zuordnen konnte. Sehr wahrscheinlich gehört sie zu einem Prepaidhandy. Derzeit ist es ausgeschaltet. Und jetzt hab ich eine Theorie.«

»Was für ein Wunderknabe!« Gesa warf vor gespielter Begeisterung die Hände in die Luft.

Toni blickte zwischen den beiden hin und her. »Lass hören.«

»Vielleicht war der Anrufer Berni Werg«, sagte Phong. »Vielleicht hat er den Termin von Montag auf Samstagabend vorverlegt.«

»Das ist wirklich eine tolle Theorie«, sagte Gesa. »Der Anrufer kann jeder gewesen sein. Wieso ausgerechnet der Antiquar?«

Phong blickte sie geringschätzig an. »Du würdest mir diese Frage nicht stellen, wenn du wüsstest, unter welcher Adresse man das Antiquariat findet.«

Toni verstand die Anspielung sofort. »Lindenstraße!«

»Bingo«, sagte Phong und lächelte selbstzufrieden.

»Sind Autos auf den Antiquar zugelassen?«, fragte Toni.

»Ratet mal.« Phong kostete die Situation voll aus.

Gesa lief rot an. »Wenn du noch länger eine solche Show abziehst, vergesse ich meine gute Kinderstube. Wir sind hier nicht bei einem Fernsehquiz.«

»Ein Smart und ein Lieferwagen«, sagte Phong.

Toni setzte sich kerzengerade hin. »Ist der Lieferwagen mit der Liste der Halter auf den Überwachungsvideos abgeglichen worden?«

»Dafür ist die da zuständig«, erwiderte Phong, ohne die Kollegin eines Blickes zu würdigen.

»›Die da‹ erledigt das gleich.« Gesa ließ sich die Kennzeichen nennen und eilte aus dem Raum. Sie blieb nur ein paar Minuten weg. »Negativ«, sagte sie. »Aber das muss nichts bedeuten.

Wenn er sich von der anderen Seite genähert hat, haben wir ihn nicht drauf.«

»Das ist bislang unsere beste Spur«, sagte Toni. »Gute Arbeit.«

»Einer muss die Ermittlungen ja voranbringen.« Phong seufzte, griff nach seinen Essstäben und tauchte ein Sushi-Röllchen in eine dunkle Soße.

Toni blickte verdutzt drein. So plötzlich fiel ihm kein passender Kommentar zu dieser überheblichen Aussage ein. Stattdessen stand er auf und öffnete das Fenster. Seitdem Gesa ihn auf Phongs Mundgeruch hingewiesen hatte, konnte er ihn nicht mehr ignorieren.

»Danke«, sagte die Kollegin. »Heute Morgen hab ich ihm ein Mundspray gegeben, aber er hat einen Riesenaufstand gemacht und will es nicht benutzen.«

»Aha.« Toni setzte sich wieder. »Hast du in der Zwischenzeit was rausgefunden?«

»Ich hab noch mal mit Lothrohs Schwester telefoniert«, erwiderte Gesa. »Sie hat mir erzählt, dass er oft ein Notizheft bei sich führte, in das er wichtige Eintragungen vorgenommen hat.«

»Das hat der Täter möglicherweise verschwinden lassen, um nicht in Verdacht zu geraten.«

»Kann sein. Es kann aber auch sein, dass Lothroh es irgendwo versteckt hat. Bei seinen Recherchen war er ja ein ziemlicher Geheimniskrämer.«

»Du musst dir endlich seine Wohnung vornehmen.«

Gesa nickte. »Hab ich nicht vergessen. Das kommt als Nächstes dran. Warum sich Lothroh um Ex-Knackis kümmerte, konnte seine Schwester nicht sagen. Sie vermutet, dass es sich zufällig ergeben hat. Der Bewährungshelfer, der die Kontakte vermittelt hat, wusste auch nichts Genaues. Er war einfach nur dankbar, dass er einen so fleißigen Helfer hatte. Mit der Sichtung der Verkehrsüberwachungsvideos bin ich durch. Keine weiteren Auffälligkeiten. Die Jet-Tankstelle hab ich heute Morgen gecheckt und die Videoaufzeichnungen angeschaut. Lothroh hat dort tatsächlich Diesel gezapft und mit seiner EC-Karte bezahlt.

Von der Tankstelle muss er direkt in die Lindenstraße gefahren sein. Vom zeitlichen Ablauf würde es perfekt passen.«

»So langsam füllen wir die Lücken«, sagte Toni und blickte immer noch verstimmt zu Phong. »Find heraus, ob es in der Lindenstraße Kameras oder Videoüberwachung gibt. Uns interessiert der Zeitraum nach dem Ziehen des Parktickets, also nach neunzehn Uhr einundfünfzig. Wenn wir mit Bildmaterial beweisen können, dass Lothroh das Antiquariat kurz vor seinem Tod betreten hat, hätten wir genug für einen Durchsuchungsbeschluss zusammen. Hast du Clarissa Menke überprüft?«

Phong nuschelte etwas vor sich hin, tunkte eine neue Sushi-Rolle ein und schob sie sich in den Mund.

»Wie bitte?«, fragte Toni.

»Noch nicht.«

»Und wieso nicht?«

Plötzlich hob Phong den Kopf und schob seine getönte Brille den Nasenrücken hoch. »Ach, Toni. Clarissa Menke! Ich bitte dich. Was soll das denn bringen?«

»Hast du das Alibi von Klaus Seek überprüft? Hast du die Gerichtsunterlagen zu dem Unterschlagungsfall angefordert?«

»Nee.«

Toni spürte, wie sein Wutpegel weiter stieg. »Muss ich dir einen Grundkurs in kriminalistischer Arbeit geben? Wir dürfen uns nicht auf eine Spur versteifen, sondern müssen in verschiedene Richtungen ermitteln, bis ein Treffer dabei ist. Das war schon das zweite Mal, dass du meine Anweisungen nicht befolgt hast. Ich bin dein Vorgesetzter. Hast du irgendein Problem mit der Hierarchie?«

»Jetzt übertreib doch nicht gleich. Während ihr durch die Weltgeschichte gondelt, muss jemand den Überblick bewahren.«

Toni spürte, wie eine Ader an seiner Schläfe pochte. In den Augenwinkeln sah er, dass Gesa ihn beobachtete. »Hör mir mal gut zu. Ich bin es, der den Überblick bewahrt. Wenn du weiterhin meine Anweisungen missachtest, werde ich zu disziplinarischen Mitteln greifen müssen. Versteh meine Worte als

Warnung. Und nimm endlich das verdammte Spray. Du stinkst aus dem Mund wie eine Kuh aus dem Arsch.«

Tief verletzt riss Phong die Augen auf und ließ die Essstäbchen fallen. Klirrend landeten sie auf der Tischfläche. »Toni?«, sagte er rau. »Du auch? Jetzt weiß ich wenigstens, dass ihr unter einer Decke steckt. Ihr habt euch gegen mich verschworen. Ihr seid so gemein.« Er sprang auf; der Stuhl flog nach hinten. Mit Tränen in den Augen stürmte er nach draußen.

Toni tat der Vergleich mit der Kuh bereits leid. Den blöden Spruch hätte er sich auch sparen können. Er war beleidigend und unangemessen. »Phong, warte!«

Gesa griff ihm in den Arm. »Jetzt rudere bloß nicht zurück. Er hat förmlich darum gebettelt, dass du ihm einen Kinnhaken verpasst. Lass ihn ziehen, er kriegt sich schon wieder ein.«

»Ich weiß nicht«, sagte Toni. Am Arbeitsplatz bevorzugte er einen sachlichen Umgangston. Er hasste es, wenn er sich zu solchen Bemerkungen hinreißen ließ. Die Ermittlungen durften nicht durch Befindlichkeiten beeinflusst oder sogar behindert werden. Dazu war ihr Job zu wichtig; dazu stand zu viel auf dem Spiel.

»Mich hat er auch provoziert«, sagte Gesa. »Hast du das nicht mitbekommen? Wer austeilt, muss auch einstecken können. Das lernt man schon im Kindergarten. Außerdem haben wir jetzt Wichtigeres zu tun, als uns um eine beleidigte Leberwurst zu kümmern. Wir müssen dem Antiquar einen Besuch abstatten. Wenn er mit drinsteckt, droht Verdunkelungsgefahr.«

30

Marie wachte durch das Geräusch der Seidenvorhänge auf, die sich aufbauschten und langsam über den Teppich zurückschleiften. Der Wecker zeigte an, dass es ein Uhr mittags war. Vorhin hatte sie sich hingelegt und eine knappe Stunde geschlafen.

Gähnend drückte sie ihr Kissen so zusammen, dass ihr Kopf erhöht darauflag. Jetzt sah sie durch die breiten Panoramafenster auf die Havel, die der grellen Sonne preisgegeben war. Ein voll beladenes Frachtschiff pflügte durch das graue Wasser und hinterließ eine weiße Schaumbahn.

Früher hatte sie furchtbare Angst gehabt, dass sie eines Tages so enden könnte wie ihr Mutter. Vielleicht war in ihrer DNA der Suizid vorprogrammiert, vielleicht würde sie irgendwann keinen anderen Ausweg wissen.

Wenn Marie sich mit solchen Überlegungen quälte, redete ihre Oma auf sie ein, dass sie ihre Lebenskraft eindeutig vom Vater geerbt habe. Sie meinte es gut, aber Marie war jedes Mal schockiert, dass sie mit dem Mann Ähnlichkeit haben sollte, der sich nie um sie gekümmert hatte.

Ihre Eltern fühlten sich wie blinde Flecke auf ihrer Seele an. Sie waren in ihrer Kindheit nicht da gewesen. Ihre Großmutter hatte alles versucht, um sie über die Leerstelle hinwegzutrösten. Meistens war es ihr gelungen, aber das Gefühl, unwichtig und bedeutungslos zu sein, war all die Jahre geblieben.

Und jetzt war der einzige Mensch, der sie jemals richtig wahrgenommen hatte, gegangen. Ihre Großmutter war sehr alt geworden. Es war eine Gnade, dass sie ohne Schmerzen eingeschlafen und nicht mehr aufgewacht war. Marie sollte dankbar für dieses Ende sein, aber es fühlte sich anders an. Es tat furchtbar weh.

Ihre Oma hatte immer auf sie aufgepasst. Vielleicht hatte sie jetzt von da oben organisiert, dass Toni ein Auge auf sie warf. Er schaffte es, dass Marie über sich hinauswuchs und ein Verhalten zeigte, das eigentlich gar nicht zu ihr passte. Sie hatte noch nie versucht, einen Mann zu verführen. Bisher hatte sie sich immer verführen lassen. Aber sie hatte herausfinden wollen, was zwischen ihnen war. Im Nachhinein war sie froh, dass sie nicht miteinander geschlafen hatten. Es hätte das zarte Band nur kaputtgemacht.

Schon bei ihrer ersten Begegnung hatte sie Zutrauen zu Toni gefasst. In der Art, wie er sie angesehen hatte, war eine solche Ruhe gewesen, dass sie ihm alles erzählen wollte. Seit langer Zeit hatte sie wieder auf ihr Gefühl vertraut und war nicht enttäuscht worden.

Seitdem er in ihr Leben getreten war, hatte sich viel verändert. Sie hatte erfahren, warum ihre Mutter sich umgebracht hatte und dass ihr Vater sein Handeln bereute. Außerdem hatte Toni ihr ein Gemälde gezeigt, auf dem ihre Großmutter zu sehen war. Warum hatte ihre Oma nie erwähnt, dass sie einem Maler Modell gesessen hatte? Warum hatte sie nie etwas von sich preisgegeben?

Erneut machte sich eine ungute Vorahnung in ihr breit, die sie schon seit vielen Jahren heimsuchte. Sie hatte oft gespürt, dass mit ihrer Familie etwas nicht stimmte, aber sie hatte diese Anwandlungen stets verdrängt. Sie hätte es nicht ertragen, wenn sie ihre Großmutter auch noch verloren hätte. Jetzt war vielleicht der richtige Zeitpunkt gekommen, um sich der Wahrheit zu stellen.

An Weiterschlafen war sowieso nicht mehr zu denken. Also kletterte sie aus dem Bett und trank etwas Wasser aus dem Hahn. Dann begab sie sich auf die Suche nach der Vergangenheit.

✳ ✳ ✳

Nervös streifte Marie durch das große Haus, das ihr immer Angst eingejagt hatte. In den Nächten knarrten die Dielen. Vom Dachboden hörte man beunruhigende Geräusche. Manchmal ein leises Trippeln, dann wieder ein Schleifen, das von irgendwelchen Kleintieren stammen musste. Wenn ein stürmischer

Wind durch das Gebälk pfiff, klang es so schauderhaft, als würde jemand um Hilfe rufen.

In den achtziger Jahren hatte ihre Großmutter die Außenfassade restaurieren und die Inneneinrichtung erneuern lassen. Die meisten Räume waren heller, freundlicher und femininer geworden. Nur die Eingangshalle und das Büro waren unverändert geblieben. So hatte sie das Andenken an ihren Ehemann bewahren wollen.

Marie betrat den finsteren Arbeitsraum ihres Großvaters und schaute sich um. Sie fragte sich, was man an diesen gezackten Kerzenständern und den Gemälden von historischen Schlachten finden konnte. Auch die Holzvertäfelung war so wuchtig und pathetisch, dass sie Beklemmungen auslöste. Die Einrichtung entsprach überhaupt nicht ihrem Geschmack, und irgendwann würde sie überlegen müssen, was mit den Möbeln geschehen sollte.

Aus den Regalen nahm sie verschiedene Aktenordner und sah sie durch. Sie stieß auf Rechnungen, Banksachen und Versicherungsunterlagen. Nichts Besonderes. Also setzte sie ihren Streifzug fort.

In der Bibliothek ließ sie sich an dem Kartentisch nieder und schaute auf die endlosen Bücherreihen. Hier hatte sie mit ihrer Großmutter deutsche Klassiker gelesen, die neuen Kletterrosen- und Hortensienzüchtungen abgezeichnet und ihnen lateinische Namen gegeben. Sie hatte ihre Oma als eine gütige, aufmerksame und gebildete Dame kennen- und lieben gelernt. Wer sie in jungen Jahren gewesen war, wusste Marie nicht.

Seufzend erhob sie sich und zog weiter in den Film- und Tanzsaal, wo sie sich ans Klavier hockte. Mit Tränen in den Augen spielte sie Stücke wie »Berliner Luft«, »O Theophil« und »Im Mondenschein mit dir allein«. Es waren Schlager, die ihre Großmutter geliebt hatte. Überhaupt hatte sie häufig Musik gehört.

Marie klappte den Deckel zu, sprang auf die angrenzende Bühne und drehte sich im Kreis. Hier hatten ihre Großmutter und sie Theaterstücke aufgeführt und alle Rollen unter sich aufgeteilt. Sie waren Schauspieler und Zuschauer zugleich gewesen und hatten ihre legendären Zweierpolonaisen durchs Haus gestartet. Es waren schöne und rührende Erinnerungen. Im Wohnbereich gab es nichts, aber auch rein gar nichts, was das liebevolle Andenken trüben konnte.

Marie wusste selbst nicht ganz, warum sie sich den Dachboden für zuletzt aufhob. Vielleicht, weil ihre Oma es nicht gerne gesehen hatte, wenn sie sich oben unbeaufsichtigt rumgetrieben hatte.

Die schmale, gewundene Treppe knarrte, als sie hinaufstieg. Nachdem sie die Tür aufgedrückt hatte, tastete sie in der Dunkelheit nach dem alten Schalter und drehte ihn, bis ein gelbliches Licht aus dem Gebälk rieselte und die Spinnweben sichtbar machte.

Es war wärmer als im restlichen Haus und roch nach altem Holz. Marie öffnete Kleiderschränke, Überseekoffer und Pappkartons, ohne etwas Interessantes zu entdecken. Eigentlich wusste sie gar nicht, wonach sie suchte. Sie wusste nur, dass sie heute keinen Raum dieser Villa aussparen würde.

So traute sie sich zum ersten Mal in eine kleine Kammer, die von dem schummrigen Licht kaum erreicht wurde. Im Halbdunkel erkannte Marie Töpfe, die mit Plastikfolien abgedeckt waren. Sie wollte sich gerade zu einer Weinkiste begeben, als sie unter ihren Füßen ein Knarren vernahm. Es kam von einem Dielenbrett. Sie trat noch einmal drauf, und das Ächzen ertönte erneut.

Mit pochendem Herzen kniete Marie sich hin und erkannte sofort, dass es nur lose zwischen zwei anderen Bodenhölzern lag. Zögernd rief sie sich ins Gedächtnis, dass sie noch zurückkonnte. Sie konnte einfach den Speicher verlassen und Toni sagen, dass sie nichts gefunden hatte. Noch hatten sich die dunklen Vorahnungen nicht bestätigt.

Eine Zeit lang hockte sie nur da, ohne sich zu regen. Schließlich überwog die Neugier. Sie hebelte das Brett heraus und entdeckte einen Hohlraum. Darin steckte ein Blechkasten. Marie griff nach ihm und starrte ihn lange an. Sie wusste, dass er alles verändern könnte. Trotzdem stemmte sie sich hoch und trug ihren Fund unter den Schein der Glühbirne. Dann hob sie den Deckel ab.

Im Inneren entdeckte Marie neben allerlei Krimskrams ein Foto, auf dem einige handgeschriebene Worte standen. Sie drehte den Kopf, um sie besser entziffern zu können, und schluckte hart. Es war eine persönliche Widmung, die ihre schlimmsten Befürchtungen noch übertraf.

31

Auf der Fahrt zum Antiquariat passierte Toni das Antiquitätengeschäft, in dem sie erst gestern gewesen waren. Die Ladenlokale lagen nur einen Steinwurf voneinander entfernt, und er fragte sich, ob die räumliche Nähe eine Rolle spielte.

Mangels eines Parkplatzes stellte Toni den Peugeot in einer Ausfahrt ab und marschierte in Begleitung von Gesa los. Ein leichter Wind fegte über den Bürgersteig, und die hohen Bäume spendeten Schatten. Auf der gegenüberliegenden Seite wurde ein Flügel geliefert. Einige Passanten waren stehen geblieben, um das edle Tasteninstrument zu bewundern. Toni bekam kaum etwas davon mit; das Jagdfieber hatte ihn gepackt.

»Du weißt, wonach wir suchen?«, fragte er.

»Einen Schlosserhammer, die Arzttasche von Lothroh und Blutspuren«, erwiderte Gesa. »Vielleicht auch Putzzeug oder Reinigungsmittel.«

Toni nickte. »Behalt ihn im Auge. Ich will nicht, dass er durchdreht. Und lass mich reden. Ich werde ihm ein bisschen einheizen.«

Toni ergriff die Messingklinke, öffnete die Tür und hörte eine elektrische Glocke, die irgendwo im Hinterzimmer schrill anschlug. Nacheinander betraten sie das Antiquariat, in dem es muffig roch. Vermutlich war länger nicht gelüftet worden. An den Wänden standen Holzregale, die prall gefüllt waren und bis unter die Decke reichten. Die Bände ganz oben konnte man mit einer Trittleiter erreichen. Ein klobiger Mahagonischreibtisch diente wohl zu Kassenzwecken.

Aus dem Hinterzimmer kam ein Mann mit einer Stirnglatze und einem grauen Haarkranz. Auf seiner Nase saß ein silbernes Brillengestell, das schon vor fünfzig Jahren altmodisch gewesen war. Die Gläser waren kaum größer als ein Fingernagel. Er trug einen weinroten Pullunder und eine ausgebeulte Cordhose, die von einer undefinierbaren Farbe war.

»Kann ich Ihnen behilflich sein?«, fragte er mit einer überraschend tiefen und voluminösen Stimme.

Toni zückte seinen Ausweis und stellte sich und Gesa vor. »Sind Sie Berni Werg?«

»Ja, der bin ich.«

Toni holte ein Foto von Helmut Lothroh heraus. »Kennen Sie diesen Mann?«

Der Antiquar warf einen Blick drauf. »Nie gesehen. Dürfte ich bitte erfahren, worum es geht?«

»Wir ermitteln in einem Tötungsdelikt. Besitzen Sie ein Prepaidhandy?«

»Ein Mordfall! Was für ein Mordfall? Wer ist denn umgebracht worden?«

»Die Fragen stelle ich. Also noch mal: Besitzen Sie ein Prepaidhandy?«

»Äh, nein. Nur das hier«, antwortete Werg und zog ein Smartphone aus der Hosentasche.

»Haben Sie am Samstagmorgen um kurz nach zehn mit einem Prepaidhandy telefoniert?«

»Ich hab doch schon gesagt, dass ich keins habe. Außerdem wäre das auch nicht möglich gewesen, denn ich –«

»Sie lügen!«

»Wie bitte?« Der Antiquar blickte hilfesuchend zu Gesa.

Die hatte ihr Pokergesicht aufgesetzt und wahrte einen Sicherheitsabstand von drei Schritten. Ihre Hand hielt sie unauffällig in der Nähe der Pistolentasche.

»Sie kennen den Mann auf dem Foto«, sagte Toni herausfordernd.

»Was? Dann zeigen Sie mir das Bild noch mal.« Werg tauschte die altmodische Sehhilfe gegen eine Lesebrille aus, die er an einer roten Schnur um den Hals trug. Gründlich studierte er die Aufnahme. »Ich kann mich beim besten Willen nicht an ihn erinnern. Falls ich ihm schon mal begegnet bin, hat er keinen bleibenden Eindruck hinterlassen. Das geht mir mit vielen Kunden so. Ich kann mir unmöglich alle Gesichter von den Leuten merken, die hier ein und aus gehen.«

»Haben Sie kürzlich renoviert?«, fragte Toni.

»Hier? Nein.«

»Wieso haben Sie ausgeschlossen, dass Sie am Samstagmorgen um kurz nach zehn mit einem Prepaidhandy telefoniert haben?«

»Erstens, weil ich keins habe. Und zweitens war ich um diese Uhrzeit in der Justizvollzugsanstalt Brandenburg. Mein Bruder sitzt dort wegen einer Steuersache ein, und ich hab ihn besucht. Sie wissen wahrscheinlich, dass man alle Telefone abgeben muss.«

Toni tauschte mit Gesa einen Blick aus. »Wir werden das überprüfen. Wo waren Sie am Samstagabend zwischen zwanzig Uhr und drei Uhr morgens?«

»Am Samstag? Da musste ich mal raus aus der Stadt. Nachdem ich meinen Mitarbeiter verabschiedet hatte, habe ich den Laden abgeschlossen und bin zu einem kleinen Hotel am Stechlinsee gefahren. Ich hab dort gegen fünfzehn Uhr eingecheckt und bin erst am Sonntagabend nach Hause gekommen.«

»Kann jemand bestätigen, dass Sie das ganze Wochenende da waren?«

»Ich weiß nicht. Ich gehe dort sehr gerne mit meinem Rucksack wandern. Abends habe ich am Ufer meinen Proviant verzehrt, aber am nächsten Morgen war ich im Frühstücksraum. Da habe ich mich mit einem netten Herrn unterhalten, der aus Stuttgart kam und seine Verwandtschaft besucht hat.«

Toni musterte ihn scharf. »Der Mann auf dem Foto heißt Helmut Lothroh. Er ist am Samstagabend einem Gewaltverbrechen zum Opfer gefallen. Er wollte sich am Montag mit Ihnen treffen, um sich eine Münze anzuschauen.«

»Ah«, machte der Antiquar und wechselte schnell seine Brille. »Jetzt verstehe ich, warum Sie glauben, dass ich ihn kenne. Wir haben E-Mails ausgetauscht, und Sie haben sich seinen Posteingang angeschaut. So sind Sie auf mich gestoßen. Ja, ein Mann wollte am Montag vorbeikommen, das stimmt. Ich erhalte so viele Zuschriften, die nie konkret werden und die ich gleich wieder vergesse, aber jetzt erinnere ich mich wieder an ihn.«

»Um was für eine Münze geht es?«

»Ich kann sie Ihnen zeigen, wenn Sie wollen.«

»Wir bitten darum.«

»Warten Sie«, erwiderte der Antiquar und ging in das Hinterzimmer, wo sich wahrscheinlich der Safe befand.

Toni gab Gesa ein Zeichen, und sie bewegten sich in unterschiedliche Ecken des Ladens, um den Boden zu begutachten. Selbst wenn die Fliesen gründlich gewischt waren, konnten sich in den Fugen Blutrückstände befinden.

»Was machen Sie da?«, fragte der Antiquar, der zurückgekehrt war.

»Ist sie das?«, erwiderte Toni, ging Werg entgegen und nahm eine kleine blaue Samtschachtel in Empfang, die er sogleich aufklappte. Als er die flache Goldmünze heraushob, war er von dem Gewicht überrascht. Auf der Vorderseite war ein Gebäude mit Walmdach abgebildet, darunter stand die Zahl 1939. Auf der Rückseite sah man einen See, der von Wald umgeben war. Darunter prangte der Spruch: ›Ein neues Haus, ein neuer Mensch‹. »Welches Gebäude ist das?«

»Das ist der Waldhof am Bogensee, den sich Joseph Goebbels in der Nähe der Ortschaft Lanke erbauen ließ. 1939 ist das Jahr der Fertigstellung. Der Spruch stammt von Goethe.«

»Wieso wurde die Münze hergestellt?«

»Das weiß ich nicht mit Sicherheit«, sagte der Antiquar. »Es ist jedenfalls keine offizielle Prägung des Dritten Reichs. Die Münze taucht weder in den Verzeichnissen noch in den Katalogen auf. Allerdings erwähnt Goebbels sie in seinem Tagebuch. Ich und einige andere Experten nehmen an, dass sie im Privatauftrag von Hermann Göring gefertigt wurde und in geringer Zahl, vielleicht zehn oder zwanzig Stück, aufgelegt wurde. Vermutlich hat Göring sie dem Propagandaminister zum Einzug geschenkt. Nach Zeitzeugenaussagen sollen sie sich in den letzten Kriegswochen in einem braunen Ledersäckchen befunden haben, das zusammen mit anderen Wertgegenständen im sogenannten Führerbunker gesichtet wurde.«

Toni tauschte mit Gesa einen vielsagenden Blick aus. »Warum

hätte Göring dem Propagandaminister ein so teures Geschenk machen sollen?«

»Da kann ich nur Vermutungen anstellen und die Eintragungen in Goebbels' Tagebüchern interpretieren.«

»Tun Sie das bitte.«

»Ich glaube, dass es dafür einen konkreten Anlass gab. Der Waldhof am Bogensee wurde in einem Naturschutzgebiet errichtet. Goebbels wollte aus Sicherheitsgründen ein großes Sperrgebiet einzäunen, das von Naturfreunden und Erholungssuchenden nicht mehr genutzt werden sollte. Die Naturschutzbehörde war dagegen, und es kam zum Streit. Die Angelegenheit fiel in den Zuständigkeitsbereich von Hermann Göring, der in seiner Funktion als Reichsforstmeister bestimmte, dass gegen den Bau generell nichts einzuwenden sei, dass das Sperrgebiet jedoch zu verkleinern sei, damit der Waldweg von Ützdorf nach Prenden öffentlich nutzbar bleibe. Mit dieser Entscheidung stellte er sich gegen die Wünsche des Propagandaministers. Man kann daher das Münzgeschenk als eine Art Wiedergutmachung verstehen. Wenn es sich so abgespielt hat, war die Geste sehr großzügig.«

»Wieso?«

»Göring hätte das nicht tun müssen, weil er damals viel mächtiger als Goebbels war. Vielleicht hätte er es auch gelassen, wenn er gewusst hätte, dass sich der Propagandaminister nicht an seine Anordnung halten und den Wanderweg trotzdem absperren würde. Erst im Januar 1940 fügte er sich.«

»Wieso wissen Sie so genau Bescheid?«

»Bei so ausgefallenen Devotionalien recherchiere ich sehr gründlich. Wenn ich die Provenienz eindeutig klären kann, wirkt sich das wertsteigernd aus. Ich bin mir sicher, dass diese Münze einen außergewöhnlichen Preis erzielen wird, der weit über dem reinen Materialwert liegt.«

»Wissen Sie, warum Lothroh Interesse an der Münze hatte?«

Werg zuckte mit den Schultern. »Es gibt viele Sammler für solche raren Stücke. Dabei gilt: je ausgefallener und seltener, desto begehrter. Ich hatte mal ein silbernes Zigarettenetui von

Göring, das aus seiner Zeit als Jagdflieger im Ersten Weltkrieg stammte. Er hat es als Auszeichnung für seine Abschüsse von seinem Kommandeur erhalten. Sie würden nicht glauben, was ein US-amerikanischer Sammler dafür hingeblättert hat.«

»Nein, das meine ich nicht. Helmut Lothroh war eigentlich auf der Suche nach einem Gemälde von Caspar David Friedrich, das ebenfalls in der Nähe des Führerbunkers gesichtet wurde und kurz vor Kriegsende spurlos verschwand. Wissen Sie etwas über den Verbleib des Ölbildes?«

»Friedrich, sagen Sie? Das klingt interessant. Wenn Sie wollen, kann ich mich mal umhören.«

»Tun Sie das bitte. Woher haben Sie die Münze?«

»Ein Mann hat sie mir verkauft. Er wusste bereits, dass sie aus Goebbels' Besitz stammte. Ich musste natürlich seine Angaben überprüfen.«

»Bitte geben Sie uns seinen Namen und die Anschrift. Darf ich mal Ihre Toilette benutzen?«

Der Antiquar beugte sich über seinen Schreibtisch, um in einem Notizbuch zu blättern und die gewünschten Informationen auf einen Zettel zu schreiben. »Sie befindet sich hinten links. Die kleine schmale Tür. Und passen Sie auf, dass Sie sich nicht den Kopf stoßen.«

Toni ging ins Hinterzimmer und schaute sich um. Überall stapelten sich Bücher. Auf dem Boden standen Umzugskartons, die ebenfalls mit Einbänden gefüllt waren. An den Wänden prangten Feuchtigkeitsflecke. Wahrscheinlich waren sie die Ursache für den muffigen Geruch. Hier war schon seit Jahren nicht mehr renoviert worden.

»Ich dachte, dass Sie auf Toilette müssen«, sagte der Antiquar und reichte ihm den Zettel. »Wonach suchen Sie eigentlich?«

Gesa trat zu ihnen.

Toni steckte das Papier ein. »Soweit wir wissen, haben Sie einen Transporter auf Ihren Namen zugelassen. Wir würden gerne einen Blick hineinwerfen.«

»Der Wagen ist nicht hier, er befindet sich bei meinem Lager in Bornim.«

»Wären Sie damit einverstanden, Fingerabdrücke nehmen zu lassen und eine Speichelprobe abzugeben?«

Die Tür ging auf. Offenbar kam Kundschaft herein. »Nein«, flüsterte der Antiquar. »Ich wäre Ihnen jetzt sehr verbunden, wenn Sie meinen Laden ohne Getöse verlassen würden. Es muss ja nicht jeder mitbekommen, dass Sie von der Polizei sind.«

Toni hatte keine rechtliche Handhabe, um das Gewünschte durchzusetzen. »Danke für Ihre Kooperationsbereitschaft«, sagte er und ging mit Gesa nach draußen.

Die hoch stehende Sonne blendete Toni, und er beschirmte die Augen mit einer Hand. Zwei Mütter mit ihren Kinderwagen kamen ihnen entgegen und beanspruchten die volle Breite des Gehsteigs. Toni machte ihnen Platz und fragte: »Was denkst du?«

»Der Anruf vom Prepaidhandy könnte von jedem gekommen sein und nichts mit dem Fall tun haben«, erwiderte Gesa. »Das hat Phong sich aus den Fingern gesogen, weil es so schön in seine Story passt. Trotzdem befindet sich Wergs Geschäft in der Lindenstraße, wo sich das Opfer mutmaßlich zuletzt aufgehalten hat. Das Ladenlokal ist durch die Schaufensterdekoration von außen nicht einsehbar, sodass es sich als Tatort eignen würde. Er hatte Kontakt mit dem Opfer, und sein Alibi ist löchrig. Er hätte locker zum Stechlinsee fahren, einchecken und am Nachmittag wieder zurückkehren können.«

»Also hältst du ihn für verdächtig?«

»Eigentlich hatte ich den Eindruck, dass er die Wahrheit sagt. Seine Körpersprache war offen und nicht ausweichend. Vielleicht hättest du ihn nicht so hart anpacken sollen. Dann hätten wir seine Fingerabdrücke und die Speichelprobe bekommen und ihn ausschließen können. So bleibt ein Rest Unsicherheit.«

»Hinterher ist man immer schlauer.« Toni trat an die Fahrerseite des Peugeots und sagte über das Autodach hinweg: »Lothroh hat den Parkschein um neunzehn Uhr einundfünfzig gezogen und starb gegen zwanzig Uhr. In ein paar Minuten kommt man nicht weit. Irgendwo in der Umgebung hat er seinen Mörder getroffen. Wir sind nicht zufällig hier, aber vielleicht übersehen wir etwas.«

In seiner Tasche spürte Toni den Vibrationsalarm seines Handys. Auf dem Display stand eine unbekannte Nummer. Er nahm den Anruf entgegen und sagte: »Hallo?«

»Hier ist Marie.« Ihre Stimme klang belegt. Sie hörte sich an, als würde sie gleich in Tränen ausbrechen. »Du hast gesagt, dass ich mich melden soll, wenn ich etwas finde. Du musst sofort herkommen.«

»Beruhig dich erst mal. Und dann erzähl mir in Ruhe, was los ist.«

»Es ist furchtbar. Das kann ich dir unmöglich am Telefon sagen.«

Toni schaute auf seine Armbanduhr. »Okay. In fünfundzwanzig Minuten bin ich bei dir.« Er unterbrach die Verbindung und sagte zu Gesa: »Tut mir leid. Du musst zu Fuß ins Kommissariat. Bitte überprüf zuerst das Alibi von Berni Werg. Wenn du damit fertig bist, gehst du in Lothrohs Wohnung und checkst jeden Quadratzentimeter. Vielleicht findest du sein Notizheft. Wir müssen unbedingt herausfinden, wer ihn mit der Suche nach dem Gemälde beauftragt hat. Ich fahre in der Zwischenzeit nach Kladow. Die Eigentümerin der Havel-Villa hat möglicherweise eine relevante Entdeckung gemacht.«

32

Toni folgte Marie durch die Eingangshalle in den großen Salon, wo sie sogleich auf einen Diwan sank und nach einem Rotweinglas griff. Sie hatte bereits reichlich getrunken. Eine Bordeauxflasche lag geleert auf dem Parkettboden, eine andere stand noch auf dem Beistelltischchen, aber neigte sich dem Ende zu. Offenbar bekämpfte sie ihre Probleme mit Promille. Ein Verhalten, das er gut kannte und das zu nichts Gutem führte. Eine entsprechende Bemerkung verkniff er sich. Nur wenige Menschen entwickelten ein Alkoholproblem wie er.

Toni hatte schon beim Eintreten gesehen, dass sie in einer schlechten Verfassung war. Einige Haarsträhnen hatten sich aus ihrem Haarband gelöst und standen wirr vom Kopf ab. Ihre Augen sahen verheult aus, und auf ihren Wangen hatten sich rote Flecken gebildet, die ebenfalls ihre innere Erregung verrieten.

»Schau es dir an«, sagte sie, zeigte auf eine Blechkiste und wandte den Kopf ab, als könnte sie den Anblick nicht ertragen.

Toni nahm das Behältnis, das ungefähr so groß wie ein Schuhkarton war, in die Hände und bewegte es leicht hin und her. Im Inneren stießen mehrere Gegenstände gegen die Seitenwände. Endlich hob er den Deckel ab und legte ihn zur Seite.

»Das Foto«, sagte Marie. »Die Abzeichen, Broschen und Münzen sind unwichtig. Schau dir nur das Foto an.«

Toni hob ein Schwarz-Weiß-Bild heraus, das eine elegante Frau von der Taille aufwärts zeigte. Sie war im Stile der dreißiger oder vierziger Jahre gekleidet und lächelte melancholisch in die Kamera.

»Weißt du, wer das ist?«

Toni war bestimmt kein Geschichtsfreak, aber er hatte genügend Dokumentationen im Fernsehen gesehen, um sie zu erkennen. »Das ist Magda Goebbels.«

»Richtig. Entscheidend ist nicht, wer sie ist, sondern vielmehr, was sie auf das Foto geschrieben hat. Kannst du es entziffern?«

»Da steht: ›Schwanenwerder, Februar 1945. Für meine treue Freundin Lydia. In tiefer Verbundenheit, Magda Goebbels‹.«

Marie trank das Glas in einem Zug aus und schenkte sich nach. »Ich habe immer geahnt, dass mit meiner Familie etwas nicht stimmt. Mein Onkel ist Militärhistoriker und schiebt Stalin die Schuld am Zweiten Weltkrieg zu. Er bezweifelt, dass der Holocaust in den Geschichtsbüchern richtig dargestellt wird, und musste sich sogar vor Gericht verantworten. Nur seinem Anwalt ist es zu verdanken, dass er nicht zu einer Gefängnisstrafe verurteilt wurde. Meine Tante vertritt völkische Ideen und spendet für Organisationen am rechten Rand größere Summen. Beide haben nie mehr als das Allernötigste mit mir geredet. Von den Geschwistern war nur mein Vater politisch gemäßigt. Er ist ein Wirtschaftsliberaler.«

Toni legte das Foto zurück in die Blechkiste. »Dass deine Großmutter mit Magda Goebbels befreundet war, muss nicht heißen, dass sie in irgendwelche Verbrechen verstrickt war.«

»Das sagst du so leicht, aber überleg doch mal. Mit diesem Hintergrund muss man ihr Verhalten in einem völlig anderen Licht sehen. Wahrscheinlich hat sie das Anwesen nie verlassen, weil sie nicht entdeckt werden wollte. Wahrscheinlich hatte sie etwas zu verbergen. Vielleicht fürchtete sie sich sogar vor einer Strafverfolgung.«

»Wenn gegen deine Großmutter ermittelt worden wäre, hätte man sie hier gefunden. Der Name deines Großvaters war allgemein bekannt.«

»Sie hat seinen Nachnamen bei der Heirat angenommen. Wer weiß, was sie unter ihrem Geburtsnamen verbrochen hat. Sie hat ihn nie erwähnt. Nicht mal ich kenne ihn. Eine Geburtsurkunde oder einen Standesamtregisterauszug habe ich vergeblich gesucht.«

»In dieser Hinsicht brauchst du nicht lange im Ungewissen zu bleiben. Das findet mein Kollege schnell heraus. Er ist in diesen Recherchen sehr versiert.«

»Toni, selbst wenn nicht gegen sie ermittelt wurde, kann ich einfach nicht fassen, dass sie eine Vertraute von Magda Goebbels war. Kennst du die Geschichte dieser Frau? Nur wenige Tage vor Kriegsende hat sie ihre Kinder getötet. Wer weiß, in was sie sonst noch verwickelt ist?«

33

Schwanenwerder, 1945

Lydia war im vergangenen Jahr mehrmals bei Magda Goebbels zu Gast gewesen. Die Treffen häuften sich noch, als sie und ihre Kinder wegen der näher rückenden Ostfront vom Waldhof am Bogensee in die Villa auf Schwanenwerder umzogen, die nur wenige Kilometer von den Ufa-Studios in Babelsberg entfernt lag.

Zwischen den Frauen hatte sich ein Verhältnis entwickelt, das auf gegenseitiger Sympathie beruhte und das sicher für einen weiteren Karriereschub gesorgt hätte, wenn die Verhältnisse es zugelassen hätten. Sie sprachen offen über Dinge, die ihnen wichtig waren. Ihre Begegnungen fanden im privaten Rahmen statt. Auch heute saßen sie am Esstisch und spielten eine Partie Zank-Patience.

Magda Goebbels legte eine Karte ab, zog an ihrer Zigarette und trank einen Schluck Cognac. Sie hatte stark an Gewicht verloren. Dunkle Ringe beschatteten ihre Augen. In den Mundwinkeln hatten sich tiefe Furchen gebildet. Trotzdem war sie nach der neuesten Mode gekleidet, sie war parfümiert und hatte roten Lippenstift aufgetragen. Während sie einen Buben und eine Zehn ablegte, sang sie leise die Strophen aus der Oper »Orpheus und Eurydike« von Christoph Willibald Gluck vor sich hin: »Ach, ich habe sie verloren, / all mein Glück ist nun dahin! / Wär, o wär ich nie geboren, / weh, dass ich auf Erden bin!«

Lydia konnte diese trübsinnigen Zeilen nicht mehr hören. Zu oft waren sie auf dem elektrischen Grammophon gespielt worden. Die allgemeine Lage war schon schlimm genug, da musste man sie nicht zusätzlich dramatisieren. Sie überlegte, ob sie eine entsprechende Bemerkung machen sollte, als Magda plötzlich aufsah und sagte: »Habe ich dir schon erzählt, dass ich einmal bei einer Zigeunerin war?«

»Du?«

»Sie hat mir aus der Hand gelesen und geweissagt, dass ich zwischen vierzig und fünfundvierzig Jahren eines unnatürlichen Todes sterben würde.«

»Ach, darauf darfst du nichts geben. Ich war auch mal bei einer Kartenlegerin. Sie hat mir prophezeit, dass ich ein Star werden würde. Zehn Minuten hat die Sitzung gedauert, und die Gute hat so viele Allgemeinheiten von sich gegeben, dass irgendetwas zutreffen musste.«

Magda sah sie skeptisch an. »Damals habe ich sie nicht ernst genommen. Mit ihrer Glaskugel, den Räucherstäbchen und dem ganzen Brimborium wirkte sie lächerlich. Aber in letzter Zeit muss ich häufig an sie denken. Glaubst du an ein Leben nach dem Tod?«

Lydia war an der Reihe, sie griff nach ihrem Kartenstapel und begann mit dem Ablegen. Derartige Fragen hörte man in diesen Tagen überall. Die Russen näherten sich Berlin. Presse und Rundfunk berichteten von ihren Gräueltaten, um die Kampfmoral der Truppen zu stärken. Die Bevölkerung hatte schreckliche Angst, den Bolschewisten in die Hände zu fallen. Natürlich fürchtete sich auch Lydia vor dem Tod, aber sie wollte sich nicht mit ihm beschäftigen. Zum einen, weil ihr die Zeit fehlte. Im vergangenen Jahr hatte sie ständig vor der Kamera gestanden und brauchte ihre ganze Konzentration, um die Rollen einzustudieren. Zum anderen, weil sie solche Überlegungen für sinnlos hielt.

»Wenn es einen Himmel gibt«, sagte sie, »werde ich froh sein, dass ich meine Geschwister wiedersehe, und wenn es keinen gibt, dann habe ich wenigstens keine Zeit mit Gedanken an den lieben Gott verschwendet. Ich lass mich überraschen.«

Magda schenkte sich zitternd Weinbrand nach. Sie wirkte sehr niedergeschlagen, als sie flüsterte: »Ich glaube an die Wiedergeburt. Wir alle sterben ja nicht. Wir gehen durch ein nur scheinbar dunkles Tor ins nächste Leben.«

»Das wäre schön«, erwiderte Lydia und bemühte sich um einen sanften Tonfall. Ihre ehrliche Ansicht behielt sie für sich. Sie nahm auch nicht an, dass Magdas Hinwendung zum Buddhismus einer tiefen religiösen Überzeugung entsprang. Vielmehr erschien es wie eine Flucht, die ihre Sorgen dämpfen sollte.

Lydia kannte sie mittlerweile gut. Die bewundernswerte Erscheinung, die man in den Wochenschauen vorgesetzt bekam, war nur das künstlich geschaffene Idealbild der deutschen Mutter. Dahinter verbarg sich ein Mensch, der an Schwermut, Herzproblemen und einer Nervenerkrankung der rechten Gesichtshälfte litt. Die jahrelangen Demütigungen durch ihren Mann, der erstickte Ärger und die drohende Kriegsniederlage hatten sie zermürbt. Sie war einsam. Nur die langjährige Freundin Ello Quandt hielt zu ihr.

Magda begegnete ihrem seelischen Verfall, indem sie im Luxussanatorium »Weißer Hirsch« bei Dresden kurte und sich mit Schnaps betrank. Außerdem hatte sie sich in den Staatssekretär Dr. Werner Naumann verguckt. Natürlich war die Geschichte einseitig und völlig aussichtslos. Der viel jüngere Mann war vergeben. Trotzdem verfasste Magda gefühlvolle Verse und sandte sie ihm ohne Absender und Unterschrift zu. Es hatte fast den Anschein, als wäre sie mit ihrer backfischhaften Verehrung aus der Zeit gefallen.

Als jemand anklopfte, nahm Magda eine aufrechte Haltung an und rief: »Herein.«

Die Tür öffnete sich. Es war der Chauffeur. »Der Wagen steht bereit, gnädige Frau. Wenn Sie möchten, können wir aufbrechen.«

»Ich komme«, rief Magda eifrig, drückte ihre Zigarette aus und wandte sich an Lydia: »Die Nummer liegt neben dem Telefonapparat. Ruf an, wenn etwas ist.«

»Was soll schon sein?«, erwiderte Lydia und erhob sich ebenfalls. »Sorg dich nicht. Die Kinder sind gut bei mir aufgehoben.«

»Wenn ich aufgehalten werde, lasse ich dir eine Nachricht zukommen.«

Lydia nickte und schaute Magda nach, die aus dem Raum eilte. Sie wollte nach Berlin fahren, um bei ihrem Ehemann zu sein. Es war ihr egal, dass die Strecke erhebliche Gefahren barg. Einstürzende Bauten und Bombenangriffe hielten sie nicht ab. Zurzeit suchte sie häufig seine Nähe. Jahrelang hatten die Goebbels sich voneinander entfernt und sich gegenseitig verletzt. Jetzt saßen sie zusammen im Luftschutzbunker, hielten sich an den Händen und sprachen sich Mut zu. Magda hatte erzählt, dass sie sich ihm noch nie so nah gefühlt habe.

Lydia konnte nicht begreifen, wie man sein Herz an einen Mann wie den Reichsminister verschenken konnte. Auch verstand sie das wechselhafte Verhalten der Eheleute nicht, aber das musste sie auch nicht. Sie war hier, um sich um die Kinder zu kümmern. Beide Erzieherinnen hatten freibekommen, um persönliche Dinge zu regeln. Angesichts des russischen Vormarschs trafen viele Menschen letzte Vorkehrungen.

Lydia hatte beschlossen, dass sie mit dem Fahrrad westwärts fahren würde, bevor die Reichshauptstadt eingekesselt wurde. Wenn sie jeden Tag fünfzig bis sechzig Kilometer schaffte, konnte sie sich schnell aus der Gefahrenzone bringen. Ihre Freundin Vreni würde sich weiter in der Wannseevilla verstecken. Sie wollte verhindern, dass sie in den letzten Tagen des Dritten Reichs noch der Gestapo in die Hände fiel. Nur mit ihrem Bruder musste Lydia sich noch was überlegen. Er kämpfte irgendwo im Oderraum und durfte nicht auch noch fallen.

Lydia griff nach ihrem Pelzmantel, der über der Stuhllehne hing, und setzte ihre Mütze auf. Nachdem sie sich mit einem Schal und Fäustlingen ausgerüstet hatte, verließ sie den Salon durch die Terrassentür.

Draußen war es klirrend kalt, ihr Atem warf weiße Wolken. Schneefälle hatten die Bäume, die Büsche und den Rasen mit einer weißen Schicht überzogen. Unter ihren gefütterten Stiefeln knirschte es, als sie hinunter zum Ufer stapfte, wo die Kinder ein Iglu bauten. Mit ihren Händen schoben sie einen weißen Haufen zusammen und begossen ihn mit Wasser, damit das Dach gefror. Sie schaufelten einen Eingang und höhlten das Haus aus.

»Ihr seid ja weit gekommen«, sagte Lydia.

»Jaha«, schrie der neunjährige Helmut fröhlich und beugte sich hinab, um einen Schneeball zu formen. Der größte Wunsch des Jungen war es, Untergrundbahnschaffner zu werden. Lydia wusste, dass er seinem Vater zu weich und zu träumerisch war. Vielleicht mochte sie den Knaben deshalb so gerne.

Als sie von der Kugel getroffen wurde, rief sie: »Na warte!«

Schon entbrannte eine Schneeballschlacht, an der sich alle Kinder beteiligten. Obwohl die Charakter- und Altersunterschiede beträchtlich waren, konnten sie gut miteinander spielen. Vermutlich lag es daran, dass sie nur selten die Gelegenheit bekamen, gleichaltrige Gefährten zu finden.

Helga war mit ihren zwölf Jahren die Älteste. Sie war der Liebling des Führers und spielte sehr schön Klavier. Vom Naturell war sie eher nachdenklich. Ihre Äußerungen ließen erahnen, wie viele Gedanken sie sich machte. Die zehnjährige Hilde war ein hübsches Mädchen, das gerne weiße Schleifen in ihrem dunkelblonden Haar trug. Die siebenjährige Holde war die Ruhigste und zeigte eine große Anhänglichkeit gegenüber ihrem Vater. Die sechsjährige Hedda hatte erklärt, dass sie einen SS-Adjutanten heiraten wolle, weil er ein so beeindruckendes Glasauge habe. Die vierjährige Heide war sehr tierlieb. Meistens sah man sie in Begleitung einer kleinen Katze oder des Dackels, der ihr überallhin folgte.

Während Lydia mit den Kindern durch den Schnee tollte, dachte sie, dass sie eines Tages, wenn keine Filmangebote mehr kommen würden, auch eine so große Familie haben wollte. Dann fiel ihr ein, dass es nicht die richtige Zeit war, um Zukunftspläne zu schmieden.

»Jetzt ist es gut«, sagte sie keuchend. »Lasst uns lieber weitermachen, sonst werden wir nicht rechtzeitig fertig, bis es dunkel wird.«

Eine halbe Stunde später waren alle Kinder mit Bauarbeiten beschäftigt, als ein dumpfes Grollen ertönte, das den Himmel zu zerreißen drohte. Lydia stellte sich an die Wasserkante. Sie schaute über den bleiernen Fluss. Die Ufer verloren sich in der Dämmerung. Vom Grunewaldturm sah man nur noch einen schmalen Schemen, der aufragte wie ein dunkler Soldat.

»Was war das?«, fragte Helga. Unter ihrer Wollmütze lugten die Zöpfe hervor.

»Ein Gewitter vielleicht«, erwiderte Lydia.

»Nicht zu dieser Jahreszeit. Sag mir die Wahrheit.«

Lydia senkte die Stimme, damit die kleineren Geschwister sie nicht hören konnten. »Ich weiß es nicht. Vielleicht die Sprengung einer Ruine oder Geschützlärm. Es kann sein, dass der Wind ihn herübergetragen hat.«

»Dann muss die Front schon nah sein. Meine Mutter sagt, dass Onkel Adolf die Russen zurückwerfen wird, aber ich glaube nicht daran. Wenn er es tatsächlich könnte, hätte er es längst getan und nicht so lange gewartet, bis sie deutschen Boden betreten hätten.«

Lydia war der gleichen Meinung wie die Zwölfjährige, aber sie schwieg lieber. Eine unbedachte Bemerkung konnte arglos weitergetragen werden und sich zu einer Lebensgefahr entwickeln. Schweigend standen sie da. Die Kälte kroch durch die Ritzen der Kleidung.

»Wohin gehen wir, wenn der Krieg verloren ist?«, fragte Helga.

»Was meinst du?«

»Na, meine Eltern und wir Kinder. Fahren wir zum Obersalzberg? Dort ist es so schön im Sommer. Da könnten wir wohnen.«

Lydia spürte, wie sich ihr Hals zuschnürte. Mit zusammengepressten Lippen betrachtete sie das aufgeweckte Mädchen, das auf eine Antwort wartete. Wenn die Russen Magda und Joseph Goebbels in die Hände bekämen, war ihr Leben keinen Pfifferling mehr wert. Die Bolschewisten waren wie wilde Tiere, die sich in der Reichshauptstadt austoben würden.

Helga hatte sie beobachtet und wirkte plötzlich uralt. »Muss ich auch sterben?«

»Nein«, erwiderte Lydia sofort und nahm das schmale Kindergesicht zärtlich zwischen die Hände. »Nein, meine Kleine. Wie kommst du denn darauf? Deine Eltern würden nie zulassen, dass dir etwas zustößt. Sie lieben dich und werden alles tun, um dich zu beschützen.«

34

Am nächsten Morgen stand Toni im Hotel »Am Jägertor« am Frühstücksbüfett und lud sich Bratwürstchen, Speck und Tomatenscheiben auf den Teller. Hinter ihm drängelten die anderen Gäste und warteten darauf, dass sie an die Reihe kamen. Toni ließ sich nicht hetzen. Komischerweise hatte er sich in Herbergen, an Bahnhöfen und Flughäfen immer frei gefühlt, auch wenn es enger zugegangen war.

Toni setzte sich an den Tisch und trank von dem Orangensaft. Gestern Abend hatte er Marie gegen neunzehn Uhr verlassen, weil er eine Pause gebraucht hatte und allein sein wollte. Er wäre nur geblieben, wenn ihr Zustand Anlass zur Sorge gegeben hätte, aber das war nicht der Fall gewesen. Nachdem sie alle Befürchtungen losgeworden war, hatte sie stabiler gewirkt und nicht mehr getrunken.

Auf der Heimfahrt fand Toni heraus, dass die Spurensicherung die Arbeit im Hausboot unterbrochen hatte, weil sie zu einem vorrangigen Tatort abgezogen worden war. Nach dem langen Arbeitstag hätte er ohnehin keine Lust gehabt, das Schweineblut aufzuwischen und für Ordnung zu sorgen. Dazu würde er am Wochenende noch genügend Zeit haben.

So mietete er sich spontan in diesem gehobenen Hotel ein, das auf dem Weg lag und seine finanziellen Möglichkeiten eigentlich überstieg. Er kam sich fast dekadent vor, als er sich in die frische weiße Hotelbettwäsche lümmelte und sich ein Filetsteak aufs Zimmer bestellte. Anschließend döste er bei einem Fußballspiel ein, das im Fernsehen übertragen wurde. Acht Stunden schlief er durch wie ein Stein, was für ihn eine Seltenheit war.

Jetzt ließ er sich die erste Mahlzeit des Tages schmecken und freute sich, dass er sich etwas gegönnt hatte. Er fühlte sich ausgeruht; sein Leben nahm eine positive Wendung. Neuerdings klammerte er sich nicht mehr an seine Ex-Frau und die gemeinsame Vergangenheit. Vielmehr ließ er sie los und erlaubte sich, neue Erfahrungen zu machen und Pläne zu schmieden. So überlegte er, ob er eine Fahrradtour unternehmen und auf dem Havel-Radweg über Werder bis nach Brandenburg fahren sollte.

Komischerweise musste er bei diesem Vorhaben nicht an Marie, sondern an Caren denken. Er wusste nicht, wie es um den sportlichen Ehrgeiz der Staatsanwältin bestellt war, aber möglicherweise hatte sie Lust, ihn zu begleiten. Mit ihr konnte er sich einen solchen Tag vorstellen. Ihr Verhältnis war unkompliziert, und sie war selbstbewusst genug, um es nicht persönlich zu nehmen, wenn er nicht so viel redete. Vielleicht sollte er sie heute Abend anrufen. Gut gelaunt biss er in sein Brötchen.

Nur der Irre, der bei ihm eingebrochen war, bereitete ihm Kopfzerbrechen. In den vergangenen Jahren war Toni öfter Anfeindungen, Drohungen und sogar körperlichen Angriffen ausgesetzt gewesen. Sie gehörten zu seinem Berufsalltag und konnten ihn nicht aus der Bahn werfen, aber Gesa hatte recht. Das aufgeschlitzte Schwein sprengte die bisherigen Dimensionen. Er würde sich vorsehen müssen, dass dieser Wahnsinnige ihm nicht irgendwo auflauerte.

Dreimal holte er sich Nachschub am Büfett, dann bekam er keinen Bissen mehr runter. Er putzte sich den Mund ab und knüllte die Serviette zusammen.

Die Arbeit rief.

In der Lobby wählte Tony die Nummer von Markus Stahlhuth. Der Mann hatte dem Antiquar die Goldmünze verkauft und nahm das Gespräch beim ersten Klingeln entgegen, so als hätte er neben dem Apparat gesessen. Nach seiner Stimme zu urteilen, war er schon älter.

Toni erklärte, dass Stahlhuths Name im Rahmen einer Mordermittlung aufgetaucht sei und dass er nicht unter Tatverdacht stehe, aber eventuell zur Aufklärung beitragen könne. Auf die folgenden Nachfragen blieb Toni sehr vage. Die Goldmünze erwähnte er gar nicht. Er wusste nicht, unter welchen Umständen Stahlhuth sie sich angeeignet hatte, und wollte ihn nicht verschrecken. Als Toni unvermittelt fragte, ob er ihn besuchen dürfe, willigte der ältere Herr ein.

Schnell unterbrach Toni die Verbindung. Das Telefonat war besser gelaufen, als er befürchtet hatte.

Gepäck hatte er keins dabeigehabt, also bezahlte er und begab sich auf direktem Weg zu seinem Peugeot, den er in der Hegelallee geparkt hatte. Er sah dem Treffen mit gespannter Erwartung entgegen. Die Goldmünze war für Lothroh nicht nur eine Fährte zu dem Caspar-David-Friedrich-Gemälde gewesen, sondern hing unter Umständen mit seinem gewaltsamen Tod zusammen. Bei der Aufklärung des Falls könnte sie eine wichtige Rolle spielen.

***

Auf der Autofahrt rief Toni Gesa an und wartete, bis sich sein Team zu einer Telefonkonferenz im Besprechungsraum versammelt hatte. Kurz berichtete er von der bevorstehenden Verabredung. »Sonst alles klar bei euch?«

»Alles bestens«, erwiderte Gesa. »Phong ist auf wundersame Weise geheilt. Jetzt futtert er kein rohes Fleisch mehr, sondern vertilgt süße Teilchen wie in seinen besten Zeiten. Seitdem wir hier sitzen, hat er schon vier Donuts mit Schokoglasur verdrückt.«

Toni runzelte die Stirn. Das Essverhalten des Kollegen wies bedenkliche Züge auf. »Phong, was ich dir gestern an den Kopf geworfen habe, tut mir leid. Wenn ich wieder im Kommissariat bin, reden wir in Ruhe.«

»Nein«, erwiderte Phong. »Es war gut, dass du mich angepflaumt hast. Ich hatte die Nase voll von dieser Steinzeitdiät. Das Eiweiß kam mir schon zu den Ohren raus. Erzähl lieber, was du gestern rausgefunden hast.«

Toni wusste bereits, wie es mit Phong weitergehen würde. Er würde sich mit Süßkram vollstopfen, wieder an Gewicht zulegen und nach dem Abflauen der ersten Euphorie in ein tiefes Loch fallen. Es war ein Teufelskreis, an dem Toni momentan nichts ändern konnte. Also erzählte er erst mal von den neuen Erkenntnissen.

»Die Frau auf dem Gemälde ist also eine Nationalsozialistin«, fasste Gesa die Ausführungen zusammen.

»Sie hat nicht nur ihr Gesicht verschleiert«, sagte Toni, »sondern jahrzehntelang die Öffentlichkeit gemieden. Ihre Enkelin befürchtet, dass sie in ein Kriegsverbrechen verwickelt sein könnte.«

»Nee«, erwiderte Phong. »Ihr wisst noch nicht, was ich rausgefunden habe. In Schweden hat sie unter dem Namen Lydia Bugalle geheiratet. Damals hat sie angegeben, dass sie deutscher Nationalität ist und am 17.2.1921 in Leipzig geboren wurde. Im Dritten Reich gab es eine Filmschauspielerin dieses Namens. Gleiches Geburtsdatum. Unter ihrem Künstlernamen Lydia Riefenberg war sie sehr bekannt und gilt als Goebbels' letzte große Filmdiva. Kurz vor der Kapitulation soll sie ums Leben gekommen sein. Der Leichnam wurde nie gefunden. Wenn sie es ist, würde es die Nähe zur Familie des Propagandaministers erklären.«

»Und wieso wollte sie auf dem Gemälde unerkannt bleiben?«, fragte Gesa.

»Wahrscheinlich aus demselben Grund, weshalb sie ihren Tod vorgetäuscht hat und untergetaucht ist«, sagte Phong.

»Moment mal«, wandte Toni ein. »Das sind Spekulationen. Wir vermuten lediglich, dass sie unerkannt bleiben wollte. Der Grund für ihre Verschleierung kann ein anderer sein. Und ob sie ihren Tod vorgetäuscht hat, wissen wir erst recht nicht. Die Verhältnisse bei Kriegsende waren völlig unübersichtlich. Zahlreiche Menschen wurden für tot gehalten, die quicklebendig wieder auftauchten oder unbemerkt irgendwo anders neu anfingen.«

Phong nutzte die kurze Rede, um seinen fünften Donut zu verschlingen. Er schluckte geräuschvoll. »Jedenfalls ist mir keine Schauspielerin des Dritten Reichs bekannt, die in ein Kriegsverbrechen verstrickt war, das strafrechtlich verfolgt wurde. An den schlimmsten antisemitischen Filmen wie ›Jud Süß‹, ›Die Rothschilds‹ oder ›Der ewige Jude‹ war sie auch nicht beteiligt.«

»Hast du Fotos von ihr gefunden?«, fragte Toni.

»Aber hallo! Sie war eine echt scharfe Braut.«

»Dann lass uns zunächst abklären, ob sie es wirklich ist. Sende ihrer Enkelin ein paar aussagekräftige Bilder zu. Ich schicke dir gleich die Mobilnummer. Sie wird ihre Großmutter erkennen, auch wenn sie auf den Aufnahmen siebzig Jahre jünger ist. Danach sehen wir weiter.«

»Alles klar«, sagte Phong. »Hinterher checke ich Clarissa Menke und den früheren Angestellten der Hellström AG, Klaus Seek. Sein Vater wurde wegen Unterschlagung verurteilt.«

»Der Antiquar Berni Werg war übrigens am Samstagmorgen tatsächlich in der Justizvollzugsanstalt Brandenburg«, sagte Gesa. »Der Anruf von dem Prepaidhandy kann nicht von ihm gekommen sein. Auch ist er in dem Hotel am Stechlinsee abgestiegen. Allerdings wurde er nach fünfzehn Uhr nicht mehr gesehen.«

»Das war zu erwarten«, meinte Toni. »Er hat uns ja bereits mitgeteilt, dass er auf einer langen Wanderung war. Die Suche nach jemandem, der seine Aussagen bestätigen kann, dürfte sich als schwierig erweisen. Wir verfolgen erst die anderen Spuren. Was macht Lothrohs Wohnung?«

»Ich habe gestern Abend angefangen, aber noch nichts Interessantes gefunden. Gleich gehe ich wieder hin. Ach, bevor ich es vergesse: Kriminalrat Schmitz hat uns eine Karte aus dem Urlaub geschickt.«

Toni verdrehte die Augen. Zwei Wochen war er vor der Ignoranz seines Vorgesetzten verschont geblieben. Beinahe hätte er ihn vergessen. »Warum musstest du seinen Namen erwähnen?«

»Jetzt stell dich nicht so an. Er meint es doch nur gut.«

»Meinetwegen. Ihr habt genügend zu tun, haltet mich auf dem Laufenden«, sagte Toni, beendete das Gespräch und sandte Phong Maries Mobilnummer.

Mit mieser Laune fuhr er durch Wannsee, aber von Kriminalrat Schmitz wollte er sich den Tag nicht verderben lassen. Also dachte er an seinen Urgroßvater, der ein Kriminologe der ersten Stunde und Verhörexperte gewesen war und hier gelebt hatte. Dr. Otto Sanftleben hatte populärwissenschaftliche

Bücher verfasst, die sich Ende des 19. Jahrhunderts großer Beliebtheit erfreut hatten. Aus Neugier hatte Toni die Werke in der Staatsbibliothek gelesen und war erstaunt gewesen, wie zeitlos sie waren.

Am Kreuz Zehlendorf bog er auf die A 115 Richtung Berliner City ab und beschleunigte den Wagen auf die zulässige Höchstgeschwindigkeit. Bald verließ er die Autobahn und passierte die Deutsche Oper, den Ernst-Reuter-Platz und die Siegessäule.

Als Marie anrief, nahm er das Gespräch sofort an. Aufgeregt schilderte sie, dass die Ufa-Schauspielerin auf den Fotos tatsächlich ihre Großmutter sei. Jetzt erinnere sie sich auch, warum ihr das Gemälde aus dem Museum Barberini so bekannt vorgekommen sei. Als Kind habe sie den Film »Das weite Meer« gesehen. Damals sei ihr nicht aufgefallen, dass die junge, hübsche Hauptdarstellerin ihre ergraute und faltige Oma war, die die ganze Zeit neben ihr gesessen hatte.

Marie hatte im Internet recherchiert. Sie war erschüttert, dass ihrer Großmutter eine Affäre mit Joseph Goebbels nachgesagt wurde.

»Wie konnte sie mit diesem Teufel nur ins Bett gehen?«, fragte sie und brach in Tränen aus. Erneut äußerte sie die Befürchtung, dass ihre Oma in irgendetwas Schlimmes verwickelt sein müsse.

Toni erklärte, dass sie erst die Ermittlungsergebnisse abwarten solle, bevor sie voreilige Schlüsse ziehe. Er redete beruhigend auf sie ein, bis sie halbwegs wiederhergestellt war.

Hinterher ärgerte er sich. Er hatte wider seine Überzeugung gesprochen und musste endlich aufhören, Marie zu schonen. Niemand, auch nicht er, durfte ihr die Wahrheit vorenthalten. Je länger er sie beschützte, desto tiefer würde sie fallen. Mittlerweile teilte er nämlich ihre Befürchtungen. Es kamen zu viele verdächtige Umstände zusammen. Sein Instinkt und seine langjährige Erfahrung als Kriminalist sagten ihm klipp und klar, dass ihre Großmutter eine schwere Schuld auf sich geladen hatte.

35

Toni ließ sich vom Navigationsgerät durch Berlin-Lichtenberg führen. Dabei bekam er zunehmend das Gefühl, dass ihm ein Wagen folgte. Schon auf der A 115 war ihm ein blauer Passat aufgefallen. Mehrmals schaute er in den Rückspiegel, um den nachfolgenden Verkehr zu beobachten. Das ominöse Fahrzeug tauchte aber nicht mehr auf. Beruhigt fand Toni an der Zieladresse einen Parkplatz. Er blieb sitzen, um sich kurz zu orientieren.

Markus Stahlhuth lebte in einem schmucklosen Hochhaus, das in unmittelbarer Nachbarschaft zur ehemaligen Stasizentrale lag. Einige Wohngebäude waren den Mitarbeitern des Ministeriums für Staatssicherheit vorbehalten gewesen. Dieser Komplex war mit hoher Wahrscheinlichkeit darunter, weil man von den oberen Stockwerken ins Herz des früheren Machtzentrums schauen konnte. Anschlagsversuche feindlicher Agenten waren zwar nicht überliefert, aber vermutlich war es wegen derartiger Sicherheitsvorkehrungen nie zu einem Zwischenfall gekommen.

Der Plattenbau wurde mittlerweile durch einen neuen Träger verwaltet. Viele damalige Mieter waren verstorben oder weggezogen; andere hatten ihre Apartments behalten. Wie viele ehemalige Mitarbeiter des MfS wohnten hier noch? War Markus Stahlhuth einer von ihnen? Und wenn ja – war er durch seine Tätigkeit in den Besitz der Goldmünze gelangt?

Toni musste sich darauf einstellen, dass er es mit einem Mann zu tun bekommen würde, der in Verhörtaktik geschult war und brisante Informationen nicht oder nur widerwillig herausrücken würde. Ein gewichtiges Druckmittel stand Toni nicht zur Verfügung. Also würde er sich auf seine Intuition verlassen müssen.

Im Eingangsbereich traf er auf eine korpulente Frau mit einer dunklen Kurzhaarfrisur. Sie stellte sich als Concierge vor und wies ihm hilfsbereit den Weg zu den Fahrstühlen. In vielen

Wohngebäuden mit hoher Mieterzahl war mittlerweile eine solche Servicekraft angestellt, die Pakete entgegennahm, die Briefkästen im Urlaub leerte und bei Notfällen aushalf.

In der achtzehnten Etage verließ Toni die Kabine und lief durch einen langen Gang.

Stahlhuth erwartete ihn in der offenen Wohnungstür. Er hatte eisengraue Haare, rote, entzündete Augen und einen leichten Buckel. Die Strickjacke und die Freizeithose schlotterten um seinen mageren Körper. Seine Finger wiesen starke Schwellungen und Knoten auf, die auf eine fortgeschrittene Rheumaerkrankung hinwiesen.

Toni bezweifelte, dass diese Hände den Stiel eines Schlosserhammers umklammern und einen tödlichen Schlag ausführen konnten. Selbst einfache Verrichtungen wie das Zähneputzen oder das Öffnen einer Flasche mussten ihm Schwierigkeiten bereiten.

Toni wies sich aus und wurde von Stahlhuth in das Innere der Wohnung gebeten, wo es nach frisch gebrühtem Kaffee duftete. Das Zweiraumapartment war so zweckmäßig eingerichtet, dass nur ein Junggeselle hier hausen konnte. Eine überquellende Bücherwand dominierte das Wohnzimmer. Durch die Fenster blickte man auf eine starre Wolkenmasse, die auf dem benachbarten Hochhaus lastete.

»Ich möchte gerne mit offenen Karten spielen und gleich zur Sache kommen«, sagte Toni und setzte sich an einen weißen Resopaltisch. »Mich interessiert die Herkunft der Goldmünze, die Sie dem Antiquar Berni Werg verkauft haben.«

Stahlhuth schaute überrascht drein. »Am Telefon haben Sie nichts davon gesagt.«

Toni zuckte mit den Achseln.

»Warum wollen Sie das wissen?«

»Das kann ich Ihnen gerne erklären. Das Mordopfer war Kunstdetektiv und auf der Suche nach einem Gemälde von Caspar David Friedrich, das am Ende des Zweiten Weltkriegs spurlos verschwand. Die Goldmünze soll von Zeitzeugen im Zusammenhang mit dem Bild erwähnt worden sein. Wenn der

Mann nicht getötet worden wäre, hätte er Sie vermutlich selbst aufgesucht und Ihnen die gleiche Frage gestellt.«

Stahlhuth bot seine verbliebene Geschicklichkeit auf, um ihnen Kaffee einzuschenken. Als es geklappt hatte, griff er zitternd nach einem Keks und tunkte ihn in die braune Brühe. Dabei hielt er den Kopf gesenkt. Es hatte den Anschein, als wollte er Zeit gewinnen. Wahrscheinlich überlegte er, was er preisgeben konnte.

Toni spürte, dass er auf der richtigen Fährte war. »Ich bin nicht an Eigentumsdelikten interessiert, die längst verjährt sind.«

Stahlhuth blickte ihn tadelnd an. »Ich bin kein Krimineller.«

»Das wollte ich Ihnen auch nicht unterstellen.« Toni entschloss sich, seine Worte sorgfältiger zu wählen. Er tappte im Dunkeln und ließ sich von einer Ahnung leiten. Die Behörde, die für die DDR-Regierungs- und Vereinigungskriminalität zuständig gewesen war, hatte ihre Arbeit längst eingestellt. Als Polizeibeamter unterlag er zwar einer Verfolgungspflicht, wenn er von einer Straftat erfuhr, aber er musste nicht päpstlicher sein als der Papst.

»Ein Mann wurde ermordet, und mir geht es um die Aufklärung seines Todes. Die Goldmünze könnte sich als wichtiger Mosaikstein entpuppen. Deshalb bin ich auf Ihre Hilfe angewiesen und möchte Sie bitten, keine Informationen zurückzuhalten. Gehe ich recht in der Annahme, dass Sie früher in der Normannenstraße gearbeitet haben?«

Stahlhuth lehnte sich in seinem Stuhl zurück und verschränkte die Arme vor der Brust. »Ja, Sie liegen richtig. Ich habe meine gesamte berufliche Laufbahn dem Ministerium gewidmet.«

»Welche Position haben Sie bekleidet?«

Stahlhuth lächelte dünn. »Früher hätte ich Ihnen spätestens zu diesem Zeitpunkt die Tür gewiesen. Mittlerweile fühle ich mich nicht mehr an die Geheimhaltungspflicht gebunden. Unter anderem, weil ich Krebs habe. Vielleicht bleiben mir noch drei oder vier Monate.«

»Tut mir leid.«

»Muss es nicht, junger Mann. Ich hatte Glück. Mir wurde die Gnade einer späten Geburt zuteil. Ich bin Jahrgang 1931 und musste nicht in den Krieg ziehen. Hinter mir liegt eine erfüllte Zeit, in der ich von meiner Tätigkeit überzeugt war. Ich habe Devisen beschafft und wollte helfen, dass der Faschismus nie wieder erstarkt. Lange hielt ich die DDR für den besseren Staat. 1962 arbeitete ich eigentlich als Abteilungsleiter der Hauptabteilung V/5, die gegen Terrorakte, Diversion, Attentate, Untergrundgruppen und Agentenzentralen eingesetzt wurde, als ich –«

»1962? Wieso erwähnen Sie gerade dieses Jahr?«

»Sagt Ihnen die Aktion ›Licht‹ etwas?«

»Nein, da muss ich passen.«

»Über sie wurde schon so viel geschrieben. Deshalb gebe ich keine Geheimnisse preis. Meine Beteiligung ist jedoch unerforscht, und so soll es auch bleiben. Aus diesem Grund möchte ich Sie bitten, mir Ihr Handy zu geben.« Stahlhuth streckte seine zitternde Hand aus.

Toni zögerte einen Augenblick, dann zog er sein Telefon aus der Jackentasche und überreichte es dem alten Mann, der hinüber zur Balkontür ging, sie öffnete und das Smartphone draußen auf den Boden legte. Hinterher setzte er sich wieder an den Tisch und fuhr mit seinem Bericht fort: »Am Samstag, dem 6. Januar 1962, durchsuchten wir landesweit Banken und Sparkassen nach Wertgegenständen, die vor oder während des Krieges deponiert und nach 1945 nicht mehr abgeholt wurden …«

»Meinen Sie etwa den Besitz von Juden, die von den Nazis getötet wurden?«

»Ja, das muss ich einräumen. Natürlich konfiszierten wir auch die Hinterlassenschaften von Republikflüchtlingen.«

»Da kam sicher einiges zusammen.«

»Das kann man wohl sagen. Ich habe die Aktion in Mielkes Auftrag geplant, und das gute Ergebnis überraschte uns beide. Meine Mitarbeiter stießen auf brillantenbesetzte Diademe, auf

Kunstwerke von Cranach, Dürer und Rembrandt, auf Handschriften von Goethe, Humboldt und Napoleon, auf mehrere Münz-, Briefmarken- und Porzellansammlungen und auf über tausend Sparbücher aus der NS-Zeit.«

Toni begriff, dass die Aktion »Licht« ein sorgfältig geplanter Raubzug war. Die Nazis hatten die Juden fast ausgeplündert; das MfS hatte sich den Rest unter den Nagel gerissen. Ein Unrechtsbewusstsein war bei Stahlhuth nicht feststellbar. »Was haben Sie mit den Funden angefangen?«

»Erklärtes Ziel der Aktion war die Devisenbeschaffung. Für mich war es die Feuertaufe. Ich bewährte mich und sollte weiter Fremdwährungen besorgen. Später wurde ich als Verhandlungsführer eingesetzt und erwirtschaftete Westmark durch die Veräußerung politischer Häftlinge an die Bundesrepublik.«

Auch diese Formulierung stieß bei Toni auf. Stahlhuth hatte mit der Ware Mensch gehandelt. Allerdings musste man ihm in diesem Punkt zugutehalten, dass die Transaktionen von den Gefangenen herbeigesehnt wurden und in der Praxis ihre Entlassung aus der Haft und die Übersiedlung in ein Land ihrer Wahl bedeuteten.

»Aber das nur nebenbei«, fuhr der alte Mann fort. »Wir hatten fähige Leute, die sich auf den freien Märkten auskannten. Sie boten die Objekte meistbietend an und nahmen reichlich Geld ein. Mielke und Ulbricht waren zufrieden.«

»Und die Goldmünze?«

»Sie wurde in einem Blockschließfach in der Kreissparkasse Saalfeld gefunden, das wir dem Republikflüchtling Hermann Thalbach zuordnen konnten. Neben der Münze fanden wir eine mit Diamanten besetzte Krawattennadel, goldene Manschettenknöpfe, verschiedene Siegelringe und ein Testament, das alle Gegenstände auflistete und das er mit seinem Namen unterschrieben hatte.«

»Sie waren doch bestimmt nicht vor Ort? Wieso wissen Sie das so genau?«

»Im Oktober 1962 wurde mir ein Übergabeprotokoll ausgehändigt, das alle Funde auflistete.«

»Und da interessierten Sie sich ausgerechnet für diese Gold-münze? Es waren doch sicher Werte dabei, die spektakulärer waren.«

Stahlhuth nickte. »Sie haben natürlich recht, aber dazu komme ich später. Hermann Thalbach gehörte im Krieg dem Führerbegleitkommando an. Zuletzt bekleidete er den Rang eines SS-Untersturmführers und war im Führerbunker einge-setzt. Nach eigenen Aussagen hat Goebbels ihm die Münze gegeben, damit er sich mit ihrer Hilfe zu Dönitz durchschlagen konnte. Das hat Thalbach gegenüber einem Journalisten erklärt, der ihn über die letzten Tage im Führerbunker interviewt hat. Ich bezweifle diese Version. Vieles spricht dagegen. Ich glaube eher, dass er sie gestohlen hat, aber die genauen Umstände lassen sich nicht mehr rekonstruieren.«

»Das beantwortet nicht meine Frage.«

»Ich muss etwas ausholen, damit Sie die Zusammenhänge besser verstehen. Die Suche nach dem Nazigold war ein Hobby von Erich Mielke, in das er viel Geld und Personal investierte. Im Laufe der Jahre fahndeten wir nach Görings geheimem Schatz, nach dem sagenumwobenen Bernsteinzimmer und nach vielen anderen Vermögenswerten. In meiner beruflichen Laufbahn habe ich mit Hunderten Nazis, Tippgebern und Zeitzeugen gesprochen und noch mehr Vernehmungsprotokolle, Auto-biografien und Erlebnisberichte gelesen. Mehrere Personen haben unabhängig voneinander ausgesagt, dass in den letzten Wochen ein Schatz im sogenannten Vorbunker gelagert wurde. Und von denselben Leuten wurden auch die Goldmünzen oder zumindest ein braunes Ledersäckchen erwähnt, in dem sie sich befunden haben.«

»Sie wussten davon?«

»Natürlich. Jeder, der sich intensiv mit den letzten Tagen im Führerbunker beschäftigt hat, hat von den geheimnisvollen Packsäcken und Sanitätskisten gehört, die in einer Nische in der Nähe des Kannenberggangs gestanden haben. In der Nacht vom 22. auf den 23. April wurden sie mit einem Lastwagen weggeschafft. Vermutlich zusammen mit den Goldmünzen.

Danach verliert sich die Spur. Es kann sein, dass sie ihren Bestimmungsort erreicht haben, dass sie bei einem Artillerie- oder Fliegerangriff zerstört wurden oder dass sie den Russen in die Hände fielen. Meine Mitarbeiter und ich haben jahrzehntelang gerätselt, wo die Wagenladung abgeblieben ist. Wir haben sogar ein Dorf in der Lausitz umgegraben.«

»Wissen Sie auch von dem Caspar-David-Friedrich-Gemälde?«

»Natürlich. Ein sehr schönes Werk, das aus einer jüdischen Sammlung stammt. Soweit ich mich erinnere, war der Eigentümer, ein gewisser Maximilian Goldbaum, dazu gezwungen, es für den lächerlichen Preis von zweihundert Reichsmark an einen Galeristen zu verkaufen. Ein Mitarbeiter von Goebbels stieß durch Zufall darauf und tauschte es gegen ein Bild von Carl Spitzweg ein, das er irgendwo anders geklaut hatte. Er schenkte die Küstenlandschaft mit dem Titel ›Zwei Ruderer am Meer‹ dem Propagandaminister zum Jahrestag der Machtübernahme, und der gab sie weiter an seine Frau.«

Toni machte sich ein paar Notizen.

Stahlhuth wartete, bis er fertig war. »Als mir 1962 die Liste vorgelegt wurde, hielt ich die Münze lediglich für eine seltene Prägung. Ich bekam sie nicht zu Gesicht und vergaß sie wieder, bis ich sie im Januar 1990 in den Händen hielt. Damals öffneten wir in der Ostberliner Staatsbank hundertzwölf Behältnisse, in denen sich Wertgegenstände befanden, die wir bei unserer jahrelangen Suche sichergestellt und nicht verkauft hatten. Ich erkannte das außergewöhnliche Motiv wieder, das in Zeitzeugenaussagen und in Goebbels' Tagebüchern beschrieben wurde. Ich war damals der Einzige, der die Bedeutung der Münze einordnen konnte. Also entschloss ich mich, sie und ein paar andere Stücke als Andenken zu behalten. Bei mir waren sie besser aufgehoben als bei irgendwelchen Amateursammlern, die sie für ein paar lumpige Mark ersteigert und für noch weniger Geld wieder verscherbelt hätten. Und falls Sie auf die Idee kommen, mir deshalb Schwierigkeiten zu machen, kann ich Ihnen gleich sagen, dass das aussichtslos ist.«

Toni verkniff sich einen Kommentar. »Wenn Ihnen die Stücke so viel bedeuteten, warum haben Sie sie dann verkauft?«

»Wissen Sie, wie hoch meine Rente ist?«

»Eher gering?«

Stahlhuth lächelte schmal. »Gering ist noch übertrieben. Ich bin Akademiker und habe einen Doktortitel. Ich habe über vierzig Jahre meinem Staat gedient und werde jetzt mit ein paar Euros abgespeist, die gerade für die Miete reichen. Die Kekse hier sind reiner Luxus und überhaupt nicht gut für mein Rheuma. Früher hab ich Pfandflaschen gesammelt und Prospekte ausgetragen, aber mit diesen Händen geht das nicht mehr. Ein paar alte Genossen unterstützen mich, damit ich nicht vor die Hunde gehe. Die Münze und die Juwelen hab ich verkauft, um mir ein Flugticket nach Moskau zu leisten. Ich hab immer davon geträumt, die Stadt zu besuchen. Ein ehemaliger russischer Kollege will mich herumfahren und mir alles zeigen. Es wird wohl meine letzte Reise werden.«

Toni stellte noch ein paar Fragen und bedankte sich schließlich für die Auskunftsbereitschaft, die unter den gegebenen Umständen nicht selbstverständlich war.

Stahlhuth verabschiedete ihn an der Tür. Er wirkte jetzt gelöster als zu Beginn ihrer Unterredung und rief ihm nach: »Viel Glück bei der Jagd!«

Toni drehte sich um. »Bei welcher Jagd?«

Stahlhuth lächelte geheimnisvoll. »Hat Sie das Fieber nicht gepackt? Oder haben Sie den Zusammenhang noch nicht verstanden? Wenn Sie das Friedrich-Gemälde und die Münzen finden, stoßen Sie auch auf das Nazigold.«

Hektisch wischte er die Blutlache auf, bis der rotbraune Fleck verschwunden war. Den Lappen schmiss er in den Müll, und den Eimerinhalt schüttete er ins Klo. Er rollte den Leichnam in Malervlies und klebte das offene Ende mit einem Tapeband zu, das nur schlecht hielt. Dann hob er den Toten hoch und stellte ihn auf die kleine Ladefläche der Sackkarre, die er schnell anschrägte. Glücklicherweise war Lothroh schmächtig, sodass er ihn bewegen konnte.

Die Türglocke hatte er vorsorglich abgeschaltet. Draußen hatte der Regen ausgesetzt. Das Pflaster der Brandenburger Straße glänzte feucht, die Luft roch frisch. Keine Menschenseele war zu dieser nächtlichen Stunde unterwegs. Vielleicht würde er doch noch davonkommen. Er packte die Handgriffe fester und beschleunigte seine Schritte. Er brauchte einen Plan. Noch hatte er keine Ahnung, wo er den Leichnam ablegen sollte.

»He«, rief da jemand. »He, warten Sie! Sie haben was verloren.«

Erschrocken drehte er sich um und sah, wie ein Polizist ihn verfolgte. In seiner Hand hielt er den Schlosserhammer. Das konnte nicht sein. Er hatte das Werkzeug in die Havel geschmissen. Niemand würde die Tatwaffe jemals finden.

»Der gehört mir nicht. Sie müssen sich täuschen. Lassen Sie mich in Ruhe«, schrie er und rannte so schnell, dass er das Loch übersah und voll hineinrauschte. Der Leichnam wurde von der Sackkarre katapultiert, drehte sich in der Luft und schlug dumpf auf dem Pflaster auf. Zu allem Überfluss rollte sich Lothroh auch noch aus dem Malervlies, sodass er frei zu sehen war.

»Oh nein«, sagte er, schlug sich die Hände vors Gesicht und schlug die Augen auf.

Sein Brustkorb hob und senkte sich. Er begriff, dass er wieder geträumt hatte. Trotzdem musste er sich nichts vormachen. Die

Ermittler waren ihm dicht auf den Fersen. Es war nur noch eine Frage der Zeit, bis sie ihn einsperren würden.

Warum quälte er sich noch? Warum machte er diesem Elend kein Ende?

Schluchzend ging er zu dem Schreibtisch, riss eine Schublade auf und zog den Revolver heraus. Vor dreißig Jahren hatte er ihn in einem Waffenkatalog bestellt. Er hatte nur kleine technische Veränderungen vornehmen müssen, um ihn voll funktionsfähig zu machen.

Der Griff lag schwer in seiner Hand. Die Trommel war geladen. Jetzt war die Zeit gekommen, um die Konsequenzen zu ziehen. Er schaute aus dem Fenster und setzte sich die kühle Mündung an die Schläfe.

Viel war nicht nötig. Er musste nur den Zeigefinger krümmen und seine Qualen beenden.

Worauf wartete er noch?

37

Von Berlin-Lichtenberg fuhr Toni auf direktem Weg zur Wohnung des Opfers in Potsdam-Bornstedt. Gesa hatte ihm eine Sprachnachricht geschickt, in der sie ihn informierte, dass sie dort auf etwas gestoßen sei, dass er sich unbedingt ansehen müsse.

Nachdem er die Stufen im Treppenhaus hochgestiegen war, öffnete sie ihm die Apartmenttür und begrüßte ihn mit einem Nicken. Sie machte einen abwesenden Eindruck, drehte sich weg und kehrte in den Büroraum zurück, wo es nach Arbeit aussah. In mehreren Reihen lagen Papierstapel und einzelne Blätter auf dem Fußboden.

»Bitte nichts durcheinanderbringen«, sagte Gesa. »Ich versuche gerade die Spur nachzuvollziehen, der Lothroh gefolgt ist.«

»Wo hast du die Unterlagen her?«, fragte Toni.

»Ich hab sie in drei Aktenordnern gefunden, die mit falschen Beschriftungen getarnt waren. Einer ist mir durch ein Missgeschick runtergefallen, sonst hätte ich vermutlich nie reingeschaut. Ich bin noch nicht durch, aber die Papiere geben Antworten auf entscheidende Fragen. Bei der Suche nach dem Gemälde hat Lothroh eine bewundernswerte Akribie an den Tag gelegt und in zahlreichen Archiven geforscht. Ich bin echt beeindruckt. Am besten fängst du oben links an.«

Toni holte sich einen Stuhl und griff nach einigen DIN-A4-Blättern, die mit einer Büroklammer zusammengeheftet waren. Oben stand der handschriftliche Titel: »Else Schmitt, Erzieherin der Goebbels-Kinder. Inoffizielles Gespräch mit dem MfS-Mitarbeiter ›Gojko‹ am 28.4.1981 in Westberlin.« Der gedruckte Text darunter war vermutlich die Transkription einer Tonbandaufnahme.

Toni las:

Ich heiße Else Schmitt, bin wohnhaft in der Goltzstraße und wurde am 13. November 1919 in Prenzlau geboren. Bis zum Dezember 1942 arbeitete ich in einer Berliner Kindertagesstätte, dann erhielt ich von der Nationalsozialistischen Volkswohlfahrt die Aufforderung, mich in einem privaten Haushalt zu melden. Zu meiner Überraschung empfing mich Frau Goebbels an der Tür. Ich war damals sehr schüchtern. Trotzdem hinterließ ich einen günstigen Eindruck und wurde eingestellt. In den folgenden zweieinhalb Jahren war ich für die drei älteren Kinder Helga, Hilde und Helmut zuständig. Die jüngeren Geschwister wurden durch eine andere Erzieherin betreut.

Am Morgen des 20. April 1945 sah ich die Kinder zum vorletzten Mal auf Schwanenwerder. Ich hatte zwei Tage freibekommen, um meine Eltern in Charlottenburg zu besuchen und ihnen Konservendosen zu bringen. Die Versorgungslage war schlecht. Wir hatten Angst vor den Russen und wussten nicht, ob wir uns wiedersehen würden. Am Sonntag, dem 22. April 1945, kehrte ich nach Schwanenwerder zurück. Dort sagte man mir, dass die Kinder in die Berliner Wohnung gebracht worden seien. Ich stand in einem vertraglichen Arbeitsverhältnis und wusste nicht, ob meine Dienste noch gebraucht wurden. Also machte ich mich mit dem Fahrrad auf den Weg in die Hermann-Göring-Straße, wo ich Näheres erfahren wollte.

An die Fahrt erinnere ich mich genau. In der Luft hing ein scharfer Brandgeruch, sodass ich mir ein Tuch vor den Mund hielt. Abgezehrte und verlumpte Gestalten schleppten sich durch die Straßen. In ihren Augen stand das blanke Entsetzen. Ich fragte mich, was diese Menschen auf ihrer Flucht erlebt hatten.

Damals hatte ich noch keine Ahnung vom Krieg. Als Erzieherin bei der Familie Goebbels ging es mir besser als den meisten Volksgenossen. Die Villen auf Schwanenwerder und am Bogensee lagen so weit vom Stadtzentrum entfernt, dass man von den Bombardierungen nicht viel *mitbekam. Auch hatten wir immer genug zu essen. Die Russen sollte ich erst ein paar Tage später kennenlernen. Wenn ich heute so darüber nachdenke, war es ein Wahnsinn, dass ich nach Berlin reingefahren bin. Ich hätte zu den Amerikanern fliehen sollen, dann wäre mir vieles erspart geblieben. Es war wohl das Pflichtgefühl, das uns von Kindesbeinen an eingetrichtert worden war. Anders kann ich mir mein Verhalten nicht erklären.*

Als ich das Stadtpalais erreichte, kam mir die Familie Goebbels entgegen. Ich werde nie vergessen, wie mich der neunjährige Helmut begrüßte: »Hallo, Schmitti, wir gehen jetzt zu Onkel Adolf in den Bunker. Kommst du mit?«

»Schmitti« war der Spitzname, den er mir gegeben hatte. Er war ein verträumter und lieber Junge, zu dem ich ein besonders herzliches Verhältnis hatte.

Es hatten sich noch weitere Angestellte eingefunden. Frau Goebbels entließ sie aus ihrer Dienstverpflichtung und fragte mich, ob ich ihr noch mit dem Gepäck helfen könne. Es war nicht viel. Der Herr Reichsminister hatte bestimmt, dass jedes Kind nur ein Spielzeug mitnehmen dürfe. Hinzu kamen wenige Taschen und ein schönes Gemälde mit einer Küstenlandschaft, das im Ankleidezimmer von Frau Goebbels gehangen hatte und das sie sehr mochte.

Wir verfrachteten alles in die beiden Limousinen, die draußen bereitstanden. Obwohl es nur ein paar Meter waren, wurden wir rübergefahren. Goebbels' Chauffeur, Obersturmführer Rach, und sein Adjutant, Hauptsturmführer Schwägermann, steuerten die Automobile. Ich erinnere mich so gut an die beiden Männer, weil ich sie im Laufe der Jahre näher kennengelernt hatte und sie praktisch zur Familie gehörten.

Im Vorbunker bezogen die Goebbels fünf kleine Räume. Die paar Habseligkeiten hatte ich schnell verstaut. Die Kinder knobelten, wer im welchem Bett schlafen durfte. Mir wurde ganz schwer ums Herz, als ich mich von ihnen verabschiedete. Ich hatte sehr viel Zeit mit ihnen verbracht und sie lieb gewonnen.

An jenem Tag ahnte ich wohl schon, dass es kein gutes Ende nehmen würde. Trotzdem hätte ich Frau Goebbels eine solche Tat niemals zugetraut. Wenn ich es gewusst hätte, hätte ich auf sie eingeredet. Unser Verhältnis war gut. Vielleicht hätte sie auf mich gehört. Dass ich es nicht getan habe, werfe ich mir noch heute vor.

Da unten herrschte eine erdrückende Atmosphäre. In der Decke steckten Glühbirnen, die ein weißes Licht abstrahlten, das die Bewohner bleich wie Gespenster aussehen ließ. Die Dieselaggregate klopften und stießen Dämpfe aus, von denen ich Kopfschmerzen bekam. Außerdem stank es so penetrant, dass ich annahm, dass die Toiletten verstopft waren. Ich erinnere mich noch, wie erleichtert ich war, als ich wieder an der frischen Luft war.

Frau Goebbels begleitete mich. Ich war verwundert und sagte es ihr auch, aber sie antwortete nur, dass sie noch eine Verabredung mit Lydia habe. Sie meinte die bekannte Ufa-Schauspielerin, die ein häufiger Gast bei uns war und die ich heimlich bewunderte. Ihren Film »Das weite Meer« hab ich mehrmals im Kino gesehen. Trotzdem fand ich die Situation eigenartig. Es war nicht die richtige Zeit für ein Treffen. Auf den Straßen war es zu gefährlich. Und als hätte ich es gewusst, griffen die Tiefflieger an.

Wir drückten uns an eine Wand und horchten auf die Schüsse, die Explosionen und Schreie. Als es endlich vorbei war, befahl Frau Goebbels mir, mich schnell in Sicherheit zu bringen. Das war leichter gesagt als getan in einer fast eingeschlossenen Stadt. Trotzdem schwang ich mich aufs Rad und fuhr zu meinen Eltern nach Charlottenburg. Ich wollte in dieser schweren Zeit bei ihnen sein. Das war das letzte Mal, dass ich Frau Goebbels sah ...

Toni überflog die nächsten Seiten, in denen die Erzieherin das Martyrium schilderte, welches sie in den folgenden Tagen erdulden musste. Sie teilte das Schicksal mit vielen Berlinerinnen jeden Alters. Allein in der Hauptstadt sollte es zu hunderttausend Vergewaltigungen gekommen sein. Im gesamten Reichsgebiet sollte es zwischen achthunderttausend und zwei Millionen Übergriffe gegeben haben. Neueste Forschungen belegten, dass auch amerikanische, britische und französische Soldaten in großer Zahl daran beteiligt waren.

»Warum spielte dieser Bericht für Lothroh eine so bedeutende Rolle?«, fragte Toni.

»Zunächst einmal wird das Gemälde von Caspar David Friedrich und seine Verbringung in den Vorbunker glaubhaft erwähnt«, erwiderte Gesa.

Toni blickte skeptisch drein. »Dieser Bericht wurde 1981 vom MfS abgetippt. Wahrscheinlich haben auch andere Geheimdienste, Schatzsucher und Historiker die Erzieherin Else Schmitt befragt. Keiner von ihnen konnte die Spur des Bildes weiterverfolgen, sonst wäre es längst aufgetaucht.«

»Sie wussten nicht, was Lothroh herausgefunden hatte. Sieh dir die nächsten Blätter an. Dann wirst du seine Gedankengänge nachvollziehen können.«

Toni griff nach einer Liste. Auf ihr waren alle Personen aufgeführt, mit denen Magda und Joseph Goebbels einen engeren Kontakt gepflegt und die sie noch im April 1945 getroffen hatten. »Und?«

»Du verstehst es gleich«, erwiderte Gesa. »Lies jetzt das hier.«

Toni nahm das nächste Blatt entgegen und entzifferte die krakelige Überschrift: »Aussage von SS-Unterführer Dieter Zosche im Internierungslager Dachau. Aufgenommen durch den Vernehmungsoffizier Captain Harold Liebmann am 12. Dezember 1946«.

Toni las nur die markierten Textpassagen:

... mein Name ist Dieter Zosche. Ich wurde am 18.6.1920 in Königsberg geboren und diente gegen Ende des Krieges im Rang eines SS-Unterscharführers im Führerbegleitkommando ...

In der Nacht vom 22. auf den 23. April 1945 weckte mich
der Leiter des Kraftwagenparks, Erich Kempka. Er be-
fahl mir und zwei Kameraden, dass wir uns in den Vor-
bunker begeben sollten, wo wir von SS-Untersturmführer
Hermann Thalbach erwartet wurden. Er führte uns zum
Kannenberggang. Das war ein achtzig Meter langer Ver-
bindungsgang zum Voßstraßenbunker.
In einer Nische lagerten ungefähr zwanzig Packsäcke, die
wir durch den Notausgang in den Garten des Auswärti-
gen Amtes schleppten, wo wir sie auf die Ladefläche eines
Lastwagens hievten. Die Packsäcke waren sehr schwer und
stammten aus Italien. Ich vermute, dass sie Münzen ent-
hielten. Wir verluden auch Sanitätskisten, die in der Wehr-
macht gebräuchlich waren und etwas weniger wogen.
Auf meinem fünften oder sechsten Gang bekam ich ein
Gespräch mit, das Untersturmführer Thalbach mit Frau
Goebbels führte. Sie hatte ihm ein Gemälde und einen
kleinen Ledersack übergeben und verlangte, dass er gut
darauf aufpassen solle. Untersturmführer Thalbach ent-
gegnete, dass er den Transport nicht selbst durchführe,
sondern nur die Verladung überwache. Sie solle sich jedoch
keine Sorgen machen, es sei bestimmt für alles gesorgt. Ein
Kamerad trug die Sachen später zum Lastwagen.
Die Verladeaktion dauerte nicht länger als eine halbe
Stunde. Nach getaner Arbeit kehrten wir in unsere Unter-
kunft zurück. Wer den Lastwagen weggefahren hat, weiß
ich nicht. Es war jedenfalls niemand von uns. Welches Ziel
er hatte, weiß ich ebenfalls nicht. Ich hab nie wieder von
ihm oder von der Fracht gehört ...

Toni sah auf und erinnerte sich an die Vermutung des früheren
MfS-Mitarbeiters Stahlhuth, dass Untersturmführer Hermann
Thalbach die Goldmünze gestohlen haben könnte. In seinen
Händen hielt Toni nun den Beweis, dass der Soldat zumin-
dest die Gelegenheit hatte. »Jetzt wissen wir, warum Lothroh
sich so stark für das Goldstück interessiert hat. Als er bei dem

Antiquar Berni Werg anfragte, wusste er nicht, dass das MfS es in einem Blockschließfach in der Kreissparkasse Saalfeld aufgespürt hatte. Es hätte sich genauso gut irgendwo zusammen mit dem Gemälde befunden haben können. Trotzdem ist mir der Zusammenhang mit der Namensliste nicht klar.«

»Dann sieh sie dir noch mal an.«

Toni seufzte und überflog das Papier erneut. Auf ihm waren achtundneunzig Personen mit Geburts- und Sterbedatum aufgeführt. Zwei Namen waren mit einem Textmarker hervorgehoben. Es waren die letzten Überlebenden: eine Sekretärin, die schon über hundert Jahre alt war, und der Unternehmer vom Bodensee, der kürzlich verstorben war und dessen Haushaltsauflösung Lothroh eigentlich besuchen wollte. Bei Lydia Bugalle/Riefenberg stand: »17.2.1921–22.4.1945«.

»Lothroh glaubte also, dass sie am 22.4.1945 ums Leben kam«, sagte Toni.

»Nicht nur er«, antwortete Gesa. »Alle glaubten das. Und jetzt wird es spannend. Mit diesem Vorwissen entdeckte Lothroh das Gemälde ›Frau mit Schleier‹ bei einer Ausstellung im Museum Barberini.«

»Wie der Titel schon sagt, ist ihr Gesicht verhüllt«, entgegnete Toni. »Dadurch konnte er sie nicht identifizieren. Es sei denn, er wusste von dem Hautfleck auf der Hand.«

»In seinen Aufzeichnungen erwähnt er das Mal nicht, aber er hatte zu allen Personen auf der Liste umfassende Recherchen angestellt und kannte dieses Filmplakat.«

Toni nahm ein großes Hochglanzfoto entgegen, das ein altes Ufa-Poster zeigte. Es war nicht identisch mit dem Gemälde, wies aber eine große Ähnlichkeit auf.

»Alle haben gedacht«, sagte Gesa, »dass das Gemälde von Jackson Tannebaum das Porträt einer einsamen Frau an der amerikanischen Ostküste ist, aber das ist falsch. Das Ölbild ist die freie Bearbeitung eines Filmplakates aus dem Jahr 1943. Aus Lothrohs Notizen geht hervor, dass er die Szene sofort wiedererkannte. Deshalb fotografierte er sie so oft. Es kam ihm verdächtig vor, dass ein so berühmter amerikanischer Künstler das Werbemotiv eines alten Ufa-Streifens aufgriff. Mal ganz abgesehen davon, dass es zu der damaligen Zeit in den Vereinigten Staaten politisch nicht korrekt gewesen wäre.«

»Stimmt.«

»Also ließ Lothroh seine Kontakte in der Kunstszene spielen und fand heraus, dass das Gemälde aus einem Penthouse in Manhattan stammte, das dem Industriellen Arvid Hellström gehört hatte. Nach seinem Tod in den achtziger Jahren wurde der Haushalt aufgelöst und das Bild versteigert. Lothroh studierte das Werktagebuch und schlussfolgerte, dass nur der schwedische Unternehmer der Auftraggeber sein konnte. Also versuchte er mehr über die Herkunft, das Umfeld und die Familie herauszubekommen.« Triumphierend hielt Gesa zwei Scandinavian-Airlines-Tickets und einen Vertrag für eine Mietwagenbuchung hoch, die sie wohl ebenfalls in den Unterlagen gefunden hatte.

Dieses Mal begriff Toni sofort. »Der Antiquitätenhändler Alvensleben! Er hat ausgesagt, dass Lothroh so plötzlich nach Schweden musste, dass er sogar die Einladung zum runden Geburtstag seiner Frau vergessen hat.«

»Ganz genau. In Schweden fand Lothroh heraus, dass Lydia Bugalle alias Lydia Riefenberg keineswegs bei Kriegsende gestorben ist, sondern im Jahr 1946 den ältesten Sohn der Industriellenfamilie Hellström heiratete und lange auf einem einsamen Landgut lebte, bis sie nach New York City umzog und schließlich in Berlin landete.«

»So langsam verstehe ich, worauf du hinauswillst. Lothroh spekulierte darauf, dass das spurlose Verschwinden der Ufa-Schauspielerin und der Verbleib der Lastwagenladung in einem Zusammenhang standen.«

»Du bist eben doch ein helles Köpfchen«, sagte Gesa anerkennend.

Toni runzelte die Stirn. »Fraglich bleibt dann nur, warum Magda Goebbels und die Ufa-Schauspielerin sich am 22. April 1945 trafen.«

38

Berlin, 1945

Lydia war nur noch zweihundert Meter vom Treffpunkt entfernt, als sie das Dröhnen der Motoren hörte. Hastig blickte sie zurück und sah am bewölkten Himmel, wie sich russische Tiefflieger zum Angriff formierten. In dem Flüchtlingstreck, der sich über die frühere Paradestraße Unter den Linden schleppte, brach Panik aus.

In den vergangenen Tagen hatte Lydia gelernt, wie wichtig es war, einen kühlen Kopf zu bewahren. So klemmte sie die Daumen unter die Schulterriemen ihres Rucksacks und rannte los. Wenn sie das Brandenburger Tor erreichte, könnte sie auf der anderen Seite Schutz suchen. Im Zickzackkurs hastete sie an Pferdekadavern, Pflastersteinen und Fahrzeugwracks vorüber. Die Russen durften sie nicht bekommen; wenigstens sie musste überleben!

Als die Tiefflieger das Maschinengewehrfeuer eröffneten, ignorierte sie das Brennen in ihren Schenkeln und mobilisierte die letzten Reserven. Mit einem weiten Satz sprang sie über einen verkohlten Holzbalken hinweg und lief unter dem Brandenburger Tor hindurch. Auf der anderen Seite drückte sie sich gegen eine Säule und beobachtete, wie die Tiefflieger über sie hinwegschossen und in nordöstliche Richtung abdrehten. Ihr Blut pochte so heftig, dass sie erst nach und nach eine Altfrauenstimme hörte, die energisch rief: »Manfred, steh auf! … Es ist schon sieben Uhr durch … Du musst ins Amt … Manfred, steh jetzt auf! … Dein Tee ist fertig …«

Lydia trat in die Durchfahrt und schaute zurück. Von den Flüchtlingen hatte kaum jemand überlebt, aber mitten auf dem Pariser Platz entdeckte sie eine alte Dame, der das graue Haar wirr vom Kopf abstand. Ein Blutfaden rann über ihre Stirn und tropfte von ihrer Nase in den Staub. Sie hielt die Hand eines

Mannes, der lang ausgestreckt auf dem Boden lag und sich nicht mehr regte.

Als das Gebrumme der Maschinen erneut lauter wurde, begriff Lydia, dass der zweite Angriff unmittelbar bevorstand. Hörte die alte Frau den Lärm nicht? Warum brachte sie sich nicht in Sicherheit?

»Manfred!«, rief sie und zog an der Hand der leblosen Gestalt. »Jetzt wird es aber Zeit … Du musst aufstehen, sonst kommst du zu spät! … Manfred, noch mal sag ich es nicht …«

Die alte Frau brauchte Hilfe. Das war Lydia jetzt klar. Vor Jahren hatte sie ihre Mitbewohnerin Renate abgewiesen und sie ihrem Schicksal überlassen. Es hatte sie lange beschäftigt. Ein weiteres Mal würde sie nicht zusehen, wenn jemand ums Leben kam.

Im Geiste maß sie die Entfernung ab. Sie konnte den Weg unmöglich zurücklegen, ohne selbst in den Kugelhagel zu geraten, aber das war jetzt nebensächlich. Entscheidend war allein, dass sie es versuchte. Schon entledigte sie sich ihres Rucksacks und wollte losrennen, als sich von hinten zwei Hände auf ihre Schultern legten, sie kraftvoll herumrissen und gegen das Mauerwerk drückten.

»Das ist sinnlos«, sagte Magda Goebbels. Trotz der Umstände machte die Freundin einen gefassten Eindruck. Ihre Haare waren aufgesteckt, und die silbernen Ohrringe harmonierten perfekt mit dem grauen Kapuzenumhang. Sie duftete nach Parfüm.

Auf dem Pariser Platz bekam die Stimme der alten Frau einen flehentlichen Unterton: »Manfred, bitte! … Nun mach es mir nicht so schwer! … Es ist allerhöchste Zeit … Du musst ins Amt …« Das Dröhnen der Motoren schwoll weiter an. Schließlich setzte das tödliche »Tacktacktack« der Maschinengewehre ein. Lydia konnte diese Untat unmöglich geschehen lassen, sie musste etwas unternehmen, sie wollte sich losreißen, aber Magda hielt sie in einem eisernen Griff fest.

»Sieh mich an«, sagte Magda. »Ich bin so froh, dass du es hierhergeschafft hast. Du darfst dich jetzt nicht opfern. Du musst am Leben bleiben.«

Lydia konnte keinen klaren Gedanken fassen. Ihre Lippen bebten, ihr Hals war zugeschnürt, und die Beine zitterten. Erst als der Angriff vorüber war, kam sie wieder zur Besinnung. Auf dem Pariser Platz war es still geworden. Es konnte keinen Zweifel geben, dass die alte Frau für immer verstummt war.

Lydia stierte finster vor sich hin.

»Hast du deinen Bruder gefunden?«, fragte Magda.

Lydia schüttelte den Kopf. Es war sowieso verrückt gewesen, dass sie ihn gesucht hatte. Er war Soldat und konnte nicht einfach verschwinden, wenn seine große Schwester auftauchte.

»Der Leutnant weiß nicht genau, was mit ihm passiert ist. Er wird vermisst. Wahrscheinlich wurde er von einem einstürzenden Haus verschüttet. Alle meine Geschwister sind jetzt tot. Alle! Ich bin die Einzige, die übrig geblieben ist. Ich hasse diese Schweine. Warum lassen sie uns nicht in Ruhe?«

Magda strich ihr eine Strähne aus dem Gesicht. »Die Kampfhandlungen werden bald beendet sein.«

»Gibt es denn keine Hoffnung mehr?«

»Doch. Auf dich und ein paar andere setzen wir unser ganzes Vertrauen. Hier«, sagte Magda und reichte ihr einen kleinen Handkoffer. »Pass gut auf ihn auf. Du musst ihn einem schwedischen Verbündeten übergeben. Er ist ein glühender Bewunderer von dir und deinen Filmen. Dir wird es an nichts mangeln.«

»Ich soll nach Schweden?«

»Am Flughafen Gatow wartet ein Flugzeug auf dich, das dich an die Küste bringt. Über die Ostsee kommst du mit einem Schiff. Es ist für alles gesorgt.«

»Wieso ich?«

»Weil du hier bist und diesen Auftrag erledigen kannst.«

»Und du? Was wird aus dir?«

»Es ist eine große Gnade, dass ich in der schwersten Stunde an der Seite des Führers stehen darf. Ich bin am richtigen Platz. Ich will nicht fort, ich will bleiben. Und du musst jetzt gehen.«

Ein dritter Tieffliegerangriff war ausgeblieben, stattdessen eröffnete die russische Artillerie wieder das Feuer. Entlang der Linie Lichtenberg–Niederschönhausen–Frohnau schossen die

Geschütze aus Hunderten Rohren. Die Einschläge ließen den Erdboden erzittern, und aus allen Richtungen ertönte das Geheul der Sirenen.

Lydia wollte noch so viele Dinge sagen, aber nichts erschien ihr in diesem Moment geeigneter zu sein, nichts drückte ihre Gefühle besser aus als der deutsche Gruß. Tränen schossen aus ihren Augen, als sie den Arm in die Höhe riss.

Sie beobachtete noch, wie Magda in Richtung Reichskanzlei davonging; dann machte sie sich auf den Weg. Sie würde sich beeilen müssen. Nach Gatow war es weit, und die Russen drängten von allen Seiten in die Stadt, aber sie würde es schaffen. Bisher hatte sie alles erreicht, was sie sich vorgenommen hatte. Sie steigerte das Tempo und packte mit grimmiger Entschlossenheit den Griff des Handkoffers.

39

In der Wohnung des Opfers holte sich Toni ein Glas Leitungswasser aus der Küche und kehrte in den Arbeitsraum zurück. »Jetzt verstehe ich, warum Lothroh die Havel-Villa und den Firmensitz der Hellström AG fotografiert hat. Er konnte zwischen der Ufa-Schauspielerin und den Gebäuden eine Verbindung herstellen. Wahrscheinlich vermutete er, dass die Lastwagenladung dorthin transportiert wurde.«

»Die Havel-Villa war damals tatsächlich schon Eigentum der Familie Hellström«, sagte Gesa. »Sie wurde 1922 erbaut. Rate mal, wer nach der Machtergreifung der Nazis häufig zu Gast war.«

»Sag schon.«

»Magda und Joseph Goebbels. Sie hatten damals noch keinen eigenen Landsitz. Deshalb mieteten sie sich ein Haus in Kladow und wurden die Nachbarn der Hellströms. Der Propagandaminister beschreibt in seinem Tagebuch die erste Begegnung. Er unterhielt sich lange mit dem alten schwedischen Unternehmer und seinem Sohn über den Zaun. Damals war Goebbels noch nicht so allmächtig, sondern ein aufstrebender Minister, der von der Weltläufigkeit und dem Erfolg der Skandinavier tief beeindruckt war. Später unternahmen sie häufig Segeltouren auf der Havel. Es gibt sogar ein Foto aus dem Jahr 1936. Da fand das pompöse Olympiafest auf der Pfaueninsel statt. Die Hellströms sitzen beim Reichsminister.«

»Und das Firmengelände?«

»Das erwarb Arvid Hellström erst nach dem Krieg, aber aus den Aufzeichnungen geht hervor, dass Lothroh es für möglich hielt, dass der Nazischatz irgendwann rübergeschafft wurde. In dem Aktenordner habe ich noch Fotos von weiteren denkbaren Verstecken gefunden.«

Toni zeigte auf den Boden. »Was steht in den anderen Stapeln? Die Kurzfassung bitte.«

»Mit diesen Unterlagen verifizierte Lothroh die Lastwagenladung. Zahlreiche Berichte handeln von den Goldverlagerungen der Reichsbank in das Kalibergwerk ›Kaiseroda II‹ im thüringischen Merkers. Besonders interessant ist die amtlich beglaubigte Niederschrift eines Ministerialdirektors des Auswärtigen Amtes namens Friedrich Kaunz. Er erklärt, dass er den ersten Goldtransport aus der italienischen Festung Fortezza in Empfang genommen habe. Dieser habe einen Wert von fünfundzwanzig Millionen Reichsmark gehabt und sei ihm anfänglich nur zur Aufbewahrung übergeben worden. Er beschreibt genau, wie die Packsäcke aussahen, in denen kiloweise Münzen steckten. Der Großteil sei später in die Goldkammer der Reichsbank verbracht und dann aus Berlin abtransportiert worden. Ein kleiner Rest sei auf Weisung von Außenminister Ribbentrop einigen SS-Männern übergeben worden. Lothroh nahm an, dass die Packsäcke, die der Unterscharführer Zosche beschrieben hat, aus dieser Lieferung stammten.«

»Der Soldat hat lediglich ausgesagt, dass die Säcke italienischer Herkunft waren.«

Gesa zuckte mit den Achseln. »Bei einer Schatzsuche folgt man Spuren und keinen Gewissheiten. Die Sanitätskisten, die der Unterscharführer nannte, hat Lothroh ebenfalls zugeordnet. Er hat einen Dokumentarbericht des MfS vom August 1982 aufgestöbert, in dem Mitarbeiter des früheren Städtischen Leihamtes Berlin über den Edelsteinbestand aussagen. Die Diamanten hätten in Beuteln gesteckt. Damit diese während des Transports nicht aufrissen und die Edelsteine verloren gingen, steckte man sie zur Sicherheit noch in Wehrmachtssanitätskisten. Auch von diesen wurden nicht alle aus Berlin abtransportiert, einige wurden von SS-Leuten abgeholt.«

»Hast du etwas Amtliches gefunden, das diese Aussagen bestätigt?«

»Was die Packsäcke angeht, ja. Die Goldkammer der Reichsbank führte ein Buch, in das sie normalerweise alle Ein- und Ausgänge eintrug. Dieses Dokument wurde von den Amerikanern im Kalibergwerk ›Kaiseroda II‹ in Merkers gefunden.

Ein Colonel der US-Finanzsektion nahm im April 1945 eine Bestandsaufnahme vor. Er verglich sein Ergebnis mit den Aufzeichnungen der Reichsbank und stellte eine Diskrepanz fest. Ein Teil des italienischen Goldes fehlte. Lothroh vermutete, dass die Beschlagnahme durch Ribbentrops Männer wegen der besonderen Umstände nicht dokumentiert worden war und dass die Packsäcke zunächst im Führerbunker und dann auf dem Lastwagen landeten. Im September 1982 entsandte das Ministerium für Staatssicherheit sogar einen Agenten in die Vereinigten Staaten, um den Colonel zu befragen und weitere Einzelheiten zu erfahren, aber er verweigerte jede Auskunft.«

»Angenommen, das stimmt alles: Aus welchem Grund sollten Hitler, seine Generäle oder irgendwelche Gefolgsleute einen Schatz horten?«

»Über diese Frage hat Lothroh auch nachgedacht, aber keine vernünftige Erklärung gefunden. Ich hätte da schon eine Idee.«

»Lass hören.«

»Die politischen und militärischen Führer haben etwas Wertvolles zurückbehalten, um die Gunst eines Verhandlungsgegners zu kaufen. Als sie merkten, dass sich keine Gelegenheit bieten würde, haben sie die letzten Reserven in Sicherheit gebracht.«

»Hitler wollte nicht verhandeln. Für ihn ging es um Sieg oder Untergang.«

»Ich hab auch eher an Martin Bormann, den Parteisekretär, gedacht.«

Toni rieb sich den Hinterkopf. »Welche Bedeutung hat das alles für unseren Fall?«

»Eine große«, erwiderte Gesa. »Hier auf dem Boden liegt nicht nur ein millionenschweres Mordmotiv, sondern wir müssen davon ausgehen, dass der potenzielle Täterkreis viel größer ist, als wir angenommen haben.«

»Wieso?«

»Lothroh war auf der Suche nach einem verschollenen Schatz, für den sich zahllose Geheimdienstler, Abenteurer und Spinner interessieren. Durch die Entdeckung des Gemäldes ›Frau mit

Schleier‹ war Lothroh eine Nasenlänge voraus. Vielleicht wollte irgendein Konkurrent Informationen. Lothroh weigerte sich und bezahlte dafür mit seinem Leben.«

Toni seufzte. Das sagenumwobene Nazigold beschäftigte seit Kriegsende die Phantasie von unzähligen Köpfen. Zuletzt orteten zwei Hobbyhistoriker mit einem Bodenradargerät einen unterirdischen Zug in Niederschlesien, der angeblich einen riesigen Schatz befördert hatte. Nachprüfungen blieben ergebnislos. Wie viele solcher Abenteurer gab es? Wie konnte man mit ihnen in Kontakt treten? Wenn der Täter tatsächlich aus diesem Umfeld stammte, würden die Ermittlungen unübersichtlich werden. »Das ist eindeutig eine Aufgabe für Phong. Vielleicht tauschen sich diese Leute in irgendwelchen Foren aus.«

»Glaub ich nicht«, erwiderte Gesa. »Die meisten sind um Geheimhaltung bemüht. Wenn sie eine Spur finden, wollen sie diese garantiert nicht teilen.«

»Noch schlimmer.« Toni bemerkte, dass sein Smartphone vibrierte. Er blickte auf das Display und nahm das Gespräch entgegen. »Phong, wir haben gerade von dir gesprochen. Warte, ich stelle dich auf laut, dann kann Gesa mithören.«

»Ich hab was«, sagte der Kollege aufgeregt. »Ich hab die Museumskuratorin Clarissa Menke überprüft. Ihr breites Kreuz hat sie vom Rudern. Sie war mal bei der Potsdamer Ruder-Gesellschaft eine große Nummer, aber das nur nebenbei. In den sozialen Medien habe ich zunächst nichts gefunden, und das hatte einen Grund. Im Internet benutzt sie ihren Mädchennamen.«

»Und wie lautet der?«, fragte Gesa.

Phong machte eine effektvolle Pause, dann ließ er die Bombe platzen. »Goldbaum.«

»Was?« Toni erinnerte sich an die Unterredung mit dem alten MfS-Mitarbeiter Stahlhuth. »Ich habe heute Morgen erfahren, dass das Gemälde von Caspar David Friedrich aus einer jüdischen Sammlung stammt, die einem Maximilian Goldbaum gehörte.«

»Das war ihr Urgroßvater! Ich hab ein Buch gefunden, in dem eine Holocaustüberlebende das Schicksal ihrer Familie beschreibt. Am Schluss ist ein Stammbaum angefügt, der die direkte Verwandtschaft belegt. Geburtsdatum und -ort stimmen.«

»Hast du das Reifenprofil von ihrem VW Sharan gecheckt?«

»Fehlanzeige.«

»Was ist mit ihrem Alibi?«

»Das hat ihr Lover bestätigt, aber sie kann trotzdem Anstifterin oder Mittäterin sein.«

»Auf jeden Fall. Gesa, hast du irgendwo in den Unterlagen einen Hinweis auf den Auftraggeber gefunden?«

»Nein«, erwiderte die Kollegin. »Er wird weder namentlich genannt, noch habe ich eine Vorschusszahlung oder dergleichen entdeckt.«

»Das ist auch nicht nötig«, sagte Phong. »Clarissa Menke steht in der gesetzlichen Erbfolge an erster Stelle. Höchstwahrscheinlich hat sie einen Anspruch auf das Caspar-David-Friedrich-Gemälde. Sie ist die einzige Person, die einen nachvollziehbaren Grund hätte, Lothroh mit der Suche zu beauftragen. Das Ölbild dürfte in diesem Format und mit dem Küstenmotiv fünf bis sechs Millionen Euro einbringen. Das hat mir ein renommierter Auktionator verraten. Wir sollen uns übrigens bei ihm melden, wenn wir es gefunden haben.«

Toni kochte innerlich. »Dann hat sie uns die ganze Zeit an der Nase rumgeführt. So langsam reichen mir ihre Spielchen.«

»Das sind keine Spielchen mehr«, sagte Gesa trocken. »Es geht um ein Tötungsdelikt.«

Toni nickte ernst. »Phong, ich will, dass du unverzüglich dafür sorgst, dass sie im Kommissariat erscheint. Notfalls lässt du sie abholen. Ich bin gespannt, was sie uns dieses Mal auftischt.«

40

Als Toni das Vernehmungszimmer betrat, saß Clarissa Menke mit übereinandergeschlagenen Beinen, verschränkten Armen und vorgeschobener Unterlippe da. Deutlicher hätte sie ihre Ablehnung nicht demonstrieren können.

Toni ließ sich nicht beirren. Er stellte die Protokollantin vor, dann bat er Frau Menke um ihren Ausweis. Widerwillig kramte die Museumskuratorin in ihrer Handtasche, bis sie ihn herauszog und lapidar überreichte. Toni hielt ihn vor die Videokamera.

»Anwesend sind Kriminalhauptkommissar Sanftleben und Frau Clarissa Menke, geboren am 5. Januar 1975 in London, England. Frau Menke ist wohnhaft im Libellenweg in Werder/Havel und derzeit als Kuratorin im Museum Barberini beschäftigt.« Toni reichte das amtliche Dokument zurück. »Frau Menke, ich befrage Sie heute in der Tötungssache Helmut Lothroh. Gleich zu Beginn möchte ich Sie ermahnen, bei der Wahrheit zu bleiben. Außerdem mache ich Sie auf Ihr Auskunftsverweigerungsrecht nach Paragraf 55 StPO aufmerksam. Danach dürfen Sie die Auskunft auf Fragen verweigern, durch deren Beantwortung Sie Gefahr laufen, wegen einer Straftat oder Ordnungswidrigkeit belangt zu werden.«

Die Kuratorin musterte ihn kalt. »Ich werde mich über Ihre Methoden beschweren. Die beiden Polizisten sind im Museum aufgetaucht und haben mich abgeführt wie eine Kriminelle. Wir leben im 21. Jahrhundert. Eine solche Behandlung lasse ich mir nicht gefallen.«

»Das haben Sie falsch verstanden«, erwiderte Toni. »Die beiden Kollegen haben Sie nur freundlich gebeten, sie ins Kommissariat zu begleiten.«

»Ach ja? Dann bin ich freiwillig hier?«

»Frau Menke, ich –«

»Alles klar«, sagte sie und stand auf. »Dann bleibe ich keine Sekunde länger als notwendig. Sie hören von meinem Anwalt.«

»Frau Goldbaum, bleiben Sie gefälligst stehen!«

Die Kuratorin erstarrte. Dann drehte sie sich um und zog die Augenbrauen hoch.

Toni setzte sofort nach. »Herr Lothroh hat bis kurz vor seinem Tod Nachforschungen zu einem Gemälde von Caspar David Friedrich unternommen, das einst Ihrem Urgroßvater Maximilian Goldbaum gehört hat. Wie erklären Sie das?«

»Was?«

»Soll ich die Frage wiederholen?«

»Helmut hat nach dem Bild gesucht? Das verstehe ich nicht.« Frau Menke wirkte verunsichert. Ihre Angriffslust war verschwunden.

Toni nahm diese Entwicklung zur Kenntnis. »Ist es richtig, dass Sie einen Anspruch auf das Ölbild ›Zwei Ruderer am Meer‹ haben?«

»Wann hat Helmut mit der Suche angefangen?«

»Das sage ich Ihnen, sobald Sie meine Fragen beantwortet haben.«

»Möchten Sie mir einen Handel anbieten?«

»Wenn Sie so wollen.«

Frau Menke setzte sich auf den Stuhl und schlug ein Bein über das andere. »Nur damit wir uns richtig verstehen. Die Show, die Ihre Kollegen abgezogen haben, werde ich nicht vergessen. Ich bleibe, weil ich etwas wissen will.«

»Ist registriert. Bitte beantworten Sie jetzt meine Frage.«

»Ja, wahrscheinlich hätte ich einen Anspruch auf das Bild. Mein Urgroßvater hat es zwar veräußert, aber die Siegermächte haben bestimmt, dass ein solches Geschäft als Raub gilt, wenn der Verkauf infolge des Naziterrors zustande kam. Seit der Washingtoner Erklärung aus dem Jahr 1998 können derartige Ansprüche nicht mehr verjähren. Aber das nützt mir nichts. Das Gemälde ist in den letzten Kriegstagen verschwunden. Wahrscheinlich hängt es in einer Datsche bei Moskau.«

»Ich würde gerne mehr über die Hintergründe erfahren. Wer war Ihr Urgroßvater?«

»In Breslau gehörte ihm eine Fabrik, die Magnesiterzeugnisse herstellte, mit denen Hochöfen ausgekleidet wurden. Die Nachfrage war sehr groß. Mein Urgroßvater verdiente so viel, dass er dem Beispiel anderer Industrieller folgte und Kunst kaufte. In erster Linie von deutschen und französischen Malern. Seine Sammlung umfasste zweihundert Gemälde und Zeichnungen. Alle großen Namen wie Liebermann, Slevogt, van Gogh, Menzel, Degas und Cézanne waren vertreten.«

»Was ist mit den Werken geschehen?«

»Mein Urgroßvater war Jude und wurde ab der Machtergreifung enteignet. Seine Villa wurde vom Sicherheitsdienst beschlagnahmt; die Fabrik übernahm ein Arier. Er sah sich gezwungen, in eine winzige Kellerwohnung umzuziehen und seine Bilder von deutschblütigen Galeristen verhökern zu lassen. Ich muss wohl nicht erwähnen, dass er von dem Erlös nicht viel hatte. Er und seine Familie wurden in Auschwitz vergast. Nur ein Sohn ist davongekommen, deshalb sitze ich hier.«

»Wo befinden sich die Werke heute?«

»Gute Frage. Zwei oder drei Gemälde spürte mein Vater in Breslau auf, aber er erhielt sie nicht zurück, weil die Stadt mittlerweile polnisch war und die dortigen Ämter nicht kooperierten. Andere tauchten in fernen Ländern auf, in denen die Geltendmachung seiner Rechte noch aussichtsloser war. Nur in Deutschland glückte die Restitution zweier Werke. Die Staatsgalerie Stuttgart gab Braques ›Stillleben mit Kanne‹ zurück, und das Kölner Wallraf-Richartz-Museum zahlte eine Entschädigung für Corots ›Dichtung‹. Der Großteil ist spurlos verschwunden und befindet sich vermutlich in Privatsammlungen. Da bleiben sie wohl auch bis zum Sankt-Nimmerleins-Tag. Die Besitzer würden sich eher die Hand abhacken, als mich anzurufen.«

»Haben Sie Helmut Lothroh mit der Suche nach dem Bild beauftragt?«

»Ich hab Ihnen doch schon gesagt, dass ich ihn nicht mehr ausstehen konnte.«

»Wer hat ihn sonst beauftragt?«

»Keine Ahnung. Mal abgesehen davon, dass die Suche aussichtslos ist, hätte nur ich einen Anspruch auf Restitution.«

»Warum benutzen Sie in Ihrem beruflichen Umfeld den Nachnamen Ihres Mannes und im Internet den Mädchennamen?«

»Wissen Sie, wie viele Antisemiten es heute noch gibt? Wenn man in seinem Job vorankommen will, muss man nicht gleich mit der Tür ins Haus fallen. Im Netz will ich mir diese Zurückhaltung nicht auferlegen, da bekenne ich Flagge.«

Toni konnte keinen Grund entdecken, warum er Frau Menke nicht glauben sollte. Ihre Aussagen klangen nachvollziehbar und plausibel.

»Sagen Sie mir jetzt endlich, wann Helmut mit der Suche angefangen hat?«, fragte die Museumskuratorin.

Toni schaute zum Spiegel hinüber. »Gesa, kommst du mal?«

Es dauerte nur ein paar Sekunden, bis die Kollegin eintrat.

»Du hast ihre Frage gehört«, sagte Toni.

Gesa nickte. »Lothrohs Aufzeichnungen beginnen am 17. August letzten Jahres.«

»Am 17. August!« Frau Menkes Augen wurden groß. Erschüttert blickte sie von Gesa zu Toni und wieder zurück. Schließlich senkte sie den Kopf. Tränen tropften auf den Boden. Leise weinte sie vor sich hin.

Toni stand von seinem Stuhl auf, ging zu Gesa und flüsterte: »Am besten übernimmst du jetzt.«

Die Oberkommissarin setzte sich an den Tisch und schob der Zeugin ein Taschentuch zu. »Möchten Sie vielleicht ein Wasser?«

»Nein, nichts.« Frau Menke schnäuzte sich geräuschvoll.

»Würden Sie mir bitte erklären, warum Sie so emotional reagieren?«

»Ich habe Helmut unrecht getan. Ich weiß, warum er mit der Suche angefangen hat. Am 15. August des letzten Jahres, es war der Geburtstag meines Sohnes, hat er mich angerufen und wollte sich entschuldigen. Er sagte, dass er mich wirklich möge, aber dass er einfach nicht für eine Partnerschaft geschaffen sei.«

»Wie haben Sie reagiert?«

»Ich hab ihm kein Wort geglaubt und ihn beschimpft. Ich

hab ihm an den Kopf geworfen, dass alle Männer gleich sind. Damals hatte ich großen Ärger mit meinem Ex. In Frankfurt streicht er ein siebenstelliges Gehalt ein und lebt mit seiner Freundin in Saus und Braus. Trotzdem kommt er seinen Unterhaltszahlungen nicht nach. Er behauptet, dass durch das Wohnrecht im Haus alle finanziellen Forderungen abgegolten seien. Das ist natürlich Unsinn. Manchmal weiß ich nicht, wie ich die Rechnungen bezahlen soll.«

»Was hat das mit Herrn Lothroh zu tun?«

»Er hat zwei Tage nach unserem Telefonat mit den Nachforschungen angefangen. Das war kein Zufall. Er kannte meine finanzielle Misere, und er wusste von dem Gemälde von Caspar David Friedrich. Ich glaube, dass er sich auf die Suche gemacht hat, um mir Geld zu beschaffen. Er hatte vorher schon mal etwas Derartiges angedeutet …«

Gesa setzte die Befragung fort, aber Toni hatte genug gehört. Er trat auf den Flur. Unruhig lief er auf und ab. Irgendwann verließ Frau Menke das Vernehmungszimmer mit gesenktem Kopf und schlich Richtung Ausgang davon. Kurz darauf gesellten sich seine Kollegen zu ihm.

»Wir haben nichts«, sagte Toni wütend. »Rein gar nichts.«

»Beruhig dich erst mal«, erwiderte Gesa.

»Wir haben so viele Leute befragt und so viele Hinweise erhalten. Entweder es war nichts dabei, oder wir haben etwas übersehen. Ich will, dass wir alles durchgehen und eine Liste von Spuren aufstellen, die wir bisher vernachlässigt haben. Irgendwo muss ein Treffer dabei gewesen sein.«

41

Schweden, 1946

Die reifen Stachelbeeren zerplatzten zwischen Lydias Zähnen, und der süßsaure Saft füllte ihren Mund. Der schwedische Sommer entfaltete sich zu seiner vollen Pracht. Die Tage waren warm und voller Licht. Riesige Hummeln flogen umher. Von den Garagen drang regelmäßiges Klopfen und Hämmern an ihre Ohren.

Lydia ruhte sich im Schatten einer Linde aus. Es ging ein leichter Wind, der ihren Schweiß trocknete. Beide Hände legte sie auf den gewölbten Bauch und spürte das Kleine, das sich viel bewegte. Der errechnete Geburtstermin war nicht mehr fern, und allmählich fiel ihr das Laufen schwer. Sie litt unter Sodbrennen und Kurzatmigkeit. Ansonsten war die Schwangerschaft unkompliziert. Zukunftssorgen hatte sie keine. Auf dem Gut Hellström würde sie jede Unterstützung erhalten.

Seit über einem Jahr wohnte sie in dem Herrenhaus, das im Stil Karls XII. erbaut war und abgeschieden lag. Die Entfernung zur nächsten öffentlichen Straße betrug fünf Kilometer. Zu dem Besitz gehörten riesige Wälder, drei fischreiche Seen und ein Steinbruch. Die zweiunddreißig Zimmer des Hauptgebäudes waren mit französischen Antiquitäten aus dem 18. Jahrhundert möbliert. Der Tee wurde aus edlen Gainsborough-Tassen getrunken. Abends speiste man mit Silberbesteck von Meißner Porzellan.

Noch einmal ließ Lydia den Blick über die Lilienbeete, über die grünen Wiesen und den angrenzenden Forst streifen. Dann griff sie nach der deutschen Zeitung. Die Schlagzeilen wurden durch den Nürnberger Prozess bestimmt. Die Siegermächte hatten vierundzwanzig Politiker, Militärs und Funktionäre angeklagt. Vor Gericht mussten sich noch einundzwanzig Männer verantworten, weil Robert Ley sich umgebracht hatte, Martin

Bormann nicht gefunden werden konnte und Gustav Krupp krank war. Die Verhandlungen dauerten seit dem 20. November des vergangenen Jahres an.

»So vertieft?«, fragte ein Mann.

Die Stimme kannte Lydia. Lächelnd beschirmte sie ihre Augen gegen das Sonnenlicht und legte die Zeitung beiseite. »Ich hab dich gar nicht kommen gehört.«

Vor ihr stand Arvid Hellström. Er hatte ein rötliches Gesicht, das aussah, als würde er unter Bluthochdruck leiden. Ansonsten war er eine attraktive Erscheinung. Er war hochgewachsen und hatte dichtes blondes Haar. Mit seinen breiten Schultern und den schmalen Hüften hätte er dem Bildhauer Arno Breker Modell stehen können. Im Winterkrieg hatte er als Freiwilliger an der Seite der Finnen gekämpft und eine Tapferkeitsmedaille erhalten. Er entstammte einer reichen Industriellenfamilie, die die Wehrmacht mit Eisenerz beliefert hatte und mit der Familie Goebbels befreundet gewesen war.

Als Lydia hier hungrig und mittellos eingetroffen war, hatte Arvid ihr den kleinen Handkoffer abgenommen und hineingeschaut. »Das lese ich in Ruhe«, hatte er entschieden und das Gepäckstück zur Seite gestellt. Zunächst kümmerte er sich um ihr Wohlergehen. Obwohl zahlreiche Angestellte bereitstanden, bereitete er ihr eine warme Mahlzeit und einen Becher Kakao zu.

Von diesem Tag an behandelte er sie respektvoll, ja beinahe ehrfurchtsvoll und gestand ihr irgendwann, dass er ein großer Verehrer ihrer Schauspielkunst sei. »Das weite Meer« sei ein Film, der das Edelste im Menschen zutage fördere, hatte er gesagt. Er sei sehr glücklich, dass er Zeit mit ihr verbringen dürfe.

Niemals verlangte Arvid eine Gegenleistung für ihre Unterbringung. Auf langen Wanderungen zeigte er ihr die Ländereien, auf denen er aufgewachsen war. Sie war ihm so dankbar für seine Großzügigkeit. Irgendwann wurde sie aus freien Stücken seine Geliebte.

Arvids Blick fiel auf die deutsche Zeitung. Auf schwarzweißen Fotos waren das Gerichtsgebäude und drei prominente Angeklagte abgebildet. »Machst du dir deshalb Gedanken?«

Lydia zuckte mit den Achseln.

»Dieser Prozess ist eine Farce«, sagte er. »Durch die bedingungslose Kapitulation können die Alliierten nach Lust und Laune über Deutschland bestimmen. Und was fangen sie mit ihrer grenzenlosen Macht an? In ihrer Selbstherrlichkeit fällt ihnen nichts Besseres ein, als sich zur moralischen Instanz aufzuschwingen und ihre geschlagenen Gegner wie Zirkusattraktionen vorzuführen. Noch nie zuvor wurden die Verlierer vor Gericht gestellt. Normalerweise werden Vereinbarungen getroffen, die schriftlich fixiert werden und bindend sind. Normalerweise einigen sich die Parteien wie Gentlemen. Egal, wie das Urteil ausfallen wird, es wird ein Schandfleck in der Rechtsgeschichte sein.«

Lydia betrachtete ihn aufmerksam.

Arvid war jetzt in seinem Element. »Außerdem haben sie mit dem Vorwurf ›Führen eines Angriffskrieges‹ gegen ein bedeutendes Rechtsprinzip verstoßen. Das hat sogar das amerikanische Nachrichtenmagazin Time bestätigt.«

»Inwiefern?«

»Man kann jemanden nicht für etwas bestrafen, das bei der Begehung der Tat nicht gesetzlich geregelt war. Die Siegermächte sind aber dahergekommen und haben die Sanktionen hinterher bestimmt. Schon zu Zeiten Ciceros galt eine solche Vorgehensweise als verwerflich.«

»Aha.«

»Man darf auch nicht vergessen, dass die selbst ernannten Richter ebenfalls schuldig im Sinne der Anklage sind. Mehrere Kriegsgräuel können ihnen nachweislich zur Last gelegt werden. Außerdem haben sie Angriffskriege initiiert. 1939 ist Russland in Finnland einmarschiert. Oder sieh dir die sinnlose Schlächterei von Katyn oder die Bombardierungen von Hamburg und Dresden an. Die Zerstörung der Städte diente einzig und allein dazu, die Moral der Einwohner zu brechen. Nach der Haager Landkriegsordnung dürfen unbeteiligte Personen nicht für die Taten ihrer Führer bestraft werden. Hunderttausende unschuldige Menschen sind ums Leben gekommen, und die Russen, Engländer und Amerikaner lassen sich für diese Barbareien noch mit Orden behängen. Das ist eine zum Himmel schreiende Ungerechtigkeit.«

»Vielleicht hast du in diesen Punkten recht, aber das ändert nichts.«

»Woran?«

»Es ist alles so furchtbar. Jeden Tag kommen neue Grausamkeiten und Untaten ans Tageslicht. Jeden Tag geistern Fotos von Leichenbergen durch die Presse. Ich könnte den ganzen Tag nur heulen. Ich weiß gar nicht, wo mir der Kopf steht.«

»Lass dich nicht täuschen«, sagte Arvid eindringlich, griff nach der Zeitung und zerriss sie in kleine Fetzen. »Du darfst nicht alles glauben, was darin steht. Erinnere dich nur, was dieses Berliner Blatt über dich geschrieben hat …«

Das stimmte natürlich. In einer großen Tageszeitung war berichtet worden, dass der berühmte Ufa-Star Lydia Riefenberg am 22. April 1945 von Tieffliegern erschossen und in einem Massengrab verscharrt worden sei. Jemand musste gesehen haben, wie sie über den Pariser Platz um ihr Leben gerannt war. Vermutlich hatte der Zeuge sie aus den Augen verloren und daraus gefolgert, dass sie unter den unzähligen Opfern gewesen war. Nur der Pilot der Fieseler Storch, der sie zur Ostseeküste geflogen hatte, wusste, dass sie die Reichshauptstadt lebend verlassen hatte. Der hochdekorierte Luftwaffenoffizier war zur Geheimhaltung verpflichtet worden. Der schwedische Bootsführer, der sie über die Ostsee geschippert hatte, hatte garantiert keine Ahnung, dass er eine bekannte Schauspielerin befördert hatte. Ihm war es ums Geld gegangen.

»… die Berichterstattung über den Nürnberger Prozess ist Propaganda der Siegermächte«, fuhr Arvid fort. »Du hast selbst führende Nationalsozialisten kennengelernt. Glaubst du wirklich, dass sie in Verbrechen von diesem Ausmaß verstrickt waren?«

Lydia wusste es nicht. Wenn es um die jüngste Vergangenheit ging, wusste sie gar nichts mehr. Sie fragte sich manchmal, ob es wirklich sein konnte, dass sich ein ganzes Volk in seinen Führern getäuscht hatte.

»Siehst du«, sagte Arvid triumphierend. »Du glaubst es selbst nicht. Das sind Lügen. Nichts als Lügen. Adolf Hitler wurde von Gott gesandt, damit er die Bolschewisten vernichtet. In der Mitte Europas bürgte Deutschland für Sicherheit, Wohlstand und Bildung. Und wo steht das Abendland jetzt? Zwischen den Amerikanern und Russen tut sich ein Graben auf, der in einen Krieg münden wird. Dieser wird nicht in Kentucky oder Sibirien ausgetragen, sondern im besetzten Deutschland. Auf dem geschundenen Rücken deiner Landsleute. Die Siegermächte sind keine moralische Instanz, wie sie aller Welt beim Nürnberger Prozess vorgaukeln, nein, sie haben eine klare Ideologie, die sie notfalls mit Gewalt durchsetzen. Das können wir nicht zulassen. Wir müssen Deutschland wieder stark machen, damit es unsere Rasse und unseren Glauben repräsentiert. Allein schaffe ich es nicht. Du musst mir helfen.«

Arvid fiel vor ihr auf die Knie und ergriff ihre Hände. »Ich will nicht, dass unser Kind in unsicheren Verhältnissen aufwächst. Es soll immer wissen, zu wem es gehört. Hast du über meinen Antrag nachgedacht? Hast du eine Entscheidung gefällt?«

Lydia hatte längst begriffen, dass Arvid nicht nur ein glühender Verehrer, sondern auch ein kompromissloser Verfechter seiner Überzeugungen war. Sie fand seinen intensiven Charakter anziehend. Seine Klarheit bot ihr in diesen schwierigen Zeiten Orientierung. Bereitwillig ließ sie sich von ihm mitreißen. Außerdem versprach er materielle Sicherheit. An seiner Seite würde sie immer schicke Kleider, eine vornehme Unterkunft und Dienstpersonal haben. Wenn sie an jenem Sommertag tatsächlich Zweifel gehabt hätte, so ließ sie diese nicht gelten. Wo hätte sie in ihrem Zustand auch hingesollt? »Du musst mir eine Sache versprechen.«

»Alles, was du willst.«

Jetzt, da sie selbst Mutter wurde, hatte Lydia häufig an ihren

Vater in Leipzig denken müssen. »Du darfst niemals gegen mich oder unsere Kinder die Hand erheben.«

»Das heißt, dass du mir mehr Söhne schenken willst?«

»Wieso Söhne? Arvid, hast du mir zugehört?«

»Ja, ja, natürlich. Ich gebe dir mein Wort. Ich schwöre es, bei allem, was mir heilig ist. Ich schwöre es bei meinem Glauben an Adolf Hitler.«

»Gut«, sagte Lydia und strich ihm über das gerötete Gesicht. »Dann will ich gerne deine Frau werden.«

42

Im Besprechungsraum verlor Toni keine Zeit und kam sofort zur Sache. »Nach der Aussage von der Museumskuratorin müssen wir davon ausgehen, dass das Opfer Helmut Lothroh ohne Auftraggeber nach dem Gemälde von Caspar David Friedrich suchte. Außerdem dürfen wir annehmen, dass er mit größter Diskretion vorging. Welche Schlussfolgerungen ziehen wir daraus?«

»Wahrscheinlich ahnte niemand, dass er sich für das Ölbild interessierte«, antwortete Phong. »Es scheidet daher als Mordmotiv aus.«

»Nein«, sagte Gesa sofort. »Einer wusste davon. Und zwar der Antiquitätenhändler Alvensleben.«

Toni nickte. »Es wäre durchaus denkbar, dass Alvensleben aus Habgier tötete. Phong, schau dir mal seine finanzielle Situation an. Vielleicht steckt er in Schwierigkeiten. Wer hätte sonst noch erraten können, dass ein Haufen Geld im Spiel war?«

»Der Antiquar Berni Werg«, erwiderte Phong. »Lothroh hatte bei ihm wegen der Goldmünze angefragt. Vielleicht weiß er mehr, als er zugibt, und sucht ebenfalls nach dem Nazigold.«

»Komisch finde ich auch, dass das Antiquariat und das Antiquitätengeschäft so nah beieinanderliegen«, sagte Gesa. »Da überlegt man natürlich, ob die beiden Inhaber gemeinsame Sache machen.«

»Der Gedanke ist mir auch schon gekommen«, meinte Toni. »An dem sichergestellten Renovierungsmüll haben wir Haare, Fingerabdrücke und Urinreste gefunden. Wir sollten Alvensleben und Werg um Vergleichsproben bitten. Ich glaube, dass sich der Antiquar bei der ersten Befragung geweigert hat, weil Kundschaft hereinkam. Sollte er erneut ablehnen, müssen wir ihn unter Druck setzen.«

Phong ließ seine Finger über die Tastatur seines Laptops fliegen. Offenbar legte er eine Liste an. »Sind das alle Personen, von denen wir Vergleichsproben haben wollen, oder kommt noch jemand hinzu? Was ist mit dem Nachbarn Ralph Trochien? Er mochte Lothroh nicht, das habt ihr mir jedenfalls gesagt.«

»Meinetwegen«, sagte Toni. »Außerdem sollten wir Klaus Seek, den Sohn des verurteilten Betrügers, aufnehmen.«

»Was ist mit Marie Hellström und ihrem Vater Rolf Hellström?«, fragte Gesa.

Nein, wollte Toni antworten, aber hielt sich im letzten Moment zurück. Er musste die Frage mit professioneller Distanz beurteilen.

Die Kollegin fuhr fort: »Meiner Meinung nach hätten beide ein Motiv. Lothroh hat die wahre Identität von Lydia Hellström herausgefunden. Er wusste, dass sie eine enge Vertraute von Magda Goebbels und dass die schwedische Familie mit dem Propagandaminister befreundet war. Wenn eine solche Vergangenheit publik wird, ist der Imageschaden für einen großen Konzern irreparabel. Der Aktienkurs würde in den Keller stürzen und Hunderte Millionen würden sich in Luft auflösen. Vielleicht hat Lothroh sie erpresst.«

»Marie Hellström wusste nicht, wer ihre Großmutter war«, entgegnete Toni. »Da bin ich mir hundertprozentig sicher. Wenn sie mir etwas vorgespielt hat, gehört sie nach Hollywood.«

»Hundertprozentig?« Gesa legte den Kopf schief. »Du magst sie sehr, oder?«

»Meine Objektivität ist jedenfalls nicht eingeschränkt, wenn du das andeuten willst«, erwiderte Toni. »Ihr Vater Rolf Hellström wurde nach dem Krieg geboren. Was er über die Nazivergangenheit seiner Mutter weiß, sollten wir herausfinden.«

Phong beugte sich über die Tastatur. »Ich schreib mal beide auf.«

»Hast du mittlerweile den alten Unterschlagungsfall untersucht?«, fragte Toni.

Phong schob seine getönte Brille den Nasenrücken hoch. »Na logo. Die Gerichtsunterlagen geben nicht viel her. Bei den Vernehmungen und in der Verhandlung bestritt Seek senior zunächst alle Anschuldigungen, aber die Beweise gegen ihn waren erdrückend. Schließlich bekannte er sich schuldig. Zwei Monate nach seiner Inhaftierung starb er an einem Herzinfarkt. Kein Fremdverschulden, das ist amtlich.«

»Also eine Sackgasse?«

»Sieht so aus. Zudem hat die Frau von Klaus Seek sein Alibi bestätigt. Sie hat übrigens einen drolligen Akzent. Weißt du, woher sie kommt?«

»Thailand.«

»Ich meinte eigentlich: aus welcher Region in Thailand?«

Toni sah den Kollegen konsterniert an. »Jetzt lasst uns beim Thema bleiben und nicht abschweifen. Fällt euch sonst noch was ein?«

»Die Schuhabdrücke!«, sagte Gesa. »Man könnte bei Karstadt ansetzen. Oder das Prepaidhandy!«

»Beides hoffnungslos.« Toni winkte ab und blätterte in seinem Notizbuch.

»Was ist mit Lothrohs Engagement für Ex-Knackis?«, setzte Gesa nach.

Toni schaute kurz auf. »Das ist in der Tat ungewöhnlich. Mach dir dazu ein paar Gedanken, vielleicht hast du noch eine zündende Idee. Der Antiquar Berni Werg hat bei der Befragung versprochen, dass er sich in der Szene nach dem Gemälde von Caspar David Friedrich umhört. Hat er einen von euch angerufen?«

»Nee.« Gesa schenkte sich Wasser ein. »Was ist mit dem aufgeschlitzten Schwein? Wir können nicht ausschließen, dass es mit dem Fall zusammenhängt.«

»Das stimmt«, räumte Toni ein. »Die KTU hat heute die Arbeiten im Hausboot abgeschlossen. Sobald die Auswertung vorliegt, melden sie sich. Dann wissen wir mehr. Phong, hast du die Videoüberwachung in der Lindenstraße überprüft?«

»Ja, ein Hotel südlich der Charlottenstraße hat die ganze Nacht den Eingangsbereich gefilmt. Sie benutzen eine alte Technik, bei der die Aufnahmen manuell gelöscht werden müssen, was noch nicht geschehen war. Lothroh ist dort nicht vorbeigekommen.«

»Vielleicht ist er vorher in die Brandenburger Straße abgebogen. In der Haupteinkaufsmeile werden mit Sicherheit mehrere Läden Kameras installiert haben. Möglicherweise haben wir da mehr Glück. Wir müssen jetzt nach jedem Strohhalm greifen.«

»Ich checke das.« Phong sah von seinem Monitor auf. »Ich hab hier noch was anderes. Den Lieferwagen des Antiquars Berni Werg haben wir aus den Augen verloren. Gesa hat mir erzählt, dass er in Bornim bei seinem Lager stehen soll.«

Toni klappte sein Notizheft zu. »Also gut. Der Antiquar hat bei der Befragung keinen verdächtigen Eindruck gemacht, aber sein Name fällt immer wieder, und sein Alibi ist löchrig. Wir schauen uns jetzt sein Lager und den Transporter an. Hinterher statten wir ihm einen Besuch ab und holen uns eine Vergleichsprobe. Dann sehen wir weiter.«

✳✳✳

Ohne große Hoffnung fuhren Toni und Gesa in Bornim an einem Citroën-Händler vorbei, ehe ihnen das Navigationsgerät mitteilte, dass sie die Zieladresse erreicht hatten. Am Straßenrand hielten sie in einer Parkbucht und stiegen aus. Es wehte ein leichter Wind, und die Luft roch nach Rauch.

Das Grundstück war von einer weiß gekalkten Ziegelsteinmauer umgeben, die den Blick auf das Lager versperrte. Oben war sie mit Mörtel verputzt, aus dem Glasscherben ragten. Ungebetene Gäste würden sich zweimal überlegen, ob sie eine Schnittwunde riskierten. Die Zufahrt war mit Kopfsteinen gepflastert und führte auf ein Gittertor zu. Auf den Metallflügeln thronten scharfe Zacken, die ebenfalls eine hohe Verletzungsgefahr bargen.

»Das Gelände ist ja besser gesichert als die Goldreserven in der Bundesbank«, sagte Gesa grinsend. »Fehlt nur noch, dass ein Rottweiler die Zähne fletscht.«

»Hm«, machte Toni skeptisch. Zwischen den Gitterstäben schaute er auf einen alten Werkhof, wo früher Schweißarbeiten erledigt oder Autos repariert worden waren. An den niedrigen grauen Hallen waren Schilder angebracht, deren Werbebotschaften so verblasst waren, dass sie nicht mehr zu entziffern waren. Zwischen den Gebäuden stapelten sich Eisenschrott und alte Reifen.

Versuchsweise rüttelte Toni am Tor, aber es war verschlossen. »Wenigstens hat Werg den Lieferwagen auf öffentlichem Grund geparkt. Komm, wir schauen uns den Transporter mal an.«

Der weiße Ford Transit stand längsseits vor der Mauer auf einem Grünstreifen. Er war schon älteren Baujahrs und wies am Heck Roststellen auf. In der Fahrerkabine entdeckte Toni Stifte, Pfefferminzbonbons, Formulare und einen Gummikaktus, der auf das Armaturenbrett geklebt war. Hinter den Vordersitzen befand sich eine Trennwand. Die Ladefläche war nicht einsehbar.

»Schau mal«, sagte Gesa und zeigte auf die fast schwarze Erde. »Die Abdrücke von den Reifen zeichnen sich perfekt ab. Ich mach ein paar Fotos und schick sie Phong. Mal sehen, was er damit anfangen kann.«

»Tu das«, sagte Toni und ging ein paar Schritte den Bürgersteig hinunter. Er zückte sein Smartphone und rief Marie an.

»Hallo?« Sie klang müde.

»Wir wissen jetzt, warum Lothroh deine Villa und das Firmengelände fotografiert hat. Er hat vermutet, dass dort ein Gemälde von Caspar David Friedrich und ein Goldschatz versteckt wurden. Weißt du etwas darüber?«

»Hier? Ein Schatz? Ist das dein Ernst?«

»Es klingt vielleicht etwas abenteuerlich, aber wir haben konkrete Hinweise, dass kurz vor Kriegsende mehrere Packsäcke und Sanitätskisten mit einem Lastwagen nach Kladow transportiert wurden. Wir müssen dieser Spur nachgehen. Das Versteck dürfte mindestens so groß wie eine kleine Kammer sein, damit alles reinpasst. Kannst du bitte das Gelände absuchen?«

»Wie soll ich das anstellen?«

»Lass dir was einfallen. Vielleicht erfährst du dabei auch noch mehr über deine Großmutter.«

»Ich weiß gar nicht, ob ich noch mehr wissen will.«

»Toni«, rief Gesa plötzlich und wedelte mit der Hand. »Komm mal her. Toni!«

Er machte ein paar Schritte zu der Kollegin und hielt die Hand über das Smartphone, sodass Marie nicht mithören konnte. »Was ist?«

»Die Reifenspuren passen«, erwiderte Gesa. »Mit diesem Ford Transit wurde der Leichnam an den Fundort transportiert.«

»Ist das sicher?«

»Bombensicher. Phong hat die Fotos von den Profilen übereinandergelegt. Die Übereinstimmung liegt bei hundert Prozent. Der Nachweis ist auch als Beweismittel vor Gericht zulässig.«

Toni leckte sich über die Lippen und hielt sich das Telefon ans Ohr. »Marie, ich muss Schluss machen. Melde dich bitte, wenn du was findest.« Er unterbrach die Verbindung, steckte das Smartphone ein und wandte sich an die Kollegin. »Das dürfte für einen Durchsuchungsbeschluss reichen.«

»Ich wundere mich jetzt mal nicht, warum du die Zeugin duzt«, erwiderte Gesa. »Ansonsten sieht es Phong genauso. Er ist schon los. Der Staatsanwalt und der Ermittlungsrichter sind gerade im Kommissariat, um mit Kriminalrat Schmitz zu reden. Er ist vorzeitig aus dem Urlaub zurückgekehrt.«

»Oh nein. Wieso das denn?«

»Er will uns bei den Ermittlungen unterstützen.«

»Na toll.« Auf die Hilfe seines Vorgesetzten konnte Toni getrost verzichten.

»Nun schau doch nicht so böse. Wenn wir Glück haben, kriegen wir den Durchsuchungsbeschluss sofort, und die KTU kann anrollen.«

Toni nickte. »Ich hab Hunger. Da vorne ist die Aral-Tankstelle. Komm, wir warten dort.«

Im Verkaufsraum traten sie an einen Bistrotisch, verzehrten einen Schokoriegel und tranken Kaffee. Gesa stellte Mutmaßungen an, wie der Antiquar Berni Werg in den Mord verwickelt sein könnte. Toni hielt sich aus den Spekulationen heraus. Er wollte abwarten, was die Durchsuchung des Transporters ergab. Auch sonst hatte er ein seltsames Gefühl. Irgendetwas passte nicht. Dieser Fall war möglicherweise verzwickter, als er angenommen hatte.

Es dauerte zwanzig Minuten, bis Phong sie informierte, dass der Durchsuchungsbeschluss vorlag. Eine weitere halbe Stunde verging, bis der Kriminaltechniker Tore Karlsen mit seinem Bus eintraf.

Toni sah den kriegerischen Hünen zum ersten Mal mit offenen Haaren, was sein Gesicht beinahe mädchenhaft erscheinen ließ.

»Eigentlich hatte ich schon Feierabend«, sagte Karlsen. »Aber Phong hat gesagt, dass es wichtig ist.«

»Der Transporter könnte der Durchbruch sein«, erwiderte Gesa.

»Na dann.« Karlsen schlüpfte in seinen weißen Overall und zog sich die Kapuze über. Mit einer hochauflösenden Kamera fotografierte er das Schloss, um etwaige Kratzspuren festzuhalten. Danach öffnete er einen kleinen braunen Lederkoffer und entnahm ihm ein Werkzeugset, um das ihn jeder Einbrecher beneiden würde. Er brauchte keine dreißig Sekunden, bis die Hecktüren offen standen.

Toni trat neben den Kriminaltechniker und schaute auf die Ladefläche. Sie war weitgehend leer, aber der Boden und die Seitenwände waren von einer Staubschicht überzogen. In den hinteren Ecken türmten sich kleine Hügel mit grauen Brocken und Zementkügelchen. Mit diesem Fahrzeug war eindeutig Bauschutt transportiert worden.

»Was ist das?«, fragte er und zeigte auf dunkle Flecken, die sich neben einer Rolle Malervlies abzeichneten.

Karlsen leuchtete mit der Taschenlampe hinüber. »Das sieht sehr verdächtig aus. Lothroh kann zum Zeitpunkt des Transports nicht mehr geblutet haben, aber vielleicht waren seine Haare und die Oberbekleidung noch feucht. Oder sie sind mit Wasser in Berührung gekommen und das Blut wurde rausgewaschen. Genaueres weiß ich erst, wenn ich Untersuchungen durchgeführt habe, aber ich denke, dass ihr euren Durchbruch erzielt habt.« Er winkte einen jüngeren Kollegen heran und erteilte ihm Anweisungen.

Toni biss sich auf die Unterlippe und murmelte mehr zu sich selbst: »Warum lässt Werg den Wagen hier frei zugänglich stehen? Und warum hat er die Flecken nicht weggewischt?«

Als sein Smartphone zweimal piepste, schaute der Kriminaltechniker auf das Display. Er wandte sich an Toni. »Die Spuren von deinem Hausboot sind fertig ausgewertet. An dem Schweinekopf haben wir einen Daumenabdruck sichergestellt, der einen Treffer in der Kartei ergeben hat. Offenbar ist der Einbrecher ein alter Kunde. Kennst du einen René Lichter?«

»Was?«

»Es scheint so, als wäre ein Mann, der René Lichter heißt, bei dir eingebrochen. Die Fahndung ist bereits raus.«

Toni hatte diesen Namen einige Jahre nicht mehr gehört, aber er würde ihn nie vergessen. Plötzlich ergab alles einen Sinn. Der Kratzer am Auto und das abgeschlachtete Schwein gehörten zusammen und hatten denselben Urheber. Aus ihnen sprach nicht nur Hass, sondern Wahnsinn.

Toni war sofort klar, dass er reagieren musste.

Jetzt.

Er eilte zu Gesa, die wohl gerade mit Phong telefonierte. »Kümmere dich um alles und halt mich auf dem Laufenden. Ich muss los.«

»Hä?«, machte die Kollegin und schaute ihn verständnislos an.

Toni hatte keine Zeit für Erklärungen. Noch auf dem Weg zum Auto rief er Caren an.

»Hallo«, meldete sich die Staatsanwältin.

»Wo bist du gerade?«, fragte er.

»Das ist ja eine nette Begrüßung. Ich bin zu Hause. Ich liege faul auf dem Sofa, futtere Popcorn und schau mir einen alten Film an. Wieso?«

»Ist jemand bei dir?«

»Nein, ich bin allein.«

»Bist du sicher?«

»Ja, was fragst du denn so komisch? So langsam bekomme ich Angst.«

»Hör mir jetzt gut zu. Ich will, dass du alle Fenster zumachst. Auch die beiden Dachluken. Dann schließt du die Haustür ab und legst die Kette und den Riegel vor.«

Caren war verstummt. Sie atmete geräuschvoll ein und aus. »Ist es wegen … wegen …«

»Du öffnest niemandem, bis ich da bin. Ich brauche nicht länger als zehn Minuten. Bis gleich«, sagte Toni und sprang in den Peugeot. Er setzte das Blaulicht auf das Wagendach und gab Vollgas. Sein Herz klopfte wild.

Auf der Fahrt sah er Caren vor sich. Diese großherzige, loyale und wunderschöne Frau. Sie hatte es verdient, dass es ihr gut ging. Niemand durfte ihr Angst einjagen oder ihr wehtun. Er würde sich niemals verzeihen, wenn ihr etwas zustieß.

43

Marie kniete sich im Untergeschoss der Havel-Villa auf den Boden und las den Zollstock ab. Auf den Millimeter genau ermittelte sie die Länge der Zwischenwand und verglich sie mit der Zahl aus dem Weinkeller. Sie konnte keine Differenz feststellen, die auf einen Zwischenraum hindeutete. Mit einer Suppenkelle klopfte sie die Mauern ab, aber es klang nirgends hohl. Ratlos stemmte sie die Hände in die Hüfte und schaute sich um. Auch die Waschküche und der Fitnessraum waren unauffällig gewesen. Hier unten verbarg sich bestimmt kein Schatz.

Als die Türklingel schrillte, machte ihr Herz einen Sprung. Sie hoffte, dass es Toni war. Am Telefon war er so kurz angebunden gewesen. Vielleicht tat es ihm leid, vielleicht wollte er es wiedergutmachen. Als sie die Treppe hocheilte, fragte sie sich, ob sie sich zu sehr freute. Ihr Verhältnis war platonisch und sollte es auch bleiben. Vielleicht musste sie sich etwas zurücknehmen.

Sie drückte auf den Knopf der Gegensprechanlage und sagte: »Hallo?«

»Hier ist dein Vater«, erklang es knisternd aus den Lautsprechern.

Marie spürte, wie ihre Hochstimmung verpuffte. »Was willst du?«, fragte sie hart und rief sich sogleich zur Ordnung. Sie wollte nicht, dass er wusste, wie es in ihr aussah. Ihm gegenüber wollte sie keine Gefühle preisgeben. Sie wollte so neutral wie möglich klingen.

»Am besten lässt du mich rein. Dann können wir in Ruhe reden.«

»Es gibt nichts zu bereden. Bei der Testamentseröffnung war ich deutlich genug. Ich will weder dich noch deine Geschwister jemals wiedersehen.«

»Ich möchte etwas Geschäftliches mit dir besprechen. Es ist wichtig.«

»Auch da gibt es nichts zu klären. Du kannst mit der Firma tun und lassen, was immer du willst.«

»Marie, bitte.«

Sie schloss für einen Augenblick die Augen und atmete tief durch. »Du hast eine Minute.«

»Ich hab deine Doktorarbeit gelesen.«

»Was?«

»Sie ist gut geschrieben. Du hast das Magna cum laude zu Recht erhalten, aber ich hab mich die ganze Zeit gefragt, ob dich die Goldene Bulle Karls IV. wirklich so interessiert hat, dass du ihr sieben Jahre deines Lebens opfern musstest.«

»Du bist hergekommen, um über meine Dissertation zu reden?«

»Ich war schon von deiner Fächerwahl überrascht. Wer studiert schon Mittelalterliche Geschichte? Ich hab dich nie zwischen staubigen Pergamenten gesehen. Du bist eine Macherin, so wie ich, du brauchst einen praktischen Bezug.«

»Du hast keine Ahnung, wer oder was ich bin. Deine Zeit ist fast abgelaufen. Komm zum Punkt.«

»Marie, ich werde alt. Ich werde bald siebzig. Außerdem habe ich gesundheitliche Probleme.«

Hieß das, dass er sterben würde? Marie spürte einen Stich in der Herzgegend. Sofort schaltete sich ihr Verstand ein. Sie wollte diese emotionale Reaktion nicht. Ihr Vater war nie da gewesen, als sie ihn brauchte, er war nie ein Teil ihres Lebens gewesen, also konnte sie ihn auch nicht verlieren. »Die Minute ist um. Mach's gut.«

»Warte«, rief ihr Vater. »Ich will dich zu meiner Nachfolgerin aufbauen. Ich will, dass du die Firma in ein paar Jahren übernimmst. Bitte lass mich rein, dann können wir alles in Ruhe bereden.«

Marie atmete schwer. Was bildete er sich ein? Glaubte er, dass er hier aufkreuzen und ihr Leben durcheinanderwerfen konnte? »Wenn du wirklich reden willst, kannst du zuerst ein paar Fragen beantworten. Was weißt du über einen Goldschatz, der hier im Haus versteckt ist?«

»Ein Goldschatz? Was für ein Goldschatz?«

»Das ist keine Antwort. Ja oder nein?«

»Bestimmt nicht.«

»Wusstest du, dass deine Mutter eine Nationalsozialistin war?«

Ihr Vater schwieg. Die Stille dehnte sich zu einer Ewigkeit.

»Rede endlich«, schrie Marie.

»Das ist lange her.«

»Für mich nicht. Für mich ist es ganz neu. Ich hab erst heute davon erfahren.«

»Marie, jemand könnte vorbeikommen und uns zuhören. Willst du mich nicht reinlassen?«

»Die Leute sind mir egal. Ich will nur wissen, warum mir niemand was gesagt hat.«

»Es war besser so. Du hättest es nicht verstanden. Du hast keine Ahnung, wie es früher bei uns zuging.«

»Dann erzähl es mir.«

44

Schweden, 1967

Lydia rumpelte mit dem schweren Volvo-Geländewagen TP21 über die Forstwege des Guts Hellström. Sie liebte den schwedischen Wald. An vielen Stellen wirkte er so urwüchsig, als hätte ihn niemals ein Mensch betreten. Vereinzelte Lichtstrahlen fielen durch das dichte Geäst und trafen auf den moosigen Grund. Von Zeit zu Zeit sah sie das Schaufelgeweih eines flüchtenden Elchbullen.

Die abenteuerliche Fahrt über sandige Flächen, Schlaglöcher und Wurzeln bot ihr eine willkommene Abwechslung. Seit ihrer Ankunft vor zweiundzwanzig Jahren hatte sie die Ländereien nicht mehr verlassen. Zuerst hatte es Arvid so bestimmt. Er hatte eine genaue Vorstellung von den Aufgaben seiner Ehefrau. Später hatte sie es selbst nicht mehr gewollt.

Vier Kinder hatte sie geboren. Sie hatte sich das Klavierspiel beigebracht und neue Hortensien- und Lilienarten gezüchtet. Zweifellos genoss sie all den Luxus und die Privilegien. Nur manchmal fehlte ihr eine Freundin wie Vreni. Was wohl aus ihr geworden war? Lydia hatte oft mit dem Gedanken gespielt, Kontakt zu ihr aufzunehmen, aber dann war ihr immer etwas dazwischengekommen.

An der öffentlichen Straße trat sie auf die Bremse und parkte im Schatten eines Baumes. In dieser Gegend gab es kaum Verkehr. Eine Viertelstunde verstrich ereignislos, bis sich ein Auto näherte. Es war der angekündigte schwarze Mercedes, der auf der anderen Seite hielt.

Lydia ließ die Scheinwerfer zweimal aufflammen. Kurz darauf stieg ein Mann aus, nahm eine Ledertasche aus dem Kofferraum und klopfte auf den Deckel. Während der Mercedes langsam davonrollte, überquerte der Mann die Straße und stieg auf der Beifahrerseite ein. Im Wageninneren reichte er ihr die Hand und sagte: »Sie sind es wirklich! Zuerst konnte ich es kaum glauben. In Deutschland hält man sie für tot.«

Lächelnd startete Lydia den Motor. »So kann es meinetwegen auch bleiben.«

»Natürlich. Wegen mir brauchen Sie sich keine Gedanken zu machen. Ich bin verschwiegen wie ein Grab. Mein Name ist übrigens Schmidt. Karl Schmidt, geboren am 10. September 1909 in Düsseldorf. So steht es jedenfalls in meinem Pass.«

»Es freut mich sehr, Sie kennenzulernen, Herr Schmidt«, erwiderte Lydia, lenkte den schweren Geländewagen auf den Forstweg und betrachtete ihren Passagier von der Seite. Er hatte grau melierte Haare, die schon lange nicht mehr fachgerecht geschnitten worden waren. Sein Gesicht hatte scharfe Züge, die ihm ein vergeistigtes Aussehen verliehen. Er war unrasiert und trug einen billigen Anzug. Sein weißer Hemdkragen war speckig. Seine vernachlässigte Erscheinung stand in einem auffälligen Kontrast zu seiner kultivierten Sprechweise.

Lydia verzichtete auf Fragen nach seiner wahren Identität. Die wenigen Gäste, die sie bewirteten, befanden sich in einer schwierigen Rechtssituation. »Auf Gut Hellström finden Sie alles, was Sie brauchen. Vor allem können Sie zur Ruhe kommen.«

»Ich weiß gar nicht, wie ich Arvid und Ihnen danken soll. Bitte nennen Sie mich Karl. Wenn Sie mir die Bemerkung gestatten – Sie sehen immer noch so reizend wie in Ihren Filmen aus. Meine Frau hat sie sehr bewundert. Sie hat ›Das weite Meer‹ ein Dutzend Mal im Kino angeschaut. Ihre Darstellung war ihr ein großer Trost, als ich an der Front war.«

»Warum haben Sie Ihre Frau nicht mitgebracht?« Lydia war die Frage herausgerutscht. Sie bereute sofort, dass sie sie gestellt hatte.

Entsprechend niedergeschlagen wirkte Herr Schmidt. »Es sind andere Zeiten. Die Helden von einst sind die Sündenböcke von heute. Aber wem sage ich das? Sie müssen über die aktuelle Berichterstattung entsetzt sein. Es ist einfach nur ekelhaft, dass eine so großartige Künstlerin wie Sie diffamiert und entehrt wird.«

»Was meinen Sie?«

Jetzt schaute Herr Schmidt sie von der Seite an. »Ach, Sie wissen es nicht?«

»Schon seit einigen Jahren verfolge ich die deutschen Nachrichten nicht mehr.«

Herr Schmidt senkte verlegen den Blick. »Bitte ignorieren Sie das Geschwätz eines einsamen Mannes.«

»Jetzt reden Sie schon.«

»Sind Sie sicher?«

»Natürlich.«

»Kennen Sie Renate Rohlfs?«

»Früher einmal. 1942 haben wir uns für ein paar Wochen ein Hotelzimmer geteilt. Damals war ich gerade von der Filmakademie aufgenommen worden. Später habe ich sie aus den Augen verloren. Lebt sie noch?«

»Sie ist sogar sehr munter. Nach dem Krieg ist sie Zeitungsredakteurin geworden und schreibt für ein linkes Hamburger Blatt. Sie hat es sich zur Lebensaufgabe gemacht, im Morast zu wühlen und gute Deutsche mit Dreck zu beschmeißen. Vor einem halben Jahr hat sie ihre Memoiren veröffentlicht. Darin berichtet sie ausführlich über ihre Zeit als Schauspielerin und über ihre Haft im Konzentrationslager Ravensbrück.«

»Sie war in Ravensbrück?«

»Angeblich wegen defätistischer Schriften. In ihrem Buch behauptet sie, dass die Gestapo ihr die Blätter untergeschoben hat. Das ist schon schwer zu glauben, aber es kommt noch dicker. Sie beschreibt nämlich, was man als Frau tun musste, um im Dritten Reich Filmkarriere zu machen. Ich habe dieses schreckliche Machwerk gelesen. Es ist schade ums Papier.«

»Was sagt sie über mich?«

»Ach, es ist eine böswillige Aneinanderreihung von Tatsachenverdrehungen und Lügen. Wahrscheinlich wollte sie nur Ihre Popularität nutzen, um die Verkaufszahlen zu steigern. Frau Rohlfs behauptet, dass Sie sich prostituieren mussten, um vom Reichsminister Ihre erste Hauptrolle zu bekommen.«

Lydia spürte, wie ihr die Hitze ins Gesicht schoss. »Das geht niemanden etwas an. Selbst wenn es so gewesen wäre, steht es keinem Außenstehenden zu, ein Urteil über mich zu fällen.«

»Das sehe ich genauso, aber Sie wissen wahrscheinlich nicht, welches politische Klima in Deutschland gerade herrscht. Ein Auschwitz-Prozess jagt den nächsten. Alles, was nur einen Hauch nationalsozialistisch ist, hat das Stigma des Bösen.«

»Meinen Sie etwa mich?«

»Nun ja, man wusste ja bereits, dass Sie regimetreu waren, aber nach der Veröffentlichung dieses Buches gelten Sie als die Geliebte des Teufels. Sie sind zum Inbegriff all dessen geworden, was in Deutschland verdammenswert und schlecht ist. In der Öffentlichkeit werden Sie als gewissenlose Opportunistin dargestellt, die auf Leichenbergen tanzt und dabei Champagner trinkt.«

»So schlimm?«

»Noch schlimmer, als Sie sich vorstellen können. Zahlreiche Schauspieler, Autoren und Musiker haben sich gemeldet und sich von den Schilderungen in dem Buch distanziert. Keiner von ihnen will bei Goebbels zu Gast gewesen sein. Alle behaupten, dass sie ihn verabscheut hätten und die Rollen nur unter Zwang angenommen hätten. Für alle diese Wendehälse müssen Sie als Sündenbock herhalten. Mit dem Finger zeigen sie auf Sie und lenken von der eigenen Person ab.«

»Können Sie Namen nennen?«

Herr Schmidt nannte ein paar.

»Die kenne ich alle, die haben alle dem Reichsminister geschmeichelt und ihn hofiert.«

»Ich weiß. Mir brauchen Sie nicht zu erklären, wie dieses Schmierentheater funktioniert. In der sogenannten Bundesrepublik sind alle verrückt geworden. Plötzlich will jeder Deutsche ein Widerstandskämpfer gewesen sein, oder er hatte zumindest einen jüdischen Freund, dem er etwas Brot zugesteckt hat. Es ist erbärmlich. Nur ihr alter Schauspielkollege Gustl Friedmann zeigt Charakter und hat Sie verteidigt.«

»Gustl!«, sagte Lydia dankbar.

»Na ja, aber man muss Ihre Künstlerkollegen auch verstehen.

Viele von ihnen wurden nach dem Krieg mit einem Auftrittsverbot belegt. Jetzt sind sie sehr darum bemüht, ihre weiße Weste zu wahren. Für sie geht es um die Existenz. Trotzdem ist diese Scheinheiligkeit kaum auszuhalten. Insbesondere, wenn man selbst in das Zentrum der Teufelsaustreibung geraten ist.«

Den Rest der Fahrt verbrachten sie schweigend. Beide hingen ihren Gedanken nach und ließen ihre Blicke über den glitzernden See, das Försterhaus und den Schießstand schweifen. Lydia fühlte sich verraten. Dieselben Leute, die ihr gestern zugejubelt hatten, klagten sie heute an. Warum kehrten sie nicht vor der eigenen Haustür? Da lag bestimmt genügend Dreck. Außerdem war es Lydia peinlich, dass Millionen Deutsche über ihre Affäre mit dem Reichsminister Bescheid wussten. Sie würde den Schaden nicht beheben können, aber vielleicht konnte sie ihn begrenzen. Zu Hause würde sie sich in Ruhe überlegen, ob und wie sie sich in dieser Angelegenheit verhalten sollte.

Als sie den Wagen vor dem Eingang des Herrenhauses zum Stehen brachte, hatte sie sich halbwegs wieder unter Kontrolle.

»Lassen Sie Ihre Tasche ruhig im Wagen«, sagte sie. »Der Diener holt sie später und bringt sie in Ihr Zimmer. Auspacken können Sie heute Abend. Jetzt warten Arvid und die Kinder auf Sie.«

Lydia ging Herrn Schmidt voraus. Sie stieg die Steinstufen hoch, öffnete die kunstvoll gedrechselte Tür und betrat die Eingangshalle. Die Überraschung war perfekt vorbereitet. Ihre Familie stand Spalier und riss den Arm zum deutschen Gruß empor. Dann stimmte sie das Horst-Wessel-Lied an:

»Die Fahne hoch! / Die Reihen fest geschlossen! / SA marschiert / Mit ruhig festem Schritt / Kam'raden, die Rotfront und Reaktion erschossen, / Marschier'n im Geist / In unser'n Reihen mit …«

Dieser Empfang wurde nur zelebriert, wenn ein besonderer Gast eintraf. Arvid hatte seine Offiziersuniform angelegt, die er im Finnischen Winterkrieg getragen hatte. Von seiner Brust baumelten Orden. Ihre Söhne Rolf und Arndt waren mit den braunen Hemden, den kurzen schwarzen Hosen und den Kniestrümpfen der Hitlerjugend bekleidet, die originalgetreu vom Hausschneider angefertigt wurden. Die Hakenkreuzbinden spannten über ihren kräftigen Oberarmen. Die vierzehnjährige Edda sah in der BDM-Tracht sehr würdevoll aus. Mit ihren langen blonden Haaren, den durchdringenden blauen Augen und der schmalen Nase war sie von einer kühnen nordischen Schönheit und kam ganz nach ihrem Vater.

Lydia ließ sich von der feierlichen Stimmung mitreißen und spürte, wie ihr ein Schauer über den Rücken lief. Ach, wie sie die Fackelumzüge und das ganze Brimborium des Dritten Reichs vermisste!

Herr Schmidt war so gerührt, dass er spontan in Tränen ausbrach. Als der Liedvortrag beendet war, riss er den Arm hoch und verhaspelte sich völlig, als er schrie: »Sieg Heil! ... Heil Hellström! ... Heil ... Heil Hitler!« Er umarmte Arvid heftig und wurde nicht weniger stürmisch von einem Politiker der Nysvenska Rörelsen, der Neuschwedischen Bewegung, begrüßt, der ebenfalls zu Gast war.

Bei dem anschließenden Festmahl wurde viel getrunken. In dem Speisesaal roch es bald nach verschüttetem Bier und Zigarrenqualm. Herr Schmidt erzählte aufgeregt, dass es ehemaligen Angehörigen der SS gelungen sei, den israelischen Geheimdienst Mossad zu infiltrieren. Schon bald werde der Fäulnisprozess einsetzen und der Judenstaat von innen verderben. In den dreißiger und vierziger Jahren hatte er Heinrich Himmler persönlich kennengelernt, den er in einem sentimentalen Moment »Heini« nannte. Einige Anekdoten über den SS-Führer führten zur allgemeinen Erheiterung. Auch Lydia musste aus dem Leben einiger NS-Größen berichten, denen sie begegnet war. Sie genoss die Aufmerksamkeit und merkte, wie die Männer sie um die Nähe zum Regime beneideten. Danach schwelgten Herr Schmidt, Arvid und der schwedische Politiker, der in der SS-Division Nordland gedient hatte, in Kriegserinnerungen. Um der Gefallenen zu gedenken, sprangen sie plötzlich von den Stühlen auf, rissen den Arm zum deutschen Gruß empor und stimmten ein Kampflied an.

Lydia fiel auf, dass ihre Kinder gähnten und sich die Augen rieben. Also erlaubte sie ihnen, sich zu entfernen und sich ihren Übungen zu widmen, die sie vor der Nachtruhe absolvieren mussten. Rolf, Arndt und Edda verabschiedeten sich formvollendet und verließen den Raum.

Auch wenn Lydia es nur selten zeigte, war sie sehr stolz auf ihre Kinder. Aus dem bayrischen Internat hatten sie hervorragende Zeugnisse mitgebracht. In einem Brief lobte der Direktor ihre Ernsthaftigkeit, ihren Fleiß und ihre Disziplin. Nach dem Schulabschluss würde ihnen die Welt offenstehen. Das waren Voraussetzungen, von denen sie als Tochter eines Leipziger Kneipenwirts nicht einmal zu träumen gewagt hätte.

Von Beginn an hatte ihr Ehemann die Erziehungsrichtlinien festgelegt und folgte dabei dem nationalsozialistischen Ansatz. Der Umgang erschien Lydia zu dogmatisch und lieblos, aber der Erfolg belehrte sie eines Besseren. Mit den Jahren setzte sie die Vorgaben immer gewissenhafter um.

Einfach ausgedrückt propagierte Arvid das Motto: Gut ist, was hart macht. In den Ferien schulte er seine Kinder selbst. Dabei war er sehr streng. Zwar hatte er nie die Hand erhoben, aber er forderte absoluten Gehorsam und griff bei dem kleinsten Verstoß zu drakonischen Strafmaßnahmen, die jeden Widerstand im Keim erstickten.

Nur der älteste Sohn Ludvig ließ sich nicht einschüchtern. Mit leiser Stimme und gesenktem Kopf verweigerte er die Teilnahme an den Schießübungen, der Körperertüchtigung und den ideologischen Vorträgen. Auch Drohungen und »erzieherische« Demütigungen konnten ihn nicht umstimmen. Er ließ alles über sich ergehen und zog sich still in sein Zimmer zurück, wo er sich wahrscheinlich auch jetzt aufhielt. Schon am frühen Morgen hatte es zwischen ihm und seinem Vater einen Krach gegeben.

Ludvig war ein musischer und zartfühlender Mensch, dem jede Art von Grobheit körperliches Unbehagen bereitete. Lydia hatte mittlerweile begriffen, dass er niemals den robusten Soldatentyp verkörpern würde, den sich sein Vater wünschte. Sie wusste nur nicht, wie sie es ihrem Mann verständlich machen sollte. Er hasste Weichlinge und Abweichler. Jeder Vermittlungsversuch wurde von ihm rigoros unterdrückt. Mit den Jahren war er immer cholerischer geworden. Diese Neigung hatte sich durch seine Trinkerei noch verstärkt. Aus dem Nichts konnte er so heftig aufbrausen, dass sie selbst vor Angst erstarrte.

»Lydia«, brüllte ihr Mann plötzlich. »Sing uns ein Lied.«

»Ach, bitte«, stimmte Herr Schmidt sogleich ein. »Es kommt so selten vor, dass man einer so großartigen Künstlerin in privatem Rahmen begegnet. Würden Sie vielleicht ›Im Mondenschein mit dir allein‹ singen? Es erinnert mich an glückliche Tage.«

Lydia wusste aus Erfahrung, dass die Männer zu betrunken waren, um ein akzeptables Publikum abzugeben. Bei solchen Kameradschaftsabenden bestand die Gefahr, dass die Stimmung ins Vulgäre kippte. Als einzige Frau würde sie einen schweren Stand haben. »Meine Herren«, sagte sie deshalb und erhob sich. »Es tut mir leid, aber ich muss die Übungen der Kinder überwachen. Vielleicht kann ich den Vortrag morgen nachholen.«

»Du bist mein Weib und tust gefälligst, was ich dir sage«, drohte Arvid.

Lydia zögerte. Vielleicht einen Augenblick zu lang. Sie wich seinem stechenden Blick aus. »Aber nur ein oder zwei Stücke.«

»Nein«, schrie Arvid. »Ich entscheide, wann Schluss ist, und sonst niemand. Jetzt fang endlich an.«

»Ist ja gut.«

Mit hocherhobenem Haupt ging Lydia zum Klavier. Sie ärgerte sich bereits, dass sie nachgegeben hatte. Ihr Mann würde ihr Einlenken als Schwäche auslegen. Für ihn war das ganze Leben ein Eroberungsfeldzug. Er musste ständig andere Menschen herausfordern und bezwingen. Vermutlich war er deshalb beruflich so erfolgreich. Sie knipste die kleine Lampe an und klappte den Deckel hoch. Als sie sich auf den Hocker setzte, erklang ein Schrei, aus dem das blanke Entsetzen sprach.

Lydia hielt den Atem an und horchte. Sie erfasste instinktiv, dass etwas Schlimmes passiert war. Hilfesuchend blickte sie zu ihrem Mann, der sie nur dümmlich angrinste. Offenbar genoss er seinen kleinen Sieg. Von ihm konnte sie keine Unterstützung erwarten. Also sprang sie auf und rannte los. Sie riss die Tür auf, hetzte durch die Halle und stürmte die Treppe hinauf. Da ertönte ein zweiter Schrei. Er klang genauso schrill und verzweifelt. Er kam aus dem Obergeschoss. Von dort, wo sich die Privaträume befanden.

45

Marie stand noch an der Gegensprechanlage. »Was ist damals passiert?«

»Ich hab ihn gefunden«, sagte ihr Vater. »Ich hab meinen älteren Bruder Ludvig gefunden. Er hatte eine Spritze im Arm und war schon mehrere Stunden tot.«

»Hat er sich den goldenen Schuss gesetzt?«

»Nein, die schlechte Qualität des Stoffes hat ihn umgebracht. Mein Vater hat Nachforschungen anstellen lassen. Ludvig hat das Heroin in Stockholm von einem befreundeten Arzt gekauft, der selbst süchtig war und es so gestreckt hat, dass noch ein anderer Konsument umgekommen ist. Es war ein Unfall. Ein schrecklicher Unfall. An jenem Tag wollte Ludvig nicht sterben, aber natürlich stellt sich die Frage, warum er das Zeug überhaupt genommen hat.«

»Was glaubst du?«

»Ich weiß es sogar. Ludvig hatte sich in einen älteren Mann verliebt. Ein paar Wochen vor seinem Tod hat er sich mir anvertraut. Er war verzweifelt und wusste keinen Ausweg. Wenn meine Eltern davon erfahren hätten, hätten sie ihn mit Elektroschocks behandeln lassen. Mein Vater bevorzugte die Radikallösung.«

»Oma auch?«

»Vielleicht war sie nicht so extrem, aber sie kam nicht gegen ihn an. Sie befolgte seine Anweisungen, ließ vieles geschehen und wurde so zu seinem Werkzeug.«

»Warum hast du nicht gegen ihn rebelliert?«

»Ich? Du kanntest ihn nicht. Er konnte grausam sein. Zwar hat er uns Kinder nie geschlagen, aber er hatte ein Gespür für unsere Schwächen und attackierte uns mit seinen Worten so brutal, dass man sich nur schwer von den seelischen Verletzungen erholte. Hinterher überlegten wir uns zweimal, ob wir ihn noch einmal herausfordern wollten. Außerdem duldete er keinen Widerspruch. Wir waren seine Geschöpfe und mussten seine Befehle befolgen.«

»Und trotzdem hast du die Geheimnisse deines Bruders bewahrt?«

»Ja, ich hatte Angst um Ludvig. Ich wollte nicht, dass er zu einem geistigen Krüppel gemacht wird. Das war wohl meine erste eigenständige Entscheidung. Später, als Student in Heidelberg, habe ich auch die politischen Überzeugungen meines Vaters hinterfragt, aber ich hab das für mich behalten. Er war kein Mensch, mit dem man diskutieren konnte. Er war durch und durch ein Patriarch. Er thronte über allen und hatte das letzte Wort.«

Je tiefer Marie in die Geschichte ihrer Familie eintauchte, desto mehr verstand sie das Verhalten der einzelnen Mitglieder. Die nationalsozialistische Saat war in ihrem Onkel und der Tante aufgegangen. Sie fochten den ideologischen Kampf weiter. Maries Vater hingegen war der Einzige, der es im Laufe der Jahre geschafft hatte, sich von dem braunen Gedankengut zu lösen. Wahrscheinlich lag hier die Ursache für sein schwieriges Verhältnis zu den Geschwistern. »Was hat das alles mit mir zu tun?«

Ihr Vater zögerte einen Moment. »Dass mein Bruder Drogen genommen hat und daran gestorben ist, konnte ich noch verstehen. Unsere Eltern waren so hart und fanatisch. Da war kein Platz für Individualität oder Homosexualität. Aber dass sich meine Frau umgebracht hat, konnte ich nicht begreifen. Zuerst dachte ich, dass ich genauso kalt und gnadenlos geworden sei wie mein Vater und dass ich die Schuld an ihrem Tod hätte. Diesen Gedanken konnte ich nicht ertragen, er machte mich kaputt. Ich fing an zu trinken. Ich war damals so verzweifelt, dass ich nach jedem Rettungsanker griff. Ich brauchte einen Schuldigen. Und das warst du.«

»Ein Baby?«

»Vor deiner Geburt war alles in Ordnung gewesen, danach lag mein Leben in Trümmern.«

Marie musste dieses Geständnis erst mal verdauen. »Und dann hast du mich zu Oma gegeben?«

»Nicht ganz. Sie hat bemerkt, dass ich deine Nähe mied und dass ich dich von einer Erzieherin betreuen ließ. Irgendwann ist sie zu mir gekommen und hat mich gebeten, für dich sorgen zu dürfen. Ich war natürlich skeptisch. Ich wusste, was es bedeutete, von ihr erzogen zu werden, aber es war ihr außerordentlich wichtig. Man könnte fast sagen, dass sie mich angefleht hat.«

»Warum?«

»Ich glaube, dass sie all die Jahre ein schlechtes Gewissen wegen Ludvig hatte. Mittlerweile war ihr klar geworden, dass sie bei ihren eigenen Kindern etwas versäumt hatte. An dir wollte sie es wiedergutmachen.«

»Jetzt verstehe ich ihr Verhalten.«

Eine Zeit lang schwiegen beide.

»Was ist nun mit der Stelle? Wirst du dir mein Angebot überlegen?«, fragte ihr Vater. Er war hörbar angeschlagen.

»Nicht jetzt«, erwiderte Marie. »Vielleicht melde ich mich bei dir, wenn ich weitere Fragen habe.«

»Marie?«

»Ja?«

»Es tut mir leid«, sagte ihr Vater mit brechender Stimme. »Du glaubst gar nicht, wie leid mir alles tut. Ich war damals nicht bei mir. Deine Mutter war der erste Mensch, bei dem ich menschliche Wärme erfahren hatte. Ihr Tod hat mich aus der Bahn geworfen. Wenn ich noch einmal die Chance hätte, würde ich alles anders machen.«

Marie spürte, wie ihre Beine nachgaben. Sie hielt sich an der Türklinke fest. Instinktiv erfasste sie, dass sie diese Worte all die Jahre ersehnt hatte. Sie hatte große Mühe, weiterhin sachlich zu klingen, als sie sagte: »Ich hab jetzt zu tun.«

Sie ließ den Knopf an der Gegensprechanlage los und wankte in den Salon, wo sie sich an die große Panoramascheibe lehnte. Sie blickte nach draußen, ohne die Inseln und bewaldeten Ufer zu sehen. Ihr Kopf war leer, in ihren Ohren summte es. Bestimmt zehn Minuten verstrichen, bis sich wieder ein Gedanke regte.

Die Nationalsozialistin, die strenge Mutter und die liebende

Oma waren tatsächlich ein und derselbe Mensch. Der Tod des Sohnes hatte einen Persönlichkeitswandel bewirkt, aber etwas verstand Marie noch nicht. Warum hatte sich ihre Großmutter aus der Öffentlichkeit zurückgezogen? Hing es mit dem zusammen, was hier in der Villa versteckt war? War sie all die Jahre die Hüterin eines Geheimnisses gewesen?

46

Toni saß in der Dachgeschosswohnung auf dem Sofa und betrachtete Caren, die neben ihm Platz genommen hatte. Sie kratzte am Nagelbett ihres Daumens, bis das Blut zum Vorschein kam, und merkte es nicht. Es tat Toni weh, sie in diesem Zustand zu sehen.

»Ist dir in den vergangenen Wochen jemand gefolgt?«, fragte er so sanft wie möglich.

»Es geht doch um René Lichter«, erwiderte sie. »Er ist wieder hinter mir her, stimmt's?«

René Lichter war ein Maurer aus Brandenburg, der vor einigen Jahren auf einer benachbarten Baustelle gearbeitet hatte. Auf dem Fußweg zum Justizzentrum war Caren ihm jeden Morgen begegnet. Zunächst hatte er sie nur gegrüßt, dann hatte er auf sie gewartet, um ihr Blumen und Geschenke zu überreichen. Er lauerte ihr an den unmöglichsten Orten auf, um ihr seine Gefühle zu bekunden. Schließlich brach er sogar in ihre Wohnung ein und verstaute seine Jacken, Hosen und die Unterwäsche in ihrem Kleiderschrank. Er war der festen Überzeugung, dass sie füreinander bestimmt waren. Polizeiliche Maßnahmen, richterliche Anordnungen und Drohungen waren für ihn nur Prüfungen. Alles, was diese »Liebe« gefährdete, empfand er als Bedrohung. Schließlich wurde er in eine geschlossene Anstalt eingeliefert.

»Momentan scheint er eher hinter mir her zu sein«, sagte Toni. »Er ist in mein Hausboot eingestiegen und hat das Schwein aufgeschlitzt. Ich gehe davon aus, dass er auch meinen Wagen zerkratzt hat. Er sieht in mir einen Konkurrenten. Wahrscheinlich folgt er uns schon länger und weiß, dass wir im vergangenen Jahr öfter mittags zusammen gesessen haben. Außerdem waren wir ein- oder zweimal im Kino. Als er gesehen hat, dass ich am Sonntag bei dir war, ist er endgültig durchgedreht.«

»Dann fährt er wieder seinen Film. Ich dachte, er sei geheilt.«

Toni wusste, dass Stalking ein Phänomen war, das sich nicht über Monate, sondern über Jahrzehnte erstreckte. »Vielleicht braucht er noch ein paar Therapiestunden.«

»Du musst ihn gar nicht so verharmlosen. Ich weiß genau, was los ist. Er wird nicht eher Ruhe geben, bis ich ihm gehöre, und da ich nicht freiwillig zu ihm gehe, wird er mich am Ende töten.«

»Nein«, entgegnete Toni entschlossen. »Das werde ich nicht zulassen.«

»Du kannst nicht immer bei mir sein.«

»Das vielleicht nicht, aber …« Er unterbrach sich und überlegte kurz.

»Aber?«

»Mach dir jetzt keine Sorgen. Vielleicht beruhigt dich ein Blick auf die Statistik. Danach wird nur jeder fünfte Erotomane gefährlich, und das auch nur, wenn zwischen ihm und dem Opfer eine Vorbeziehung bestanden hat. Zwischen euch gab es nie eine reale Verbindung.«

»Dann kann ich ja aufatmen. Ich frage mich nur, warum du herrast und ein solches Spektakel veranstaltest.«

Weil René Lichter Grenzen überschritten hat, dachte Toni. Sein Verhalten hatte sich verändert. Früher hatte er – bis auf das Aufbrechen von Carens Wohnungstür – keine Gewalt angewendet. Mittlerweile beschädigte er Autos und tötete Tiere. Das war eine Eskalation. Wenn er sich weiter steigerte, würde er seinen Vernichtungswillen bald gegen Menschen richten, die ihn enttäuscht hatten oder die der Erfüllung seiner Sehnsucht im Weg standen.

Die Ärzte hatten ihm eine Schizophrenie mit erotomanischen Zügen bescheinigt. Jetzt war die psychische Erkrankung wieder ausgebrochen und hatte sich stärker als zuvor manifestiert. Der weitere Verlauf war nicht absehbar, aber barg eine Gefahr für Leib und Leben der Beteiligten.

»Heute Nacht bleibe ich hier«, sagte Toni. »Hast du jemanden, den du morgen besuchen und bei dem du eine Weile untertauchen kannst?«

»Du willst, dass ich die Stadt verlasse? Schätzt du die Situation so bedrohlich ein?«

»Es ist nur eine Vorsichtsmaßnahme. Lichter hat sich einiges zuschulden kommen lassen. Die Fahndung ist bereits raus, aber es wird ein, zwei Tage dauern, um ihn aus dem Verkehr zu ziehen. Solange möchte ich dich aus der Gefahrenzone wissen. Wenn die Luft rein ist, kehrst du zurück.«

»Ich könnte zu meinem Sohn fahren. Du weißt ja, er studiert in München.«

»Das ist eine gute Idee. Ich bringe dich morgen früh zum Berliner Hauptbahnhof. Wir benutzen die öffentlichen Verkehrsmittel, dann können wir sehen, ob Lichter uns folgt. Alle elektronischen Medien wie Handy, Tablet und Laptop lassen wir hier. Es kann sein, dass er uns ein Überwachungsprogramm untergejubelt hat.«

»Was ist mit dir? Bisher richteten sich seine Attacken ausschließlich gegen dich.«

»Falls er sich tatsächlich in meine Nähe traut, werde ich vorbereitet sein.« Toni klopfte auf sein Pistolenholster. »Kannst du mich morgen von München aus im Kommissariat anrufen? Am besten benutzt du einen öffentlichen Fernsprecher. Dann weiß ich, dass alles in Ordnung ist.«

Caren nahm eine aufrechte Sitzhaltung ein. Zum ersten Mal wirkte sie halbwegs gefestigt. »Ich weiß gar nicht, wie ich dir danken soll. Du hast in den vergangenen Jahren so viel für mich getan.«

»Mir würde da schon etwas einfallen. Seit dem Frühstück hab ich nichts Vernünftiges mehr gegessen.«

Caren stand sofort auf und begab sich in die offene Küche, wo sie ein Bauernomelett und einen gemischten Salat zubereitete. Zuerst war sie sehr schweigsam. Nach und nach ließ sie sich auf eine Unterhaltung ein, in der nur harmlose Themen zur Sprache kamen.

Toni musste die ganze Zeit daran denken, dass ein Irrer diese wunderbare Frau belästigte und ihr psychische Gewalt antat. Die Folgen einer seelischen Misshandlung wurden häufig unterschätzt, aber sie konnten genauso dramatisch wie nach einem körperlichen Übergriff sein. Am liebsten würde Toni diesem Mistkerl den Hals umdrehen.

Mit den Tellern und der Schüssel setzten sie sich an den Tisch und begannen mit der Mahlzeit. Toni beobachtete, wie ihre vollen, geschwungenen Lippen den Glasrand berührten. Ihr Schlüsselbein war bei dem weiten Pulloverausschnitt gut sichtbar.

Vor einigen Jahren hatte er einen erotischen Traum gehabt, der so intensiv gewesen war, dass er sich noch heute an ihn erinnerte. In ihm hatte er mit seiner damaligen Frau Sofie geschlafen. Das hatte er zumindest geglaubt, bis sie ihm das Gesicht zugewandt hatte. Dann hatte er erkannt, dass es Caren gewesen war. Er hatte sie so heftig begehrt, dass er nach dem Erwachen noch lange erregt gewesen war.

»Was schaust du mich so an?«, fragte sie und legte ihre Gabel beiseite.

»Entschuldige«, sagte er verlegen und war froh, als sein Smartphone vibrierte. Er blickte kurz auf das Display. »Da muss ich rangehen.« Toni stand auf, bewegte sich in Richtung der Fenster und nahm den Anruf entgegen.

»Was war vorhin los?«, fragte Gesa. Offenbar hatte sie nicht mit Tore Karlsen über den Grund seines Aufbruchs geredet, denn der Name René Lichter dürfte ihr ebenfalls bekannt sein.

»Das erzähle ich dir morgen. Was habt ihr rausgefunden?«

»In dem Lieferwagen wurden tatsächlich Blutspuren sichergestellt. Daraufhin hat der Ermittlungsrichter den Durchsuchungsbeschluss auf das Lager, das Antiquitätengeschäft und die Privatwohnung ausgeweitet.«

»Und?«

»In einer der Hallen hängen echte SS- und SA-Uniformen an Schaufensterpuppen. Das ist vielleicht abgefahren. Ich frage mich, wer so ein Zeug kauft.«

»Ich meinte eigentlich, ob ihr etwas Belastendes gefunden habt.«

»Einer der Schuppen wurde frisch renoviert, was den Bauschutt erklärt. Ansonsten haben wir weder das Tatwerkzeug noch die Arzttasche entdeckt. Das Antiquariat war definitiv nicht der Tatort. Dafür haben wir eine Menge Papiere und den Computer mitgenommen. Phong legt wohl eine Nachtschicht ein. Er sitzt gerade neben mir. Du würdest nicht glauben, was er an Süßkram vertilgt. Das sind Berge. Ich wundere mich wirklich, warum ihm nicht schlecht wird.«

Toni konnte sich jetzt nicht mit der Essstörung seines Kollegen beschäftigen. »Was sagt Berni Werg dazu?«

»Jetzt halt dich fest. Es scheint so, als wäre er getürmt. Wir haben ihn nirgends angetroffen, und auf seinem Handy ist er nicht erreichbar. Die Fahndung läuft.«

Toni war noch nicht so zuversichtlich wie seine Kollegin, aber manchmal entwickelten sich die Dinge anders, als man erwartete.

Sie besprachen noch die weitere Vorgehensweise und verabredeten sich für morgen früh im Kommissariat. Toni unterbrach die Verbindung.

Caren hatte unterdessen den Tisch abgeräumt, den Geschirrspüler angestellt und das ausziehbare Sofa mit Bettwäsche bezogen. Sogar in ihrer Freizeitmontur sah sie anziehend aus. Das Sweatshirt und die weiche Baumwollhose umspielten ihre weiblichen Rundungen.

Toni bemerkte, wie sich sein Herzschlag beschleunigte. Das Leben war so zerbrechlich. Sie alle trieben nur auf einem riesigen Strom, und niemand wusste, wohin er floss. Wenn er zu lange wartete, könnte er alles verpassen. Er wollte nicht mit Bedauern zurückschauen müssen.

Er trat zu Caren und nahm ihr die Daunendecke aus der Hand. Erstaunt blickte sie zu ihm auf. Er strich ihr eine blonde Strähne aus dem Gesicht, sodass er in ihre türkisfarbenen Augen schauen konnte. Dann senkte er seinen Kopf und küsste sie auf den Mund. Nur einen Wimpernschlag später erwiderte sie seine Zärtlichkeiten. In inniger Umarmung standen sie da und gaben sich ihren Empfindungen hin …

47

Schweden, 1967

Lydia hielt eine alte Hutschachtel auf dem Schoß, in der sie Erinnerungsstücke aufbewahrte. Im gelben Schein der Leselampe befühlte sie weiche Haarlöckchen, bunte Tuschebilder und Briefe, die in einer krakeligen Kinderhandschrift verfasst waren. Schließlich hob sie ein Schwarz-Weiß-Foto heraus und berührte mit zitterndem Finger den abgebildeten Säugling.

Sie wusste, dass in all den Jahren diese Gegenstände mehr Streicheleinheiten bekommen hatten als die Kinder selbst. Sie konnte das Schluchzen nicht länger unterdrücken. Es drang aus der Tiefe ihrer Seele und ließ ihren ganzen Oberkörper erbeben. In dem Bestreben, das Richtige zu tun, hatte sie als Mutter versagt und eine Erziehung zugelassen, der sie skeptisch gegenübergestanden hatte. Wie hatte sie nur so blind sein können?

»Gnädige Frau?«

Verwirrt hob Lydia den Kopf und sah in der Dunkelheit die Hausdame stehen. Sie hatte die Hände vor der Brust gefaltet und den Kopf leicht gesenkt. Im Hintergrund tickte die Standuhr. Die Vorhänge waren zugezogen, sodass kein Tageslicht hereinfallen konnte.

»Bitte entschuldigen Sie, dass ich einfach eingetreten bin«, sagte die Hausdame. »Aber ich habe bestimmt zehnmal an der Tür geklopft. Sie haben nicht reagiert, und da habe ich mir Sorgen gemacht.«

Lydia nahm eine aufrechte Sitzhaltung ein. »Dieser Bereich ist privat. Wenn ich hier bin, will ich nicht gestört werden.«

»Ich weiß, gnädige Frau. Es tut mir sehr leid, aber Ihr Besuch ist eingetroffen.«

»Mein Besuch? Warum sagen Sie das nicht gleich?«

Lydia setzte die Hutschachtel ab, sprang auf die Füße und stürmte an der Angestellten vorbei in die Eingangshalle. Dort stand Vreni. Ihre gute alte Vreni. Sie hatte die Freundin seit 1945 nicht mehr gesehen, und trotzdem hatte sie sofort das Gefühl, dass sie nie getrennt gewesen waren. Die beiden Frauen fielen sich in die Arme und hielten sich eng umschlungen.

»Lass dich mal anschauen!«, sagte Lydia und rückte ein Stück ab.

Vreni trug das blonde Haar kurz wie ein Junge. Der rote Lippenstift und die Herrenkrawatte gaben ihr etwas Verruchtes. Die enge Wildlederhose betonte ihre langen, schlanken Beine, die eher zu einem Laufstegmodel als zu einer siebenundvierzigjährigen Frau passten.

Lydia nickte anerkennend. »Du hast dich überhaupt nicht verändert. Immer noch das heißeste Girl in der Truppe.«

»Du bist aber auch noch ganz gut in Schuss«, erwiderte Vreni. Dann veränderte sich ihr Blick. »Ich dachte, dass du tot seist. Ich habe lange um dich getrauert. Warum hast du dich nicht gemeldet?«

»Bitte entschuldige. Ich kann es nicht erklären. Zuerst ist so viel passiert, dann hatte ich den richtigen Zeitpunkt verpasst.«

Vreni betrachtete sie ernst. »Ich hätte wahrscheinlich sowieso keine Zeit gehabt. Mit meinen vier Ehemännern hatte ich mehr als genug zu tun. Also Schwamm drüber. Wichtig ist nur, dass wir wieder zusammen sind. Als ich deinen Brief erhalten habe, bin ich sofort losgefahren.«

»Ich bin so froh, dass du –« Als die Holzdielen knarrten, zuckte Lydia zusammen und drehte den Kopf nach hinten. Glücklicherweise ging nur ein Diener vorüber und nicht Arvid. Seit jener Nacht war ihr Ehemann noch verschlossener geworden. Man konnte nicht vernünftig mit ihm reden. Er hatte seine eigene Sicht, und die war die einzig richtige. »Es ist besser, wenn wir nach draußen gehen. Komm mit.«

Die Frauen streiften Regenmäntel und Gummistiefel über und verließen das Herrenhaus. Nach dem letzten Schauer roch die Luft nach gesättigter Erde. Die Oktobersonne verlor weiter an Kraft, und Lydia spürte schon die Kälte des Winters. Es konnte nicht mehr lange dauern, bis der erste Schnee fiel. Der weiße Mast, an dem die schwedische Flagge im Wind flatterte, warf einen langen Schatten auf die helle Kieszufahrt.

Lydia beschleunigte ihre Schritte und zog die Freundin mit sich. Sie wollte nicht, dass Arvid noch auftauchte und sie aufhielt.

Vreni erzählte, dass sie sich im Mai und Juni 1945 im Keller der Wannseevilla versteckt hatte. Die plündernden, brandschatzenden und vergewaltigenden Russen hatten sie nicht entdeckt. Ihre berühmten Nachbarn, der Ufa-Star Heinz Rühmann und seine schöne Frau Hertha Feiler, hatten nicht so viel Glück gehabt. Irgendwann kroch sie aus der Geheimkammer und setzte das Leben fort, das sie vorher geführt hatte. Sie pflegte die Eigentümerin des Anwesens bis zu deren Tod im Jahr 1951. Zu ihrer Überraschung erbte sie den gesamten Besitz, zu dem zwölf Grundstücke in der Berliner Innenstadt gehörten, die einen immensen Wert besaßen. So beschäftigte sie sich mit Vermögensverwaltung und zeigte ein wirtschaftliches Talent, das ihr früher niemand zugetraut hätte. Nebenher heiratete sie viermal. Ihre ersten beiden Gatten waren sehr erfolgreiche Geschäftsmänner, die in keiner Hinsicht Maß halten konnten und viel zu früh verstarben. Wenigstens hinterließen sie ihr einen stattlichen Haufen Geld. Der dritte war ein Hochstapler, und vom vierten wollte sie nicht reden, weil er ihr das Herz gebrochen hatte. Sie war kinderlos. Materiell ging es ihr blendend. Wenn sie das Fernweh packte, reiste sie in die Karibik. Sie hatte ihre Leidenschaft fürs Fliegen entdeckt und einen Pilotenschein gemacht. Manchmal gönnte sie sich einen jungen Liebhaber.

Während die Freundinnen redeten, hing der Anlass ihres Wiedersehens wie ein dunkler Schatten über ihnen.

»Jetzt bist du dran«, sagte Vreni. »Wie geht es dir?«

Lydia wusste nicht, wo sie anfangen sollte. »Es ist alles so unwirklich. Ich kann immer noch nicht fassen, dass Ludvig fort ist. Ich muss die ganze Zeit daran denken, wie gefühlvoll er Klavier gespielt hat. Er sah mir sehr ähnlich, aber er war viel talentierter und klüger als ich, und er liebte das Ballett. Ich würde alles dafür tun, um ihn zurückzuholen. Einfach alles.«

»Ist schon gut. Bei mir brauchst du dich nicht zu verstellen.«

»Eigentlich fing der Tag ganz normal an. Rolf, Arndt und Edda waren für die Sommerferien heimgekehrt. Ludvig kam für ein verlängertes Wochenende aus Stockholm, um seine Geschwister zu sehen. Doch zwischen Ludvig und seinem Vater gab es schon am Morgen Streit. Ludvig wollte nicht an dem Festessen teilnehmen, das wir für unseren Besuch, für Herrn Schmidt, ausrichten wollten. Das ist nicht sein richtiger Name. Eigentlich heißt er –«

»Du musst den Namen nicht verraten.«

»Doch. Ich will keine Geheimnisse vor dir haben. Ich hab seine wahre Identität erst im Nachhinein erfahren. Er heißt Hans von Haake, ist promovierter Jurist und hat im Rang eines SS-Standartenführers während des Krieges ein Einsatzkommando befehligt.«

»Ein Einsatzkommando?«

»Das waren Einheiten, die in den besetzten Gebieten Juden, Sowjetbürger und die Intelligenz liquidiert haben. Sie haben ihre Morde sorgfältig dokumentiert und bei ihren Aktionen bis zu eine Million Menschen umgebracht. 1947 bis 1948 gab es einen Prozess, bei dem sich vierundzwanzig Befehlshaber verantworten mussten. Von Haake war auch auf der Fahndungsliste, aber sein Aufenthaltsort konnte nicht ermittelt werden. Nach dem Krieg hat er sich als einfacher Soldat ausgegeben und einen falschen Namen benutzt. Er hat sich zuerst als Forstarbeiter durchgeschlagen, danach war er Staubsaugervertreter. Durch einen Zufall ist seine wahre Identität aufgeflogen, jetzt wird wieder nach ihm gesucht.«

»Und dein Sohn wollte mit diesem Mann nicht an einem Tisch sitzen?«

»Ja, von Haake hat seine Aufgabe als Befehlshaber sehr ernst genommen. Aus seinen Ereignismeldungen und den Tätigkeits- und Lageberichten wird deutlich, wie effizient er vorgegangen ist und wie stolz er auf seine ›Arbeit‹ war. Ehemalige Untergebene haben ausgesagt, dass er seinen Männern ein Vorbild sein wollte. Angeblich hat er an zahlreichen Erschießungen persönlich teilgenommen. Für seinen besonderen Eifer wurde er mit einer Führungsposition im Reichssicherheitshauptamt belohnt. Ich habe mich mit diesem Mann unterhalten. Du wirst nicht glauben, wie kultiviert er war.«

»Woher hast du die Informationen?«

»Ich habe in Ludvigs Zimmer Notizen und Zeitungsausschnitte gefunden. Er hat über von Haake recherchiert. Als Medizinstudent in Stockholm hatte er Möglichkeiten, um sich über die Berichterstattung auf dem Laufenden zu halten. Außerdem war er im vergangenen Jahr mehrfach in Deutschland. Vielleicht hat er offizielle Stellen aufgesucht. Von Haakes Name hat zwischen ihm und meinem Mann schon früher eine Rolle gespielt. Arvid hat ihn mehrere Jahre finanziell unterstützt, und Ludvig wusste davon.«

»Glaubst du, dass dein Sohn ihn bei der Polizei anzeigen wollte?«

»Wen?«

»Na von Haake.«

Lydia zuckte mit den Achseln.

»Was sagt dein Mann zu den Vorwürfen?«, fragte Vreni.

»Mit Arvid kann man über dieses Thema nicht reden. Er wiederholt nur gebetsmühlenartig, dass in den Zeitungen Lügen verbreitet würden und dass von Haake ein Kriegsheld sei. Die meisten Erschießungen seien rechtens gewesen. Außerdem seien die Opferzahlen völlig übertrieben und der Phantasie von rachsüchtigen Juden entsprungen. In den Konzentrationslagern seien die schlimmsten Morde sogar durch die Itzige selbst in ihrer Funktion als Kapo oder Blockältester begangen worden. Solange er die Beweise nicht mit eigenen Augen sehe, glaube er gar nichts.«

»Und du? Was denkst du?«

»Ich? Ich will nie wieder arm sein. Fast zehn Jahre lang hab ich das Klo in der Kneipe meines Vaters geschrubbt. Weißt du, wie das morgens ausgesehen hat? Ich muss noch heute würgen, wenn ich dran denke.«

»Das meinte ich eigentlich nicht.«

»Aber ich. Für ein Leipziger Mädchen hab ich es weit gebracht. Ich wohne in einem Schloss mit teuren Möbeln. Im großen Salon hängen Gemälde von Fritz Mackensen und Erich Erler. Ich trage maßgeschneiderte Kleider aus den besten Stoffen. Die Köchin erfüllt mir jeden Wunsch. Mittlerweile kann sie sogar Mettwürstchen mit Leipziger Allerlei zubereiten. Alle Angestellten hören auf mein Kommando. Ich lebe hier wie eine Gräfin.«

Vreni enthielt sich eines Kommentars.

Lydia verstand selbst nicht, warum sie so wütend war. »Mein Mann hat jedenfalls keine Verbrechen begangen. Als ich ihn kennenlernte, besaß ich nur die Sachen am Leib. Er verhielt sich so großzügig, dass ich ihm ewig dankbar sein werde. Vielleicht hängt er den falschen Idealen an, vielleicht hilft er den falschen Personen, aber er hat kein Blut an den Händen und tut viel Gutes. Schon vor Jahren hat er in Berlin eine Baufirma, ein Zementwerk und eine Maschinenfabrik gegründet und ganze Straßenzüge neu hochgezogen. Er will seinen Beitrag leisten, um Deutschland wieder stark zu machen.«

»Und trotzdem hat Ludvig Drogen genommen.«

»Er war ein so empfindsamer Junge und vom Kindesalter an dem militärischen Drill seines Vaters ausgesetzt. Da sind Gegensätze aufeinandergeprallt. Auf das Gut ist er nur gekommen, weil er an seinem Bruder Rolf gehangen hat. Ansonsten muss er seine Eltern, sein Zuhause und sein ganzes Leben so gehasst haben, dass er sich vom Heroin eine schönere Welt versprach. Ich hätte es sehen müssen, ich hätte mich vor ihn stellen und ihn beschützen müssen, ich hätte …«

Vreni nahm sie in den Arm und hielt sie fest, bis ihre Tränen versiegt waren. Hand in Hand gingen sie tiefer in den Wald. Zwischen den hohen Stämmen erreichte sie kaum noch Tageslicht. Ein Felsbrocken, die aufragenden Wurzeln einer umgestürzten Kiefer und ein Fuchsbau versanken in tiefen Schatten.

Endlich erreichten sie eine Lichtung. In großen Spinnenweben hingen rötlich glitzernde Regentropfen. Ein Schmiedezaun umgab einen Friedhof mit einem Dutzend Grabstellen.

Lydia öffnete das knarzende Tor. Aus einem Holzverschlag nahm sie ein Licht und zündete es mit einem Streichholz an. Sie stellte die züngelnde Flamme auf einen weißen Stein, an dem ein frischer Blumenstrauß lehnte.

»Was willst du jetzt tun?«, fragte Vreni leise.

Lydia hörte sie nicht mehr. Versunken starrte sie auf die Inschrift, die in der Dämmerung verschwamm und kaum noch zu erkennen war. »Verzeih mir«, flehte sie. »Bitte, verzeih mir.«

48

Am nächsten Vormittag marschierte Toni durch das Kommissariat. Glücklicherweise war er Kriminalrat Schmitz noch nicht begegnet. Sein Vorgesetzter hatte genug damit zu tun, alle wichtigen Stellen wissen zu lassen, dass er vorzeitig aus dem Urlaub zurückgekehrt war, um den entscheidenden Anstoß bei den Ermittlungen zu geben. Toni war das nur recht; so konnten sie ungestört arbeiten.

Der Lieferwagen hatte ihnen den ersehnten Durchbruch beschert. Jetzt stocherten sie nicht mehr herum, sondern folgten konkreten Spuren, die sie vielleicht schon in ein paar Minuten zum Täter führen würden. Eine Streife hatte in den frühen Morgenstunden Berni Werg am Eingang seines Antiquariats angetroffen und aufs Kommissariat begleitet. Er hatte weder Widerstand geleistet noch Fragen gestellt.

Toni öffnete die Tür zum Verhörraum und grüßte die Protokollantin, die gerade ein Pausenbrot auswickelte. Er richtete die Videokamera aus und schaltete sie an. Dann setzte er sich auf den freien Stuhl und musterte Werg.

Das graue Haar des Buchhändlers stand wie elektrisiert vom Kopf ab. Die winzigen Gläser seiner Nickelbrille funkelten angriffslustig. Er saß breitbeinig da und stemmte die Füße in den Boden, als würde er gleich aufspringen wollen.

Toni konnte keine Anzeichen von Angst oder Resignation feststellen. Vielmehr sprach aus der Haltung eine ausgeprägte Gereiztheit, die angesichts der Umstände jedoch nachvollziehbar war.

Trotz aller Ermittlungsfortschritte war Toni von Wergs Täterschaft nicht überzeugt. Hätte er mit dem Wissen, dass sich auf der Ladefläche Blutflecke befanden, seinen Transporter auf öffentlichem Grund geparkt und stehen lassen? Noch dazu direkt vor seinem Devotionalienlager? Außerdem waren bei der Durchsuchung der Räumlichkeiten keine weiteren Beweise gefunden worden. Ein klares Motiv zeichnete sich ebenfalls nicht ab.

Der Bundesgerichthof hatte bestimmt, dass die Beschuldigteneigenschaft einen schwerwiegenden Eingriff in die Rechte eines Menschen darstellte. Deshalb würde Toni den Antiquar zunächst als Zeugen vernehmen. Sollte sich im Laufe der Befragung der Tatverdacht erhärten, würde er zur Beschuldigtenbelehrung nach Paragraf 136 StPO übergehen.

Routiniert wies Toni den Verdächtigen auf sein Auskunftsverweigerungsrecht hin und stellte die Personalien fest. »Es geht um die Tötungssache Helmut Lothroh, und ich ermahne Sie dringend, bei der Wahrheit zu bleiben. Wo waren Sie letzte Nacht?«

»Steht mir kein Anwalt zu?«

»Wollen Sie denn einen?«

Werg winkte ab. »Der kann mir auch nicht helfen, wenn Sie mich auf dem Kieker haben. In diesem Staat geht es schon lange drunter und drüber.«

»Bitte beantworten Sie einfach meine Frage.«

Werg zog eine Grimasse, als hätte er in eine Zitrone gebissen. »Nein.«

»Heißt das, dass Sie mir nicht sagen wollen, wo Sie die letzte Nacht verbracht haben?«

»Genau.«

»Bei unserer letzten Unterhaltung haben Sie uns angeboten, dass Sie sich nach dem Gemälde von Caspar David Friedrich umhören wollen. Sie haben sich nicht bei uns gemeldet. Wie erklären Sie das?«

»Ja, wie wohl? Sehen Sie mich doch an. Dann haben Sie Ihre Antwort. Es bringt nichts, mit der Polizei zu kooperieren. Am Ende ist man immer der Dumme.«

Tonis Einschätzung schien sich zu bewahrheiten. Der Mann war eindeutig frustriert, aber er klang nicht wie ein Mörder, der kurz vor seiner Überführung stand und dem eine lebenslange Haftstrafe drohte, sondern eher wie ein Wutbürger. Um sich Gewissheit zu verschaffen, wollte Toni es mit einer Provokation probieren.

Er schnellte auf die Füße, knallte die Hände auf die Tischplatte und beugte sich vor. »Hören Sie endlich auf mit dem Stuss«, zischte er. »Warum haben Sie Helmut Lothroh erstochen?«

»Ich war das nicht!« Werg rückte auf dem Stuhl zurück und hielt die Augen weit offen. Nach Verklingen des ersten Schrecks schlug er ein Bein über das andere und nickte vor sich hin, so als wäre nur eingetreten, was er schon lange erwartet hatte. »Die wollen mir tatsächlich einen Mord in die Schuhe schieben«, murmelte er.

Toni hatte ihn genau beobachtet. Die Reaktion war echt und spontan gewesen. Werg wusste nicht, dass das Opfer mit einem Hammer erschlagen wurde. Ansonsten hätte die unrichtige Darstellung des Tathergangs etwas bei ihm ausgelöst, das seine Mimik, Gestik oder Antwort verfälscht hätte. »Wie erklären Sie, dass wir in Ihrem Lieferwagen Blut sichergestellt haben, das wir dem Opfer zuordnen konnten?«

»Wie bitte?«

»Mit Ihrem Lieferwagen wurde der Leichnam von Helmut Lothroh an den Fundort im Park Sanssouci transportiert. Das können wir anhand der sichergestellten Spuren gerichtstauglich nachweisen.«

»Das kann nicht sein.«

»Wir haben bisher niemanden finden können, der Ihr Alibi am Tatabend bestätigen konnte. Es sieht schlecht für Sie aus, Werg. Die Indizien belasten Sie schwer und reichen möglicherweise, um Sie in Untersuchungshaft zu nehmen. Daher rate ich Ihnen dringend, mit uns zusammenzuarbeiten. Wo waren Sie in der vergangenen Nacht? Warum haben Sie auf unsere Anrufe nicht reagiert?«

Werg strich seinen Pullover glatt, danach bügelte er mit seinen Händen die Cordhose. »Wieso ist das wichtig?«

»Weil meine Kollegen annehmen, dass Sie sich aus dem Staub machen wollten.«

»Und deshalb schließe ich um acht Uhr dreißig früh meinen Laden auf?«

»Vielleicht wollten Sie an Ihren Safe, um sich Bargeld für Ihre Flucht zu beschaffen.«

»So ein Quatsch.«

»Warum sagen Sie dann nicht einfach, wo Sie letzte Nacht waren?«

»Weil ich nicht will. Und damit basta.«

»Am Fundort der Leiche haben wir Bauschutt, Malervlies und Plastiksäcke gefunden, die mit Ihren Fingerabdrücken übersät sind. Wie erklären Sie das?«

»Das Zeug stammt doch aus meinem Lieferwagen?«

»Davon gehen wir aus, ja.«

»Dann sind natürlich meine Fingerabdrücke drauf. Ich habe meinen Lagerschuppen selber renoviert und hinterher den ganzen Müll in den Transporter geladen.«

»Bei der ersten Befragung haben Sie ausgesagt, dass Sie nicht renoviert hätten.«

»Sie haben mich nach dem Antiquariat gefragt. Ich konnte ja nicht wissen, dass Sie auch die Hallen meinten. Dann müssen Sie eben präziser sein.«

Toni musterte den Mann eingehend. Er konnte keine Anzeichen dafür feststellen, dass Werg log. Fragen, die ihm nicht behagten, verweigerte er. Alle anderen Antworten waren nachvollziehbar. »Wenn Sie den Lieferwagen nicht zum Fundort gefahren haben, muss es jemand anders getan haben. Der Transporter wurde weder kurzgeschlossen noch gewaltsam geöffnet. Das hat die Spurensicherung ergeben. Wer außer Ihnen hatte Zugang zu dem Schlüssel?«

Werg wandte den Kopf ab und schaute aus dem vergitterten Fenster. »Sie haben den falschen Mann, so viel steht fest. Ich habe alles gesagt, was ich zu sagen hatte. Den Rest müssen Sie selber herausfinden.«

***

Toni trat auf den Flur, wo er bereits von Gesa erwartet wurde.

»Was meinst du?«, fragte er.

»Seine Körpersprache ist eindeutig«, erwiderte sie. »Das ist mir schon bei unserer ersten Befragung aufgefallen. Ich glaube nicht, dass er Lothroh erschlagen hat, aber irgendetwas verheimlicht er.«

»Das ist auch mein Eindruck. Glaubst du, dass er den Täter kennt?«

»Schwer zu sagen. Wahrscheinlich weiß er, wer Zugang zu dem Schlüssel hat, aber aus irgendeinem Grund will er uns den Namen nicht nennen.«

»Am besten lassen wir ihn ein bisschen schmoren und knöpfen ihn uns in ein paar Minuten noch mal vor. Er markiert zwar den harten Kerl, aber er wird einknicken, wenn ich ihn stärker attackiere.«

Phong stapfte den Gang hinunter. In seiner Hand hielt er das Festnetztelefon. »Staatsanwältin Winter ist am Apparat. Sie will mit dir sprechen.«

Toni spürte ein leichtes Flattern in der Herzgegend. Er nahm den Hörer entgegen und trat ein paar Schritte zur Seite, damit die Kollegen dem Gespräch nicht zuhören konnten. Er hatte sie zwar heute Morgen darüber informiert, dass Carens Stalker in sein Hausboot eingedrungen war und dass er sich gestern aus Sorge um ihre Sicherheit so plötzlich aus den Ermittlungen zurückgezogen hatte, aber jetzt könnte das Telefonat schnell eine private Dimension bekommen, über die sie keine Kenntnis haben mussten.

»Alles in Ordnung?«, fragte er gedämpft.

»Ich bin jetzt in München«, antwortete sie.

»Und die Zugfahrt?«

»Ich hab geschlafen. Letzte Nacht hatte ich ja keine Gelegenheit dazu.«

In Toni stiegen Bilder auf. Er sah diese wunderschöne Frau, wie sie sich in ihrem Bett lustvoll wand und die Finger in das Laken krallte. Er erinnerte sich noch genau daran, was er mit ihr angestellt hatte, und die Erregung kroch erneut in ihm hoch. Zweimal musste er sich räuspern, um sich nicht in seinen Phantasien zu verlieren. »Hast du deinen Sohn angerufen?«

»Nein, mir ist eingefallen, dass er ein Seminar hat und erst spätabends zurückkehrt. Vielleicht ist es sowieso besser, wenn ich mir ein Hotel nehme und ihn da rauslasse. Ich will nicht, dass er sich Sorgen macht. René Lichter hat ihn damals bedroht. Manchmal glaube ich, dass er wegen dieser Stalkinggeschichte so weit in den Süden gegangen ist.«

»Weißt du schon, wo du absteigst?«

Sie nannte ihm den Namen eines Hauses, das in der Nähe des Viktualienmarktes lag.

»Sobald Lichter einsitzt, melde ich mich bei dir. Lass mich nur wissen, wenn du deine Unterkunft wechselst.«

»Mach ich«, erwiderte sie und schwieg einen Augenblick. »Was gestern zwischen uns geschehen ist, verpflichtet dich zu nichts.«

»Dich auch nicht.«

»Ich meine es ernst. Wir sind erwachsene Menschen. Ich tue, was ich will, und ich bin nicht naiv.«

Er verstand sehr gut, warum sie so redete. Lange war er ihr ausgewichen. Seine plötzliche Annäherung musste sie überraschen.

Sie konnte nicht wissen, warum er so zurückhaltend gewesen war. Auch er selbst war über sich erstaunt. Er hatte immer gedacht, dass es Interessen und Äußerlichkeiten waren, die sie getrennt hatten, aber da war noch etwas anderes gewesen. Das hatte er am Morgen begriffen, als er vom Berliner Hauptbahnhof mit dem Zug zurück nach Potsdam gefahren war. Er wusste jetzt, dass er in alten Mustern festgefahren gewesen war. Er hatte sich nicht erlaubt, spontan und glücklich zu sein. Erst die Entwicklung der vergangenen Tage hatte ihn lockerer werden lassen, und er wollte, dass sie es wusste.

Mehrmals schluckte er, bis er endlich herausbrachte: »Caren, gestern Nacht habe ich jede Sekunde genossen. Du bist unglaublich. Ich möchte, dass wir das wiederholen.«

***

Nach dem Telefonat war Toni aufgewühlt. Er war ungeübt in diesen Dingen und konnte nicht einschätzen, ob er die richtigen Worte gefunden hatte. Er wollte nicht den Eindruck erwecken, dass ihm nur der Sex gefallen hatte. Da war mehr gewesen. Alles hatte sich so natürlich angefühlt. Sie hatten keine Erklärungen gebraucht, um zueinanderzufinden. Es war einfach das Richtige gewesen.

Nun wollte er kurz allein sein, um sich wieder zu sammeln und auf die Ermittlungen zu fokussieren. Also begab er sich zur Herrentoilette. Er öffnete die Tür, trat in den Vorraum und entdeckte Phong.

Der Kollege stand vor dem großen Spiegel und hielt sein Star-Wars-T-Shirt hoch. Er begutachtete seinen Bauch und kniff sich in das Fettpolster. Wahrscheinlich überprüfte er, ob die Süßigkeitenorgie Spuren hinterlassen hatte. Das Ergebnis gefiel ihm gar nicht; er wirkte todtraurig. Als er bemerkte, dass er nicht mehr allein war, ließ er den Baumwollstoff fallen.

Toni war überrascht. Er hatte später mit diesem Stimmungstief gerechnet. Der Kollege war die letzten beiden Tage so aufgeräumt und fleißig gewesen. Wahrscheinlich hatte er ihnen nur etwas vorgespielt und sie darüber getäuscht, wie es wirklich in ihm aussah. Jetzt war der richtige Zeitpunkt gekommen, um das fällige Gespräch zu führen. »Erinnerst du dich noch, als ich damals so viel getrunken habe?«

»Schon gut«, erwiderte Phong. »Mir geht's bestens. Es ist alles in Ordnung.«

»Nein, das ist es ganz offensichtlich nicht. Außenstehende haben manchmal einen klareren Blick auf die Dinge als man selbst. So wie du und Gesa damals gewusst habt, dass ich mich mit dem Alkohol zugrunde richte, so erkenne ich nun, dass du etwas Unterstützung brauchst …«

»Ich hab nur eine Schwäche für Fast Food, das ist alles, ich –«

»Warte. Manchmal darf man die Hilfe eines anderen Menschen annehmen, um einen Anstoß zu erhalten. Glaub mir, ich weiß das aus eigener Erfahrung. Bitte erlaube mir, einen Termin bei einer Ernährungsberaterin für dich auszumachen. Ich hab mal gegoogelt. Hier in Potsdam gibt es eine sehr einfühlsame Frau, die auch Psychologin ist und viel Erfahrung hat. Von ihren Klienten wird sie überschwänglich gelobt. Sie soll wahre Wunderdinge vollbringen. Und du hast nichts zu verlieren. Probier sie einfach aus. Wenn die Sitzung blöd ist, gehst du nicht mehr hin. Also, was sagst du?«

»Toni, ich …«

»Soll ich einen Termin vereinbaren?«

Phong blickte ihn wie ein geprügelter Hund an. »Meinetwegen.«

Das war mehr, als Toni erhofft hatte. »Abgemacht. Und jetzt erzähl mir, wie weit du mit der Videoüberwachung in der Brandenburger Straße bist. Du wolltest doch die Geschäfte in der Haupteinkaufsmeile checken und prüfen, ob Lothroh dort vorbeigelaufen ist.«

»Hier? Aufm Klo?«

»Warum nicht?«

Phong seufzte. »Die meisten Läden sind mit der neuesten Technik ausgestattet. Die Festplatten werden alle achtundvierzig Stunden automatisch gelöscht.«

»Verstehe.«

»Grundsätzlich finde ich es aber richtig, wenn wir die Umgebung weiter unter die Lupe nehmen. Deshalb will ich als Nächstes alle Anwohner, Geschäftsinhaber und Angestellten auflisten. Vielleicht gibt es Verbindungen zu Personen, die bisher in den Ermittlungen eine Rolle gespielt haben.«

»Das ist eine gute Idee. Bleib da am Ball. Bist du mit den Papieren und dem Computer von Berni Werg durch?«

»Ich weiß wahrscheinlich, wo er sich gestern Nacht aufgehalten hat.«

»Was Peinliches? War er im Puff?«

»Gar nicht so schlecht geraten. In seinem E-Mail-Account habe ich eine Einladung von einem eingetragenen Verein gefunden, der sich Bund der Heimattreuen e.V. nennt. Er hat seinen Sitz in einer kleinen Ortschaft bei Riesa und betreibt dort ein

Tagungszentrum. Das Landesamt für Verfassungsschutz Sachsen stuft ihn als neonazistisch ein. Ein Verbotsantrag wurde zwar gestellt, aber im Jahr 2017 abgelehnt. Du weißt ja selbst, welche Kriterien erfüllt sein müssen und wie stark bei uns die Meinungsfreiheit geschützt wird.«

»Das könnte eine Erklärung für sein Verhalten sein. Sonst noch was?«

»Abgesehen von den Devotionalien, die er verkauft, ist er unauffällig.«

»Hast du die finanzielle Situation von dem Antiquitätenhändler Alvensleben überprüft?«

»Er ist geschäftlich sehr umtriebig, hat einen guten Leumund und lebt verhältnismäßig bescheiden. Alles in allem würde ich seine finanzielle Situation als solide einschätzen. Mir ist aber etwas ganz anderes aufgefallen. Ich weiß nicht, ob es wichtig ist, aber Alvensleben war es, der für Helmut Lothroh die Ausstellung mit den Schnitzfiguren organisiert und ausgerichtet hat. Sie fand in seinem Laden in der Lindenstraße statt.«

»Siehst du irgendeinen Zusammenhang mit dem Fall?«

»Keine Ahnung.«

Toni rieb sich die Schläfen. »Sie waren Geschäftspartner und haben auch privat miteinander verkehrt. Da ist es nicht ungewöhnlich, dass man sich gegenseitig hilft. Komisch finde ich nur, dass Alvensleben diesen Umstand mit keinem Wort erwähnt hat.«

»Vielleicht hielt er es nicht für wichtig.«

»Ja, kann sein. Am besten behalten wir die Ausstellung im Hinterkopf. Wo wohnt er eigentlich?«

»Wer?«

»Der Antiquitätenhändler.«

»Über seinem Laden, aber glaubst du ernsthaft, dass er den Mord begangen hat?«

Toni zuckte mit den Achseln. »Die Wohnung käme als Tatort in Frage. Seine Ehefrau hat ausgesagt, dass sie am Tatabend bis zwanzig Uhr dreißig zusammen waren, bis er sich in ein Taxi gesetzt hat und zum Bahnhof gefahren ist. Es wäre nicht das erste Mal, dass die Partnerin ein paar belastende Details weglässt oder für ihren Mann lügt.«

***

Auf dem Flur traf Toni auf Gesa.

»Ich hab mir die Befragung von Berni Werg noch einmal angesehen«, sagte sie. »Auffällig finde ich, dass sein Verhältnis zu uns so gestört ist. Wortwörtlich hat er gesagt, dass man am Ende immer der Dumme sei, wenn man mit der Polizei kooperiert.«

»Was schließt du daraus?«, fragte Toni.

»Dass er eine negative Erfahrung gemacht hat, aber sein polizeiliches Führungszeugnis ist sauber. Er hat keine Einträge.«

»Er oder sein Bruder? Sitzt der nicht wegen eines Steuervergehens in der Justizvollzugsanstalt Brandenburg ein? Das ist ein guter Punkt, Gesa. Vielleicht hat sein Bruder reinen Tisch gemacht und ist trotzdem zu einer Haftstrafe verurteilt worden. Das würde Wergs Misstrauen erklären, aber ich verstehe nicht, warum er uns nicht einfach den Namen der Person nennt, die außer ihm Zugang zu dem Schlüssel hatte. Es würde ihn entlasten.«

»Weil er ihr nahesteht? Oder weil er selbst Dreck am Stecken hat? Ich meine, er ist nicht mehr der Jüngste. Vielleicht hat er die Renovierungsarbeiten nicht allein durchgeführt, sondern sich von Schwarzarbeitern helfen lassen. Jetzt fürchtet er, dass wir ihm einen Strick draus drehen und er wie sein Bruder ins Kittchen wandert.«

Toni rieb sich das Kinn. »In diesem Umfang wäre die Schwarzarbeit eine Ordnungswidrigkeit, die lediglich mit einer Geldstrafe geahndet werden würde, aber das weiß er vermutlich nicht. Fühlen wir ihm auf den Zahn.«

»Ja, mach nur. Ich schau mir die Befragung von nebenan an.«

Toni nickte Gesa zu, tat ein paar Schritte und betrat den Verhörraum. Die Protokollantin trank gerade aus einer kleinen Wasserflasche und schraubte den Verschluss schnell wieder zu.

Berni Werg hatte die Arme vor der Brust verschränkt und saß

etwas krumm auf seinem Stuhl. Die Gereiztheit, die er vorhin ausgestrahlt hatte, war einer leichten Resignation gewichen. Sein Widerstand bröckelte bereits.

Toni baute sich vor ihm auf und blickte böse auf ihn hinab. »Warum geben Sie nicht einfach zu, dass Sie ein Nazi sind?«

»Ein Nazi?«

»Glauben Sie etwa, dass wir nicht rauskriegen, was Sie gestern Nacht getrieben haben? Sie waren in Sachsen und haben eine Veranstaltung vom Bund der Heimattreuen besucht.«

»Woher wissen Sie das?«

»Es geht hier um Mord. Wir begnügen uns nicht mit einer oberflächlichen Prüfung, wir graben tiefer. Und deshalb kriegen wir fast alles raus.«

»Sie haben meinen Computer gefilzt.« Berni Werg tupfte sich mit einem Stofftaschentuch die Stirn ab. »Sehen Sie, aus genau diesem Grund habe ich nichts gesagt. Wenn ich es getan hätte, hätten Sie mich in die rechte Ecke gestellt, aber ich besuche solche Veranstaltungen lediglich, um meine Geschäftsbeziehungen zu pflegen. Einige der Mitglieder sind meine besten Kunden. Außerdem ist es durchaus interessant, was bei diesen Tagungen zur Sprache kommt. Das sind keine dumpfen Idioten, das sind Patrioten, die ihr Land lieben.«

»Wollen Sie jetzt meine Fragen beantworten?«

»Aber das tue ich doch. Ich habe eben gesagt, warum ich bei der Tagung war und warum ich meine Anwesenheit verschwiegen habe.«

»Wollen Sie mich verarschen? Schluss mit den Spielchen. Ich will endlich wissen, wer Zugang zu dem Transporterschlüssel hatte.«

Werg warf ihm einen verzweifelten Blick zu.

Toni setzte sofort nach. »Kennen Sie den Paragrafen 258 StGB?«

»Ich bin kein Jurist.«

»In dem Paragrafen geht es um Strafvereitelung. Im ersten Absatz heißt es: ›Wer absichtlich oder wissentlich ganz oder zum Teil vereitelt, dass ein anderer dem Strafgesetz gemäß wegen einer rechtswidrigen Tat bestraft oder einer Maßnahme unterworfen wird, wird mit Freiheitsstrafe bis zu fünf Jahren bestraft.‹« Toni machte eine effektvolle Pause. »Bis zu fünf Jahre Knast! Verstehen Sie, was das heißt?«

»Wollen Sie mir Angst machen?«

»Ich will, dass Sie den Ernst der Lage begreifen. Wenn Sie jemanden schwarz beschäftigen, ist das eine Ordnungswidrigkeit, die Sie mit der Zahlung eines Bußgelds aus der Welt schaffen können. Wenn Sie verhindern, dass jemand wegen eines Tötungsdelikts belangt wird, kommen Sie nicht so glimpflich davon. Das kann ich Ihnen schriftlich geben. Sie sind ein vernunftbegabter Mann. Überlegen Sie sich gut, was Ihnen lieber ist: eine kleine Zahlung oder primitive Mitgefangene, die mit einem Bücherwurm anstellen, was ihnen gerade einfällt.«

Werg war blass geworden. Er schluckte mehrmals, bevor er anfing: »Ich habe niemandem geholfen, aber es gibt tatsächlich eine Person, die den Transporter benutzt haben könnte …«

Toni hatte seinen stärksten Trumpf bis zum Schluss aufgespart und den Mann zum Reden gebracht. Was Werg nun zu Protokoll gab, überraschte ihn. Mit einer solchen Personenkonstellation hätte er nicht gerechnet.

Bei seinen Ausführungen schwitzte der Antiquar stark. Der Kragen seines Hemdes bekam feuchte Flecke, die immer größer wurden. Als er zum Ende kam, wirkte er so erschöpft, als hätte er einen Dauerlauf hinter sich gebracht. Einige Sekunden starrte er leer vor sich hin.

»Was ist nun?«, fragte er dann. »Darf ich gehen? Ich habe Ihnen alles gesagt, was ich weiß, und ich habe heute keine Vertretung für den Laden. Ich muss ihn endlich aufschließen.«

»Gedulden Sie sich noch einen Augenblick. Ich möchte mich erst mit meiner Kollegin beraten«, sagte Toni und verließ den Verhörraum.

Draußen wurde er bereits von Gesa erwartet. Man konnte ihr ansehen, dass sie genauso überrascht war. Zugleich strahlte sie eine nervöse Unruhe aus, die alle Ermittlungsbeamten ergriff, wenn sie kurz vor der Lösung eines Falls standen.

»Was meinst du?«, fragte sie.

»Klingt plausibel«, erwiderte Toni. »Und es bestätigt unsere Vermutungen. Allerdings kann es auch Zufall sein.«

»Ich glaube nicht an Zufälle«, erwiderte Gesa.

In diesem Moment kam Phong über den Flur gelaufen. Dieses Mal hielt er kein Telefon, sondern einen DIN-A4-Bogen in der Hand, mit dem er aufgeregt hin- und herwedelte. »Ich habe alle Personen, mit denen wir im Laufe der Ermittlungen zu tun hatten, aufgelistet. Dann habe ich begonnen, alle Anwohner, Angestellten und Ladeninhaber zu notieren, die in der Brandenburger Straße ansässig sind. Schon nach zehn Minuten hatte ich eine Überschneidung. Seht selbst.«

Toni nahm den Zettel entgegen und senkte den Kopf über das Papier, das durch einen Längsstrich in zwei Hälften unterteilt war und weiterführende Informationen wie Beruf oder Arbeitsstätte zu den betreffenden Personen enthielt. Ein Familienname war mit einem neongelben Stift doppelt markiert. Er reichte das Papier an Gesa weiter.

»Treffer«, sagte sie trocken.

49

New York City, Vereinigte Staaten, 1968

Lydia stand im sechsundzwanzigsten Stockwerk am Fenster und genoss den Ausblick. Sie schaute über den Central Park, die Hochhäuser und den East River bis zum Atlantischen Ozean. Wie ein Mosaik breitete sich New York City zu ihren Füßen aus. Dort unten stank die Luft nach Auspuffabgasen, Frittierfett und Kanalisation. Bis auf die öffentlichen Grünanlagen war jeder Quadratmeter zubetoniert. Nichts, aber auch rein gar nichts erinnerte an das saubere und beschauliche Schweden. Und das gefiel ihr so gut.

»Entschuldigen Sie, dass Sie warten mussten. Ich bin gleich für Sie da«, sagte der eintretende Professor Silverman, eilte hinter seinen Schreibtisch und verstaute eine Akte in der Schublade. Er griff nach einem Notizblock und ließ sich in einem alten Ohrensessel nieder. »Bitte machen Sie es sich bequem.«

Lydia legte sich auf die Chaiselongue und schaute kurz zu dem Nervenarzt hinüber. Die riesige Hornbrille verlieh ihm das Aussehen einer Stubenfliege. Über dem karierten Hemd trug er einen braunen Pullunder. Er war ein Vertreter der personzentrierten Psychotherapie, hatte einen bedeutenden Lehrstuhl inne und wurde von den Reichen für private Konsultationen engagiert. Auf seinem Gebiet galt er als Koryphäe. Eine Stunde seiner Zeit kostete tausend Dollar. Neben Englisch und Spanisch sprach er fließend Deutsch, sodass die Verständigung reibungslos klappte. Kein Geheimnis konnte ihn schockieren. Sein Mitgefühl war unerschöpflich. Er gab Lydia die Unterstützung, die sie brauchte. Gleichzeitig konnte sie sicher sein, dass ihre Geheimnisse gut aufgehoben waren und nie an die Öffentlichkeit dringen würden.

»Wollen Sie die Sonnenbrille nicht abnehmen?«, fragte Silverman.

Lydia zögerte kurz. Dann griff sie nach dem Gestell, klappte es zusammen und legte es auf einen gläsernen Beistelltisch. Ihre rechte Gesichtshälfte war mittlerweile abgeschwollen, aber unter dem Auge leuchtete ein grünblaues Veilchen.

»Möchten Sie mir erzählen, was passiert ist?«

»Ich hatte Streit mit meinem Mann.«

»Sie wissen, dass es in solchen Fällen Hilfe gibt?«

»Ja, das haben Sie mir schon beim letzten Mal gesagt. Arvid ist gestern nach Berlin geflogen. Morgen bekomme ich Besuch von meiner Freundin Vreni aus Deutschland. Vorerst ist die Lage unter Kontrolle.«

»Sie sollten diese Angelegenheit nicht auf die leichte Schulter nehmen.«

»Das mache ich nicht. Mein Vater war auch so. Eigentlich weiß ich, wie ich mich verhalten muss, um solche Situationen zu vermeiden. Ich habe mich wirklich dumm angestellt.«

Silverman erwiderte nichts.

Eine halbe Minute verstrich.

Der entfernte Verkehrslärm hörte sich an wie ein rauschender Wasserhahn.

Lydia wusste natürlich, was der Nervenarzt erwartete, aber sie konnte und wollte ihre Ehe nicht in Frage stellen. Zum einen war sie Arvid immer noch dankbar für das Leben, das er ihr ermöglichte. Zum anderen fürchtete sie, dass er ihr die Hölle auf Erden bereiten würde, wenn sie ihn verließ. Einige Male hatte sie mitbekommen, wie er Gegner vernichtet hatte. Mit seinem Vermögen hatte er nahezu unbegrenzte Möglichkeiten. Das wollte sie nicht am eigenen Leib erfahren. Sie lebte in einem goldenen Käfig und hatte sich arrangiert. Das hieß aber nicht, dass sie zu allem Ja und Amen sagte. Im Vergleich zu früher hatte sie sich verändert. »Jetzt fragen Sie sich bestimmt, warum wir gestritten haben.«

»Auch, ja.«

»Es ist nicht wegen unserer Sitzungen.« Lydia verheimlichte ihrem Mann, dass sie die Hilfe eines Psychotherapeuten in Anspruch nahm. In seiner Welt brauchten Menschen mit der richtigen Rassezugehörigkeit keine Irrenärzte. »Arvid will, dass ich einem Maler Modell sitze. Sie wissen ja, dass ich früher Schauspielerin war. Ein Filmplakat ist sehr bekannt gewesen, und er will es nachstellen.«

»Und das möchten Sie nicht?«

»Es fühlt sich nicht richtig an. Ich glaube, dass er mich daran erinnern will, woher ich komme und wer mich berühmt gemacht hat.«

»Meinen Sie den Reichsminister? Träumen Sie wieder von ihm? Bekommen Sie noch Atemnot, wenn sie an ihn denken?«

»Darüber will ich heute gar nicht reden. Es ist vielmehr so, dass sich mein Blick auf die Vergangenheit geändert hat. Ich stelle Fragen. Ich will die Wahrheit erfahren. Heimlich lese ich Augenzeugenberichte und verfolge die internationale Berichterstattung. Alle diese Menschen können unmöglich lügen.«

Silverman nickte aufmunternd.

»Arvid will, dass ich ihm gehorche. Neulich hat er mir gedroht, mein Konto zu sperren, aber ich kann ihm in diesem Punkt nicht nachgeben.«

»Warum nicht?«

»Ich bin es Ludvig schuldig«, sagte Lydia und holte schnell das Zigarettenetui aus ihrer Handtasche, einer Hermès Kelly Bag aus rotem Krokodilleder. Sie brauchte etwas, an dem sie sich festhalten konnte.

Silverman stellte einen Aschenbecher in ihre Reichweite und griff nach einem Feuerzeug.

Lydia hielt die Zigarettenspitze an die Flamme, zog an dem Mundstück aus Elfenbein und blies den Rauch aus. Sie spürte die Wirkung des Nikotins sofort. Sie war nie eine starke Raucherin gewesen, aber in letzter Zeit half ihr diese Angewohnheit manchmal beim Nachdenken. »Wissen Sie, Arvid ist ein kluger und leidenschaftlicher Mann, aber ich verstehe ihn nicht. Er zeigt nie eine schwache Seite. Ich weiß, dass der Tod seines Sohnes ihn beschäftigt und dass er im Stillen trauert, aber mir gegenüber hält er nur große Reden. Ein Mann müsse hart sein für die Welt, das Leben sei ein Existenzkampf. Und so weiter und so fort. Wenn ich ihm zuhöre, glaube ich manchmal, dass er nur ein einziges Gefühl zulässt: Härte gegen sich selbst und andere. Den Rest bekämpft er mit pathetischen Floskeln. Vielleicht bestand der ganze Nationalsozialismus nur aus Floskeln.«

»Wie kommen Sie darauf?«

»Die Familie meines Mannes war mit der Familie Goebbels befreundet. Sie haben mal direkt nebeneinander in einem Havelort namens Kladow gewohnt. Sie haben viel zusammen gesegelt. Nach dem Krieg hat mein Mann Kontakt zu Harald Quandt, Magda Goebbels' Sohn aus erster Ehe, gesucht und geschäftlich mit ihm verkehrt. Quandt ist bei einem Flugzeugabsturz ums Leben gekommen. In seinem Nachlass wurde ein Brief gefunden, den seine Mutter ihm aus dem Führerbunker geschrieben hat, kurz bevor sie den Freitod wählte. Mein Mann hat eine Abschrift, und ich habe sie gelesen.«

»Was steht drin?«

»Magda Goebbels erklärt, warum sie sich selbst und ihren Kindern das Leben nehmen wird.«

»Sie hat ihre Kinder getötet?«

»Wussten Sie das nicht? Aus der Ehe mit dem Reichsminister hatte sie sechs, und alle wurden von ihr mit Gift umgebracht. Ich kenne den Brief auswendig. Wortwörtlich schreibt sie: ›Unsere herrliche Idee geht zugrunde und mit ihr alles, was ich Schönes, Bewundernswertes, Edles und Gutes in meinem Leben gekannt habe. Die Welt, die nach dem Führer und dem Nationalsozialismus kommt, ist nicht mehr wert, darin zu leben, und deshalb habe ich auch die Kinder hierher mitgenommen. Sie sind zu schade für das nach uns kommende Leben, und ein gnädiger Gott wird mich verstehen, wenn ich selbst ihnen die Erlösung geben werde.‹ Ich bin auch Mutter und kann kaum glauben, mit was für einem Geschwafel sie versucht, einen sechsfachen Kindsmord zu rechtfertigen. Wenn sie sich selbst umbringen will, ist das ihre Entscheidung, aber sie kann doch nicht einfach diese unschuldigen Leben auslöschen. Ich kannte Helga, Hilde, Helmut, Holde, Hedda und Heide gut. Ich habe mit ihnen gespielt. Es waren ganz normale Kinder. Wie konnte sie das nur tun?«

»Was glauben Sie?«

»Ich glaube, dass sie sich eingeredet hat, dass man die Kinder zur Rechenschaft ziehen würde. Aber das ist natürlich Quatsch. Kein vernünftig denkender Mensch würde sie für etwas bestrafen, was sie nicht begangen haben. Von meinem Mann weiß ich, dass viele Personen Magda umstimmen wollten. Ihre Freundin Ello Quandt, der Rüstungsminister Albert Speer und seine Sekretärin Annemarie Kempf, die Jagdfliegerin Hanna Reitsch und der Chauffeur Erich Kempka haben auf sie eingeredet. Sie alle haben ihr Wege aufgezeigt, wie sie die Kinder in Sicherheit bringen könnte, aber sie wollte nichts davon wissen.«

»Warum weigerte sie sich?«

Lydia drückte die Zigarette im Aschenbecher aus. »Ich habe da so eine Theorie. Allein im Jahr 1942 wurden die Kinder vierunddreißigmal in Wochenschauen vorgeführt, um der Öffentlichkeit das perfekte nationalsozialistische Familienidyll vorzugaukeln. Damit erfüllte der Goebbels-Nachwuchs eine ganz bestimmte Funktion, die der Propagandaminister ihnen zugewiesen hatte. Sie wurden für die NS-Ideologie instrumentalisiert. Mit dem Untergang des Dritten Reichs verloren sie ihren Daseinszweck und damit ihre Lebensberechtigung.«

»Das könnte eine Erklärung sein.«

»Hinzu kommt, dass Magda ihnen keine eigene Existenz erlaubte. Die Kinder gehörten ihr. Sie waren untrennbar an sie gebunden, und sie allein entschied, was mit ihnen geschehen sollte. Magda war bis zum Schluss eine treue Nationalsozialistin, und so verhielt sie sich auch beim Untergang ihrer Ideologie. Sie sprang ihrem geliebten Führer in den Abgrund hinterher und riss die Kleinen, die für diesen Staat geboren waren, gleich mit. Und jetzt komme ich wieder zu den Floskeln.«

»Bitte.«

»So wie Magda Goebbels einen sechsfachen Kindsmord mit ein paar blumigen Formulierungen abhandelte, so begründeten Hitler, Goebbels und die anderen Nazis Massenerschießungen, Vergasungen und Angriffskriege mit pathetischen Phrasen. Im Scheinwerferlicht war der Nationalsozialismus nichts als Geschwafel und entbehrte jeder wissenschaftlichen Grundlage. So wurde einfach behauptet, dass die Juden eine Rasse seien. Das ist natürlich Blödsinn. Tatsächlich sind sie eine Glaubensgemeinschaft wie die Christen oder Moslems. Und dieses Ariergerede. Ebenfalls Quatsch. Man muss sich ja nur den dürren, hinkebeinigen Goebbels, den fetten Göring, den kleinwüchsigen Brillenträger Himmler und den dunkelhaarigen Hitler ansehen, um die Theorie vom blonden, blauäugigen und groß gewachsenen Krieger ins Lächerliche zu ziehen. Trotzdem haben die Nazis diesen Unsinn dahergeschwätzt und haben damit das grausamste Gemetzel der Menschheitsgeschichte begründet.«

»Das ist eine kluge Sichtweise.«

»Ich bin keine Närrin. Ich weiß, dass Politiker Kriege führen, aber können sie sich nicht irgendwo in der Pampa treffen und sich gegenseitig die Köpfe einschlagen? Muss es immer auf Kosten der Schwächsten gehen?«

»Von wem reden Sie?«

»Von den Kindern natürlich. Oft denke ich an Helga, Hilde, Helmut, Holde, Hedda und Heide. Sie traf bestimmt keine Schuld, dass Hitler ein dilettantischer Feldherr war. Ich muss an meine Brüder, meine Schwester und meine kleine Nichte denken, die unpolitisch waren und in die falsche Zeit hineingeboren wurden. Aber am meisten denke ich an meinen Sohn Ludvig, der so musisch, friedliebend und tolerant war.«

»Was geht Ihnen durch den Kopf, wenn Sie sich an all diese Menschen erinnern?«

Lydia spürte, wie ihr die Tränen kamen. »Ich frage mich die ganze Zeit, ob ich sie hätte retten können. Ich frage mich, ob ich schuld an Ludvigs Tod bin.«

50

Im Kommissariat entließ Toni den Antiquar Berni Werg und ermahnte ihn, sich in den nächsten Tagen zur Verfügung zu halten. Danach versammelte er sein Team im Besprechungsraum und rief den zuständigen Staatsanwalt Legrand an, der glücklicherweise an seinem Arbeitsplatz war und beim zweiten Läuten abhob.

»Herr Hauptkommissar«, sagte der Jurist. Er klang immer leicht belustigt. »Ich hab mich schon gefragt, wann Sie mich das nächste Mal beehren werden.«

Pascal Legrand sah mit den strahlend weißen Kauleisten aus wie ein gealtertes Fotomodell für Zahnpasta. Vor einiger Zeit hatten er und Caren eine Affäre. Damals nahm Toni es zur Kenntnis, jetzt versetzte ihm die Erinnerung einen Stich. Es kostete ihn Anstrengung, nicht daran zu denken und sich auf den Sachverhalt zu konzentrieren.

»Berni Werg«, erwiderte er gepresst, »der Eigentümer des Transporters, beschäftigt eine Putzfrau, die ihm das Antiquariat und die Lagerhallen in Bornim reinigt. Sie ist nicht angemeldet.«

»Also haben wir eine kleine Schwarzarbeiterin erwischt«, witzelte der Staatsanwalt.

»Das ist noch nicht alles. Der Mädchenname der Putzfrau ist Nitpattanasai. Sie kommt aus Thailand und hat einen deutschen Mann geheiratet.«

»Meinen Sie etwa Klaus Seek? Den ehemaligen Angestellten der Hellström AG?«

»Richtig. Am Tatabend hat Helmut Lothroh seinen Wagen in der Lindenstraße geparkt und wollte später den Antiquitätenhändler Alvensleben abholen. Der Todeszeitpunkt liegt dazwischen. Lothroh kann sich nicht weit weg bewegt haben. Deshalb haben wir unsere Suche auf die Umgebung konzentriert und eine interessante Entdeckung gemacht. In der Brandenburger

Straße betreibt ein gewisser Nawin Nitpattanasai ein asiatisches Restaurant.«

»Gibt es in Thailand ähnliche Namenshäufungen wie in Deutschland oder Frankreich?«

»Sie meinen Müller, Meier und Schmidt?«

»Oder Dubois, Bernard und Petit. Sie haben es erfasst.«

»Der Nachname wurde bei den Thailändern erst 1913 eingeführt. Jede Familie konnte sich einen aussuchen, und es wurde darauf geachtet, dass er nur einmal vergeben wurde. Das bedeutet, dass zwei Personen, die früher denselben Familiennamen trugen, verwandt waren. Ob es sich heute noch so verhält oder ob es nach mehreren Generationen Namenshäufungen gibt, haben wir in der Kürze der Zeit nicht herausfinden können.«

»Also könnte der Betreiber des Restaurants der Vater, Bruder oder Cousin von Klaus Seeks Frau sein.«

»So ist es. Auf der Homepage steht, dass das Lokal wegen Umbauarbeiten geschlossen ist.«

»Und das passt perfekt«, mischte sich Gesa ein. »Wir vermuten, dass sich Klaus Seek mit Helmut Lothroh in der Gaststätte seines – ich sag jetzt mal – Schwagers traf. Sie waren allein. Zeitungspapier klebte vor den Fenstern, sodass man nicht hineinsehen konnte. Die beiden Männer gerieten in Streit. Schließlich griff Seek nach einem herumliegenden Hammer und schlug zu.«

Toni wartete, ob die Kollegin noch etwas anfügen wollte, aber es kam nichts mehr. »Wir gehen davon aus, dass es sich bei dem Restaurant um den Tatort handelt. Alle bisherigen Ermittlungsergebnisse deuten darauf hin.«

Der Staatsanwalt überlegte kurz. »So weit zu den Rahmenbedingungen. Was ist mit den inneren Beweggründen?«

»Es gibt da einen alten Unterschlagungsfall, in den die Väter der beiden verwickelt waren.«

»Ja, ich erinnere mich, aber wieso sollte er zu einem tödlichen Streit führen?«

»Über das Motiv ist noch wenig bekannt.«

»Außerdem frage ich mich, wie Klaus Seek an den Transporter gekommen ist.«

»Wegen der Öffnungszeiten putzt Frau Seek spätabends oder am Wochenende. Sie besitzt eigene Schlüssel, um in das Antiquariat und das Devotionalienlager zu kommen, und trägt sie an einem Bund, an dem auch ihr Autoschlüssel befestigt ist. Möglicherweise wird er von beiden Eheleuten genutzt. Wir vermuten, dass Herr Seek in der Tatnacht mit dem Fiat Panda unterwegs war und sich an den Lieferwagen erinnerte, von dem ihm seine Frau erzählt hat. Vielleicht war er auch so verzweifelt, dass er sie angerufen hat, und sie hat ihm einen Ausweg aufgezeigt. Der Transporterschlüssel hängt nämlich an einem Brett in einer der Lagerhallen. Zu ihm hätte Herr Seek Zugang gehabt.«

»Wenn es sich so verhält, hätte sie ihm ein falsches Alibi gegeben.«

»Davon gehen wir aus, ja.«

»Klaus Seek wäre nach Bornim gefahren, um den Ford Transit zu holen und den Leichnam in den Park Sanssouci zu transportieren. Hinterher hätte er den Lieferwagen wieder am Lager abgestellt.«

»Genügend Zeit hätte er gehabt. Das haben wir bereits durchgerechnet.«

»Ihre Darstellung klingt vernünftig, aber letztendlich ist sie spekulativ. Wir bekommen keinen Durchsuchungsbeschluss für das Restaurant, nur weil Frau Seek mit dem Inhaber verwandt ist. Und es wird auch kein Haftbefehl für Herrn Seek ausgestellt, nur weil sein Eheweib bei dem Eigentümer des Transporters putzt.«

»Sollen wir uns das Lokal mal anschauen?«, fragte Gesa.

»Wenn es geschlossen ist, kommen wir nicht rein«, entgegnete Toni. »Außerdem dürfte Seek alle sichtbaren Spuren beseitigt haben.«

»Die Gaststätte nehmen wir uns später vor«, entschied der Staatsanwalt. »Zuerst brauchen wir etwas Handfestes, das den Richter überzeugt.«

Toni trank einen Schluck Wasser. »Am besten beweisen wir, dass sich Seek im Transporter und am Fundort der Leiche aufgehalten hat. Dazu brauchen wir seine Fingerabdrücke und eine Speichelprobe, damit wir sie mit den sichergestellten Spuren vergleichen können. Wenn wir etwas Druck ausüben, wird er mit Sicherheit reagieren.«

»Dann lieber gleich ein Geständnis«, antwortete Legrand. »Auf jeden Fall führen Sie die Befragung zu zweit durch, und bitte seien Sie auf Zack. Wir wollen nicht noch einen Beamten verlieren.«

Toni erinnerte sich, dass vor einem halben Jahr ein Potsdamer Kommissar von einem Crystal-Junkie erstochen wurde, der unter Verfolgungswahn gelitten hatte. Der junge Kollege war nur siebenundzwanzig Jahre alt geworden.

»Eine Hinzuziehung des SEK halte ich nicht für notwendig«, fuhr der Staatsanwalt fort. »Ich kann keine akute Gefahrenlage entdecken. Seek ist Rentner, und Sie sind ein harter Bursche. Unser Vorzeigecowboy. Mit der Situation werden Sie schon fertig.«

Toni hatte keine Lust, auf die Frotzeleien einzugehen. Bei Leuten, die so unberechenbar wie Legrand waren, dachte er sich seinen Teil. »Wir werden ihn überraschen. Dann hat er keine Gelegenheit, um sich vorzubereiten. Wir versuchen es zuerst an seinem Wohnort. Soweit ich mich erinnere, macht er die Buchhaltung für das Handwerksunternehmen abends.«

»Sehr schön, Herr Hauptkommissar. Dann sind wir durch. Halten Sie mich auf dem Laufenden.«

Aus der Leitung erklang ein Tuten. Der Staatsanwalt hatte aufgelegt. Zu diesem Zeitpunkt ahnte keiner der Beteiligten, dass alles ganz anders kommen würde.

51

Toni und Gesa fuhren auf der B 2 Richtung Krampnitz. Die Digitaluhr zeigte kurz nach zwölf Uhr mittags an. Sie kamen gut voran und ließen bald den Königswald hinter sich. Der Himmel leuchtete in einem strahlenden Blau, die Temperaturen lagen bei vierundzwanzig Grad.

Konzentriert biss Gesa in einen Apfel und sagte kauend: »Ich frage mich, warum dir bei der ersten Befragung nichts aufgefallen ist. Du hast doch sonst so ein gutes Gespür.«

»Wenn ich das wüsste«, erwiderte Toni und bog in den Kreisel bei Groß Glienicke ein. »Auf mich machte er einen gefestigten Eindruck. Er muss ein guter Schauspieler sein, anders kann ich es mir nicht erklären.«

»Wie willst du vorgehen?«

»Ich überlege schon die ganze Zeit. Momentan weiß ich nur, dass er für Überraschungen gut ist. Eine Strategie ist unter diesen Voraussetzungen eher hinderlich. Lass uns abwarten, wie er auf unsere Ankunft reagiert, und dann entscheiden wir spontan.«

Eine Viertelstunde später erreichten sie die Spandauer Genfenbergstraße und fanden zahlreiche freie Parkplätze vor. Toni setzte rückwärts in eine Lücke, die direkt vor dem Eingang des Mehrfamilienhauses lag.

Im ersten Stock fiel ein Vorhang vor, eine Gestalt trat in den Schatten.

Die beiden Kommissare bemerkten nicht, dass sie beobachtet wurden. Im Wageninneren trafen sie die letzten Vorbereitungen. Sie luden die Waffe, steckten sie zurück ins Holster und ließen die Druckknöpfe offen, damit sie die Pistole im Ernstfall schneller ziehen konnten.

»Halt dich hinter mir«, sagte Toni und griff nach dem Türhebel.

»Stopp«, erwiderte Gesa. »Du versuchst es immer wieder,

aber ich bin schon ein großes Mädchen. Wir gehen vorschriftsmäßig vor.«

Toni presste die Lippen aufeinander. Schließlich nickte er, stieg aus und lief über den menschenleeren Fußweg auf den Hauseingang zu. Glücklicherweise verließ eine junge Mutter mit einem Kinderwagen gerade das Gebäude, sodass sie ins Treppenhaus treten konnten, ohne zu klingeln. Drinnen roch es nach Porreegemüse, offenbar wurde hier mittags noch gekocht. Sie stiegen die Stufen hoch und bauten sich links und rechts neben der Wohnungstür auf.

»Herr Seek«, rief Toni und klopfte. »Sind Sie da? Hier ist Hauptkommissar Sanftleben von der Potsdamer Kripo. Ich würde gerne mit Ihnen reden.«

Die Ereignisse der nächsten fünfzehn Minuten sollten die Kriminaltechniker zwei Tage lang beschäftigen. Sie ließen größte Umsicht walten, um den Hergang bis ins letzte Detail zu rekonstruieren.

Im Inneren der Wohnung ertönten schnelle Schritte. Auf einen unverständlichen kehligen Ruf folgte ein lauter Knall. Eine Kugel drang durch das dünne Holz, Splitter sausten durch die Luft, und Gesa sank mit einem Aufschrei zu Boden. Es folgten Schuss Nummer zwei und drei. Die Kugeln flogen durchs Treppenhaus und bohrten sich in die Wand, wo weißer Putz abbröckelte.

Dann erklangen erneut schnelle Schritte. Sie wurden leiser; offenbar entfernte sich die Person.

Toni merkte erst jetzt, dass er den Atem angehalten hatte, und schnappte hektisch nach Luft. Er hielt die Hand über dem Holster und überlegte, ob er zum Gegenangriff übergehen sollte, aber Gesa lag stöhnend auf der Seite. Sie war sehr blass und presste die flache Hand auf den Bauch. Ihr weißes Shirt färbte sich rot. Zwischen ihren Fingern quoll Blut hervor.

Toni kniete sich besorgt neben sie. »Lass mal sehen.«

»Zieh mich zuerst hier weg«, flehte Gesa. »Was ist, wenn er rauskommt?«

»Im Wohnungsflur ist er nicht mehr. Das hab ich durch die

Löcher gesehen. So, wie es sich anhört, türmt er gerade über den Balkon.«

Toni wälzte sie vorsichtig auf den Rücken. Mit dem Kopf kam sie auf der Fußmatte zum Liegen. Er nahm ihre Hand behutsam von der Wunde, knöpfte ihre Jeans auf und rollte das Shirt hoch. Das Blut sickerte hervor, und der Bauch glänzte feucht.

»Sag schon«, forderte Gesa.

»Er hat dich seitlich am Bauch getroffen. Ich kann die Eintrittswunde erkennen, sie befindet sich neben dem Nabel, und ich kann auch die Austrittswunde ausmachen, sie liegt nur drei bis vier Zentimeter Richtung Taille daneben. Der Schusskanal ist kurz und nicht tief. Es sind keine inneren Organe verletzt.«

»Nur mein Bauchspeck? Du sollst mir keine Märchen erzählen. Wenn ich wegen so einer Scheiße verrecken muss, will ich es wissen.«

Toni zog den dünnen Pullover aus. »Du hast eine Fleischwunde und einen Schock erlitten. Das ist nichts, woran man stirbt. Drück das ganz leicht drauf.«

»Dieses Schwein«, sagte Gesa und schluchzte wild. »Dieses Schwein hätte mich beinahe erschossen. Was tust du da? Was hast du vor?«

»Ich rufe einen Krankenwagen und Verstärkung.«

»Gib mir das Handy«, sagte Gesa. »Das mach ich. Und du läufst jetzt los und schnappst dir diesen Mistkerl.«

»Bist du sicher?«

»Und wie! Ich will ihn noch heute Abend hinter Gittern sehen.«

Eigentlich hatte Toni nichts anderes von Gesa erwartet. Sie hatte recht. Wenn er noch länger wartete, war Seek über alle Berge. Er riss seine Pistole aus dem Holster, nahm etwas Anlauf und sprang mit voller Wucht gegen die Wohnungstür, die aus dem Schloss krachte und aufschwang. Mit vorgehaltener Waffe stürmte er in die Zimmer. Sie waren menschenleer. Nur die Balkontür stand sperrangelweit offen, und gab einen Hinweis darauf, dass Seek eben noch hier gewesen war.

Toni rannte auf den Austritt und packte das Geländer. Die Sonne blendete ihn, und er blinzelte, bis er ein anderes Mietshaus, einen weitläufigen Park und einen Spielplatz ausmachte. Eine humpelnde Gestalt entfernte sich auf dem Spazierweg. Es war der Rentner. Kein Wunder, dass er sich bei einem Sprung aus dieser Höhe verletzt hatte.

Toni eilte zurück ins Treppenhaus. Eine Frau mit klatschnassen Haaren stand über ihm und erkundigte sich ängstlich, was geschehen sei.

»Wir sind von der Polizei. Helfen Sie meiner Kollegin«, sagte Toni und hastete hinunter zum Ausgang.

»Verstärkung ist unterwegs«, rief Gesa ihm hinterher. »Pass auf dich auf.«

Draußen spurtete er über die Straße und tauchte im Schatten einiger hoher Bäume unter. Kleine Steine und Geröll knirschten unter seinen Sohlen. Er gelangte an eine Abzweigung und sah gerade noch, wie der humpelnde Rentner hinter einem Busch verschwand.

Toni rannte Richtung Grimnitzsee und überlegte fieberhaft, ob es hier eine Laubenkolonie oder einen Bootsschuppen gab, wo der Flüchtige sich verstecken konnte. So langsam geriet er außer Atem. Bis auf seine nächtlichen Spaziergänge trieb er keinen Sport mehr.

Da ertönte ein Knall.

Schuss Nummer vier.

Toni spürte den Lufthauch einer Kugel, drehte sich um die eigene Achse und hechtete zur Seite, um möglichst wenig Angriffsfläche zu bieten. Er rollte sich ab und entdeckte die junge Frau mit dem Kinderwagen, die ihnen eben im Hauseingang begegnet war. Sie stand mit offenem Mund auf dem Spazierweg und schaute ihn entsetzt an.

»Hauen Sie ab«, schrie Toni. »Bringen Sie sich und Ihr Baby in Sicherheit. Schnell!«

Als die Mutter sich endlich in Bewegung setzte, suchte Toni das Gelände ab. Er lag auf einem Grünstreifen und war nur noch wenige Meter vom Seeufer entfernt. Die Äste einer Weide hingen in das bräunliche Wasser. Der Schilfgürtel raschelte im Wind. Einige Enten und Rallen nahmen Reißaus und paddelten auf den See.

Ein weiterer Schuss knallte, und die Kugel schlug einen halben Meter rechts von Toni ein. Erde spritzte auf.

Schuss Nummer fünf!

Jetzt konnte er Seek ausmachen. Er saß mit dem Rücken an einem Stamm und hielt einen Trommelrevolver in der Hand. Die Entfernung betrug fünfundzwanzig Meter. Die wenigsten Menschen wussten, dass sich Kurzrohrwaffen für Distanzschüsse nicht eigneten. Die Treffergenauigkeit nahm mit zunehmender Entfernung rapide ab. Seek musste Glück haben, um ihn zu erwischen. Wieder visierte er ihn an.

Toni sprang auf und rannte zu einem Stumpf, hinter dem er sich in Deckung warf. »Hören Sie auf«, rief er. »Das hat doch keinen Sinn. Was bringt es Ihnen, wenn Sie noch einen Menschen töten?«

»Mein Knöchel ist gebrochen«, schrie Seek.

»Dann lassen Sie mich einen Arzt rufen, damit er Ihnen hilft.«

Der alte Mann lachte dröhnend. Sein Lachen ging in ein Husten über. »Wozu denn? Bei mir ist nicht nur der Fuß kaputt.«

Wollte sich Seek das Leben nehmen? Toni hob den Kopf und sah, wie sich der Rentner den Revolver an die Schläfe setzte.

»Verdammt, lassen Sie den Unsinn!«

»Verpiss dich endlich!«, schrie Seek verzweifelt. Er war puterrot, riss den Arm herum und feuerte auf Toni. Die Kugel ging weit daneben.

Schuss Nummer sechs!

Toni hatte unterdessen einen Blick auf die Waffe werfen können. Vermutlich handelte es sich um ein amerikanisches Fabrikat, einen Colt oder eine Smith & Wesson, mit ausschwenkbarer Trommel. Teilweise verfügten diese Revolver über eine enorme Durchschlagskraft, aber sie fassten nur fünf oder sechs Patronen. Seek hatte seine Munition verbraucht, wenn er in der Zwischenzeit nicht nachgeladen hatte.

Toni vernahm ein schmerzhaftes Stöhnen und wagte sich erneut aus der Deckung.

Seek hatte sich hochgestemmt, kam mit verzerrtem Gesicht auf ihn zugehumpelt und zielte auf ihn. »Du hast es nicht anders gewollt«, schrie er.

Toni begriff sofort, was der Rentner vorhatte. Da er sich selbst nicht mehr töten konnte, sollte ein anderer den Job erledigen.

Darauf konnte er lange warten.

Seek war noch knappe zwanzig Meter entfernt. Solange er sich humpelnd und schwankend fortbewegte, würde er ohnehin nicht kontrolliert schießen können.

Toni kniete sich hin, zielte ein Stück weit neben den Rentner und suchte den Druckpunkt. Er hielt die Luft an und krümmte den Zeigefinger. Die Kugel traf den Erdboden neben Seek.

Toni wollte ihn zur Erwiderung des Feuers provozieren, um ganz sicherzugehen, dass keine Gefahr mehr drohte, und der Rentner tat ihm den Gefallen.

»Du Arschloch!«, schrie er und drückte ab: Klick, klick, klick, klick, klick, klick …

Die Trommel war leer.

Toni steckte seine Dienstwaffe in das Holster, stürmte dem Mann entgegen und drehte ihm den Arm auf den Rücken, sodass er auf die Knie sank. Der Revolver fiel zu Boden. Toni stieß Seek nach vorne, zog die Handfesseln aus dem Lederetui und legte sie dem wimmernden Rentner an. Während er über ihm hockte und ihn nach unten drückte, tropfte ihm Blut auf die Hand. Es war ein ganzer Schwall, und es floss immer schneller.

War er etwa verletzt?

52

Eine halbe Stunde später saß Toni im Notarztwagen und ließ sich von einem Sanitäter den Kopf verbinden. Er hatte eine Wunde oberhalb des linken Ohres davongetragen und rätselte, wann er sie sich zugezogen hatte. Von einem Projektil stammte sie nicht, dazu war die Verletzung zu untypisch. Vielleicht hatte ihn ein Holzsplitter erwischt, als Seek durch die Tür geschossen hatte. Oder er hatte sich gestoßen, als er hinter den Baumstumpf gehechtet war. Erstaunlich fand er nur, dass er so voller Adrenalin gewesen war, dass er keine Schmerzen gespürt hatte.

»Hat Seek noch was gesagt?«, fragte Gesa.

Sie lag neben ihm auf der Trage. Der Notarzt hatte bestätigt, dass die Schusswunde nicht lebensgefährlich war. Trotzdem wollte er sie in ein Krankenhaus bringen, um weitere Untersuchungen durchführen zu lassen. Ergeben blickte sie durch die offenen Hecktüren nach draußen, wo uniformierte Beamte im Sonnenschein vorbeiliefen.

»Es hat ein paar Minuten gedauert, bis sich Seek beruhigt hatte«, erwiderte Toni. »Aber dann hat er mir alles erzählt.«

Der Sanitäter klebte den Verband fest und klopfte seinem Patienten aufmunternd auf die Schulter. Dann kletterte er aus dem Fahrzeug, um sich eine Zigarette zu drehen.

»Seek senior hat die Unterschlagung angeblich nicht begangen«, fuhr Toni fort. »Die belastenden Beweise, die man in seiner Wohnung fand, sollen ihm untergeschoben worden sein.«

»Von wem?«

»Von Helmut Lothroh.«

»Er muss damals noch jung gewesen sein. Woher will Seek das wissen?«

Toni ballte seine Hände zu Fäusten, um das Zittern in den Griff zu kriegen, das ihn nach Eintreffen der Verstärkung befallen hatte. Er wusste bereits, dass sich nur der psychische

Stress entlud, aber irgendwann musste es auch gut sein. Der Tremor nervte ihn. In solchen Momenten sehnte er sich nach einem Bier oder einer Valiumtablette, aber er wusste, dass beides nur für die Symptomlinderung taugte und sich nicht zur Ursachenbekämpfung eignete. Vielleicht sollte er später einen Havelspaziergang machen und den gesamten Ablauf in Ruhe durchgehen.

»Toni?«

»Entschuldige. Du willst wissen, woher Seek die Sicherheit nimmt? Das hat er mir erklärt. Nachdem das Arbeitszimmer seines Vaters durchsucht worden war, entdeckte er eine kleine Schnitzfigur. Sie stand auf der Fensterbank; er hatte sie nie zuvor gesehen. Jahrelang rätselte er, woher sie gekommen war. Er stellte Theorien auf und verwarf sie wieder, ohne jemals Verdacht zu schöpfen. Jahrzehnte später machte ihn seine Frau auf einen Zeitungsbericht aufmerksam, der in der Märkischen Allgemeinen erschienen war. Der Artikel berichtete über eine Ausstellung, die im Antiquitätengeschäft Alvensleben stattfand. Mehrere Objekte waren auf Fotos abgebildet, und der eigenwillige Stil stach sofort ins Auge. Als Seek den Namen des Künstlers las, musste er nur noch eins und eins zusammenzählen und begriff, dass die Holzfigur vom Sohn des anderen Verdächtigen stammte. Er hatte sie zurückgelassen, nachdem er die Beweisstücke untergeschoben hatte.«

»Warum hätte Lothroh das tun sollen?«

»Das werden wir wohl nicht mehr erfahren. Vielleicht war es ein Akt der Wiedergutmachung.«

»Na, vielen Dank. Ein solches Geschenk hätte er sich sparen können. Wenn das alles so stimmt, frage ich mich nur, warum Lothroh die Ausstellung gemacht und die Berichterstattung zugelassen hat. War ihm nicht klar, dass er ein Risiko einging?«

»Er wusste vielleicht, dass Seek in Spandau wohnt. Dort liest man Berliner Zeitungen. Dagegen ahnte er wahrscheinlich nicht, dass Frau Seek in Potsdam putzt und das Blatt bei einem Kunden entdecken könnte. Es kann auch sein, dass es ihm egal war.«

»Wieso?«

»Er hat sich wohl wegen falscher Verdächtigung nach Paragraf 164 StGB und vielleicht noch wegen Freiheitsberaubung nach Paragraf 239 StGB in mittelbarer Täterschaft schuldig gemacht. Beide Delikte wären längst verjährt. Vor einem Prozess musste er keine Angst haben.«

»Vor einer Strafverfolgung vielleicht nicht, aber vor erheblichem Ärger schon. Hat Seek ihn zu einer Aussprache in das Thai-Restaurant bestellt?«

»So ähnlich. Dass sie sich dort trafen, hatten sie wohl am Samstagmorgen verabredet. Seek war es, der ihn mit einem Prepaidhandy angerufen hat. Bei der Zusammenkunft war er dann sehr erregt und verlangte eine Entschuldigung. Mit Nachdruck forderte er auch eine Entschädigung für die entgangene Karriere.«

»Welche Karriere?«

»Er behauptete, dass er als Sohn eines Betrügers keine Chancen gehabt habe, in der Firmenhierarchie aufzusteigen. Die Hellströms hätten ihn zwar behalten, aber es war von vornherein klar, dass er Sachbearbeiter bleiben und niemals höhere Aufgaben übernehmen würde. Die Unterschlagungen hätten ihm ja im Blut liegen können. All die Jahre wollte er nur beweisen, dass er aus einem anderen Holz geschnitzt ist als sein Vater.«

»Bitter.«

»Ja. Den zufriedenen Mitarbeiter hat er nur vorgetäuscht. Auch mit seiner thailändischen Ehefrau war er nicht glücklich. Mit den Jahren wurden die kulturellen und altersmäßigen Unterschiede zum Problem. Er hat immer und überall geschauspielert, bis das Fass an jenem Samstagabend überlief. Angeblich war Lothroh bei dem Treffen ziemlich arrogant. Er räumte die Tat weder ein, noch reagierte er auf die finanziellen Forderungen. Zehn Minuten stand er nur da und hörte mit einem überheblichen Gesichtsausdruck zu. Dann drehte er sich weg und wollte gehen. Seek sind die Sicherungen durchgebrannt.«

Gesa seufzte. »Dann war es kein Mord, sondern Totschlag.«

Toni tastete vorsichtig nach seinem Verband. »Wie passt Lothrohs Hochnäsigkeit zu seinem Engagement für Straftäter?«

»Na, das liegt doch auf der Hand. Sein schlechtes Gewissen reichte aus, um eine kleine Holzfigur als Wiedergutmachung zu hinterlassen und später ein bisschen wohltätige Arbeit zu leisten, aber es war nicht stark genug, um das begangene Unrecht einzugestehen und mit den möglichen Konsequenzen zu leben. Außerdem war Seek ein Fremder für ihn. Seine Schwester hat mir erzählt, dass Lothroh ein Familienmensch war und ihr in vielen schwierigen Situationen beigestanden hat. Für die Museumskuratorin hat er nach dem Caspar-David-Friedrich-Gemälde gesucht. Für seinen Vater, der dann wohl der wahre Betrüger war, beging er sogar eine Straftat. Es scheint so, als hätte er für nahestehende Personen eine Menge getan und für die anderen eben nicht.«

Gesa stauchte ihr Kissen zusammen, sodass ihr Kopf erhöht lag.

Toni erkannte erst jetzt, dass es sein Pullover war, den er ihr vorhin gegeben hatte.

»Eine Sache verstehe ich noch nicht«, fuhr sie fort. »Bei dem Prozess hat Seek senior seine Schuld eingestanden, obwohl er die Unterschlagung nicht begangen hatte. Die Konsequenzen mussten ihm doch klar sein.«

»Seek hat mir erzählt, dass sein Vater – trotz aller Eskapaden – sehr gläubig war. Nach der Verkündung des Urteils hat er ihm einen langen Brief geschrieben, in dem er seine Beweggründe schilderte. Den Prozess gegen ihn sah er als Strafgericht Gottes an. Im Krieg tötete er Soldaten, Partisanen und Zivilisten. Nach seiner Rückkehr aus der Gefangenschaft gab er sich einem liederlichen Lebenswandel hin. Bevor er abends ausging, hörte er übrigens immer ›Im Mondenschein mit dir allein‹. Das war der größte Hit von Lydia Riefenberg alias Hellström. Jedenfalls sah Seek senior wohl ein, dass er vom Weg abgekommen war. Sein Schuldeingeständnis sollte von seinem Sohn allgemein verstanden und nicht auf den konkreten Fall bezogen werden. Im Gefängnis wollte er Buße tun.«

»Meine Güte«, sagte Gesa. »Was den Leuten so im Kopf rumspukt. Er muss ja sehr fromm gewesen sein, wenn er freiwillig in den Knast geht. Auf eine solche Idee wäre ich nie gekommen.«

»Sein Sohn dachte wohl ähnlich. Er glaubte ihm kein Wort und tat den Brief als reine Erfindung ab. Jahrzehnte später erfuhr er dann, dass sein Vater die Wahrheit gesagt und dass er ihn zu Unrecht für einen Lügner gehalten hatte. Natürlich quälte ihn ein schlechtes Gewissen.«

»Das kann ich schon eher verstehen. Eine wirklich bittere Geschichte.«

Draußen tauchte Kriminalrat Schmitz auf und blieb ein paar Meter entfernt stehen, ohne einen Blick in den Notarztwagen zu werfen. Mit der Hand wedelte der Vorgesetzte den Rauch weg, den der Sanitäter mit seiner selbst gedrehten Zigarette produzierte.

Schmitz sah wie aus dem Ei gepellt aus. Seine blonde Strähnchenfrisur saß perfekt. Die Augenbrauen waren gezupft. Der hellgraue körperbetonte Anzug war so faltenfrei, als käme er frisch aus der Reinigung. Er war in Begleitung des Polizeipräsidenten, der den Kopf gesenkt hielt und die Hände auf dem Rücken verschränkt hatte.

»Nun erzählen Sie mal«, sagte der Polizeipräsident.

»Danke, dass Sie es einrichten konnten«, erwiderte Schmitz. »Ihre Anwesenheit ist so inspirierend für uns, aber Sie dürfen natürlich nicht vergessen, dass ich erst gestern aus dem Urlaub zurückgekehrt bin. Die Ehre gebührt vor allem dem Ermittlerteam.«

»Sie sind doch sonst nicht so bescheiden!«

»Manchmal reicht eine Idee oder ein mahnendes Wort schon aus, um seine Leute in die richtige Richtung zu lenken. In Ihrer Position wissen Sie ja am besten, wie geschickt man delegieren muss, um am Ende ein so perfektes Ergebnis zu erzielen.«

Gesa räusperte sich lautstark.

Der Polizeipräsident und Kriminalrat Schmitz blickten in den Notarztwagen. Es war nicht zu erkennen, ob die beiden Männer sie erkannten. Sie wirkten nur ungehalten über die Störung und traten ein paar Schritte zur Seite, um die Unterredung in Ruhe fortzusetzen.

»Sieht so ein perfektes Ergebnis aus?«, fragte Gesa und zeigte auf ihren Bauch. »Ich fass es nicht, was Schmitz wieder für einen Unsinn schwätzt.«

Toni zuckte mit den Achseln.

»Na ja«, fuhr sie fort. »Man darf nicht vergessen, dass er auch nur ein armes Schwein ist. Jeder merkt doch, was er mit seiner Arschkriecherei bezweckt. So wird er niemals zum Kriminaloberrat befördert.«

Toni war sich da nicht so sicher. Er hatte schon vor langer Zeit aufgehört, sich über seinen Vorgesetzten zu ärgern, und mied ihn nach Möglichkeit. Mittlerweile würde er es sogar begrüßen, wenn der Kriminalrat seinen Willen bekam und den ersehnten Karrieresprung machen durfte. Dann würden sie vielleicht einen fähigen Kommissionsleiter bekommen, mit dem die Zusammenarbeit besser klappte.

Toni zog sein vibrierendes Smartphone aus der Hosentasche und las die erhaltene Nachricht mit wachsendem Interesse. Dann steckte er das Telefon zurück und berührte die Kollegin leicht am Arm.

»Kommst du zurecht?«, fragte er.

»Was ist denn los?« Gesa wollte sich aufstemmen, aber sank mit einem Stöhnen zurück auf die Liege. »Tut noch ganz schön weh.«

»Wenn du im Krankenhaus ein paar Klamotten brauchst, sagst du mir Bescheid, ja?«

»Ist nicht nötig. Einer meiner Brüder ist schon unterwegs.«

»Alles klar. Ich sag noch kurz Schmitz Bescheid, dass ich gehe. Dann fahre ich nach Kladow. Die Nachricht stammt von Marie Hellström. Sie hat die Havel-Villa durchsucht und etwas gefunden.«

Berlin, 1982

Lydia hielt ihre schlafende Enkelin im Arm und betrachtete sie ungläubig. Die kleinen Äuglein waren geschlossen, und die Lider schimmerten bläulich. Der Mund stand einen Spaltbreit offen, und der warme Atem strich ihr übers Gesicht. Noch vor einer halben Stunde hatte die kleine Marie bei ihrer Ankunft bitterlich geweint. Lydia war es gelungen, ihr ein Fläschchen zu geben und sie mit Brei zu füttern. Danach hatte sie dem Mädchen ein Lied vorgesungen und es auf ihrer Schulter getragen, bis es eingenickt war. Das war ein gutes Zeichen. Ihre Enkelin hatte sich von ihr beruhigen lassen. Sie würden gut miteinander auskommen.

Lydia war seit langer Zeit zum ersten Mal glücklich. Sie trat an die Panoramascheibe und blickte auf die Insel Schwanenwerder, die auf der anderen Havelseite lag. Vor vielen Jahren war sie dort vom Reichsminister empfangen worden. Noch heute träumte sie manchmal von dieser ersten Begegnung und wachte mit klopfendem Herzen auf.

Damals war sie so jung, unerfahren und ehrgeizig gewesen! Hätte sie Goebbels abgewiesen, wenn sie gewusst hätte, welches Leben auf sie zukommen würde? Nein, sie glaubte es nicht. Es war ihre Chance gewesen, der Armut und Tristesse zu entfliehen, und sie hatte sie genutzt. Ihre Entscheidung war durch ihre Herkunft und ihren Charakter vorherbestimmt gewesen.

So viel war in der Zwischenzeit geschehen, und jetzt war sie zurück in Berlin. Die Stadt hatte nichts mehr mit der Weltmetropole gemein, die sie als Hiller-Girl und Ufa-Schauspielerin kennengelernt hatte. Sie war zum Zankapfel der politischen Systeme geworden, und ein Geheimdienstkrieg wütete im Verborgenen, aber wo hätte sie sonst hingehen sollen?

New York City hatte ihr eine Weile gutgetan, doch irgendwann waren ihr der Lärm, der Gestank und der amerikanische Way of Life auf die Nerven gefallen. Auf dem Gut Hellström erinnerte sie zu viel an ihren Sohn Ludvig. Nur hier wartete eine Aufgabe auf sie. Sie würde sich um ihre Enkelin kümmern. Sie war Rolf so dankbar, dass er ihr das Mädchen anvertraut hatte.

Bei ihren eigenen Kindern hatte Lydia Fehler begangen, die sie nicht mehr gutmachen konnte. Die Beziehung zu Arndt und Edda beschränkte sich auf den Austausch von Höflichkeiten. Die beiden suchten die Nähe ihres Vaters, übernahmen sein Weltbild und buhlten um seine Anerkennung, was ein aussichtsloses Unterfangen war. Rolf war anders. Klarer und eigensinniger. Mit ihm tauschte sie sich manchmal auf einer sachlichen Ebene aus.

Bei ihrer Enkelin Marie wollte sie einen anderen Erziehungsstil anwenden. Sie würde das Mädchen mit Liebe und Nachsicht behandeln und ihm alle Freiheiten zugestehen, die es brauchte. Sie hoffte sehr, dass sie dadurch ein herzliches Verhältnis aufbauen konnte.

Ihr Therapeut Professor Silverman hatte Lydia geholfen, ein stabiles Wertesystem zu errichten. Sie war jetzt stärker und nicht mehr so gutgläubig. In ihr war eine Festigkeit, die sie als junge Frau nicht gekannt hatte. Man konnte ihr keine Befehle mehr erteilen oder sie als Werkzeug benutzen. Sie hatte eine eigene Vorstellung und setzte sie auch gegen Widerstände durch.

»So ist es«, murmelte Lydia, wie um sich selbst zu überzeugen.

Dann senkte sie lächelnd den Kopf und küsste die Enkelin auf die warme Stirn. Zärtlich strich sie ihr über das feine Haar. »Du wirst es gut bei mir haben. Das verspreche ich dir.«

54

»Oh weh, wie siehst du denn aus?«, fragte Marie.

Toni stand im Eingang der löwengelben Villa. Der Verband bedeckte seinen halben Kopf, am Hals klebte geronnenes Blut, und dunkle Tropfen bedeckten sein T-Shirt. »Wir haben den Täter geschnappt. Die Verhaftung verlief – wie soll ich sagen? – etwas ungeordnet ab.«

Marie lächelte schief. »Wenigstens hast du deinen Sinn für Humor nicht verloren. Geht es dir gut?«

»Schaut schlimmer aus, als es ist.«

»Dann komm erst mal rein und wasch dich. Bestimmt finde ich auch noch ein Hemd oder einen Pullover, der dir passt.«

»Das wäre toll.«

Marie ging durch die Eingangshalle und über die Treppe voraus in das erste Stockwerk. Dort öffnete sie ihm eine Tür und ließ ihn eintreten. Als sie das Deckenlicht anknipste, zeigte sich die Größe des Bades. Wahrscheinlich hätte Toni hier mit seinem gesamten Hausstand einziehen können.

Er schlüpfte aus seinem blutigen T-Shirt und machte sich auf die Suche nach einem Waschlappen, den er in einer Schublade fand. Er hielt ihn unter den offenen Hahn und betrachtete sich im Spiegel. Während er seine Haut schrubbte, war seine Hand völlig ruhig. Schon vor der Herfahrt hatte das Zittern aufgehört.

Toni kannte dieses Phänomen bereits. Vor einigen Jahren war er in eine Schießerei geraten und hatte einen Mann getötet. Damals hatte er den Tremor einige Wochen später bekommen. Plötzlich war er da gewesen. Er hatte zwei Tage angedauert und war genauso plötzlich wieder verschwunden.

Toni behielt diese körperliche Reaktion für sich. Er wollte nicht, dass ein Polizeipsychologe ergründete, was mit ihm los war. Möglicherweise würde dieser etwas finden, das ihn nur noch mehr verunsicherte. Mit seiner Alkoholsucht hatte er schon genug Probleme.

Es ist alles in Ordnung, sagte er sich. Du hattest die Situation im Griff. Gesa kommt wieder auf die Beine, und du hast nur einen Kratzer. Er wrang den Frotteestoff aus und beobachtete, wie sich die weiße Emaille hellrot färbte.

Marie kehrte zurück, setzte sich auf den Rand des Bidets und betrachtete seinen nackten Oberkörper. Ihre Miene wirkte dabei neutral. Was sie dachte, war nicht zu erraten. Auf dem Arm trug sie mehrere Kleidungstücke. Eins würde ihm bestimmt passen.

»Jetzt erzähl«, sagte Toni und wusch sich das Ohr aus.

»Ich hab alles abgesucht«, erwiderte sie. »Das Wohngebäude, die Garagen und das Gärtnerhaus. Nichts. Dann hab ich angefangen, die Unterlagen meines Großvaters durchzublättern. Du hast gesagt, dass es um eine Lastwagenladung geht, die 1945 hier angekommen sein soll, und das war eindeutig seine Zeit.«

»Und?«

»Auf dem Dachboden habe ich eine Mappe gefunden, auf der ›Luftschutzbunker‹ stand. In ihr befanden sich vor allem Rechnungen. Ein Bauplan war leider nicht darunter. Aus den Unterlagen geht jedoch hervor, wie viele Handwerker beteiligt waren und wie lange die Bauarbeiten andauerten. Begonnen wurden sie im März 1939, und fertiggestellt wurden sie im Oktober. Es muss sich um ein größeres Vorhaben gehandelt haben.«

»Ein Luftschutzbunker! Ja, das könnte passen. Damals ließen sich viele Hausbesitzer einen solchen Schutzraum bauen. Und er soll sich hier irgendwo befinden?«

»Das steht zwar nicht ausdrücklich in den Unterlagen, aber nur so lässt sich erklären, dass die Materialien an diese Adresse geliefert wurden. Ich hab schon überlegt, bei den Nachbarn zu klingeln und zu fragen, ob sie sich an etwas erinnern, aber links und rechts wohnen Zugezogene, und ob die alten Eigentümer noch leben, müsste ich erst recherchieren.«

»Mal angenommen, du hast recht und der Luftschutzbunker befindet sich nicht in den Gebäuden: Wo soll er sonst sein? Im Garten?«

»Das wäre eine Möglichkeit. Ich bin den ganzen Park abgeschritten und konnte keinen Einstieg ausmachen.«

»Und die zweite Option?«

»Die Villa wurde auf einer Anhöhe errichtet, die steil zum Havelufer abfällt. Du erinnerst dich vielleicht, dass wir auf dem Weg zum Boot einen schmalen Serpentinenweg hinunter in den Obstgarten gegangen sind?«

»Natürlich.«

»Die Grabungen hätten auch waagerecht in die Anhöhe erfolgen können.«

»Du meinst eine Art Stollen, den man nach und nach ausbaut?«

»Ich bin keine Ingenieurin, aber das müsste doch gehen, oder?«

»Bestimmt. Hast du dir den Hang angeguckt?«

»Ich bin zweimal den Serpentinenweg rauf und runter, aber ich konnte nichts finden. Alles ist mit Efeu bewachsen. Auf halber Strecke ist die Ruhebank, und unten befindet sich der Pavillon.«

Toni griff nach einem royalblauen T-Shirt mit der gelben Aufschrift »UCLA« und streifte es über. Es passte wie angegossen.

»Ich hab ein Jahr in Kalifornien an der Universität in Los Angeles studiert«, sagte Marie. »Das T-Shirt gehörte meinem damaligen Freund. Er hatte ungefähr deine Statur und Größe. Und war dir auch sonst sehr ähnlich.«

Toni begriff die Worte als Kompliment. »Danke. Komm, jetzt sehen wir uns diesen Serpentinenweg mal an.«

✳ ✳ ✳

Die Sonne stand schon im Südwesten, sodass der Schatten einiger alter Kiefern auf das Grundstück fiel. Auf dem Weg nach unten achtete Toni auf unnatürliche Erhebungen und kletterte mehrmals ins Gelände, um Gestrüpp beiseitezuschieben. Mit einem Stock stocherte er in die Erde, traf aber nur auf Wurzeln. Er entdeckte auch keine Rohre oder Gitter, die für eine etwaige Belüftung sorgten.

Der schmale Pfad endete an einem Pavillon, der sich an den Hang schmiegte. Das chinesisch anmutende Dach war sechseckig, die knapp vier Meter hohen Säulen rund und die Plattform wieder sechseckig. Über zwei breite Stufen stieg Toni auf das kunstvolle Bodenmosaik, das wohl einen großen Stern in verschiedenen Farben abbildete.

Er drehte sich zur Seite und überblickte den Obstgarten. Das Gelände fiel leicht ab und endete an dem schmiedeeisernen Zaun. Dahinter befanden sich die unbefestigte Straße und der begrünte Ufersaum. Von der Havel sah man zwischen Ästen und Büschen nur wenig.

»Welchen Zweck hat der Pavillon?«, fragte Toni. »Für ein Picknick oder ein Frühstück eignet er sich nicht. Man müsste das Essen hier runtertragen und hinterher das ganze Geschirr wieder hochschleppen.«

Marie stellte sich neben ihn. »Wir haben ihn nie genutzt. Manchmal hab ich hier gespielt und Fallobst auf dem Boden gesammelt. Der Gärtner reinigt ihn regelmäßig, das Dach wird manchmal ausgebessert, aber ansonsten spielt er keine Rolle.«

»Könnte er aus ästhetischen Gründen errichtet worden sein?«

»Das ist ein Obstbaumgarten. Da passt ein solches Bauwerk eigentlich nicht rein.«

»Nein, ich meinte eher, dass eine Tür im Hang vielleicht zu hässlich war und dass deshalb durch einen Pavillon von ihr abgelenkt wurde.«

»Ach so! Ja, natürlich. Eine solche Vorgehensweise wurde in der Architekturgeschichte häufig praktiziert, aber ich kann beim besten Willen keinen Eingang entdecken.«

»Was ist das?«

Marie folgte seinem Fingerzeig. »Für mich sieht das nach Steinplatten aus, die den Hang befestigen. Wenn es stark regnet, rauscht der Niederschlag in Bächen runter und trägt Erde und Schlamm mit sich. Der ganze Dreck würde ohne die Befestigung auf den Pavillon prasseln. Über den Platten befindet sich noch eine Ablaufrinne. Du kannst sie von hier aus nicht sehen, aber sie sorgt dafür, dass das Wasser zur Seite abgelenkt wird.«

»Genauso gut könnte sich dahinter ein Eingang verbergen. Ich kann jedenfalls keine Stelle ausmachen, wo er sich sonst befinden sollte. Vielleicht gibt es einen versteckten Riegel oder dergleichen.«

»Klingt phantastisch.«

»Siehst du eine andere Möglichkeit?«

»Meinetwegen. Wenn es einen Riegel gibt, werden wir ihn finden.«

Beide kletterten in den Hang und tasteten die Ränder ab. Vergeblich. Hinterher klopfte Toni die Platten mit einem Feldstein ab, den er an der Grundstücksgrenze gefunden hatte.

»Wie hört sich das an?«, fragte er.

»Schon irgendwie hohl. Du meinst doch, dass die Platten montiert wurden, um den Eingang zu versperren, oder?«

»Wenn du es genau wissen willst, brauchen wir Werkzeug.«

Marie wollte Gewissheit haben, und wenig später kehrten sie mit einem Meißel, einem Vorschlaghammer und einem Stemmeisen zurück. Bei Beton hätten sie mit dieser Ausrüstung wenig Erfolg gehabt, aber die Platten bestanden aus einem Naturstein, der farblich auf den Pavillon abgestimmt war.

Toni fand einen Riss und schlug die Spitze des Meißels ein Stück weit hinein, bis er fest saß. Dann spuckte er sich in die Hände und ließ den Vorschlaghammer niedersausen, bis ein sandiges Knirschen ertönte und der Krater breiter und tiefer wurde. Diese Vorgehensweise wiederholte er an anderen Stellen. So entstand schließlich ein Quader, den er mit dem Stemmeisen raushebelte.

Marie schaute in das entstandene Loch. »Erde und Sand«, stellte sie nüchtern fest.

»Warten wir es ab«, erwiderte Toni schweißgebadet. Wenn es so weiterging, würde er später noch ein weiteres T-Shirt brauchen. Er stieß mit dem Spaten hinein und traf auf wenig Widerstand, aber das Schaufelblatt entpuppte sich als zu sperrig. Also buddelte er mit den Händen weiter. Den Aushub warf er hinter sich, bis er eine Tiefe von ungefähr dreißig Zentimetern erreicht hatte.

Stöhnend richtete er sich auf und streckte den Rücken durch. Die Wunde über seinem Ohr pochte. »An dieser Stelle befindet sich weder eine Tür noch ein Hohlraum. Sollen wir es bei einer anderen Platte versuchen?«

»Nein«, erwiderte Marie. »Du hast die Mitte genommen. Weiter unten befindet sich kein Eingang. Dort würde nur ein Zwerg durchpassen. Und weiter oben enden die Platten. Vielleicht war der Stollen eine dumme Idee. Vielleicht sollten wir ein paar grundsätzliche Überlegungen anstellen.«

»Was meinst du?«

»Kladow wurde im Zweiten Weltkrieg zwar nicht bombardiert, aber mal angenommen, es ist Fliegeralarm. Macht es Sinn, dass die Familie ihre Papiere und Wertgegenstände zusammensucht und dann den Serpentinenweg hinuntereilt, ehe sie endlich in Sicherheit ist?«

Toni verscheuchte eine Mücke. »Wenn der Alarm losging, hatten die Leute ihren Koffer schon irgendwo griffbereit stehen. Und bis die Bombardierungen einsetzten, verging eine ganze Weile. Meiner Meinung nach hätten sie genug Zeit gehabt.«

»Trotzdem. Kannst du dir vorstellen, wie die Kinder in ihren Nachthemden und bei schummriger Beleuchtung den Pfad runterstolpern?«

»Du meinst also, dass wir oben suchen sollen?«

Marie zuckte mit den Achseln.

»Okay«, sagte Toni. »Einige Luftschutzbunker befanden sich tatsächlich im Garten, aber die meisten wurden in den Häusern gebaut.«

»Das war auch mein erster Gedanke, aber mit dem Keller bin ich eigentlich durch.«

»Suchen wir ihn noch mal ab. Vier Augen sehen mehr als zwei.«

***

Im Keller zeigte Marie ihm den Plan, den sie von den Räumen gezeichnet hatte. Sie hatte die Zwischenwände von beiden Seiten gemessen, die Längenangaben eingetragen und keine Differenzen feststellen können, die auf eine verborgene Kammer hindeuteten.

Toni gab ihr das Papier zurück. »Du warst sehr gewissenhaft, aber wir suchen jetzt keinen geheimen Raum mehr, sondern einen Luftschutzbunker, der ganz andere Anforderungen erfüllen muss. Vor allem soll er die Insassen davor bewahren, verschüttet zu werden. Er muss sehr stabil sein. Eigentlich sehe ich nur drei Möglichkeiten. Erstens: Der Durchgang befand sich in einer der Außenwände und wurde nachträglich zugemauert und verputzt. Komisch wäre dann jedoch, dass man überhaupt nichts von den Arbeiten sieht.«

»Nummer zwei?«

»Der Eingang befindet sich im Boden, und die Fliesen bedecken ihn.«

»Und die letzte Variante?«

»Der Raum unter der Treppe wurde mit Holz verkleidet. Vielleicht ist der Eingang dahinter.«

»Ich hab die Bretter abgeklopft, es klingt nicht hohl.«

»Das kann alles Mögliche bedeuten.« Toni hob den Vorschlaghammer, den Meißel und das Stemmeisen an. »Wo willst du anfangen?«

»Du wirst mir noch das ganze Haus zertrümmern.«

»Das schaffe ich nicht«, erwiderte Toni lächelnd. »Du kannst dir aber gerne einen Fachmann herbestellen, der zuerst mit Radar oder Schallwellen sucht und nichts kaputt macht.«

»Nein, mir ist es lieber, wenn wir allein und ohne viel Aufsehen anfangen. Lass uns mit dem kleinsten Eingriff beginnen. Das ist die Holzverkleidung. Vielleicht hebelst du ein oder zwei Bretter so raus, dass wir sie hinterher wieder festnageln können. Aber musst du nicht irgendwann zurück ins Kommissariat?«

»Nein, mein Vorgesetzter will sich um die abschließende Bearbeitung des Falls kümmern und die Lorbeeren allein einheimsen. Er hat mir Dienstschluss gegeben; ich soll mich ausruhen.« Grinsend trank Toni aus der Mineralwasserflasche, wischte sich den Mund ab und griff nach dem Stemmeisen.

»Ich kann mir nichts Besseres als eine Schatzsuche vorstellen, um zu entspannen.«

Mit den Fingerspitzen befühlte er die Holzverkleidung, die dunkelgrün gestrichen war. Die Farbschicht war so dick, dass sich die Maserung nicht abzeichnete. Er konnte unmöglich feststellen, ob es sich um weiches oder hartes Holz handelte. Probehalber setzte er die Eisenspitze an und sagte: »Ganz ohne Schäden wird es nicht gehen.«

»Nun mach schon«, erwiderte Marie.

Toni rammte das Stemmeisen tiefer in den Spalt und hebelte das Brett vorsichtig ein Stück hoch. Er wiederholte den Vorgang unten und oben, griff in die Lücke und zog die Latte schließlich mit einem kräftigen Ruck heraus. Jetzt zeigte sich Füllmaterial, das er mit wenigen Handgriffen beseitigte, und nun blickte er auf eine Backsteinmauer.

»Komisch«, sagte Toni nachdenklich. »In diesem Haus ist alles perfekt, aber diese Wand wurde eindeutig von einem Amateur errichtet. Sieh mal!« Er stocherte mit dem Stemmeisen in dem Mörtel herum, der wie Sand herabrieselte. Auch die einzelnen Steinreihen waren nicht sorgfältig ausgerichtet.

»Vielleicht wurde die Holzverkleidung gebaut, um die Pfuscherei zu verbergen«, erwiderte Marie.

»Ja, kann sein, aber die alte Wand abzureißen und eine neue von einem gelernten Maurer hochziehen zu lassen, wäre garantiert günstiger als eine maßangefertigte Holzverkleidung gewesen.«

»Der Preis war vermutlich kein entscheidendes Kriterium.«

»Außerdem frage ich mich, welchen Sinn diese Wand hat. Sieh mal, ganz oben reicht sie nicht mal bis zur Treppe. Es fehlen überall ein paar Zentimeter. Eine stützende Funktion hat sie nicht, und einen sonstigen Zweck kann ich auch nicht erkennen.«

»Was willst du damit sagen?«

»Noch gar nichts. Ich meine nur, dass wir sie uns genauer ansehen sollten. Bist du einverstanden?«

»Ja, los.«

Toni hebelte noch weitere Bretter heraus, die sich nun relativ einfach entfernen ließen. Die Lücke klaffte bald einen halben Meter breit.

Toni suchte die Mauer nach zwei nebeneinanderliegenden Backsteinen ab, die er entfernen konnte, ohne dass die ganze Wand einstürzte. Er wurde fündig und hatte wenig Schwierigkeiten, die roten Brocken herauszuschälen. Vorsichtig legte er sie auf dem Fliesenboden ab. In dem entstandenen Loch befand sich ebenfalls grauer Mörtel, den er mit dem Stemmeisen herauskratzte.

»Hörst du das?«, sagte Marie aufgeregt. »Jetzt klingt es hohl.«

Ja, sie hatte recht. Toni legte das Stemmeisen beiseite und griff nach dem Meißel. Das spitze Ende steckte er in das Loch und schlug mit dem Vorschlaghammer mehrmals auf das stumpfe Ende. Seine Anstrengungen hallten nach.

»Vielleicht eine Tür?«, überlegte Toni laut.

»Hier unter der Treppe?«, erwiderte Marie. »Glaub ich nicht.«

»Na, wir werden sehen.«

Toni benötigte fünfzehn Minuten, um die Holzverkleidung komplett abzuhebeln. Die Mauer bereitete ihm größere Schwierigkeiten. Auf einer Haushaltsleiter stehend fing er oben an, schlug jeden Stein einzeln los und reichte ihn nach unten, wo Marie ihn in Empfang nahm und in einer Ecke stapelte.

Bald erkannten sie, dass sich hinter der Mauer einige große, zugeschnittene Bretter befanden, die unter die Stufen geklemmt waren. Als sie die Hälfte der Steine abgetragen hatten, brauchten sie eine Pause. Sie setzten sich und aßen Bockwürstchen aus dem Glas.

»Ich frage mich die ganze Zeit, was die Konstruktion für einen Zweck hat«, sagte Toni. »Für mich sieht es aus, als hätte dort jemand Maurern und Tischlern geübt, ohne jegliche Vorkenntnisse und an einem Ort, wo es niemanden stört.«

»Hm.« Marie war sehr schweigsam und betrachtete ihn ab und zu von der Seite.

Glaubte sie, dass ihm die prüfenden Blicke nicht auffielen? Hatte er etwas getan, was sie verstimmt hatte? Er wollte sie gerade fragen, da stemmte sie sich auf die Beine und sagte: »Lass uns weitermachen.«

Vielleicht interpretierte Toni in ihr Verhalten aber auch zu viel hinein. Vielleicht war sie nur aufgeregt, und alles löste sich in Wohlgefallen auf.

Noch kauend griff er nach dem Meißel und trat an die Mauer.

Sie brauchten eine weitere Stunde, um die großen Bretter freizulegen, sie mit dem Vorschlaghammer rauszuschlagen und sie zur Seite zu tragen.

Endlich war der Raum unter der Treppe frei.

Auch der Boden lag nun offen da.

Zu ihren Füßen befand sich eine etwa achtzig Zentimeter breite und einen Meter zwanzig lange Falltür.

»Der Eingang!«, sagte Marie.

∗∗∗

Eine Weile standen sie da und konnten nicht fassen, dass dieser Luftschutzbunker tatsächlich existierte und nicht nur ein Produkt ihrer Phantasie war.

»Dann hatte die ganze Konstruktion einzig den Zweck, die Luke zu verbergen?«, fragte er.

»Schon möglich«, erwiderte sie.

»Willst du?«

»Ich lass dir gerne den Vortritt. Wenn es da unten Ratten gibt, bin ich sofort wieder draußen.«

Toni beugte sich hinab und griff nach dem eisernen Ring, mit dem er die Falltür anhob. Die Scharniere knarzten. Wahrscheinlich waren sie schon sehr lange nicht mehr geölt worden. Die Luke passte unter der Treppe durch und konnte gegen die rückwärtige Wand gelehnt werden.

Nach unten führten Stufen. Oben konnte man sie noch gut erkennen, doch je tiefer sie lagen, desto mehr vermischten sie sich mit der Dunkelheit, bis sie konturenlos wurden und in die Finsternis übergingen.

An der seitlichen Mauer befand sich ein altmodischer schwarzer Bakelitschalter, den Toni versuchsweise drehte. Im Bunker flammten Glühbirnen auf, und endlich konnte man den Grund erkennen.

»Also los«, sagte er und begab sich an den Abstieg. Mit jeder Stufe wurde es stiller um ihn herum. Die Luft roch abgestanden und war überraschend trocken. Sie kratzte im Hals. Unten erreichte er einen etwa fünfzehn Meter langen Gang. Die Wände und die Decke waren glatt bis auf zwei dicke schwarze Kabel, die zu den Lampen führten. Sie spendeten ein unruhiges Licht. Zwei Türen gingen von dem Vorraum ab.

Toni drückte die erste Klinke hinunter. Drinnen war es so dunkel, dass er nichts erkennen konnte. Er tastete nach einem Lichtschalter, fand ihn neben der Tür und drehte ihn klackend um.

Vor Staunen klappte ihm der Mund auf. Er hatte das Gefühl, als wäre er in die Vergangenheit gereist. Er erinnerte sich noch gut an den Kalten Krieg, als die Supermächte wettrüsteten und die Gefahr eines Atomkriegs ganz Deutschland verunsicherte. Auch Privatleute bauten Atombunker, in denen sie den nuklearen Erstschlag überleben wollten. Hier sah es ganz so aus, als wären Vorbereitungen getroffen worden, um mehrere Monate ausharren zu können. In den hohen Regalen lagerten Lebensmittel. Toni griff nach der erstbesten Bohnendose. Das Mindesthaltbarkeitsdatum war Mitte der achtziger Jahre abgelaufen.

Aber das war nicht alles.

Direkt vor ihm standen Kisten, die von einer schwer zu bestimmenden Farbe waren, die irgendwo zwischen Grau und Grün rangierte. Auf dem Deckel prangte unter der weißen Beschriftung »Sanitätskasten« ein rotes Kreuz auf einem weißen Kreis. An den Seiten waren Handgriffe befestigt. Stabilisiert wurden die Kisten durch Eisenbeschläge, und vorne konnten sie mit einem Bügel verschlossen werden.

Toni legte den Spannhebel um, löste den Metallbügel von dem Haken und klappte den Deckel auf. Im Inneren befanden sich vierzig bis fünfzig Samtsäckchen, die mit einer Kordel zugezogen waren. Toni öffnete den Knoten und griff hinein.

»Mein Gott«, sagte Marie. »Sind das Diamanten? Sind das etwa Rohdiamanten?«

»Sieht ganz so aus!« Toni leckte sich über die spröden Lippen. Behutsam verstaute er den Fund und öffnete die anderen Beutel. Sie enthielten Edelsteine in verschiedenen Farben und mit variierendem Schliff. Im Licht der Glühbirne funkelten sie wunderschön.

»Wie viel sind die wert?«, fragte Marie.

»Puh!«, machte Toni. Ihm war schwindlig. Er konnte noch gar nicht ermessen, was diese Entdeckung für ihn bedeutete. »Wahrscheinlich mehr, als wir uns vorstellen können.«

Als Nächstes widmete er sich den großen weißen Segeltuchsäcken, die mit der schwarzen Aufschrift »Banca d'Italia« und einer sechsstelligen Kennziffer bedruckt waren. Sie waren mit einer Art Gürtel geschlossen, den Toni lösen musste, um den groben Stoff aufzurollen. Sie waren mit Goldmünzen befüllt. Ungläubig nahm er eine Handvoll heraus und ließ sie klimpernd durch seine Finger rieseln.

Er machte gleich weiter mit einer schmalen Holzkiste. Oben konnte er eine Latte zur Seite schieben. Er hob einen Barockrahmen heraus, in den eine Leinwand gespannt war. Es war das Ölgemälde von Caspar David Friedrich, das ungefähr fünfzig mal siebzig Zentimeter groß war. Toni hätte niemals für möglich gehalten, dass er jemals einem Original des berühmten Malers so nahe kommen würde.

Im Vordergrund sah man ein kleines Boot mit Riemen, das anscheinend eben an Land gezogen worden war. Zwei Ruderer standen an der Wasserkante und schauten auf die raue See, wo ein großes Segelschiff vor dem Wind kreuzte. Offenbar spielte sich die Szene auf Rügen ab, denn auf der linken Bildhälfte war der markante Kreidefelsen zu sehen. Über der Küstenlandschaft erhob sich ein mächtiger Himmel, der die beiden Menschen klein und unbedeutend erscheinen ließ. Die Farben waren kräftig, und auch sonst konnte Toni keine Materialschäden feststellen. Vielleicht war es nicht das tiefgründigste Werk des Meisters, aber eindrucksvoll war es in jedem Fall.

Als Marie das Bild berühren wollte, zuckte Toni erschrocken zusammen und hielt es beschützend zur Seite. Dann lachte er über sich. »Entschuldige bitte«, sagte er. »Bei Caspar David Friedrich neige ich wohl zu Überreaktionen.« Behutsam lehnte er das Gemälde gegen ein Regal, sodass sie es sich in Ruhe anschauen konnte.

Während Marie sich hinkniete, griff Toni nach einem Ledersäckchen und löste eine Kordel. Im Inneren befanden sich Goebbels' Münzen mit dem Waldhofmotiv, die vermutlich Herrmann Göring ihm geschenkt hatte.

Toni rieb sich verwundert den Nacken. All die abenteuerlichen Geschichten, die er im Laufe der Ermittlungen gehört hatte, hatten sich für ihn zu phantastisch angehört, um wahr sein zu können. Jetzt hatte er die Bestätigung, dass sie tatsächlich stimmten. »Wir haben den Nazischatz gefunden!«, murmelte er.

»Wenn ich es nicht schon wäre, würde ich sagen: Wir sind reich!«, erwiderte Marie und richtete sich auf.

»Reich?«

»Na ja, du kannst dir ja vorstellen ... meine Erbschaft, die Villa und –«

»Nein, das meine ich nicht. Ich bin doch als Privatperson hier? In meiner Freizeit?«

»Ja, du hast gesagt, dass du Dienstschluss hast.«

»Die Ermittlungen sind abgeschlossen. Wir haben aus freien Stücken nach dem Luftschutzbunker gesucht. Und wir haben diesen Schatz gefunden, oder?«

»Ja, ohne dich hätte ich ihn niemals entdeckt.«

»In Berlin gehen alle gefundenen Schätze, deren Eigentümer nicht ermittelt werden können, automatisch an den Fiskus. Bei den vorliegenden Sanitätskisten, Packsäcken und dem Gemälde können wir die Eigentümer wahrscheinlich bestimmen. Deshalb kann es gut sein, dass wir einen Anspruch auf Finderlohn haben.«

»Finderlohn? Wieso behalten wir nicht alles?«

Toni blickte sie prüfend an.

Marie lächelte unsicher. »War nur so eine Idee. Jetzt sag schon. Wie viel würden wir kriegen?«

»Nehmen wir mal an, dass das Gemälde fünf Millionen und das ganze Gold und die Edelsteine fünfzehn Millionen wert sind. Und nehmen wir weiter an, wir bekommen von alldem drei Prozent.«

»Das würde sechshunderttausend Euro machen«, sagte Marie.

»Das sind für jeden dreihunderttausend«, antwortete Toni prompt. »Und das ist vorsichtig gerechnet. Wahrscheinlich liegt die Summe viel höher.«

»Vielleicht gibt es in dem anderen Raum noch mehr.«

»Ja, sieh nur nach. Ich will zuerst die restlichen Kisten und Packsäcke durchsuchen.«

Marie eilte aus dem Vorratsraum und trat in den Gang. Von irgendwo rief sie: »Die Tür ist abgeschlossen.«

Toni hob kurz den Kopf und überlegte, was das zu bedeuten hatte.

Da rief Marie schon: »Hier liegt ein Schlüssel. Warte, ich probier ihn aus.«

Toni hörte, wie sie ein paar Schritte machte. Es ertönte ein metallisches Kratzen, sie stemmte die schwere Sicherheitstür auf und betätigte den klackenden Drehschalter.

Eine Moment lang herrschte Stille.

Dann ertönte ein markerschütternder Schrei.

* * *

»Was ist los?« Toni ließ den Deckel des Sanitätskastens erschrocken fallen.

Marie antwortete nicht.

War sie in Gefahr? Hatte jemand sie angegriffen?

Toni wirbelte herum und rannte los. Warum hatte er nicht besser auf sie aufgepasst? Warum hatte er sie allein hinübergehen lassen?

Er erreichte den Ausgang, schoss um die Ecke und sah sie in der offenen Tür stehen.

Unversehrt!

Er stoppte ab und stemmte die Hände in die Seiten, um kurz zu verschnaufen. »Weißt du, dass ich beinahe einen Herzinfarkt bekommen hätte?«

»Das … das kann nicht sein«, stammelte Marie. »Das ist unmöglich.«

»Was hast du denn?« Toni schob sie sanft zur Seite, um in den Raum zu treten.

Er war eingerichtet wie ein Wohnzimmer aus den dreißiger Jahren. Bronzegrüne Stofftapeten zierten die Wände. An der Längsseite hing ein großes Gemälde von Adolf Hitler im hellbraunen Hemd, auf dem er grimmig dreinblickte. Daneben befanden sich zahlreiche gerahmte Schwarz-Weiß-Fotos, die einen blonden Mann in Gesellschaft von uniformierten Nazis zeigten. Toni entdeckte den Reichsminister Albert Speer. Die anderen Männer kannte er nicht. In einem Regal reihten sich Hunderte Bücher aneinander. Die Titel und Verfasser lauteten: »Volk ohne Raum« von Hans Grimm, »Panzerführer. Tageblätter vom Frankreichfeldzug« von Edwin Erich Dwinger, »Der Mythus des 20. Jahrhunderts« von Alfred Rosenberg oder »Der internationale Jude«, Band 1 bis 4, von Henry Ford. Auf einem Sideboard stand ein Projektor, der von gestapelten Filmdosen flankiert wurde. Auf der obersten war mit schwarzem Filzstift »Das weite Meer« geschrieben. In dem offenen Kleiderschrank hingen Uniformen, ein Säbel und eine Pistolentasche. Edle Cognacsorten bestückten eine Minibar.

Hier hatte sich ein Mann seine eigene braune Welt geschaffen. Hier hatte er seinen Träumen vom Großdeutschen Reich und der Überlegenheit der Herrenrasse nachgehangen.

Die Einrichtung weckte bei Toni ungute Gefühle, aber die Erinnerungsstücke waren bestimmt nicht geeignet, um Marie einen derartigen Schrei zu entlocken.

Der Grund für ihr Entsetzen war ein anderer.

In der Mitte des Raumes stand ein Tisch, und daran saß ein

Leichnam. Die weißen Haare standen dünn und strohig vom Kopf ab, der leicht nach hinten gekippt war. Die gelbe lederartige Haut spannte über den Gesichtsknochen. Der Mund stand einen Spaltbreit offen und entblößte weiße Zähne, die nur an den Stümpfen bräunlich verfärbt waren. Toni wunderte sich, dass der Tote nicht verwest war, sondern eher mumifiziert wirkte. Sein Zustand würde die Gerichtsmedizin vor ein paar interessante Fragen stellen. Der Mann trug einen Anzug, und an seinem Revers steckte das Parteiabzeichen der NSDAP. Sein Schädel wies keine Anzeichen von äußerer Gewalteinwirkung auf.

Marie streckte die Hand aus und wollte sich ihm nähern.

»Nein«, sagte Toni. »Nichts anfassen. Das muss erst von der KTU untersucht werden.«

Auf dem Tisch neben dem Toten lag ein offener Handkoffer, davor befand sich ein Bogen Papier. Toni drehte den Kopf zur Seite, um den Inhalt zu lesen. »Der Brief ist auf den 22. April 1945 datiert. Gerichtet ist er ›An meinen alten Freund Arvid‹, und unterschrieben hat ihn ›Dein treuer Kamerad Joseph‹.« Ist der Tote dein Großvater?«

»Ja«, erwiderte Marie. »Ich hab nur eine vage Erinnerung an ihn, aber ich kenne ihn von Fotos. Ich bin mir fast sicher, dass er es ist.«

Toni las weiter. »In dem Schreiben informiert der Propagandaminister deinen Großvater, dass eine Lastwagenladung mit Gold und anderen Wertgegenständen in der Kladower Havel-Villa versteckt und der Eingang zum Luftschutzbunker so unkenntlich gemacht werde, dass kein Plünderer ihn finden könne. Der Schatz solle von deinem Großvater nach eigenem Ermessen verwendet werden, um der Partei zur rechten Zeit zu neuer Stärke zu verhelfen. – Das gibt's ja nicht.«

»Was?«

»Der vorletzte Absatz klingt nach Goebbels' typischer Phrasendrescherei. Wortwörtlich schreibt er: ›Lass dich nicht vom Lärm der Welt, der nun einsetzen wird, verwirren. Die Lügen werden eines Tages in sich zusammenbrechen, und über ihnen wird wieder die Wahrheit triumphieren. Es wird die Stunde sein, da wir über allem stehen, rein und makellos, so wie unser Glaube und Streben immer gewesen ist.‹«

»Ekelhaft«, sagte Marie. Sie wirkte immer noch schockiert. »Ist in dem Koffer sonst noch was drin?«

Von der Minibar nahm Toni einen spitzen Holzstab, mit dem wohl Cocktailkirschen oder Oliven aufgespießt werden konnten. Mit diesem Werkzeug stocherte er in dem Koffer herum, bis er die enthaltenen Papiere aufgefächert hatte und entziffern konnte. »Das sind Zertifikate für die Juwelen. Ohne sie hätte dein Großvater vielleicht Schwierigkeiten gehabt, die Edelsteine zu Geld zu machen.«

»Woran ist er gestorben?«

»Siehst du die kleine Messingkapsel, die dort auf dem Tisch liegt? Auf der Rückseite sind SS-Runen eingraviert. Diese Behältnisse wurden im Krieg an hohe SS-Führer und Wehrmachtsgeneräle ausgegeben. Darin befanden sich gläserne Zyankalikapseln.«

»Also hat er sich umgebracht?«

Toni ging zur Sicherheitstür und zeigte auf diverse Kratzspuren und Dellen. »Dein Großvater hat versucht, hier rauszukommen. Offenbar hat ihn jemand eingesperrt. Das erklärt auch, dass die Tür von außen abgeschlossen war und der Schlüssel im Gang lag. Wahrscheinlich hat er mit der Zyankalikapsel seinem Leben ein Ende gesetzt, um nicht zu verhungern. Das war kein klassischer Selbstmord. Das war Mord.«

✳✳✳

Wenig später rief Marie die Berliner Kriminalpolizei an und meldete den Fund eines Leichnams. Ihr wurde zugesichert, dass die Beamten in einer halben Stunde eintreffen würden. Toni leistete ihr so lange Gesellschaft. Mit einem Glas Apfelsaft setzten sie sich in die Küche.

»Hast du geahnt, dass dein Großvater da unten eingesperrt ist?«, fragte Toni.

»Bist du verrückt?«, erwiderte Marie. »Wenn ich es gewusst

hätte, hätte ich hier nicht leben können. Kannst du dir vorstellen, wie sich das anfühlt? Ich bin in diesem Haus aufgewachsen, ich hab hier gespielt, und die ganze Zeit saß mein toter Großvater unten am Tisch. Das ist doch krank.«

»Wie hat deine Oma erklärt, dass er plötzlich verschwunden ist?«

»Damals war ich noch zu klein. Ich erinnere mich nicht, was sie mir erzählt hat. Später hieß es, dass er bei einem Flugzeugabsturz ums Leben gekommen sei.«

»Ein Flugzeugabsturz?«

»Ja, er hatte einen Pilotenschein und besaß eine einmotorige Sportmaschine, die auf einem kleinen Flugplatz zwischen Hamburg und Lübeck stand. Meistens fuhr er über die Transitstrecke hin und flog weiter nach Schweden. In den achtziger Jahren soll es dann zu dem Unglück über der Ostsee gekommen sein. Die Maschine fand man nach wochenlanger Suche auf dem Grund, aber von ihm fehlte jede Spur. Die Presse berichtete damals darüber.«

Toni nickte. »Jetzt macht auch diese merkwürdige Mauer im Keller Sinn. Sie verbarg nicht nur die Einstiegsluke, sondern einen Tatort. Jemand wollte sicherstellen, dass niemand auf eigene Faust hinunterging. Später fertigte ein Tischler eine professionelle Holzverkleidung an. Wer hatte in den achtziger Jahren Zugang zum Keller?«

Marie trank von ihrem Apfelsaft. Ihre Wangen glühten. »Hier lebten nur der Gärtner, eine Hausdame, meine Großeltern und ich.«

»Den Gärtner und die Hausdame können wir wohl ausschließen. Und du warst ein kleines Kind. Dann bleibt nur noch deine Oma.«

Marie schüttelte den Kopf. »Ich kann mir das nicht vorstellen. Warum hätte sie ihren Mann töten sollen? Wenn sie von ihm erzählte, schilderte sie ihn als intelligenten und leidenschaftlichen Menschen.«

Tonis Smartphone vibrierte, und er schaute auf das Display. Er hatte eine Nachricht erhalten. Phong schrieb, dass die Kollegen Carens Stalker verhaftet hätten. Toni tippte eine Antwort und kündigte sein Erscheinen an. Obwohl er Dienstschluss hatte und nicht in das Verhör eingreifen würde, wollte er einen letzten Blick auf René Lichter werfen, bevor dieser für lange Zeit in der Psychiatrie verschwinden würde.

Marie hatte ihn die ganze Zeit beobachtet.

»Entschuldige bitte. Ich muss leider los.« Toni stand auf, zog eine Visitenkarte aus dem Portemonnaie und schob sie über den Tisch. »Bitte gib sie den Berliner Kollegen. Sie werden bestimmt Fragen an mich haben. Ansonsten bleib einfach bei der Wahrheit. Erzähl ihnen alles so, wie du es mir erzählt hast.«

»Kannst du den Fall nicht übernehmen?«

»Das ist nicht mein Zuständigkeitsbereich. Kladow gehört zu Berlin, und Tötungsdelikte müssen von der hiesigen Kriminalpolizei bearbeitet werden. Außerdem würde ich es nicht wollen. Ich möchte nicht, dass unser Verhältnis darunter leidet.«

»Welches Verhältnis?«, fragte Marie.

»Sind wir nicht befreundet?«, erwiderte Toni.

»Sagen sich Freunde die Wahrheit?«

»Schon.«

»Dann sind wir es nicht.«

»Das versteh ich nicht.«

»Als wir vor der Pfaueninsel ankerten, hast du gesagt, dass du in keiner Beziehung wärst und auch sonst keine Frau hättest.«

»Ja, das stimmt.«

»Und wie erklärst du dann die Kratzer auf deinem Rücken? So wie sie aussehen, stammen sie von Fingernägeln. Auch wenn die Verhaftung ungeordnet ablief, hat sie dir der Täter bestimmt nicht beigebracht. Mein amerikanischer Freund war übrigens auch so. Ein Geschichtenerzähler.«

Toni spürte, wie er rot wurde. Obwohl er nicht gelogen hatte, fühlte er sich ertappt. »Es ist nicht so, wie du denkst. Erst nach unserem Gespräch hat sich etwas mit einer alten Bekannten ergeben. Sie wird von einem Stalker bedroht und –«

»Keine Details bitte«, sagte Marie. »Ich möchte nur eins wissen: Warum hat sich mit ihr etwas ergeben und mit mir nicht?«

Toni kapierte sofort, dass es sinnlos war, Marie schonen zu wollen. Sie hatte die Wahrheit verdient, auch wenn sie zuerst wehtun würde. »Ich hab über diese Frage nachgedacht. Mittlerweile kenne ich die Antwort.«

»Und?«

»In meinem Leben hab ich lange gesucht, Marie. Jetzt will ich ankommen, und du brichst gerade auf.«

55

Am nächsten Morgen stand Marie im Eingang der Havel-Villa und beobachtete, wie der silbergraue Rolls-Royce die Auffahrt entlangrollte. Vor den Garagen hielt die Luxuslimousine. Marie lief über den Vorplatz, fasste nach dem Griff und öffnete die Fondtür. Eine vertraute Parfümwolke wehte ihr entgegen.

»Tante Vreni«, rief sie erfreut. In den Lederpolstern saß der einzige Mensch, den ihre Großmutter regelmäßig empfangen hatte. Marie kannte die exzentrische alte Dame, so lange sie denken konnte. »Bei mir ist gerade eine Menge los, aber für dich hab ich immer Zeit. Zwei Stunden sind wir noch ungestört.«

»Du hattest gestern die Kriminalpolizei im Haus, nicht wahr?«, erwiderte die Neunundneunzigjährige. Auch das toupierte lilaweiße Haar, die stark geschminkten Lippen und der elegante Seidenanzug konnten nicht mehr über ihr Alter hinwegtäuschen. Ihre Haut war so dünn wie Silberpapier.

»Woher weißt du das?«

»Ich habe da so meine Quellen. Eigentlich wollte ich noch ein paar Tage warten, aber ich denke, dass es jetzt an der Zeit ist.«

»Wofür?« So langsam kam Marie dieser Besuch eigenartig vor. Sie beobachtete, wie der Chauffeur einen Rollstuhl aus dem Kofferraum holte, ihn neben die offene Fondtür stellte und aufklappte. Der Fahrer beugte sich hinab, hob Tante Vreni heraus und setzte sie hinein. Sie war so zart, dass sie kaum noch vierzig Kilogramm wog.

»Wolfgang, Sie können jetzt einen Spaziergang machen«, sagte die alte Dame. »Marie und ich wollen uns allein unterhalten. In einer Stunde können Sie mich wieder abholen.«

»Sehr wohl, gnädige Frau.« Der Chauffeur deponierte seine Schirmmütze im Wagen und nickte den beiden Frauen zum Abschied zu. Obwohl er mittlerweile um die siebzig sein musste, war er immer noch ein äußerst attraktiver und gepflegter Mann.

Früher hatte er seiner Arbeitgeberin auch andere Dienste erwiesen. Das vermutete Marie zumindest. Genaueres wusste sie natürlich nicht.

»Schiebst du mich rein?«, fragte Tante Vreni.

Marie packte die Handgriffe und lenkte den Rollstuhl zu der Rampe am Eingangsportal, die sie vorhin aufgebaut hatte. Sie durchquerten die Eingangshalle und erreichten den großen Salon, der von Sonnenlicht durchflutet war. Marie arretierte die Feststellbremse. »Gibt es einen bestimmten Grund für deinen Besuch?«

»Ich hab einen Brief für dich. Deine Oma hat mich gebeten, ihn dir nach ihrem Tod auszuhändigen.« Tante Vreni öffnete ihre Handtasche und zog ein Kuvert heraus. »Lies ihn in Ruhe. Hinterher unterhalten wir uns. Sicher hast du noch Fragen.«

Marie schaute die alte Dame mit großen Augen an. Welches Geheimnis erwartete sie jetzt noch? So langsam reichten ihr die Enthüllungen.

Ängstlich nahm sie den elfenbeinfarbenen Umschlag entgegen und öffnete ihn. Sie zog einen Bogen Papier heraus und faltete ihn auseinander. Als sie die Handschrift ihrer Großmutter erkannte, rollten die Tränen über ihre Wangen. Verschwommen entzifferte sie:

Mein liebes Mädchen,

wenn du diese Zeilen liest, werde ich nicht mehr da sein, aber ich möchte nicht von dir gehen, ohne dass du weißt, wer ich einmal gewesen bin.
Mein Geburtsname lautet Bugalle, und ich bin die Tochter eines Leipziger Kneipenwirts. Ich kam von ganz unten und wollte ein Filmstar werden. Um dieses Ziel zu erreichen, arbeitete ich hart. Auch sonst tat ich alles für den Erfolg. Ich ließ mich sogar auf eine Affäre mit dem Propagandaminister Joseph Goebbels ein, der mich im Gegenzug förderte.
Wenn du Näheres wissen möchtest, kannst du die Memoi-

ren der Journalistin Renate Rohlfs lesen. Sie kannte mich von früher. Durch ihre Schilderungen hat sie die Diskussion um meine Person erst angestoßen, aber sie hat in ihrem Buch die Wahrheit berichtet und nichts dazuerfunden. An der allgemeinen Hexenjagd hat sie sich nicht beteiligt und stets einen gemäßigten Umgang gefordert.

Damals gab es nur wenige Schauspieler, die sich gegen eine Zusammenarbeit mit Goebbels entschieden. Meistens zahlten sie einen hohen Preis. Ein solches Verhalten wäre mir nie in den Sinn gekommen. Einerseits, weil Hitler und seine Nazis demokratisch gewählt waren. Wer war ich schon, dass ich eine vom Volk legitimierte Regierung und seine Repräsentanten in Frage stellte? Und andererseits, weil ich Karriere machen wollte.

Bin ich deshalb schuldig?

Viele Menschen haben mich verurteilt, obwohl sie mich nicht kannten. Du wirst dir deine eigene Meinung bilden, und es ist ganz egal, wie sie ausfallen wird. Es wird die richtige sein.

Meine Nähe zum NS-Regime ist leider nicht die einzige Überraschung, die ich dir aufbürden muss. Im Luftschutzbunker unter unserer Villa befinden sich die sterblichen Überreste deines Großvaters.

Erinnerst du dich noch an ihn?

Bis zu deinem fünften Lebensjahr hat er viel Zeit mit dir verbracht und wollte dich von seinen Ideen überzeugen. Du warst so ein empfindsames und kluges Mädchen. In mancher Hinsicht ähneltest du meinem Sohn Ludwig. Einmal kamst du ganz aufgelöst zu mir und sagtest, dass der Rabbi aus dem Zeitungsartikel unmöglich eine Kakerlake sein könne, die man zertreten dürfe. Du weintest bitterlich. Ich nahm dich in die Arme und wiegte dich eine ganze Stunde lang, bis du dich wieder beruhigt hattest.

Von diesem Tag an wusste ich, dass ich etwas zu deinem Schutz tun musste. Irgendwann entschloss ich mich, deinen Großvater an seinem Lieblingsort einzusperren, damit er kein Unheil mehr anrichten konnte. Ich plante sein Verschwinden lange und detailliert. Gewissensbisse plagten mich keine. Als er endlich weg war, fühlte ich mich befreit. Meine Gefühle für ihn waren längst erloschen. Viele Jahre hatte ich Angst vor ihm gehabt.

Umgekehrt sah es vielleicht anders aus. Ich glaube, dass er mich bis zum Schluss auf einer sehr spezielle Art und Weise bewunderte. Oft schaute er sich meine Filme an. Er sah in mir das Relikt einer vergangenen Zeit, die für ihn alles bedeutet hatte. Durch mich fühlte er sich seinen Idolen verbunden.

War meine Entscheidung übertrieben?

Hätte es einen anderen Weg gegeben?

Ich bin mir sicher, dass Männer seines Schlages nur eine Sprache verstehen und dass er niemals lockergelassen hätte. Egal, wo wir hingegangen wären, er hätte uns gefunden. Mit fortschreitendem Alter war er immer fanatischer geworden. Ich hätte es nicht ertragen, wenn er dich mit seinen Ideen vergiftet hätte. Einen Sohn hatte ich bereits an ihn verloren, meine Enkelin wollte ich ihm nicht überlassen.

Einen Beweis für seine Unbelehrbarkeit findest du im Vorratsraum des Luftschutzbunkers. Mit all dem Gold und den Edelsteinen sollte dein Großvater eine neue rechtsextreme Bewegung unterstützen. Anfang der fünfziger Jahre hätte er es beinahe getan, aber dann wurde die Sozialistische Reichspartei verboten, und danach fand er keine geeignete Organisation mehr, die ihn überzeugte und genügend Durchschlagskraft entwickelte.

Ich habe die Kisten nie angerührt. Und dafür hatte ich einen guten Grund. Ich hätte erklären müssen, wo sie herkamen, und ich wollte verhindern, dass die Hellström AG im braunen Sumpf versinkt. Dein Vater leitete die Geschicke der Firma, und er investierte sehr viel Herzblut. Wenn ich einen Skandal verursacht hätte, hätte er es mir nie verziehen.

*Ich verlange nicht, dass du meine Handlungsweise billigst.
Ich möchte dir nur alles erklären.*

Lange Zeit war ich ein unpolitischer Mensch, der die Verhältnisse nicht hinterfragte, sondern als gegeben hinnahm und sich mit ihnen arrangierte. Mittlerweile glaube ich, dass der Nationalsozialismus einen falschen Ansatz hat. Grundlage der Existenz kann niemals der Hass sein; früher oder später vergiftet er alle Lebensbereiche und führt zu Tod und Zerstörung. Grundlage der Existenz kann immer nur die Liebe sein.

Und von diesem schönen Gefühl ist in meinem alten Herzen mehr vorhanden, als ich jemals zu hoffen gewagt hätte. Du bist das größte Geschenk meines Lebens, und ich danke dem Herrgott täglich dafür, dass er dich geschickt hat. Wenn ich es irgendwie einrichten kann, werde ich weiter für dich da sein.

*In Liebe
deine Oma*

Marie wischte sich mit dem Handrücken über die Augen. »Weißt du, was in dem Brief steht?«

Tante Vreni betrachtete sie ernst. »Ich kann es mir denken. Lydia erklärt, warum sie ihren Mann getötet hat. Richtig?«

»Das weißt du auch?«

»Ich habe sogar mitgemacht.«

»Was? Wieso?«

»Tut mir leid, dass ich dir so viel Kummer bereiten muss, aber es ist die Wahrheit. Deine Großmutter hat mir mal das Leben gerettet. Als ich noch jung war und mein freches Mundwerk nicht halten konnte, hat sie mich vor der Gestapo versteckt. Das habe ich ihr nie vergessen, und als sie meine Hilfe brauchte, hab ich mich revanchiert.«

»Hat sie dich überredet?«

»Nein, das musste sie nicht. Dein Großvater war ein Unhold, der sie regelmäßig verprügelt hat. Früher soll er mal großzügig gewesen sein, aber ich hab ihn nur als Alkoholiker und Schläger kennengelernt. Ein Großteil des Plans stammt von mir.«

»Das sagst du nur, um sie zu schützen.«

Tante Vreni lächelte milde. »Früher war ich groß, schlank und blond. Mit der richtigen Verkleidung sah ich deinem Großvater sehr ähnlich. Wusstest du, dass ich einen Pilotenschein habe? Ich war es, die das Flugzeug auf der Ostsee wasserte, die die Schwimmkufen beschädigte und mit einem Schlauchboot an Land setzte. Ohne mich wäre Lydia nie davongekommen.«

»Das klingt fast so, als wärst du stolz darauf.«

»Stolz? Nein, bestimmt nicht. Es ist nur so, wie es ist. Mord verjährt nicht. Und ich habe mich der Mittäterschaft schuldig gemacht. Du kannst mit diesem Wissen anfangen, was du willst.«

Nachdem die alte Dame den letzten Satz gesprochen hatte, kippte ihr Kopf leicht zur Seite. Ihre Augen schlossen sich, und ihr Atem ging ruhig und gleichmäßig. Das Gespräch hatte sie ermüdet. Tante Vreni war eingeschlafen.

56

Einige Tage später spazierte Toni in Begleitung von Marie die Kladower Hafenpromenade hinunter. Das Flusswasser glitzerte in der Morgensonne. Die vertäuten Segelboote schaukelten leicht, und das laufende Gut klackerte gegen die Mäste. Einige Möwen drehten kreischend ihre Runden und spähten nach einem Fang aus.

»Haben die Ermittlungen schon Ergebnisse erzielt?«, fragte Toni.

Marie hielt den Kopf gesenkt; sie wirkte sehr nachdenklich.

»Ich meine«, fuhr er fort, »weiß man schon, warum dein Großvater eingesperrt wurde? Deine Oma muss Unterstützer gehabt haben, ansonsten hätte sie den Flugzeugabsturz niemals vortäuschen können.«

»Nein, nichts«, erwiderte Marie knapp und schaute ihn direkt an. »Der Schatz wurde ordnungsgemäß angemeldet. Wir beide sind als Finder eingetragen. Wenn sich herausstellen sollte, dass du als Kriminalpolizist keinen Anspruch hast, werde ich dir die Hälfte schenken. Das ist problemlos möglich, das habe ich bereits abgeklärt.«

»Wow! Das ist sehr nobel von dir. Danke.« Toni hatte in den vergangenen Tagen versucht, nicht an das Geld zu denken, aber es war ihm nicht gelungen. Von dem Betrag würde er sich ein Stück Freiheit kaufen.

»Eigentlich muss ich dir danken. Seitdem du in mein Leben getreten bist, hat sich so viel verändert. Ich weiß zwar noch nicht, was ich von den Geheimnissen meiner Großmutter halten soll, aber ich bin mir sicher, dass sie mich sehr geliebt hat. Manchmal denke ich, dass sie dich geschickt hat, damit ich besser zurechtkomme. Hab ich dir eigentlich erzählt, was ich beruflich mache?«

»Nein, mit keinem Wort.«

Marie lachte. »Wahrscheinlich aus gutem Grund. Ich war

wissenschaftliche Mitarbeiterin an der Historischen Fakultät in Potsdam. Mein Job hat mich schon lange nicht mehr interessiert. Ich hatte mich hinter Büchern verschanzt, weil ich Angst vor dem Leben hatte. Jetzt starte ich neu durch. Nächsten Montag fange ich als Trainee in der Firma meines Vaters an.«

Sie passierten die Slipanlage und die Ruhebänke. Eine junge Mutter hielt ihrer Tochter eine Papiertüte hin, aus der die Kleine Brotkrümel fischte, um sie den Enten und Blesshühnern vorzuwerfen.

»Du hast wieder Kontakt zu ihm?«, fragte Toni.

»Es ist ein Versuch. Wir werden auf einer beruflichen Ebene kommunizieren. Wenn ich merke, dass es sich schlecht anfühlt, verlasse ich die Firma wieder.«

»Hat das Unternehmen durch die Ermittlungen Schaden genommen?«

»Die Kripo geht sehr diskret vor. Und selbst wenn etwas an die Öffentlichkeit sickern sollte, wird es nur die Spitze des Eisbergs sein. Die wahre Identität meiner Oma, Goebbels' Brief und die Verstrickung meines Großvaters werden garantiert nicht publik werden.«

»Ich halte jedenfalls dicht.«

Marie lächelte. »Das weiß ich. Was hast du heute eigentlich noch vor?«

»Ich hab frei und werde die Seele baumeln lassen. Und du?«

»Ich unterzeichne gleich meinen Arbeitsvertrag. Ich will nicht zu spät kommen. Deshalb muss ich los.«

»Okay. Ich drück dir die Daumen, dass alles so klappt, wie du es dir wünschst. Und meld dich, wenn du dein Risotto kochst. Das war wirklich lecker.«

Marie warf ihm eine Kusshand zu und lief dann zu dem Parkplatz, wo sie in ihren knallroten Mini sprang und davonbrauste.

Toni setzte sich an die Wasserkante. Die Havel war so klar, dass man problemlos den Grund erkennen konnte. Kleine Wellen schwappten gegen die unterste Stufe. Von seinem Standort aus konnte er Schwanenwerder, das Strandbad Wannsee und die Pfaueninsel sehen. Die BVG-Fähre glitt vorüber und steuerte die

Anlegestelle an. Ein Kormoran landete auf einer Anlegedalbe und spreizte seine Flügel, um die Federn trocknen zu lassen.

Von Zeit zu Zeit sinnierte Toni noch über die jüngsten Ereignisse. Durch den Kunstsachverständigen Helmut Lothroh waren zwei Morde miteinander verknüpft gewesen, zwischen denen mehrere Jahrzehnte lagen. Zumindest das gegenwärtige Tötungsdelikt würde vollständig aufgeklärt werden. Das Thai-Restaurant in der Brandenburger Straße war als Tatort identifiziert worden. In Klaus Seeks Wohnung hatte man Schuhe gefunden, deren Profil mit den Abdrücken am Fundort übereinstimmte. Die antike Reisetasche des Opfers hatte im Kofferraum des Fiat Panda gelegen. Warum Seek sie nicht beseitigt hatte, blieb sein Geheimnis. Außerdem waren in dem Ford Transit und auf dem Malervlies passende Fingerabdrücke sichergestellt worden. Nur der Schlosserhammer fehlte noch. Klaus Seek saß in Untersuchungshaft und verweigerte jede Aussage. Trotzdem konnte ihm die Tat mit Hilfe der Indizien nachgewiesen werden. Der Prozess würde mit einem Schuldspruch enden.

Auch sonst hatte sich einiges getan. Toni hatte sich René Lichter beim Verhör angeschaut. Mit seinen aschblonden Haaren, den wässrigen Augen und dem grauen teigigen Gesicht war der Stalker so unscheinbar, wie er ihn in Erinnerung hatte. Krumm hatte er auf dem Stuhl gesessen und leise Antworten gegeben. Trotzdem war spürbar gewesen, dass unter der Oberfläche noch etwas anderes lauerte. So sieht Wahnsinn aus, hatte Toni gedacht. Sollte Lichter jemals aus der Anstalt entlassen werden, könnte er wieder zu einer Gefahr werden.

Clarissa Menke war über den Fund des Caspar-David-Friedrich-Gemäldes informiert worden. Sie hatte sehr gute Chancen, dass ihr das Kunstwerk übereignet wurde. Der Verkauf des Gemäldes dürfte alle ihre finanziellen Sorgen beenden. Phong hatte den Termin bei der Ernährungsberaterin wahrgenommen. Und Gesa war aus dem Krankenhaus entlassen worden.

Tonis Smartphone vibrierte. Er hatte eine Nachricht von Caren erhalten. Sie teilte ihm die Ankunftszeit ihres Zuges mit, und er antwortete, dass er sie vom Bahnhof abholen werde.

Lächelnd steckte er sein Handy zurück in die Jackentasche.

Gestern Abend hatten sie lange telefoniert und sich gegenseitig versichert, dass sie es langsam angehen lassen wollten, aber die ganze Zeit hatten beide gewusst, dass sie es nur sagten, um den anderen nicht unter Druck zu setzen. Toni war gespannt, wie lange diese Vorsätze hielten. Wenn es nach ihm ginge, brauchten sie sich nicht zurückzunehmen. Seinetwegen konnten sie da weitermachen, wo sie bei ihrer letzten Begegnung aufgehört hatten.

Toni atmete tief ein und schaute auf die Havel, die still und anmutig vorüberfloss. Vor nicht allzu langer Zeit war er ganz unten gewesen. Damals hätte er es nicht für möglich gehalten, dass es ihm irgendwann besser gehen könnte, aber innerhalb weniger Tage hatte sich das Blatt gewendet. Er war nun ein anderer. Das Leben hatte ihn zurück, und er würde sich ihm anvertrauen.

Tim Pieper
MORD UNTER DEN LINDEN
Broschur, 272 Seiten
ISBN 978-3-89705-914-6

»*Spannender Fall zu Berlins Kaiserzeit!*« Histo-Couch.de

»*Ein äußerst kurzweiliger, interessanter historischer Krimi, der sich schon von der Thematik her von der Masse abhebt. Eine volle Empfehlung für vergnügliche Lesestunden!*« Leser-Welt.de

»*Tim Pieper präsentiert uns einen grandiosen Kriminalroman.*«
Buchrezicenter.de

Tim Pieper
MORD IM TIERGARTEN
Broschur, 256 Seiten
ISBN 978-3-95451-178-5

»*›Mord im Tiergarten‹ ist ein kritischer Rückblick auf die deutsche Geschichte in einem hochspannenden Krimi verpackt.*« Berliner Kurier

»*Bei der spannenden Suche nach Täter und Tatmotiv erfährt der Leser viel über die gesellschaftlichen Verhältnisse im Berlin des ausgehenden 19. Jahrhunderts. Kaufempfehlung.*« ekz

»*Hervorragend, spannend, mehr davon!*« Histo-Couch.de

www.emons-verlag.de

Tim Pieper
DUNKLE HAVEL
Broschur, 256 Seiten
ISBN 978-3-95451-507-3

»›Dunkle Havel‹ wirkt passagenweise wie einer dieser bis ins Detail perfekt ausgedachten Fernsehkrimis. Doch die Geschichte, die Pieper erzählt, lebt nicht von der Oberfläche, sondern von ihren Abgründen.« Der Tagesspiegel

»Ein Vermisstenfall wie im richtigen Leben. KRIMITIPP!« rbb-Fernsehen

»Tim Pieper ist ein Kriminalroman gelungen, der mehr ist als der typische Krimi. Für Leser aus Potsdam und dem Umland bietet der Roman durch seine realistische Abbildung von Land und Leuten einen Leckerbissen.« Potsdamer Neueste Nachrichten

»Es lohnt sich ›Dunkle Havel‹ zu lesen. BUCHTIPP!«
Antenne Brandenburg

Tim Pieper
KALTE HAVEL
Broschur, 256 Seiten
ISBN 978-3-7408-0001-7

»Tim Piepers Fortsetzung ist sprachlich klar, sphärisch verdichtet und führt den Leser an abgelegene, fremde Orte im Brandenburger Hinterland. Feine Krimiliteratur mit Regionalbezug, die es mit einem Sonntagskrimi aufnehmen kann.« ART. 5|III

»Unbedingt als Fortsetzung, aber auch als Einzeltitel zu empfehlen.«
ekz

»Für Fans von Regionalkrimis ein absolutes Muss!«
Antenne Brandenburg

www.emons-verlag.de

Tim Pieper
TIEFE HAVEL
Broschur, 288 Seiten
ISBN 978-3-7408-0285-1

»Der Roman punktet mit starken Figuren, puren Emotionen und einer spannungsgeladenen Geschichte, die die Leserschaft sofort in ihren Bann zieht.«   speakUP

»Nicht nur inhaltlich und dramaturgisch überzeugt der Krimi, sondern auch sprachlich. Tim Pieper erzählt in einem klaren, flüssigen Stil, und die meist kurzen Kapitel halten das Lesetempo hoch, das gegen Ende dann noch einmal Fahrt aufnimmt.«   Märkische Allgemeine

»Tim Pieper hat wieder einen packenden, vielschichtigen Krimi geschrieben, der die Atmosphäre und Themen der Havelregion und ihre Landsleute authentisch einfängt.«   Antenne Brandenburg

www.emons-verlag.de